U0876168

岳麓書社

读名著　选岳麓

轻松阅读无障碍

聊斋志异

胡国浩 导读 注译

岳麓書社·长沙

图书在版编目(CIP)数据

聊斋志异/胡国浩导读、注译. —长沙:岳麓书社,2021.3
ISBN 978-7-5538-1411-7

Ⅰ.①聊…　Ⅱ.①胡…　Ⅲ.①笔记小说—中国—清代　②《聊斋志异》—注释③《聊斋志异》—译文　Ⅳ.①I242.1

中国版本图书馆CIP数据核字(2020)第194614号

LIAOZHAI ZHIYI
聊斋志异
导读注译:胡国浩
责任编辑:李郑龙
责任校对:舒　舍
封面设计:罗志义

岳麓书社出版发行
地址:湖南省长沙市爱民路47号
直销电话:0731-88804152　0731-88885616
邮编:410006

版次:2021年3月第1版
印次:2021年3月第1次印刷
开本:700mm×1000mm　1/16
印张:15
字数:216千字
ISBN 978-7-5538-1411-7
定价:28.00元

承印:长沙鸿发印务实业有限公司

如有印装质量问题,请与本社印务部联系
电话:0731-88884129

前　言

蒲松龄（1640—1715），清山东淄川（今山东淄博淄川区）人，字留仙，一字剑臣，别号柳泉居士。室名聊斋，故被称为聊斋先生。蒲松龄家在当地为世家大族，到他父亲蒲盘时，家道已经中落。蒲盘早年热衷科举，但屡试不第，为谋生计只得边做生意边读书学习。蒲盘娶有一妻两妾，但直到40多岁还未生子。于是他就放弃经商，改做慈善，热心地方公益事业，并修造寺庙、吃斋念佛。终于，在晚年时接连生下5个孩子，蒲松龄就是夫人所生的第二个孩子。

蒲松龄天资聪颖，自幼跟随父亲读书学习，在19岁时参加童生试，以县、府、道三考第一名进学，考中秀才。少年成名的蒲松龄意气风发，却没想到，此后屡试不中。迫于生计，只得南下，到宝应（今扬州宝应）知县孙蕙处做幕僚。这是蒲松龄第一次走出书斋，走出淄川，短暂的幕僚生涯（一年有余）大大丰富了他的见闻，使他对百姓疾苦、官场黑暗、风俗民情等都有一定了解，为此后的艺术创作奠定了生活基础。

回到家乡后，蒲松龄主要在同乡毕际家做私塾先生。毕家为书香世家，文化氛围浓厚，蒲松龄与毕家兄弟子侄多有诗文唱和，他们对《聊斋志异》的写作和完善提出了很多建议，甚至亲自参与写作。大约在30岁时，蒲松龄开始了《聊斋志异》的写作，经过10年艰辛，到40岁时，此书已经颇具规模，主要篇章大多也已完成。这10年岁月，既是蒲松龄文学创作的高峰期，同时也是他人生中十分艰辛的一段时期：科场接连失意，生活穷困，有时家里甚至揭不开锅。但幸而妻子刘氏非常贤惠，含辛茹苦照料家庭，生活才得以维持。

51岁时，蒲松龄乡试再次落第，在妻子的劝说下，他放弃科举，全身心投入《聊斋志异》的创作、修改当中。晚年，蒲松龄家境日渐丰裕，便修建了一座书斋，起初命名为“面壁居”，后改为“聊斋”，也就是本书名的由来。71岁时，蒲松龄结束了近40载的教书生涯，返回家安度晚年。此时早已灰心仕进的他，却迎来了迟到的荣光，多年的廪生终于熬成了贡生，并被授予“儒学训导”的虚衔。

平心而论，蒲松龄虽然是文章妙手，但之所以科举惨淡一生，跟他少年得志不无关联。尽管他文采纵横，但八股文有着极其严格的格式要求，稍有出格，即被淘汰。考秀才时，蒲松龄文笔奔放，不受拘束，本已是违规。但主考官施闰章爱才心切，不拘成法取他为第一名。受到鼓舞的蒲松龄可能真的以为自己的文风就是光明大道，所以才会有以后连续四次乡试落榜的惨痛经历。临终前两年，蒲松龄仍为自己没能登科而感到羞愧："所成何事，而忽已白头？奕世对尔子孙，亦孔之羞。"明白这一点，就不难理解读书做官、光宗耀祖的故事，为何会屡屡出现在他的笔端。

蒲松龄自幼受父亲影响，对仙佛鬼怪等奇闻逸事格外感兴趣，特别喜欢听人讲鬼故事；长大后，又痴迷于民间传说的搜集与整理。蒲松龄把听来的故事记录下来，汇编成册；又和同道对其进行修改，或以此为素材进行创作。这就造成了《聊斋志异》来源的多样性。

蒲松龄虽一辈子热心科举，但气质更偏向"文学青年"。他也有心以志怪小说为立言之业。早在汉代，小说就已是图书的一个重要门类。班固在《汉书·艺文志》中曾说："小说家者流，盖出于稗官。街谈巷语，道听涂说者之所造也。孔子曰：'虽小道，必有可观者焉。致远恐泥，是以君子弗为也。'然亦弗灭也。闾里小知者之所及，亦使缀而不忘，或如一言可采，此亦刍荛狂夫之议也。"小说家所言虽然是道听途说，不怎么可信，但其中却也有一定的道理，所以也有其价值。班固站在正统立场，对小说家"不屑"的态度，影响了中国文学界两千多年，直到近代才被摒弃。蒲松龄将自己的创作称为"放纵之言，有未可概以人废者"，也就是说，虽然自己不成器，但希望读者不要因人废言，忽视其中所讲的道理。

蒲松龄出生的时候，父亲曾梦见一个和尚身着袈裟走入卧室。蒲盘醒来后，儿子恰好出生。蒲松龄认为自己生活清贫，门庭冷落，跟出家人生活一样萧条，故深信佛教因果轮回之说。《聊斋志异》一书，虽然故事庞杂多样，但"因果报应"思想却贯穿全书。以因果劝世，是该书一大特色，且深刻影响了清代志怪小说的写作。像众多怀才不遇的文人一样，蒲松龄一生积攒了太多的怨气，故需要借鬼魅狐妖、幽冥神怪来宣泄满腔孤愤。他借异史氏之口，把自己对人世的种种见解诉诸笔端，文笔纵横捭阖，故事情节跌宕起伏，可谓嬉笑怒骂皆成文章。郭沫若对蒲松龄"写鬼写妖，高人一等；刺贪刺虐，入骨三分"的评价确为公允。

从文章写法看,《聊斋志异》主要以“情节离奇”和“细节描写”两方面取胜。文章虽然篇幅不长，但总能一波三折，让人猜不透结局；层层变化，愈写愈奇，让读者沉醉其中，欲罢不能。与白话小说不同,《聊斋志异》纯为文言，对人物、环境的描写，寥寥数语即勾勒清楚，没有一点多余之词。由于《聊斋志异》故事性强，文辞优美可观，甫一问世，就风靡天下，成为万口传诵的流行书。这也刺激了清代志怪小说的繁荣兴盛。

《聊斋志异》虽属晚出，但由于流传甚广，版本众多。其中抄本一系中，重要的有蒲松龄本人誊写本、乾隆十六年（1751）张希杰“铸雪斋抄本”以及山东淄博发现的“二十四卷抄本”、山东博物馆藏711号抄本。刊本系列中，众版本多以乾隆三十一年（1766）青柯亭刻本为主。新中国成立后，先后有多种《聊斋志异》的整理本问世，其中以任笃行先生的《聊斋志异全校会注集评》所参阅版本更为详尽，校订更为精审。故此次出版的底本，主要以此书为参考，同时兼采当下通行本之长，努力推出一良善版本。

由于《聊斋志异》全书体量庞大，所以各种选本应运而生。如何在有限的篇幅内，尽可能展示原书的精华，对选编者是个不小的考验。本书在选择篇目时，主要遵循以下几点原则：

一、着重选择故事性、文学性较强的篇目。《聊斋志异》本是一部“才子书”，它结合了志怪和传奇等文言小说的布局手法，又吸收了白话小说的叙事特长，以简洁的文笔，塑造出一批鲜活的人物形象，造就了诸多文学名篇。正如鲁迅先生所评价的:“《聊斋志异》……描写委曲，叙次井然，用传奇法，而以志怪。变幻之状，如在目前；又或易调改弦，别叙畸人异行，出于幻域，顿入人间……使花妖狐魅，多具人情，和易可亲，忘为异类，而又偶见鹘突，知复非人。”所以，本书侧重挑选那些立意高卓，情节诡谲多奇，文笔清新隽永的佳作。

二、突出重点，以仙凡幽冥题材为主。《聊斋志异》一书涉及鬼怪传说、社会生活、民间风俗、官场见闻，可谓一部别样的小百科全书。在如此精简的篇幅内想要多方兼顾、面面俱到是很难的。而蒲松龄用功最深、影响最大的文章，主要集中于鬼狐精怪。所以，本书拟分“倩女幽魂”“狐魅迷情”“离魂惊梦”“精怪多变”“奇人异士”五大类，努力展示《聊斋志异》的“志怪”精华。

三、结合新时代要求，注重伦理道德教化。《聊斋志异》虽然表面上大多讲的是“怪力乱神”，但凡读过之人，不难发觉其“议论醇正，准情酌理”。作者主要是以鬼狐之事来讥讽丑恶、警戒顽愚；其中有关“忠孝节义”的描写，更有助于维护世道人心。通过阅读古典文学，理解和学习优良的传统文化，对当下人们培养健全的价值观念，无疑具有一定的现实意义。

由于《聊斋志异》属于文言小说，为方便现代读者阅读，本书采取注释、翻译的整理形式。文学作品的翻译，不仅要做到文辞准确，更要尽量呈现原著的文学特色。因此，本次翻译，笔者尝试在忠实于原著的基础上，对个别语句的表达采取意译。而且，为保持文气连贯，对原著中省略的文字，也在翻译中酌情补译。

纪晓岚曾拿自己和蒲松龄比较，认为“留仙之才，余诚莫逮其万一”。笔者之才，较之文达公（纪谥文达），亦“诚莫逮其万一”。以万万不及之力，惶译前贤文翰，粗疏鄙陋之处，望诸方家不吝指教。

胡国浩

2018 年 4 月 20 日

目 录

第一章 倩女幽魂

第二章 狐魅迷情

第三章 离魂惊梦

第四章 精怪多变

第五章 奇人异士

第一章 倩女幽魂

女鬼与书生之间的缠绵恋情，是《聊斋志异》的经典桥段。本章共选取了《聂小倩》《画皮》《鲁公女》《连琐》《小谢》《云翠仙》六篇文章，从多个角度呈现人鬼恋情。

《聂小倩》富于传奇色彩，情节转折多变，历来为读者喜爱。徐克所拍摄的《倩女幽魂》系列电影，即取材于此。聂小倩是一个年轻貌美的女鬼，十八岁时客死他乡，被安葬在古庙旁边。不幸魂魄受夜叉胁迫，专干引诱男子的勾当。直到遇见一身正气的书生宁采臣，才得以脱离魔爪。小倩为报答恩情，在宁采臣家做丫环，久而久之，竟变得和生人无异，并嫁给了宁采臣续弦。燕赤霞是一名剑客，曾助宁采臣击退妖魔，又赠以法宝护身，最终宁采臣用燕赤霞赠送的皮袋子将上门寻仇的妖物消灭。

《画皮》是篇非常具有想象力的杰作，也曾多次被改编搬上银幕。讲的是一个吃人的恶鬼，披着彩绘的人皮，装扮成一个无家可归的美女，专门引诱那些好色之徒。一旦住到人家里，她就寻找时机，掏取人心。最终，恶鬼被道士收服，被害的书生也因妻子含羞忍辱而复生。作者意在告诫世人，如果对人只看表面，那么鲜亮外表下的魔鬼就要得逞了。《鲁公女》中，张生暗恋的鲁家小姐早亡，鲁小姐投胎之后，张生通过养生修炼，容颜转少，五十几岁的人如同少年。因容貌改变，转生后的鲁小姐没能认出张生，痛哭而死；待误会澄清后又还魂复生，最终与张生结为夫妻。

《连琐》《小谢》讲的都是书生和女鬼一同读书学习的风雅逸事。连琐是一个羞怯胆小的女鬼，但精通文墨，酷爱吟诗，跟杨生一起吟诗写字，感情甚为融洽。二人虽阴阳相隔，但精神上却亲密无间。因杨生的疏忽，连琐一度弃之而去；但在遭遇不幸后又向他求助，并最终脱离强暴，与杨生重归于好。与《连琐》不同，《小谢》讲的是两女和一男之间的感情纠葛。小谢和秋容，本来是两个爱恶作剧的女鬼，后被陶生感化，而歆慕诗书礼义。当陶生受人诬陷时，小谢和秋容等人极力奔走营救，陶生最终得以脱险。后来在道士的帮助下，二人相继还魂复生，与陶生结为伉俪。

云翠仙被母亲糊里糊涂地许配给了一个市井无赖——梁有才。梁有才平日只顾着赌博享乐，翠仙见丈夫不可救药，便把娘家的陪嫁保存好；梁有才家财败尽后受损友唆使，竟然要把妻子卖到妓院。翠仙对丈夫要她卖身的无耻要求假装答应，然后凭借着机智勇敢，将梁某骗至娘家，使其遭受了应有的惩罚，翠仙也得以摆脱这段不幸的婚姻。

以上各篇，从爱恨情仇多个方面对人鬼之恋做了详尽描写，营造了一个混合现实与虚幻，饱含真情的感情世界。

聂小倩

宁采臣，浙人，性慷爽，廉隅[1]自重。每对人言：“生平无二色[2]。”适赴金华，至北郭，解装兰若[3]。寺中殿塔壮丽，然蓬蒿没人，似绝行踪。东西僧舍，双扉虚掩，惟南一小舍，扃键如新。又顾殿东隅，修竹拱把[4]，阶下有巨池，野藕已花，意甚乐其幽杳。会学使按临，城舍价昂，思便留止，遂散步以待僧归。

日暮，有士人来，启南扉，宁趋为礼，且告以意。士人曰：“此间无房主，仆亦侨居。能甘荒落，旦暮惠教，幸甚！”宁喜，藉藁[5]代床，支板作几，为久客计。是夜月明高洁，清光似水，二人促膝殿廊，各展姓字。士人自言燕姓，字赤霞。宁疑为赴试者，而听其音声，殊不类浙。诘之，自言秦人，语甚朴诚。既而相对词竭，遂拱别归寝。

注释

1 廉隅（yú）：品行端正。2 无二色：只钟情于一个女人。3 兰若：寺庙的别称。4 拱把：两手合围大小。5 藁（gǎo）：此处泛指茅草。

译文

有个浙江人叫宁采臣，性情慷慨豪爽，品行端正。经常对人讲：“我宁某除了自己老婆，什么女人都不碰。”有一次，他到金华去，走到城北，就在一座寺院里过夜。这座寺院殿宇壮丽，佛塔巍峨，然而却荒无人迹，院子里长满了一人多高的荒草。东西两侧的寮房，门都虚掩着，只有南边一间小屋，看门锁像是新的。再朝大殿东边望去，高高的翠竹有两手合把那么粗，台阶下有个大水池，池中的野荷已经开了花。宁采臣很喜欢这里素雅清幽的环境。当时正好学政到金华主持考试，城里房租很高，他就想留在这里住下，于是就边散步边等寺僧回来。

到傍晚，有个人从南门走进来，宁采臣就连忙上前施礼，并说自己想留宿一晚。那人回话道：“这里的房子没有主人，我也是过来借宿的。仁兄甘愿居住在荒凉之地，若能得到你的指教，实在是荣幸。”宁采臣很高兴，就在地上铺了些茅草当床，支起木板当桌子，打算多住些时日。晚上，皓月当空，明亮皎洁的月光洒在庭院里好像清水一般。两人就在大殿走廊下互通了姓名，促膝聊天。那人说自己姓燕，字赤霞。宁采臣猜他是赴试的考生，然而听声音又不像是浙江人。于是便问他是哪里人，他说自己是陕西人，言辞很是淳朴坦诚。过了一会儿，话说得差不多了，二人就拱手道别，各自回房歇息了。

宁以新居，久不成寐。闻舍北喁喁[1]，如有家口。起，伏北壁石窗下，微窥之，见短墙外一小院落，有妇可四十余。又一媪衣緋绯[2]，插蓬沓[3]，鲐背[4]龙钟，偶语月下。妇曰："小倩何久不来？"媪曰："殆好至矣。"妇曰："将无向姥姥有怨言否？"曰："不闻，但意似蹙蹙[5]。"妇曰："婢子不宜好相识。"言未已，有十七八女子来，仿佛艳绝。媪笑曰："背地不言人，我两个正谈道小妖婢，悄来无迹响，幸不訾着短处。"又曰："小娘子端好是画中人，遮莫老身是男子，也被摄魂去。"女曰："姥姥不相誉，更阿谁道好？"妇人女子又不知何言。宁意其邻人眷口，寝不复听。又许时，始寂无声。

注释

1 喁喁（yú）：小声说话的声音。2 衣緋绯（yuè）绯：此处指身着褪了色的红衣服。3 蓬沓：妇女所戴的发饰，下方有像梳子一样的齿。4 鲐（tái）背：老人背上生斑如鲐鱼纹，代指高寿的人。5 蹙蹙（cù）：忧虑不安。

译文

宁采臣由于刚来睡不惯，很长时间都没睡着。他隐隐约约听见屋子北边有人在小声说话，好像有人家。于是就起身，趴在北墙根石窗下悄悄往外看。只见墙外有个小院落，院里有位四十多岁的妇女。还有个老太婆，穿着褪色的红衣裳，头上插着大银梳子，老态龙钟，正和那个女人在月下说话。妇人问："小倩这么久了怎么还不来？"老太婆说："大概快到了吧。"妇人说："她是不是曾跟姥姥你抱怨过什么？"老太太说："这我倒没听她说过，但看意思，不是老大情愿的样子。"妇人接话道："这个小丫头，就不能给她好脸看。"话音未落，有一个十七八岁的女孩儿走了过来，容貌美艳绝人。老太婆笑着说："背地里不能说人长短，我们俩正念叨呢，你这小妖精就不声不吭地来了，幸好没说你坏话。"又说："小娘子真是画里的美人儿，要是老身是个男的，魂也得被你勾了去。"女子就说："要不是姥姥你夸我几句，还有谁会说我好呢？"后来妇人跟女子又说了几句，听不清楚讲的什么。宁采臣想，这些人大概是邻居家眷，就回去睡觉，不再听了。又过了一会儿，才一点声音都没了。

方将睡去，觉有人至寝所，急起审顾，则北院女子也。惊问之，女笑曰："月夜不寐，愿修燕好[1]。"宁正容曰："卿防物议，我畏人言。略一失足，廉耻道丧。"女云："夜无知者。"宁又咄之。女逡巡若复有词。宁叱："速去！不然，当呼南舍生知。"女惧，乃退。至户外复返，以黄金一铤置褥上。宁掇掷庭墀[2]，曰："非义之物，污我囊橐[3]！"女惭，出，拾金自言曰："此汉当是铁石。"

注释

1 愿修燕好：指男欢女爱。2 庭墀（chí）：院子里的台阶。3 囊橐（náng tuó）：袋子。

译文

宁采臣刚要睡着，发觉有人走了进来，急忙起身察看，原来是刚才北院的那个姑娘。他吃了一惊，问她为何前来，女子笑着说："今晚月色这么好，我一个人实在睡不着，公子若不嫌弃，可否陪陪妾身？"宁采臣义正词严地说："你要注意提防别人的议论，我可是害怕被人指指点点。万一失足，廉耻就丧尽了。"女子说："晚上没人知道。"宁采臣又继续斥责她。女子徘徊着好像要再说些什么，宁采臣就高声呵斥："快走！不然，我就喊南屋的人来啦！"女子一听，吓得赶紧退了出去。她走到门外，又忽然返回来，拿出一锭金子放在被褥上。宁采臣抓起金子扔到院里的台阶上，说："不义之财，休要玷污了我的钱袋！"女子羞愧地出了屋，拾起金子自言自语道："这个汉子真是心如铁石。"

诘旦，有兰溪生携一仆来候试，寓于东厢，至夜暴亡。足心有小孔，如锥刺者，细细有血出，俱莫知故。经宿，一仆死，症亦如之。向晚，燕生归，宁质之，燕以为魅。宁素抗直，颇不在意。

宵分，女子复至，谓宁曰："妾阅人多矣，未有刚肠如君者。君诚圣贤，妾不敢欺。小倩，姓聂氏，十八夭殂[1]，葬于寺侧，辄被妖物威胁，历役贱务，腆颜向人，实非所乐。今寺中无可杀者，恐当以夜叉来。"宁骇求计，女曰："与燕生同室可免。"问："何不惑燕生？"曰："彼奇人也，不敢近。"问："迷人若

何?”曰:“狎昵我者,隐以锥刺其足,彼即茫若迷,因摄血以供妖饮。又惑以金,非金也,乃罗刹鬼骨,留之能截取人心肝。二者,凡以投时好耳。”

宁感谢,问戒备之期,答以明宵。临别泣曰:“妾堕玄海[2],求岸不得。郎君义气干云,必能拔生救苦。倘肯囊妾朽骨,归葬安宅,不啻再造。”宁毅然诺之。因问葬处,曰:“但记白杨之上,有乌巢者是也。”言已出门,纷然而灭。

注释

1 夭殂(cú):夭折。2 玄海:此处指苦海。

译文

第二天早上,寺院里有位从兰溪来的书生,带着一个仆人参加考试,住在东边厢房里,到了夜里突然暴毙而亡。察看尸身,脚底有一个小眼儿,像锥子刺破的一样,细细地有血渗出来,谁也不知道是什么原因。又过一晚,那个仆人也死了,症状和此前一模一样。傍晚时,燕赤霞回来了,宁采臣便去询问他,燕赤霞认为是鬼魅所为。宁采臣为人一向刚直,于是就毫不在意。

半夜,那个女子又来了,对宁采臣说:“我见的男人多了,从没有像公子这样刚正不阿的。你是正人君子,我对你实不敢欺瞒。我名叫小倩,姓聂,十八岁就死了,埋在寺庙旁边,一直被妖怪胁迫,经常被役使干这种下贱之事,不顾廉耻地勾引男人,实在不是心甘情愿。如今,寺院里没有能害的人了,恐怕明晚夜叉会亲自过来。”宁采臣听她这么讲,心里也害怕起来,就问她该怎么办。女子说:“跟燕生住一起就能躲过一劫。”宁采臣不解地问:“你为何不魅惑燕赤霞呢?”小倩回答说:“他是位奇人,所以我不敢靠近他。”宁采臣又问:“你是怎样迷惑人的呢?”小倩说:“凡是对我搂搂抱抱,动手动脚的,我就悄悄地用锥子刺破他的脚心,那个人就会昏迷过去,我趁机就吸干他的血给妖怪喝。还有的用黄金来魅惑,其实并不是真金,而是罗刹鬼的骨头,留下来能摘取人的心肝。这两种办法,都是投人所好。”

宁采臣感谢小倩讲了这么多真相,问她何时需要戒备,小倩回答说明天晚上。小倩临走前哭泣着说:“妾身不幸坠入苦海,找不到岸边,郎君义薄云天,必定能救我于苦海。如果你能把我的遗骨包起来,送回家安葬,不啻再造之恩。”宁采臣毅然答应了她,就问她安葬在哪儿,小倩说:“你只要记住有乌鸦巢的那棵白杨树下就是了。”说完就走出门外,一下就消失了。

明日，恐燕他出，早诣邀致。辰后具酒馔，留意察燕。既约同宿，辞以性癖耽寂。宁不听，强携卧具来。燕不得已，移榻从之。嘱曰：“仆知足下丈夫，倾风良切[1]。要有微衷，难以遽白。幸勿翻窥箧褋[2]，违之，两俱不利。”宁谨受教。既而各寝，燕以箱箧置窗上，就枕移时，齁[3]如雷吼，宁不能寐。

近一更[4]许，窗外隐隐有人影。俄而近窗来窥，目光睒闪[5]。宁惧，方欲呼燕，忽有物裂箧而出，耀若匹练，触折窗上石棂，欻然一射，即遽敛入，宛如电灭。燕觉而起，宁伪睡以觇之。燕捧箧检征，取一物，对月嗅视，白光晶莹，长可二寸，径韭叶许。已而数重包固，仍置破箧中，自语曰：“何物老魅，直尔大胆，致坏箧子。”遂复卧。宁大奇之，因起问之，且以所见告。燕曰：“既相知爱，何敢深隐。我剑客也，若非石棂，妖当立毙；虽然，亦伤。”问：“所缄何物?”曰：“剑也。适嗅之，有妖气。”宁欲观之，慨出相示，荧荧然一小剑也。于是益厚重燕。

注释

1 倾风良切：仰慕对方的风采。2 箧褋（qiè fú）：箱子和包袱。3 齁（hōu）：打鼾的声音。4 一更：晚上七至九点。5 睒（shǎn）闪：目光闪烁的样子。

译文

第二天，宁采臣怕燕赤霞外出，一大早就邀请他过来一叙。七八点钟，宁采臣便准备好酒菜相待，边吃边观察燕赤霞。饭后，宁采臣就提出晚上想和燕赤霞同屋休息，燕赤霞推辞说自己喜欢一个人安安静静的。宁采臣不理会，把燕赤霞的铺盖强行搬了过来。燕赤霞见势，不得已只得过来住。他叮嘱宁采臣：“我知道仁兄是个大丈夫，很是仰慕你的为人。但有些话一时不方便讲，请你千万不要好奇去翻箱子里的东西，要是违背了约定，对我们俩都不好。”宁采臣就恭谨地答应了他。晚上两人各自就寝，燕赤霞把箱子放在窗台上，躺下不久，就鼾声如雷，而宁采臣却睡不着。

将近八九点的时候，窗户外隐隐约约有人影晃动。不一会儿，那“人”走近窗户往屋里窥探，目光忽闪忽闪的。宁采臣吓得不得了，正要喊燕赤霞，忽然有个东西破箱而出，一道白光飞过，好似洁白的丝绸，猛然撞断了窗户上的石格子，突然一射，又马上收了回来，就像一道闪电划过那样。燕赤霞觉察到声响就起来了，宁采臣则假装继续睡觉，偷偷观察情况。只见燕赤霞捧着箱子仔细端详，从里边取出一个东西，对着月光又是闻又是看；它晶莹闪烁泛着白光，大概有两寸长，有韭菜叶那么宽。他把它层层包紧，仍放回已经破裂的箱子中，自言自语地说："何方老妖，竟敢如此大胆，把我的箱子都打坏了。"说完又睡下了。宁采臣大为惊奇，就起身询问发生什么事，并将所见告诉他。燕赤霞告诉他说："既然咱们俩相知相近，我岂敢隐瞒。我是个剑客，刚才要不是打在石棂上，妖怪早就被击毙了，虽然如此，它也受了伤。"宁采臣又问："你收起来的是什么东西？"燕赤霞回答说："是剑。我刚才闻了闻，上边有妖气。"宁采臣想瞧一下，燕赤霞就慷慨地拿出来给他看，原来是一把荧荧发光的小剑。于是宁采臣对燕赤霞更为崇敬。

明日，视窗外有血迹。遂出寺北，见荒坟累累，果有白杨，乌巢其颠。迨营谋既就，趣装欲归。燕生设祖帐[1]，情义殷渥[2]。以破革囊赠宁，曰："此剑袋也，宝藏可远魑魅。"宁欲从授其术。曰："如君信义刚直，可以为此，然君犹富贵中人，非此道中人也。"宁托有妹葬此，发掘女骨，敛以衣衾，赁舟而归。

宁斋临野，因营坟葬诸斋外，祭而祝曰："怜卿孤魂，葬近蜗居，歌哭相闻，庶不见凌于雄鬼。一瓯浆水饮，殊不清旨，幸不为嫌。"祝毕而返。后有人呼曰："缓待同行！"回顾，则小倩也。欢喜谢曰："君信义，十死不足以报。请从归，拜识姑嫜[3]，媵御[4]无悔。"审谛之，肌映流霞，足翘细笋，白昼端相，娇丽尤绝。遂与俱至斋中。嘱坐少待，先入白母，母愕然。时宁妻久病，母戒勿言，恐所骇惊。

言次，女已翩然入，拜伏地下。宁曰："此小倩也。"母惊顾不遑。女谓母曰："儿飘然一身，远父母兄弟。蒙公子露覆[5]，泽被发肤，愿执箕帚，以报高义。"母见其绰约可爱，始敢与言，曰："小娘子惠顾吾儿，老身喜不可已。但生平止此儿，用承祧绪[6]，不敢令有鬼偶。"女曰："儿实无二心。泉下人既不见信于老母，请以兄事，依高堂，奉晨昏，如何？"母怜其诚，允之。即欲拜嫂，母辞以疾，乃止。女即入厨下，代母尸饔[7]。入房穿榻，似熟居者。

注释

1 祖帐：临别时，为饯行搭设的帐幕。2 殷渥：深厚真挚。3 姑嫜：指男方的父母。4 媵（yìng）御：奴婢，小妾。5 露覆：庇护，荫蔽。6 承祧（tiāo）绪：传宗接代。7 尸饔

（yōng）：料理饭菜。

译文

第二天，宁采臣查视窗外，发现有斑斑血迹。他出了寺院往北走，只见荒冢累累，果然有一棵白杨树，顶部有个乌鸦巢。打定主意后，宁采臣就收拾行李准备回去。燕赤霞给他摆酒饯行，情义很是深厚。他拿出一个破袋子送给宁采臣，说："这是装剑的袋子，你要好好珍惜，能够远避妖魔鬼怪。"宁采臣想跟他学习剑术。他说："像仁兄这般重情重义、刚正不阿的人当然可以学习，只不过，你是荣华富贵中人，不是干我们这行的。"宁采臣就托词说有个表妹埋在了这里，要挖出来包好，带回去安葬。一切完毕后，他就租舟回去了。

宁采臣的房舍临近郊外，于是就在屋外给小倩修了一座坟墓，祭祀后祷告说："可怜你魂魄孤单，就把你葬在房子边上，你哭声幽咽如歌，我都听得到，以后，你不会再被厉鬼欺凌了。这一碗清水你就喝了吧，虽然味道不甚清醇，希望不要嫌弃。"说完他就往回走。后面有人呼喊："请留步，等我一起走！"回头一看，原来是小倩。她欣喜地感谢道："你真是诚信有义，我就算为你死十回也报答不了你的恩情。请让我跟着你一起回去，好拜见你的高堂，就算当丫环婢女也无怨无悔。"宁采臣仔细打量，小倩生得肌肤光滑，白里透红，小脚翘起好似细笋，白天看，相貌尤其艳丽娇美。于是他就带着小倩一起回屋里。宁采臣嘱咐她稍坐一会儿，自己进屋先禀告母亲，他母亲听了十分震惊。当时，宁采臣的妻子久病在床，母亲就告诫他不要对她说，担心她受惊吓。

俩人正说着，小倩从外边走了进来，趴在地上磕头跪拜。宁采臣介绍说："她就是小倩。"宁母惊恐地望着她，不知说什么好。小倩就自己说："小女子在外孤苦一人，远离父母兄弟。今承蒙公子庇护，对我恩重如山，我愿意做他的小妾，以报答他的义行。"宁母见她长得温柔美丽，可爱动人，这才敢跟她说话："小娘子你愿意照料我儿子，老身很是高兴。但我只有这么一个儿子，指着他传宗接代，不敢叫他娶个女鬼为妾。"小倩说："孩儿我实无二心，既然您不相信我，那就请让我认宁大哥做兄长，跟着母亲您一起过，早晚伺候您老人家，如何？"宁母可怜她一片至诚，就答应了。小倩想立即过去拜见嫂子，宁母就以生病为由婉拒了，小倩这才作罢。她就走到厨房，代替母亲准备饭菜。小倩在屋子里走来走去，好像住了很久，很熟悉一样。

日暮，母畏惧之，辞使归寝，不为设床褥。女窥知母意，即竟去。过斋欲入，却退，徘徊户外，似有所惧。生呼之，女曰："室有剑气畏人。向道途之不奉见者，良以此故。"宁悟为革囊，取悬他室。女乃入，就烛下坐。移时，殊不一语。久之，问："夜读否？妾少诵《楞严经》，今强半遗忘。浼求一卷，夜暇，就兄正之。"宁诺。又坐，默然，二更向尽，不言去。宁促之。愀然[1]曰："异域孤魂，殊怯荒墓。"宁曰："斋中别无床寝，且兄妹亦宜远嫌。"女起，容颦蹙[2]而欲啼，足迂儴[3]而懒步，从容出门，涉阶而没。宁窃怜之，欲留宿别榻，又惧母嗔。女朝旦朝母，捧匜沃盥[4]，下堂操作，无不曲承母志。黄昏告退，辄过斋头，就烛诵经。觉宁将寝，始惨然出。

注释

1 愀（qiǎo）然：形容神色严肃或不愉快。2 颦蹙（pín cù）：紧锁眉头，闷闷不乐。3 迂儴（ráng）：急迫不安的样子。4 捧匜（yí）沃盥（guàn）：打水洗脸洗手。

译文

到了傍晚，宁采臣的母亲有些恐惧，就让小倩回去休息，但又没给她准备床铺。小倩心里明白了宁母的意思，于是立即离开了。她走过书斋时，想进去跟宁采臣说话，却又退了回来，在门外徘徊不定，似乎有什么害怕的东西。宁采臣招呼她进来，她说："房间里剑气让人害怕。此前在途中之所以没拜见你，也是这个原因。"宁采臣这才明白是燕赤霞送的皮袋子的缘故，就取下来挂在了其他房间里。小倩这才进来，挨着灯坐下。过了一会儿，不见她说一句话。又过了很久，她问："你夜里读书吗？我小时候读过《楞严经》，现在大多忘记了。恳请能借我一卷，晚上你要是有空，我好向大哥请教。"宁采臣就答应了。小倩还是坐着，沉默不语，二更都要过去了，还不说要走。宁采臣就催她离开。小倩脸色忽然变得很哀伤，说："作为他乡的孤魂，我真的害怕那荒凉的坟墓。"宁采臣就说："我房间里也没有多余的床铺，况且我们作为兄妹也要避嫌才是。"小倩就起身，面色不悦，眉头紧皱，好像快要哭了出来，迈出脚却又不想走，走走停停，等出了门，下台阶时就消失不见了。宁采臣心里很可怜她，想把她留在别的房间住下，又担心母亲不高兴。此后，小倩每天起来后都去拜见宁母，亲自端上洗脸水，伺候老夫人盥洗梳头，然后又下堂操持家务，所做无不顺承宁母心意。傍晚时她就退下，来到书房在灯下读佛经。感觉宁采臣要休息了，方才伤感地离去。

先是，宁妻病废，母劬[1]不可堪，自得女，逸甚，心德之。日渐稔[2]，亲爱如己出，竟忘其为鬼，不忍晚令去，留与同卧起。女初来未尝饮食，半年渐啜稀饘[3]。母子皆溺爱之，讳言其鬼，人亦不之辨也。无何，宁妻亡，母阴有纳女意，然恐于子不利。女微窥之，乘间告母曰："居年余，当知儿肝鬲。为不欲祸行人，故从郎君来。区区无他意，止以公子光明磊落，为天人所钦瞩，实欲依赞[4]三数年，借博封诰，以光泉壤。"母亦知无恶，但惧不能延宗嗣。女曰："子女惟天所授。郎君注福籍，有亢宗[5]子三，不以鬼妻而遂夺也。"母信之，与子议。宁喜，因列筵告戚党。或请觌[6]新妇，女慨然华妆出，一堂尽眙[7]，反不疑其鬼，疑为仙。由是五党诸内眷，咸执贽以贺，争拜识之。女善画兰、梅，辄以尺幅酬答，得者藏什袭[8]以为荣。

注释

1 劬（qú）：辛劳，劳苦。2 稔（rěn）：熟知，熟悉。3 稀饘（yǐ）：稀粥。4 依赞：依靠，跟随。5 亢宗：振兴家业，光宗耀祖。6 觌（dí）：见面 7 眙（chì）：瞪大眼睛看。8 什袭：珍藏。

译文

起先，宁采臣的妻子病倒后，宁母操劳过度，疲惫不堪，自从有了小倩的帮忙，就轻松多了，心里对她很是感激。时日渐长，宁母对小倩更为熟悉，把她当成自己的亲生闺女一样看待，竟然忘记她是鬼魂，到了晚上也不忍心再让她离去，就让她留下和自己一同生活。小倩刚来时从没有吃过东西，半年后才逐渐喝些稀饭。母子两人对她都很宠爱，忌讳说她是鬼，别人也更分辨不出了。没多久，宁采臣的妻子病逝了，宁母私下有纳小倩做儿媳妇的心思，然而又担心对儿子不利。小倩稍稍察觉了宁母的心思，就找个机会对她讲："我在家里也住了一年多，您应当知道孩儿的心意。我是不想再祸害人，才跟着宁大哥回来的，绝对没有其他意思。只是因为宁大哥他做人光明磊落，为神明所钦佩，我其实只想跟随他三五年，积累些福报，也好博个封诰，在阴间荣耀一番。"宁母也知道小倩没有恶意，但担心她不能生育。小倩就说："子女都是上天赐予的。宁大哥命里福报深厚，将来会生三个能光宗耀祖的儿子，并不会因为娶鬼妻而被剥夺。”宁母相信了她说的，便找儿子商议。宁采臣听了很高兴，就大摆宴席，遍请亲朋好友。有人建议把新娘子请出来让大家伙看看，小倩便穿着华丽的衣服大大方方地走出来，满堂人都瞪大了眼睛，不但不疑心是鬼，反而认为是仙女下凡。于是，远亲近邻的女眷，都带着礼物纷纷表示祝贺，争着和小倩拜会认识。小倩擅长画幽兰、墨梅，就常用画作还礼。凡是受赠的人，都把画好好珍藏起来，以此为荣耀。

一日，俯颈窗前，怊怅若失[1]。忽问：“革囊何在？”曰：“以卿畏之，故缄置他所。”曰：“妾受生气已久，当不复畏，宜取挂床头。”宁诘其意，曰：“三日来，心怔忡[2]无停息，意金华妖物，恨妾远遁，恐旦晚寻及也。”宁果携革囊来。女反复审视，曰：“此剑仙将盛人头者也。敝败至此，不知杀人几何许！妾今日视之，肌犹粟栗。”乃悬之，次日又命移悬户上。

夜对烛坐，约宁勿寝。欻[3]有一物，如飞鸟堕，女惊匿夹幕间。宁视之，物如夜叉状，电目血舌，睒闪攫拿而前。至门却步，逡巡久之，渐近革囊，以爪摘取，似将抓裂。囊忽格然一响，大可合篑[4]，恍惚有鬼物突出半身，揪夜叉入，声遂寂然，囊亦顿缩如故。宁骇诧，女亦出，大喜曰：“无恙矣！”共视囊中，清水数斗而已。后数年，宁果登进士，女举一男。纳妾后，又各生一男，皆仕进有声。

注释

1 怊（chāo）怅若失：失意时感伤惆怅的情绪。2 怔忡：心脏剧烈跳动。3 欻（xū）：忽然，急速。4 篑（kuì）：装土的筐子。

译文

一天，小倩低着头在窗前坐着，满脸的伤感惆怅。忽然，小倩问道：“之前的皮袋子在哪儿？”宁采臣说：“因为你害怕，我就把它收起来放到别的地方了。”小倩说：“我现在接受人的生气很久了，应该不惧怕了。你可以把它取来挂在床头。”宁采臣问她是何用意，小倩回答说：“近三天来，我心口跳得厉害，想着可能是金华的老妖恨我逃跑，恐怕迟早会找上门来。”宁采臣就把皮袋子拿过来。小倩反复查看，说：“这是剑仙装人头的袋子啊。破成这样子，不知道杀了多少人！我现在看着，还直起鸡皮疙瘩。”于是就把袋子挂在床头，次日小倩又叫他挂在门上。

晚上两人燃灯对坐，小倩嘱咐宁采臣不要睡着。忽然有什么东西像飞鸟一样落下，小倩惊慌地藏到帷帐后面。宁采臣一看，这个怪物生得夜叉模样，双眼似电，舌头血红，张牙舞爪朝他跑过来。走到门口，突然后退了几步，徘徊了许久，渐渐靠近袋子，用爪子抓了下来，好像要把袋子撕碎。突然，皮袋子"咯噔"一声响，变成像装土的筐子那么大，恍惚中有个鬼怪从里边探出半个身子，一把将夜叉揪了进去，然后声音就消失了，袋子又缩回原来的大小。宁采臣大为惊骇，小倩走出来十分高兴地说："没事了！"他们再往袋子里看，只有几斗清水而已。几年后，宁采臣果然中了进士，小倩也生了一个男孩。宁采臣后来又纳了一个小妾，她和小倩又各生了一个男孩。这三个孩子长大后，都做了官，名声很好。

画　皮

太原王生，早行，遇一女郎，抱襆[1]独奔，甚艰于步。急走趁[2]之，乃二八姝丽[3]，心相爱乐。问："何夙夜踽踽独行[4]？"女曰："行道之人，不能解愁忧，何劳相问？"生曰："卿何愁忧？或可效力，不辞也。"女黯然曰："父母贪赂，鬻[5]妾朱门。嫡妒甚，朝詈而夕楚辱之，所弗堪也，将远遁耳。"问："何之？"曰："在亡之人，乌有定所。"生言："敝庐不远，即烦枉顾。"女喜，从之。

生代携襆物，导与同归。女顾室无人，问："君何无家口？"答云："斋[6]耳。"女曰："此所良佳。如怜妾而活之，须秘密，勿泄。"生诺之。乃与寝合。使匿密室，过数日而人不知也。生微告妻。妻陈，疑为大家媵妾[7]，劝遣之，生不听。偶适市，遇一道士，顾生而愕。问："何所遇？"答言："无之。"道士曰："君身邪气萦绕，何言无？"生又力白。道士乃去，曰："惑哉！世固有死将临而不悟者！"

注释

1 襆（fú）：包裹东西用的布单，此处指包袱。2 趁：追赶。3 二八姝丽：二八，十六岁；姝丽，美丽漂亮。4 踽踽（jǔ jǔ）独行：孤零零地独自走路。5 鬻（yù）：卖。6 斋：此处指书房。7 媵妾：本指随嫁的人，此处意为小妾。

译文

太原有位姓王的书生，一天早上赶路，遇到一个年轻姑娘，独自抱着包袱急走，步履甚为艰辛。王生赶忙快步追上去，一看，原来是个十六七岁的漂亮姑娘，心里很喜欢她。王生问她："姑娘，你为何天不亮就一个人孤零零地赶路呢？"女子回答说："你是个过路人，也不能分担我的忧愁，又何必相问呢？"王生说："你有什么忧愁？我也许可以帮上忙，一定不会推辞。"女子黯然神伤道："我父母贪图钱财，把我卖到富贵人家当小妾。那家的大夫人嫉妒心很强，对我每天早骂晚打的，我实在受不了了，想逃得远远的。"王生又问："你打算去哪儿呢？"女子说："我是个逃亡的人，哪有一定的去处呢？"王生便说："正好我家离这儿不远，就烦请你到我那儿委屈一下吧。"女子听他这么说，心里很高兴，就答应了。

王生替她携带包袱，领着她一起回到家里。女子四周看了一下，见屋子里没人，就问："先生怎么没有家小呢？"王生回答说："这里是书房，所以没人。"女子说："这个地方挺好的。您如果可怜我，想让我活下去，请一定要保密，千万别把此事泄露给别人。"王生答应了她。当晚，两人就睡在了一起。王生把女子藏匿在密室之中，过了好几天外人都不知道。某天，王生向妻子稍稍透露了此事。妻子陈氏听闻后，怀疑这个女子是大户人家的小妾，劝王生打发她走，王生执意不肯。一天，王生到集市上去，遇见一个道士，他一见王生就很惊愕地问道："你最近遇到什么了？"王生回答说："没什么啊。"道士说："你浑身都被邪气缠绕，怎么说没有呢？"王生又极力辩解。道士无奈地离开了，临走时感叹道："真不明白呀！世上竟然有死到临头还执迷不悟的人！

生以其言异，颇疑女。转思明明丽人，何至为妖，意道士借魇禳[1]以猎食者。无何，至斋门，门内杜，不得入。心疑所作，乃逾垝垣[2]，则室门亦闭。蹑迹[3]而窗窥之，见一狞鬼，面翠色，齿巉巉[4]如锯，铺人皮于榻上，执采笔而绘之。已而掷笔，举皮，如振衣状，披于身，遂化为女子。睹此状，大惧，兽伏而出。急追道士，不知所往。遍迹之，遇于野，长跪乞救。道士曰："请遣除之。此物亦良苦，甫能觅代者，予亦不忍伤其生。"乃以蝇拂授生，令挂寝门。临别，约会于青帝[5]庙。

注释

1 魇禳（yǎn ráng）：道教驱鬼镇邪的法术。2 垝（guǐ）垣：坍塌的破墙。3 蹑迹：本义为追踪，此处指放轻脚步走路。4 巉巉（chán chán）：形容山势峭拔险峻，此处指鬼的牙齿长而尖锐。5 青帝：道教认为上天由五位大帝主管，其中主管东方的是青帝。

译文

王生感觉道士的话非同寻常，于是对女子颇起疑心。他转而又想，明明是个美丽的姑娘，怎么会是妖怪呢，料想道士可能是借镇妖除邪之名来骗吃骗喝。不一会儿，他就走到了书斋门口，大门从里头关着进不去。王生对女子这么做颇为怀疑，于是就翻过残破的围墙进了院子，不料房门也关着。他蹑手蹑脚地走到窗户前，往屋里偷看，只见一个面目狰狞的恶鬼，脸色青翠，牙齿又尖又长像锯齿一样，正把一张人皮铺在床上，手里拿着彩笔在描绘。不一会儿就画好了，恶鬼丢下笔，举起人皮，像抖衣服一样把它披在身上，于是就变成了原来女子的模样。王生目睹此景，恐惧万分，倒在地上爬了出去。他急忙去追寻此前的那位道士，可是道士已经不知到哪儿去了。王生四处找了个遍，终于在野外遇到了道士，于是就跪在道士面前哀求救命。道士对他说："那就让我把它赶跑吧。它也是饱受痛苦，刚刚找到能代替自己的人，终于可以投胎了，我也不忍心伤它性命。"道士就把拂尘交给王生，让他挂在卧房门口。临别时，二人约定之后在青帝庙会面。

生归，不敢入斋，乃寝内室，悬拂焉。一更许，闻门外戢戢[1]有声。自不敢窥也，使妻窥之。但见女子来，望拂子不敢进；立而切齿，良久乃去。少时，复来，骂曰："道士吓我，终不然，宁入口而吐之耶！"取拂碎之，坏寝门而入，径登生床，裂生腹，掬生心而去。妻号，婢入烛之，生已死，腔血狼藉。陈骇涕不敢声。

明日，使弟二郎奔告道士。道士怒曰："我固怜之，鬼子乃敢尔！"即从生弟来。女子已失所在。既而仰首四望，曰："幸遁未远。"问："南院谁家？"二郎曰："小生所舍也。"道士曰："现在君所。"二郎愕然，以为未有。道士问曰："曾否有不识者一人来？"答曰："仆早赴青帝庙，良不知。当归问之。"去，少顷而返，曰："果有之。晨间一妪来，欲佣为仆家操作，室人[2]止之，尚在也。"道士曰："即是物矣。"

注释

1 戢戢（jí jí）：象声词，形容细小的声音。2 室人：妻子的别称。

译文

王生回去后，不敢进书斋，就睡在卧房里，把拂尘挂在门口。到了夜里一更左右，他听到门外有窸窸窣窣的声音。王生自己不敢去看，就叫妻子去看看发生了什么。只见那个女子走了过来，看到悬挂在门口的拂尘不敢进来；站在那儿咬牙切齿，过了很久才离开。过了一会儿，她又走回来，破口大骂道："臭道士想吓唬我，我才不会害怕呢！难道要我把吃到嘴的肉吐出来吗？"说着，恶鬼就一把抓下拂尘扯碎，破门而入，直接登上王生睡觉的床，撕开他的肚子，挖出心脏而去。王生的妻子号啕大哭，丫环拿蜡烛进来照了照，发现王生已经死了，腔子里血肉模糊，一片狼藉。陈氏吓得哭不出声来。

第二天，陈氏让王生的弟弟二郎跑去告诉道士。道士愤怒地说："我本来还可怜它，没想到这恶鬼胆敢如此猖狂！"于是就跟着王生的弟弟来到王生家。这时，那个女子早已不见踪影。道士抬起头环顾四周，说："幸好它还没跑远。"他问众人："南院是谁家？"二郎说："是小生我的住所。"道士说："鬼就在你家。"二郎听闻十分惊愕，认为不会在自己家。道士问他："是否曾有你不认识的人到过你家？"二郎回答说："我一早就去了青帝庙找您，确实不知道有人来，要回去问一问。"说完，二郎就返回家，过了一会儿又回到哥哥家，他说："果然有人来了我家。早上来了一个老太太，想让我家雇她当仆人，我妻子把她留了下来，现在还在家里。"道士说："就是她了。"

遂与俱往。仗木剑，立庭心，呼曰："孽魅！偿我拂子来！"妪在室，惶遽无色，出门欲遁。道士逐击之，妪仆，人皮划然而脱，化为厉鬼，卧嗥[1]如猪。道士以木剑枭其首，身变作浓烟，匝地作堆。道士出一葫芦，拔其塞，置烟中，飗飗[2]然如口吸气，瞬息烟尽。道士塞口入囊。共视人皮，眉目手足，无不备具。道士卷之，如卷画轴声，亦囊之。 乃别欲去。陈氏拜迎于门，哭求回生之法。道士谢不能。陈益悲，伏地不起。道士沉思曰："我术浅，诚不能起死。我指一人，或能之，往求必合[3]有效。"问："何人？"曰："市上有疯者，时卧粪土中。试叩而哀之。倘狂辱夫人，夫人勿怒也。"

注释

1 嗥（háo）：野兽大声嗥叫。2 飗飗（liú liú）：风吹的样子。3 合：应该，应当。

译文

于是道士跟着二郎来到他家。道士手持木剑，站在庭院当中，呵斥道："妖孽！还我的拂尘来！"那老太太在屋子里惊恐万分，吓得面无颜色，出门想要逃跑。道士追上前去用剑打她，老太太跌倒在地，人皮"哗"的一声裂开脱落下来，现出了厉鬼的原形，它趴在地上像猪一样吼叫着。道士用木剑砍下厉鬼的脑袋，只见它的身子变成了一股浓烟，在地上绕成一堆。道士拿出一个葫芦，拔开塞子，把它放到浓烟中，只听见葫芦口"呼呼"直响，好似人在用嘴吸气一样，转眼间浓烟就被吸干净了。道士塞上口，把葫芦收进行囊中。大家再去看地上的人皮，上面眉毛、眼睛、手、脚，无不具备。道士把人皮卷起来，像卷画轴一样"哗啦"作响，也把它收进行囊里。一切完毕后，道士就告别大家准备离去。陈氏跪在门口，哭着哀求救活丈夫的方法。道士推辞说自己无能为力。陈氏听了更加悲痛，趴在地上不肯起来。道士见状沉思了一会儿，说："我法术浅陋，确实不能起死回生。我给你指一个人，他或许能办到，你前去求他，应该会有效。"陈氏问："是什么人？"道士说："集市上有个疯子，时常躺在粪土当中。你磕头哀求他试试。倘若他发狂侮辱夫人，您也不要生气。"

二郎亦习知之，乃别道士，与嫂俱往。见乞人颠歌道上，鼻涕三尺，秽不可近。陈膝行[1]而前，乞人笑曰："佳人爱我乎？"陈告之故。又大笑曰："人尽夫也，活之何为？"陈固哀之，乃曰："异哉！人死而乞活于我，我阎摩[2]耶？"怒以杖击陈，陈忍痛受之。市人渐集如堵。乞人咯痰唾盈把，举向陈吻曰："食之！"陈红涨于面，有难色，既思道士之嘱，遂强啖焉。觉入喉中，硬如团絮，格格[3]而下，停结胸间。乞人大笑曰："佳人爱我哉！"遂起，行已不顾。尾之，入于庙中。追而求之，不知所在，前后冥搜[4]，殊无端兆[5]，惭恨而归。

注释

1 膝行：跪在地上挪动膝盖前行。2 阎摩：即阎罗王，民间信仰中掌管阴间的神灵。3 格格：同"咯咯"，象声词。4 冥搜：尽力寻找。5 端兆：端倪，迹象。

译文

二郎对那个疯子也很熟悉，就告别了道士，和嫂嫂一同前往。到了集市上，看见一个乞丐在路上疯疯癫癫地唱着歌，鼻涕流出来老长，身上污秽恶臭，让人难以靠近。陈氏跪着挪到他跟前，乞丐笑着说："美人你喜欢我吗?"陈氏把事情经过告诉了他。乞丐又大笑道："人人都能做你的丈夫，把他救活干什么呢?"陈氏一再哀求，乞丐就说："奇怪！人死了还要我救活他，难道我是阎王爷吗?"说完就恼怒地拿起棍子向陈氏打去，陈氏忍着疼痛挨他的打。集市上看热闹的人逐渐聚拢过来，密密麻麻像围了堵墙。乞丐又咳出满满一把的痰唾，举到陈氏嘴边说："吃了它！"陈氏脸涨得通红，面有难色，又想起道士的叮嘱，就强忍着恶心吃了下去。感觉咽到喉咙里，硬得像团棉絮，咯咯作响地往下去，最后停聚在胸口那儿。乞丐大笑说："美人真的喜欢我呀！"于是起身离去，不再理会陈氏。陈氏和二郎跟随着他来到庙里，想上前再求他，却找不到人在哪儿；前前后后尽力搜寻，毫无踪影可觅，只好又羞愧又懊恼地回家了。

既悼夫亡之惨，又悔食唾之羞，俯仰哀啼，但愿即死。方欲展血[1]敛尸，家人伫望，无敢近者。陈抱尸收肠，且理且哭。哭极声嘶[2]，顿欲呕，觉鬲中[3]结物，突奔而出，不及回首，已落腔中。惊而视之，乃人心也。在腔中突突犹跃，热气腾蒸如烟然。大异之，急以两手合腔，极力抱挤，少懈，则气氤氲[4]自缝中出。乃裂缯帛急束之。以手抚尸，渐温，覆以衾裯[5]。中夜启视，有鼻息矣。天明，竟活，为言："恍惚若梦，但觉腹隐痛耳。"视破处，痂结如钱，寻愈。

注释

1 展血：擦拭污血。2 嘶：声音发哑。3 鬲中：胸腹交接的地方。4 氤氲（yīn yūn）：烟气弥漫的样子。5 衾裯（qīn chóu）：指被褥、床帐等卧具。

译文

陈氏回到家里，既哀悼丈夫死得如此凄惨，又悔恨自己吃了别人的痰唾，呼天抢地地哀号，只求速死。她想给丈夫抹干污血收殓尸体，但家人都站得远远地看着，没有敢上前的。陈氏只好自己抱起王生的尸体，收拾流在外边的肠子，边清理边痛哭。她哭得太厉害了，当声嘶力竭时，突然感到想呕吐，感觉胸腹之间的那个硬块，忽然从里边涌出，还没等她转过头，那东西已经落在王生胸腔里了。陈氏吃惊地一看，竟然是颗人心。它在王生胸腔里“突突”地跳着，还冒着腾腾热气，好似烟雾一般。陈氏大感惊异，急忙用两手把丈夫的胸腔合拢起来，用力拼挤在一块儿，稍微有松动，就有缕缕热气从缝隙中飘出来。于是，她撕开绸帛，赶忙把王生的腹胸缠紧。她再用手抚摸尸体，感觉渐渐有了体温，就又给丈夫盖了层被褥。半夜，她起来探视，发觉丈夫鼻孔里已经有了气息。等第二天天亮了，王生竟然活了过来，他对陈氏说：“我现在感觉自己恍恍惚惚像做梦一样，只是觉得肚子那儿有些隐隐作痛。”再看被撕破的地方，结了一块铜钱大小的血痂，不久，王生就痊愈了。

异史氏曰：“愚哉世人！明明妖也，而以为美。迷哉愚人！明明忠也，而以为妄。然爱人之色而渔[1]之，妻亦将食人之唾而甘之矣。天道好还[2]，但愚而迷者不寤耳。可哀也夫！”

注释

1 渔：猎取，获取。2 天道好还：指上天公正无私，善恶终有报应。

译文

异史氏说：“世人真是愚蠢啊！明明是妖怪，他却偏偏以为是美人。愚笨的人真是执迷不悟啊！明明是忠言，他却偏偏以为是妄语。然而，他贪图别的女人的美色而想方设法猎取，结果，自己的妻子也将心甘情愿地去吃别人的痰唾。善恶到头终有报，只不过世上的糊涂人不能明白罢了。真是可哀可叹啊！”

鲁公女

招远[1]张于旦，性疏狂不羁，读书萧寺[2]。时邑令鲁公，三韩[3]人，有女好猎。生适遇诸野，见其风姿娟秀，着锦貂裘，跨小骊驹，翩然若画。归忆容华，极意钦想。后闻女暴卒，悼叹欲绝。鲁以家远，寄灵寺中，即生读所。生敬礼如神明，朝必香，食必祭。每酹[4]而祝曰：“睹卿半面，长系梦魂，不图玉人，奄然物化。今近在咫尺，而邈若河山，恨如何也！然生有拘束，死无禁忌，九泉

有灵，当珊珊[5]而来，慰我倾慕。”日夜祝之，几半月。

注释

1 招远：今山东招远。2 萧寺：南朝梁武帝修造佛寺时，曾让其太子书一“萧”字，故后世又称佛寺为萧寺。3 三韩：古代朝鲜半岛南部有三个部族，分别是马韩、辰韩、弁韩，合称三韩。清代借指辽东地区。4 酹（lèi）：把酒洒在地上以示祭奠。5 珊珊：指走路从容，不快不慢的样子。

译文

山东招远有个人叫张于旦，性情豪放疏狂，借住在一座寺庙读书。当时，招远县令鲁公是辽东人，有个女儿喜欢打猎。张生曾在野外遇到鲁家小姐，见她容貌秀丽，身穿貂皮袄，骑着一匹小黑马，风姿翩翩，好像画里的人一样。张生回庙里后，回想起鲁小姐的花容月貌，爱慕之情汹涌澎湃。之后听说鲁小姐暴病而亡，他哭得死去活来，如断肝肠。鲁公因为离家乡太远，就将女儿的灵柩暂时安放在寺庙中，正是张生读书的那座庙。张生对鲁家小姐敬若神明，每天早上必会焚香礼拜，吃饭前一定要先祭奠。他常常以酒洒地，口中念念有词地说：“小生有幸目睹小姐半面芳容，心魄为之倾倒，故而时常在梦中牵挂，不想忽而玉人迁化。如今你我虽间隔咫尺，而阴阳相隔，远若万水千山，我的怅恨之情，可谓痛恨无极啊！然而，活着的时候，你也许受礼法拘束，死后自当百无禁忌，若小姐泉下有知，还请姗姗而来，以安慰我一片爱慕痴情！”张生就这样日夜不停地祷告，持续了将近半个多月。

一夕，挑灯夜读，忽举首，则女子含笑立灯下。生惊起致问，女曰：“感君之情，不能自已，遂不避私奔之嫌。”生大喜，遂共欢好，自此无虚夜。谓生曰：“妾生好弓马，以射獐杀鹿为快，罪业深重，死无归所。如诚心爱妾，烦代诵《金刚经》一藏数[1]，生生世世不忘也。”生敬受教，每夜起，即柩前捻珠讽诵。偶值节序，欲与偕归，女忧足弱，不能跋履[2]。生请抱负以行，女笑从之。如抱婴儿，殊不重累，遂以为常，考试亦载与俱，然行必以夜。生将赴秋闱，女曰：“君福薄，徒劳驰驱。”遂听其言而止。

注释

1 一藏数：持诵五千零四十八遍。2 跋履：旅途奔波劳累。

译文

一天夜里，张生正挑灯读书，猛一抬头，忽然看到鲁家小姐正站在灯下冲他微笑。张生惊慌地起身问候，鲁小姐说："深感公子一片真情，妾身不能自已，也就顾不得男女之防贸然前来了。"张生欣喜若狂，就和鲁小姐云雨欢爱，此后二人同床共枕，无一夜虚度。一天，鲁小姐对张生说："我生前喜好弓马骑射，平日以射杀獐鹿为乐，罪孽深重，死后成为孤魂野鬼无归无靠。公子若是真心爱我，烦请为我念一藏《金刚经》，这份恩德，我生生世世永不相忘。"张生就诚恳地答应了她，每天半夜起来，在灵柩前持念珠诵经。有一次赶上过节，张生想让她跟自己一起回家，鲁小姐担心路途遥远，不胜脚力。张生便请求抱着她赶路，鲁小姐笑着答应了。张生抱着鲁小姐，感觉就像抱着个婴儿，一点也不觉得重，久而久之也就习惯了，甚至考试的时候也带着她一起去，不过都是在夜间赶路。转眼秋天到了，张生想参加举人考试，鲁小姐说："相公你福分浅薄，去了也是枉费精力。"于是，张生听了她的话，就没参加考试。

积四五年，鲁罢官，贫不能舆其榇[1]，将就窆[2]之，苦无葬地。生乃自陈："某有薄壤近寺，愿葬女公子。"鲁公喜。生又力为营葬。鲁德之而莫解其故。鲁去，二人绸缪如平日。一夜，侧倚生怀，泪落如豆，曰："五年之好，于今别矣！受君恩义，数世不足以酬！"生惊问之。曰："蒙惠及泉下人，经咒藏满，今得生河北卢户部家。如不忘今日，过此十五年，八月十六日，烦一往会。"

生泣下曰："生三十余年矣，又十五年，将就木[3]焉，会将何为？"女亦泣曰："愿为奴婢以报。"少间，曰："君送妾六七里，此去多荆棘，妾衣长难度。"乃抱生项，生送至通衢。见路旁车马一簇，马上或一人，或二人；车上或三人、四人、十数人不等。独一钿车[4]，绣缨朱幰[5]，仅一老媪在焉。见女至，呼曰："来乎？"女应曰："来矣。"乃回顾生云："尽此，且去。勿忘所言。"生诺。女子行近车，媪引手上之，展軨[6]即发，车马阗咽[7]而去。

注释

1 榇（chèn）：棺材。2 就窆（biǎn）：就地埋葬。3 就木：死后装棺材。4 钿车：金玉珠宝嵌饰的马车。5 绣缨朱幰（xiǎn）：挂着彩穗的大红车帘。6 展軨（líng）即发：车轮转动前行。7 阗咽：形容车马喧闹。

译文

过了四五年，鲁公罢官还乡，由于缺乏资财，无力将女儿灵柩运回故乡，于是打算就地下葬，又难以找到一块合适的墓地。张生就主动说："我家有片地离寺庙不远，晚辈愿献出来安葬女公子。"鲁公听了大感欣喜。张生又帮着营建坟墓，鲁公对他深表感激，却不理解其中缘故。鲁公走后，张生和鲁小姐恩爱如常。一晚，鲁小姐依偎在张生怀里，突然泪如珠滚，动情地说道："五年的恩爱，今夜就要分别了！妾身蒙受公子的深恩厚义，几辈子都报答不完！"张生惊愕地问她怎么回事。她说："承蒙你给我念诵佛经，如今已圆满一藏之数，我将要托生到河北卢尚书家。公子如果以后还记着今日，十五年后的八月十六那天，烦请你过去再会。"

张生哭着说："我都三十好几的人了，再过十五年，也行将就木，就算过去相会，又能如何呢？"鲁小姐也哭着说："我愿当牛做马，伺候你到老。"过了一会儿她又说："请郎君送我走六七里，此去路上有很多荆棘，我衣裙太长，怕不容易过去。"于是她就抱着张生的脖子，张生把她送到大街上，看见有一排马车在等候。马上或有一人，或有两人，车上或有三人，或有四人，甚至十几人不等。其中有一辆马车镶嵌着金玉珠宝，车厢挂着大红窗帘，上有锦绣帘穗围绕，只有一个老太太在车上。她见女孩儿来了，就招呼说："来了吗？"鲁小姐回应说："来了。"说完，就回头望着张生道："就送到这儿吧，公子可以回去了。希望你不要忘记我的话。"张生答应她一定如约前往，女子这才走近马车，老太太伸手拉她上去，车轮启动，其他车辆也簇拥着浩浩荡荡而去。

生怅怅[1]而归，志时日于壁，因思经咒之效，持诵益虔。梦神人告曰："汝志良嘉，但须要到南海去。"问："南海多远？"曰："近在方寸地。"醒而会其旨，念切菩提[2]，修行倍洁。三年后，次子明、长子政，相继擢高科。生虽暴贵，而善行不替。夜梦青衣人邀去，见宫殿中坐一人如菩萨状，逆[3]之曰："子为善可喜，惜无修龄[4]，幸得请于上帝矣。"

生伏地稽首。唤起，赐坐，饮以茶，味芳如兰。又令童子引去，使浴于池。池水清洁，游鱼可数，入之而温，掬之有荷叶香。移时，渐入深处，失足而陷，过涉灭顶。惊寤，异之。由此身益健，目益明。自捋其须，白者尽簌簌落；又久之，黑者亦落，面纹亦渐舒。至数月后，颔秃面童，宛如十五六时。辄兼好游戏事，亦犹童，过饰边幅，二子辄匡救之。

译文

张生怅怅而返，把日期标记在墙壁上，因想起诵经持咒确实有不可思议的效果，于是就更加虔诚地念诵佛经。有天夜里，他梦到有位神人告诉他："你的志向的确很诚恳，但要到南海去一趟才行。"张生问："南海有多远？"神人回答说："南海近在方寸之间。"醒来后，张生领会了神灵的旨意，就一心念佛，修行倍加清洁。三年后，他的次子张明，长子张政，相继考取了功名。张生虽然骤然发达，但一心行善，丝毫没有懈怠。一夜，他梦到有位黑衣人把自己带到了一处宫殿，里面坐着一个人，看着好像庙里的菩萨，菩萨欢迎他说："你一心做善事，非常值得欢喜，可惜寿命不长，幸而我已经向上帝求了情。"

张生趴在地上叩头谢恩。菩萨叫他起来，令人赐座，并奉上茶水，茶味芬芳，散发着兰花的幽香。又令童子带着他去池中沐浴。池水清澈洁净，里面的游鱼看得清清楚楚。张生下水后，感觉暖洋洋的，捧起来一闻，有股荷叶的清香。过了片刻，他渐渐走入深水区，一不小心陷进了深坑中，水一下子没过了头顶。张生猛然惊醒，心中甚感诧异。从此以后，他身体愈发强健，眼睛愈发明亮。一捋胡子，白胡子纷纷脱落；又过了段时间，黑胡子也脱落了，脸上的皱纹也慢慢舒展开来。几个月后，张生下巴光秃秃的，面庞就像孩童一样光滑，看上去像一个十五六岁的小伙子。他又喜欢玩耍，表现也跟孩子一样。张生返老还童后，由于太注重穿衣打扮，两个儿子时常劝他不要效仿浪荡公子。

注释

1 怅怅：失意的样子。2 菩提：觉悟的智慧，此处指佛法。3 逆：迎接。4 修龄：长寿。

未几，夫人以老病卒，子欲为求继室于朱门。生曰："待吾至河北来而后娶。"屈指已及约期，遂命仆马至河北。访之，果有卢户部。先是，卢公生一女，生而能言，长益慧美，父母最钟爱之。贵家委禽[1]，女辄不欲。怪问之，具

述生前约。共计其年，大笑曰："痴婢！张郎计今年已半百，人事变迁，其骨已朽。纵其尚在，发童而齿豁[2]矣。"女不听。母见其志不摇，与卢公谋，戒阍人[3]勿通客，过期以绝其望。

未几，生至，阍人拒之，退返旅舍，怅恨无所为计，闲游郊郭，因循而暗访之。女谓生负约，涕不食。母言："渠不来，必已殂谢。即不然，背盟之罪，亦不在汝。"女不语，但终日卧。卢患之，亦思一见生之为人，乃托游遨，遇生于野。视之，少年也，讶之。班荆[4]略谈，甚倜傥。公喜，邀至其家。方将探问，卢即遽起，嘱客暂独坐，匆匆入内告女。女喜，自力起，窥审其状不符，零涕而返，怨父欺罔，公力白其是，女无言，但泣不止。公出，意绪懊丧，对客殊不款曲[5]。生问："贵族有为户部者乎？"公漫应之。首他顾，似不属客。生觉其慢，辞出。女啼数日而卒。

注释

1 委禽：求婚。因大雁按季节迁徙，不失时节，所以古代求婚用大雁当聘礼，取其准时守约之义。2 发童而齿豁：头发光秃，牙齿脱落。3 阍人：看大门的人。4 班荆：坐在草地上。5 款曲：接待殷勤周到。

译文

没过多久，张生的夫人因年老体衰故去，儿子们想给他找个大户人家的千金续弦。张生说："等我从河北回来再娶吧。"屈指一算，当年和鲁小姐约定的日期快到了，就带着仆人坐马车前往河北。到了地方一打听，果然有一位姓卢的户部尚书。起先，卢尚书有个女儿，生下来就会说话，长大后更加聪慧美丽，父母对她尤其钟爱。每当有豪门来提亲，卢家小姐都不情愿。家人对此很奇怪，就问她有何原因，她就把跟张生的约定详细说了一通。家人算了一下年纪，大笑道："你真是个傻丫头！张公子论岁数现在都已经半百了，人事变化无常，说不定人早就没了。就算他还健在，那也是秃顶豁牙的老头子了。"卢小姐听不下去。母亲见她意志坚定不可动摇，就跟卢老爷商量，告诉看大门的，不要放寻找小姐的人进来，等过些日子，好断绝她的念想。

没过多久，张生就找上门来，看门的不让他进去，他只得返回旅馆。张生虽然心里怅怅不乐，但一时也没什么办法，于是就到郊外闲游，然后再慢慢打听卢小姐的消息。到了日子，卢小姐见张生迟迟未来，就抱怨他背信弃义，哭得死去活来，茶饭不进。母亲就劝她说："他现在没来，肯定是人已经死了。就算还活着，背弃盟誓的罪责，也不在你。"卢小姐听了一言不发，只是终日卧床不起。卢老爷很是担心女儿，也想见见这个张生是什么样的人，于是就假托外出郊游，在城外恰巧遇到了张生。一看，原来是位少年，惊讶不已。坐下聊了几句，感觉他谈吐甚为风流倜傥。卢老爷大感欣喜，就把张生请到家里。张生刚要开口问卢小姐近况，卢尚书赶紧起身，让客人稍事休息，自己匆匆走进里屋告诉女儿。卢小姐高兴地赶忙起床，老远一瞧，此人模样并不像张公子，就哭着跑了回来，不住地抱怨父亲骗她。不管卢老爷怎么解释，卢小姐一句话都不说，只是哭个不停。卢公从房里走出来，心情很是懊丧，对客人也爱答不理。张生就问："您宗族里有担任户部尚书的人吗？"卢老爷就随便敷衍几句，然后就把头转到一边，对客人毫不理睬。张生察觉他态度比较傲慢，也就辞别了。卢小姐痛哭几天后，便死了。

生夜梦女来，曰："下顾[1]者果君耶？年貌舛异[2]，觌面[3]遂致违隔。妾已忧愤死，烦向土地祠速招我魂，可得活，迟则无及矣。"既醒，急探卢氏之门，果有女亡二日矣。生大恸，进而吊诸其室，已而以梦告卢。卢从其言，招魂而归，启其衾，抚其尸，呼而祝之，俄闻喉中咯咯有声。忽见朱樱[4]乍启，坠痰块如冰。扶移榻上，渐复吟呻。卢公悦，肃客[5]出，置酒宴会。细展官阀[6]，知其巨家，益喜，择吉成礼。居半月，携女而归。卢送至家，半年乃去。夫妇居室俨如小耦[7]，不知者多误以子妇为姑嫜焉。卢公逾年卒，子最幼，为豪强所中伤，家产几尽。生迎养之，遂家焉。

注释

1 下顾：拜访。2 舛（chuǎn）异：差别很大。3 觌（dí）面：见面。4 朱樱：红红的樱桃小嘴。5 肃客：领着客人。6 细展官阀：仔细询问官阶门第。7 小耦（ǒu）：少年夫妻。

译文

一天夜里，张生梦见卢小姐前来，问他说："之前来我家的人果真是你吗？我看你年龄、相貌都差异好大，就当面错过了。妾身忧愤而死，烦请你速到土地祠为我招魂，还能活过来，要是晚了，就来不及了。"张生醒来后，急忙赶往卢尚书家，果然卢府有个女儿已经死了两天了。张生大感悲痛，就进去吊唁，把梦里的事情告诉了卢尚书。卢老爷按照他说的，到土地祠给女儿招魂，回来后掀开女儿的被子，手摸着女儿的尸体，嘴里喊着她的名字，不停地祷告，不一会儿，听见女儿喉咙“咯咯”作响。忽而，卢小姐轻启樱唇，吐出一口冷痰。卢公把她移到床上去，渐渐有了呻吟声，竟然活了过来。卢老爷非常喜悦，就把张生请到大堂，摆下丰盛的酒宴款待他。席间他详细询问了张生的家世境况，得知他也是名门大族，更加高兴了，于是就择良辰挑吉日，为女儿办了婚礼。在卢家住了半个月，张生要带新媳妇回去了。卢尚书亲自送他们到了家，住了半年才走。他们两人生活在一起，就像一对少年夫妻，不知道的还以为儿子儿媳是公公婆婆呢。卢尚书第二年就去世了，儿子还小，被乡里豪强构陷中伤，几乎荡尽家产。张生就把他接过来抚养，卢公子也就在那儿安了家。

连 琐

杨于畏移居泗水[1]之滨。斋临旷野，墙外多古墓，夜闻白杨萧萧，声如涛涌。夜阑[2]秉烛，方复凄断[3]。忽墙外有人吟曰：“玄夜凄风却倒吹，流萤惹草复沾帏。”反复吟诵，其声哀楚。听之，细婉似女子。疑之。明日视墙外，并无人迹，惟有紫带一条，遗荆棘中，拾归置诸窗上。向夜二更许，又吟如昨。杨移杌[4]登望，吟顿辍。悟其为鬼，然心向慕[5]之。

注释

1 泗水：发源于山东中部太平顶山西麓，西南流经山东济宁、曲阜、兖州、邹城等地。它是山东中部较大河流，又名泗水河。2 夜阑：深夜。3 凄断：非常凄凉。4 杌（wù）：小板凳。5 向慕：向往仰慕。

译文

杨于畏移居到泗水河畔。他的书房临近空旷荒凉的郊外，墙外有很多古墓，每到夜里，就听见风吹杨树“哗哗”作响，声音就如同汹涌的波涛一般。一天深夜，杨生秉烛读书，只听得窗外阵阵风起，愈发感觉凄凉苦楚。忽然，他听到墙外有人吟诵道：“玄夜凄风却倒吹，流萤惹草复沾帏。”那人读了一遍又一遍，声音哀伤悲楚。仔细听，那声音轻柔婉转，好像是个女子。杨生心里颇感疑惑。第二天他到外边一看，并没有人来过的痕迹，只有一条紫色的飘带遗落在荆棘丛中，杨生就把它拾回来放在窗台上。当天夜里二更时分，又听到有人在吟诵昨晚的诗句。他就搬个椅子，踩着向外张望，声音顿时停止了。杨生恍然明白，这肯定是鬼魅所为，然而，在心里却对她神往倾慕。

次夜，伏伺墙头。一更向尽，有女子珊珊[1]自草中出，手扶小树，低首哀吟。杨微嗽，女忽入荒草而没。杨由是伺诸墙下，听其吟毕，乃隔壁而续之曰："幽情苦绪何人见？翠袖单寒月上时。"久之，寂然，杨乃入室。方坐，忽见丽者自外来，敛衽曰："君子固风雅士，妾乃多所畏避。"杨喜，拉坐。瘦怯凝寒，若不胜衣。问何居里，久寄此间。答曰："妾陇西[2]人，随父流寓。十七暴疾殂谢，今二十余年矣。九泉荒野，孤寂如鹜。所吟乃妾自作，以寄幽恨者。思久不属，蒙君代续，欢生泉壤。"

杨欲与欢，蹙然曰："夜台[3]朽骨，不比生人，如有幽欢，促人寿数，妾不忍祸君子也。"杨乃止。戏以手探胸，则鸡头之肉[4]，依然处子。又欲视其裙下双钩，女俯首笑曰："狂生太啰唣[5]矣！"杨把玩之，则见月色锦袜，约彩线一缕，更视其一，则紫带系之。问："何不俱带？"曰："昨宵畏君而避，不知遗落何所。"杨曰："为卿易之。"遂即窗上取以授女。女惊问何来，因以实告。乃去线束带。

注释

1 珊珊：走路从容，不紧不慢的样子。2 陇西：甘肃西部。3 夜台：坟墓。4 鸡头之肉：乳头。鸡头是芡实的别名，芡实形似莲子，新鲜的芡实剥皮后很像女子的乳头。5 啰唣（zào）：纠缠个没完。

译文

第二天晚上，杨生早早地躲在墙头等着。一更快过去的时候，有位女子缓缓自草丛中走出，她手扶着小树，低着头哀伤地吟诵诗句。杨生轻轻咳嗽了一声，女子忽然走进荒草中消失不见了。杨生就继续躲在墙根下等候，听她把诗念完，然后才隔墙续了两句："幽情苦绪何人见？翠袖单寒月上时。"过了很长时间，仍是一片寂静，杨生这才回到房里。刚坐下，忽然看见一个美人从外边走进来，她整理了一下衣衫，说："公子原来是个风雅的人，可我却这样胆怯地躲着你，实在是失礼了。”杨生颇感欣喜，拉着她入座。女子身材瘦削，看着有几分羞怯，周身散发着寒气，娇弱得似乎连衣服都撑不起来。问她家住哪里，在此呆了多久了。女子回答说：“我是陇西人，生前跟随父亲四处漂泊。十七岁时，暴病而亡，如今已经过了二十多年。九泉之下荒凉旷野，妾身孤单凄凉，好比离群的野鸭一样。适才所吟诵的，是我自己所写，借此排遣幽怨之情。我想了好久都没能联出下句，承蒙公子替我完续，妾身虽在九泉之下也深感欢慰。”

杨生听了飘然自喜，就想跟女子共度良宵，女子眉头一皱，说：“我只是坟墓里的一具朽骨，比不得生人，若跟公子好合，只会消损你的阳寿罢了，我实在不忍心祸害郎君。”听她这么讲，杨生只好作罢。忽而他把手伸进女子的胸口戏弄，发觉她的乳头仍然像处女一样。杨生兴致大起，还想看看女子的小脚，女子低头笑道：“你这人真是太猖狂了，怎么纠缠起来没完没了。”杨生一把将女子的双脚揽在怀里细细把玩，只见她穿着白色的锦袜，一只脚的袜口扎着一缕彩线，再看另一只脚，则系了一条紫色飘带。杨生就问道：“为何不都系上袜带呢？”女子说：“昨晚我见到你很害怕，躲避的时候不知道遗落在哪儿了。”杨生说：“我给你换上。”说着就从窗台上取来飘带递给了她。女子惊讶地问他从何得来，杨生于是便把前后经过告诉了她。女子就解下丝线，系上了飘带。

既翻案上书，忽见《连昌宫词》[1]，慨然曰：“妾生时最爱读此。今视之，殆如梦寐！”与谈诗文，慧黠可爱，翦烛西窗[2]，如得良友。自此每夜但闻微吟，少顷即至。辄嘱曰：“君秘勿宣。妾少胆怯，恐有恶客见侵。”杨诺之。两人欢同鱼水，虽不至乱，而闺阁之中，诚有甚于画眉者[3]。女每于灯下为杨写书，字态端媚。又自选宫词[4]百首，录诵之。使杨治棋枰[5]，购琵琶，每夜教杨手谈[6]，不则挑弄弦索。作《蕉窗零雨》之曲，酸人胸臆，杨不忍卒听，则为《晓苑莺声》之调，顿觉心怀畅适。挑灯作剧[7]，乐辄忘晓。视窗上有曙色，则张皇遁去。

注释

1《连昌宫词》：唐代诗人元稹创作的长篇叙事诗。通过一个老人之口叙述连昌宫的兴废变迁，反映了唐朝自唐玄宗至唐宪宗时期的兴衰历程，叙述了安史之乱前后朝政治乱的情形，表现了诗人对重开盛世的向往和对国家长治久安的强烈愿望。2 翦烛西窗：原指思念远方的妻子，盼望相聚夜语，后泛指亲友聚谈。3 甚于画眉者：比丈夫给妻子画眉还私密的事。此处指两人关系极为亲密。4 宫词：以宫廷生活为题材的诗歌，大多是五言或七言绝句。5 棋枰（píng）：棋盘。6 手谈：下围棋。7 作剧：做游戏。

译文

女子随手翻阅文案上的书，忽然看到一本《连昌宫词》，便感慨说："这是我活着的时候最喜爱读的，如今看到它，真是像在梦中一样！"杨生就跟女子聊起诗文，愈发觉得她聪慧可爱，于是便和她彻夜畅谈，好似遇到了一位知心良友。从此，每晚只要听到女子低声吟诗，须臾间她定会来到书斋。女子时常嘱咐杨生："请你一定严守秘密，不要对外宣扬此事。我一向很胆小，担心有些野蛮的人欺负我。"杨生答应替她保守秘密。两人感情十分融洽，好似鱼跟水一样，虽然没有乱来，却比夫妻还亲密无间。女子常常在灯下为杨生抄书，字迹端庄秀丽。她又挑选了一百多首宫词，抄下来时常读诵。女子还让杨生添置了棋盘，买了琵琶，每天晚上教他下围棋，若不然就自己弹奏琵琶。她所作的《蕉窗零雨》，声调凄凉哀婉，听了让人心里甚为酸楚，每当杨生伤感得听不下去时，她就改弹《晓苑莺声》的曲子，杨生顿时觉得心怀舒畅许多。两人在灯下尽情游戏，常常玩得忘记天已经破晓。每当女子看到窗户被曙光照亮，就赶忙慌慌张张地离开。

一日，薛生造访，值杨昼寝。视其室，琵琶、棋局俱在，知非所善。又翻书得宫词，见字迹端好，益疑之。杨醒，薛问："戏具何来？"答："欲学之。"又问诗卷，托以假诸友人。薛反复检玩，见最后一叶细字一行云："某月日连琐书"。笑曰："此是女郎小字，何相欺之甚？"杨大窘，不能置词。薛诘之益苦，杨不以告。薛卷挟，杨益窘，遂告之。薛求一见，杨因述所嘱。薛仰慕殷切，杨不得已，诺之。夜分女至，为致意焉。女怒曰："所言伊何？乃已喋喋[1]向人！"杨以实情自白，女曰："与君缘尽矣！"杨百词慰解，终不欢，起而别去，曰："妾暂避之。"

注释

1 喋喋：多嘴多舌的样子。

译文

有一天，杨生的朋友薛公子前来拜访，正赶上杨生在睡觉。薛生环顾书斋，见有琵琶和棋盘，他知道杨生原来并不擅长这些。又翻阅案头书籍，发现一本手抄的宫词，字迹工整清秀，就更加怀疑了。杨生醒来后，薛生问他："杨兄，你屋里这些游戏之具，是从何而来啊？"杨生说："我只是一时兴起，想学学罢了。"薛生又问他诗卷，他就假托是借朋友的。薛生反复翻阅，在最后一页上看到一行小字，写着："某月某日连琐书"。薛生笑着对杨生说："这分明是女子的小名，你怎么能如此欺瞒我呀？"杨生大感窘迫，不知说什么好。薛生步步紧逼，问个不停，杨生硬撑着，就是不说。薛生见状，拿起书要走人，杨生窘迫得实在没办法了，只好把实情告诉他。薛生央求见连琐一面，杨生就说自己答应过连琐要保密。无奈薛生仰慕急切，执意要见女子，杨生情不得已就答应了。晚上连琐过来后，杨生就把薛生见面的请求告诉了她。连琐听了怒气冲冲地说："我之前怎么叮嘱你的？你竟然多嘴多舌地到处跟人讲！"杨生慌忙辩解，说当时也是情不得已，女子说："不必多言，我跟你缘分已尽！"任凭杨生百般劝解，连琐始终怒气未消，她起身就要离去，对杨生说："我先暂时回避一下。"

明日薛来，杨代致[1]其不可。薛疑支托[2]，暮与窗友二人来，淹留[3]不去，故挠之，恒终夜哗，大为杨生白眼，而无如何。众见数夜杳然，浸有去志，喧嚣渐息。忽闻吟声，共听之，凄婉欲绝。薛方倾耳神注，内一武生王某，掇巨石投之，大呼曰："作态[4]不见客，甚得好句，呜呜恻恻，使人闷损！"吟顿止，众甚怨之，杨恚愤见于词色。次日，始共引去。杨独宿空斋，冀女复来，而殊无影迹。逾二日，女忽至，泣曰："君致恶宾，几吓煞妾！"杨谢过不遑[5]，女遽出，曰："妾固谓缘分尽也，从此别矣。"挽之已渺。由是月余，更不复至。

注释

1 代致：代为转告。2 支托：支吾推托。3 淹留：长期逗留。4 作态：故意端着架子摆谱。5 不遑：来不及。

译文

第二天薛生过来了，杨生就说连琐不想见他。薛生怀疑杨生有意推托欺骗，晚上就带着两个同窗好友来到杨生家赖着不走，他们故意捣乱，整夜大吵大闹，杨生虽然感到气愤，但也无可奈何。一干人见好几晚都没什么动静，便萌生去意，喧嚣声渐渐平息下来。忽然外面传来吟诵诗歌的声音，几个人仔细一听，音调凄凉哀婉，令人伤心欲绝。薛生正凝神聆听，身边有个习武的王生，抓起一块大石头就砸了过去，大喊大叫道："惺惺作态地不出来见客，念的什么好诗，哭哭啼啼的，真令人扫兴！"说着吟诵声顿时停止了，大伙都抱怨王生太过鲁莽，杨生更是气得变了脸色，狠狠地骂了他们一通。第二天，这些人才告辞。杨生独自待在空房里，一心盼着连琐能再来，可是等了一天连个影子都没有。过了两天，连琐忽然走进来，哭泣着说："郎君你招致的凶恶宾客，可把我吓死了！"杨生还没来得及道歉，女子就匆忙离开了，临走时说："我早就说过我们缘分已尽，从此永别了。"杨生想上前挽留，可是连琐说完话就消失不见了。此后一个多月，连琐再也没有来过。

杨思之，形销骨立，莫可追挽。一夕，方独酌，忽女子搴[1]帏入。杨喜极，曰："卿见宥[2]耶？"女涕垂膺[3]，默不一言。亟问之，欲言复忍，曰："负气去，又急而求人，难免愧恧[4]。"杨再三研诘，乃曰："不知何处来一龌龊[5]隶，逼充媵妾。顾念清白裔，岂屈身舆台[6]之鬼？然一线弱质，乌能抗拒？君如齿妾在琴瑟之数[7]，必不听自为生活。"杨大怒，愤将致死，但虑人鬼殊途，不能为力。女曰："来夜早眠，妾邀君梦中耳。"于是复共倾谈，坐以达曙。

注释

1 搴（qiān）：掀起，揭开。2 见宥（yòu）：希望能够原谅。3 垂膺：眼泪垂到了胸口。4 愧恧（nǜ）：惭愧。5 龌龊（wò chuò）：品行卑劣。6 舆台：身份低下的奴仆。7 琴瑟之数：琴瑟比喻夫妇间感情和谐，此处为恩爱之情。

译文

连琐走后，杨生追悔莫及，日思夜想，寝食难安，瘦得不成样子，却也无法挽回。一晚他正独自喝闷酒，忽然连琐掀开帘子走了进来。杨生喜出望外，说："你肯原谅我了吗？"连琐一言不发，只是哭得很伤心，眼泪都流到了胸口。杨生急忙追问发生了什么事，连琐却欲言又止，最后才说："我当初赌气走了，现在又匆匆忙忙前来求你，难免有些张不开口。"杨生再三追问，她才说："不知道从哪儿来了一个龌龊的差役，非逼我嫁给他当小老婆。我也是清白人家出身，怎能屈身嫁给一个死鬼奴才呢？可怜我只是一个弱女子，又如何反抗得了？郎君要是还念及旧情，可不能坐视不管，任妾身被人肆意摆布。”杨生听了怒发冲冠，恨不能与那个死鬼拼命，可是又一想，毕竟人鬼殊途，恐怕有力也使不上。连琐就说：“明天晚上你早点睡下，我会在梦里请你过来。”于是两人和好如初，坐下来促膝长谈，一直到天亮。

女临去，嘱勿昼眠，留待夜约。杨诺之。因于午后薄饮[1]，乘醺登榻，蒙衣偃卧。忽见女来，授以佩刀，引手去。至一院宇，方阖门语，闻有人掿石挝门[2]。女惊曰：“仇人至矣！”杨启户骤出，见一人赤帽青衣，猬毛绕喙[3]，怒咄之。隶横目相仇，言词凶谩[4]。杨大怒，奔之。隶捉石以投，骤如急雨，中杨腕，不能握刃。方危急所，遥见一人，腰矢野射[5]。审视之，王生也。大号乞救。王生张弓急至，射之中股；再射之，殪[6]。

杨喜感谢。王问故，具告之。王自喜前罪可赎，遂与共入女室。女战惕羞缩，遥立不作一语。案上有小刀长仅尺余，而装以金玉，出诸匣，光芒鉴影。王叹赞不释手。与杨略话，见女惭惧可怜，乃出，分手去。杨亦自归，越墙而仆，于是惊寤，听村鸡已乱鸣矣。觉腕中痛甚，晓而视之，则皮肉赤肿。亭午，王生来，便言夜梦之奇。杨曰：“未梦射否？”王怪其先知。杨出手示之，且告以故。王忆梦中颜色，恨不真见。自幸有功于女，复请先容[7]。夜间，女来称谢。杨归功王生，遂达诚恳。女曰：“将伯之助[8]，义不敢忘，然彼赳赳，妾实畏之。”既而曰：“彼爱妾佩刀，刀实妾父出使粤中，百金购之，妾爱而有之，缠以金丝，瓣以明珠。大人怜妾夭亡，用以殉葬。今愿割爱相赠，见刀如见妾也。”次日，杨致此意，王大悦。至夜，女果携刀来，曰：“嘱伊珍重，此非中华物也。”由是往来如初。

注释

1 薄饮：喝了少量的酒。2 掿（nuò）石挝（zhuā）门：拿起石头砸门。3 猬毛绕喙：嘴边长满了刺猬一样的硬茬胡子。4 凶谩：粗鲁无礼。5 野射：打猎。6 殪（yì）：毙命。7 先容：事先通告。8 将（qiāng）伯之助：别人对自己的帮助。

译文

临别时，连琐再次叮嘱他白天可别睡觉，到晚上一定要准时赴约。杨生让她放心，保证不会误事。由于在下午稍稍喝了点酒，杨生乘醉登床而卧，往身上盖了件衣服就睡过去了。忽而，他看见连琐前来相迎，手里递过来一把刀，拉着他的手就走。二人来到一座宅院，刚关上门要说话，就听见有人拿石头"砰砰"砸门。连琐惊慌地说："仇人来了！"杨生上前打开门冲了出去，只见一人头戴大红高帽，身着黑色长袍，一圈络腮胡子又直又硬，好似刺猬毛一样围在嘴边。杨生怒不可遏，呵斥他赶快滚开。这位差役目露凶光，横眉相对，言语恶毒地和杨生吵了起来。杨生怒火中烧，直奔他扑过去。鬼差捡起石头就朝杨生砸来，飞石密如雨点，打中了杨生的手腕，疼得他拿不起刀。千钧一发之际，忽然看到远处有一人，腰间挂着弓箭，正在打猎。定睛一瞧，原来是王生。杨生赶紧大喊救命。王生拉开弓急忙赶了过来，一箭射中了鬼差的大腿，再一箭射中要害，鬼差直接倒地而亡。

杨生见此大喜，不住地感谢王生出手相救。王生问他是怎么一回事，杨生就把前后经过都告诉了他。王生听了暗自庆幸自己能够将功折罪，于是就跟着杨生一起进了连琐的房间。连琐见有陌生人来，既害羞又害怕，哆哆嗦嗦地站在远处，一声也不吭。王生看到桌子上有把小刀，仅一尺来长，上边镶嵌着黄金美玉，拔出一看，寒光闪闪，光可鉴人。王生连连称赞，爱不释手。他和杨生说了几句，见女子羞怯恐惧，实在可怜，就和杨生道别离去了。杨生也回到自己家，翻墙时跌倒在地，这才从梦中惊醒，此时耳边传来公鸡打鸣声。他发觉手腕疼得厉害，等天亮了再看，原来皮肉早已红肿。中午王生过来串门，就说自己晚上做了一个怪梦。杨生插话道："没梦到射箭吗？"王生奇怪他怎么能预先知道自己要说什么。杨生就伸出手腕给他看，并把原委告诉了他。王生回想起梦里所见女子的容貌，恨不能真见上一面。他自觉有功于连琐，就让杨生捎个信儿，希望能一睹芳容。等到了晚上，连琐过来谢恩，杨生就把功劳全归在王生头上，借机说王生求见确是一片诚意，希望不要拒绝。连琐就说："王公子的再造之恩，我不敢忘怀，只是他一个赳赳武夫，我见了实在害怕。"转而又说："我知道他喜欢我的佩刀，这把刀是我父亲出使广东的时候，花了一百两银子买的，我对它十分珍爱，就以金丝缠绕刀把，用珍珠美玉镶嵌刀鞘。父亲大人可怜我死得早，就用它给我陪葬。现在我愿意忍痛割爱，将此刀赠予王公子，希望他见到宝刀就好比见到我一般。"第二天，杨生将连琐的心意转告王生，王生甚为喜悦。晚上，连琐果然把刀带了过来，对杨生说："请你嘱咐王公子好好珍藏，这可不是中原出产的东西。"从此，连琐和杨生又来往如初。

积数月，忽于灯下笑而向杨，似有所语，面红而止者三。生抱问之，答曰："久蒙眷爱，妾受生人气，日食烟火，白骨顿有生意。但须生人精血，可以复活。"杨笑曰："卿自不肯，岂我故惜之？"女云："交接后，君必有念余日[1]大病，然药之可愈。"遂与为欢。既而着衣起，又曰："尚须生血一点，能拚痛以相爱乎？"杨取利刃刺臂出血，女卧榻上，便滴脐中。乃起曰："妾不来矣。君记取百日之期，视妾坟前有青鸟鸣于树头，即速发冢。"杨谨受教。出门又嘱曰："慎记勿忘，迟速皆不可！"乃去。

越十余日，杨果病，腹胀欲死。医师投药，下恶物如泥，浃辰[2]而愈。计至百日，使家人荷锸[3]以待。日既夕，果见青鸟双鸣。杨喜曰："可矣！"乃斩荆发圹。见棺木已朽，而女貌如生。摩之微温，蒙衣舁归，置暖处，气咻咻[4]然，细于属丝[5]。渐进汤酏，半夜而苏。每谓杨曰："二十余年如一梦耳。"

注释

1 念余日：念，"廿"的大写。念余日，二十多天。2 浃辰：十二天。3 锸（chā）：铁锹。4 咻（xiū）咻：喘息声。5 属丝：连续的丝线，此处指气息绵绵相连，十分微弱。

译文

过了几个月，有次连琐忽然在灯下对着杨生含笑不语，似乎想说什么，脸羞得通红，几次都欲言又止。杨生就把连琐抱在怀里，问她有什么要说的，连琐回答说："长期承蒙公子眷爱，我得以接受生人气息，每天服食人间烟火，近来顿觉白骨颇有生机。只是还需要男子的精血，才能复生。"杨生笑着说："是你自己不愿意，难道我还吝惜这点精血吗？"连琐说："交接之后，郎君必定会大病二十余日，不过服药就能痊愈。"于是杨生就和她相拥交欢。完事后，连琐披衣起身，又说："我还需要一点鲜血，你能为我再忍痛相爱一次吗？"杨生就拿利刃在胳膊上刺出鲜血，连琐躺在床上，杨生把鲜血滴在她肚脐中。然后连琐起身说："我不会再来了。请公子记住，一百天后，只要看到有青鸟在我坟前的树上鸣叫，就赶快掘坟开棺，救我出来。"杨生郑重地接受了连琐的嘱托。临别时，她再次叮嘱："千万要记住别忘了，日子早了、晚了都不行！"

说完就走了。

十几天后，杨生果然生了场大病，肚子胀得要死。大夫给他开了药，他服用后排出了淤泥一样的脏物，休养了十二天才痊愈。杨生算着一百天已经到了，就派家丁带着铁锹在连琐墓旁守着。等到了傍晚，果然看到一对青鸟在鸣叫。杨生高兴地说："可以动手了！"于是家丁们一拥而上，刨去荒草，打开墓穴。只见棺材已经腐朽了，而女子的容貌鲜活如生。杨生上前用手摸了摸，发觉她身上还有热气，就给她披上衣服抬回家去，停放在暖室中，女子这才渐渐有了气息，呼吸就像丝线一样微弱。慢慢地给她喂了些稀饭，直到半夜才苏醒过来。此后，她常常对杨生说："二十年来，真像做了场梦啊。"

云翠仙

梁有才，故晋人[1]，流寓于济[2]，作小负贩，无妻子田产。从村人登岱[3]。当四月交，香侣[4]杂沓[5]。又有优婆夷、塞[6]，率男子以百十，杂跪神座下，视香炷为度，名曰"跪香"。才视众中有女郎，年十七八而美，悦之。诈为香客，近女郎跪，又伪为膝困无力状，故以手据女郎足。女回首似嗔，膝行而远之。才亦膝行而近之，少间，又据之。女郎觉，遽起，不跪，出门去。才亦起，亦出履其迹，不知其往，心无望，怏怏而行。

注释

1 晋人：山西人。2 济：指山东济南。3 岱：泰山的别称。4 香侣：上山进香的人。5 杂沓：形容人熙熙攘攘，纷杂繁多的样子。6 优婆夷、塞：指受持五戒的佛教男女居士。

译文

梁有才原本是山西人，后来流落至山东济南做些小买卖，一直没有老婆孩子，也没有田产。一次，他跟着村里人去登泰山。当时正是四月初，上山进香的人纷至沓来，很是热闹。还有一班善男信女，带领百十个男子纷纷跪在神座下，以一炷香为限，叫作"跪香"。梁有才见众香客中有一位年轻女子，大概十七八岁的样子，容貌秀美，顿时心生爱意。他装作香客，在女子身旁跪下，又假装膝盖酸软无力，歪着身子，故意用手去摸女子的脚。女子回过头，好像很生气的样子，跪着挪到了远处。梁有才也跟着挪了过去，过一会儿又伸手去摸。女子发觉后立即站起身，终止跪香，走出门去。梁有才见状也站起身，跟着女子走了出去。到外边女子已不知去向，梁某很是失望，怏怏不乐地继续前行。

途中见女郎从媪，似为女也母者，才趋之。媪女行且语，媪云：“汝能参礼娘娘[1]，大好事！汝又无弟妹，但获娘娘冥加护，护汝得快婿。但能相孝顺，都不必贵公子、富王孙也。”才窃喜，渐渍[2]诘媪。媪自言为云氏，女名翠仙，其出也[3]。家西山四十里。才曰：“山路涩[4]，母如此蹜蹜[5]，妹如此纤纤，何能便至？”曰：“日已晚，将寄舅家宿耳。”才曰：“适言相婿[6]，不以贫嫌，不以贱鄙，我又未婚，颇当母意否？”媪以问女，女不应。媪数问，女曰：“渠寡福，又荡无行[7]，轻薄之心，还易翻覆。儿不能为遢伎儿[8]作妇。”才闻，朴诚自表，切矢皦日[9]。媪喜，竟诺之。女不乐，勃然[10]而已。母又强拍咻[11]之。

注释

1 娘娘：指碧霞元君，相传是泰山神的女儿，能够满足众生种种愿望。2 渐渍：浸润感化，此处指渐渐套近乎、搭讪。3 其出也：是她女儿。4 涩：指道路崎岖不平。5 蹜蹜（sù）：小步快走，此处指步伐细碎。6 相婿：挑选女婿。7 荡无行：为人放荡，行为不检点。8 遢伎儿：言行轻佻、猥琐之人。9 切矢皦（jiǎo）日：诚恳地指着太阳赌咒发誓。皦，明亮光洁。10 勃然：因生气而面带怒色。11 拍咻：劝慰，劝说。

译文

在半道上，梁有才看见刚才那个女子跟着一位老太太赶路，好像是她的母亲。他赶紧走上前去，听到母女俩边走边说话。老太太说：“你能参拜娘娘可是大好事！你又没有弟弟妹妹，只求能获得娘娘暗中保佑，赶紧找个好女婿。只要他孝顺老人，不一定非得是什么达官贵人、公子王孙。”梁有才听了心中暗自高兴，就跟老太太套起近乎，逐渐攀谈起来。老太太自称云氏，女孩儿名叫翠仙，是她的亲女儿。家住西山，离这儿有四十里。梁有才就说：“山路崎岖，妈妈步履如此蹒跚，妹妹又如此纤弱，何时才能走到家呢？”老太太说：“天色已晚，我们先到她舅舅家住一宿。”梁有才又问：“刚才听您说要选女婿，不嫌贫爱富，也不攀高取贵，小生我又未婚，不知合妈妈的心意吗？”老太太就问女儿，她没回应。又问了几次，女子才说：“他命里福薄，为人放荡不检点，心性轻佻容易反复无常。女儿我才不愿嫁给这种猥琐的轻薄之徒呢。”梁有才听女子这么讲，就极力表白自己有多么诚恳朴实，诚恳地对着太阳赌咒发誓，振振有词。经他这么一说，老太太很高兴，竟然答应了。女子不高兴，只能显出很生气的样子。老太太就勉力安慰她，劝她多往好处想。

才殷勤，手于橐[1]觅山兜[2]二，舁媪及女，己步从，若为仆。过隘[3]，辄诃兜夫不得颠摇动，良殷。俄抵村舍，便邀才同入舅家。舅出翁，妗出媪也。云兄之嫂之，谓：“才吾婿。日适良，不须别择，便取今夕。”舅亦喜，出酒肴饵才。既，严妆翠仙出，拂榻促眠。女曰：“我固知郎不义，迫母命，漫相随。郎若人[4]也，当不须忧偕活[5]。”才唯唯听受。明日早起，母谓才：“宜先去，我以女继至。”才归，扫户闼，媪果送女至。入视室中，虚无有，便云：“似此何能自给？老身速归，当小助汝辛苦。”遂去。次日，即有男女数辈，各携服食器具，布一室满之。不饭俱去，但留一婢。才由此坐温饱，惟日引里无赖，朋饮竞赌，渐盗女郎簪珥[6]佐博。女劝之，不听，颇不耐之，惟严守箱奁，如防寇。

注释

1 手于橐：此处指从袋子里摸出钱。2 山兜（dōu）：在山区供人乘坐的轿子。3 隘：险峻的地方。4 若人：像个人样，此处指安分做人。5 忧偕活：担忧（是否愿意）一起活到老。6 簪（zān）珥：发簪和耳环。

译文

梁有才便大献殷勤，从口袋里摸出几文钱，雇了两顶轿子，抬着母女二人赶路，自己则在一旁步行，像仆人一样伺候着。经过险峻的路段时，他就呵斥轿夫不得颠簸摇晃，照顾得很是热情周到。不一会儿就走到一个村庄，老太太邀请梁有才一同前往舅家。舅舅和舅妈出门相迎，都是老头老太太。云氏就叫他们哥哥、嫂嫂，指着梁某对他们说：“有才是我女婿。我看今天就是个好日子，不需要再挑选了，今晚就让他们成亲。”舅舅听了也很高兴，拿出酒菜果品招待他。吃罢饭，翠仙打扮得漂漂亮亮的被送了出来，老太太整理好床铺，就催她跟有才早早休息。翠仙对有才说：“我本来就知道你是个薄情寡义的人，迫于母亲的命令，才胡乱跟了你。你若是安分做人，日后自不必担忧我和你白头到老的生活。”梁有才唯唯诺诺地答应了。第二天早上起来，母亲对他说：“你先回去，我等会儿把女儿送过去。”梁有才回到家，正在打扫房屋，老太太果然把女儿送来了。她进屋里一看，空空的什么都没有，就说：“像这样日子可怎么过呀？老身我赶紧回去，送些东西过来，也好帮你们一把。”说完就走了。第二天，果然来了几个男女仆人，各自携带着衣服、吃的以及家什用具，把房间布置得满满当当。他们没吃饭就走了，只留下一个丫环。梁有才因此得以坐享温饱，每天就招引一班狐朋狗友喝酒赌博，钱耍完了，就渐渐地偷翠仙的簪子、耳坠去赌。翠仙怎么劝他，他都不听，便对他颇不耐烦，就像防贼一样紧紧守着嫁妆箱子。

一日，博党[1]款门访才，窥见女，适适然[2]惊。戏谓才曰：“子大富贵，何忧贫耶？”才问故，答曰：“曩见夫人，实仙人也。适与子家道不相称。货为媵[3]，金可得百，为妓，可得千。千金在室，而听饮博无资耶？”才不言，而心然之。归，辄向女欷歔，时时言贫不可度。女不顾，才频频击桌，抛箸，骂婢，作诸态。

一夕，女沽酒与饮，忽曰：“郎以贫故，日焦心。我又不能御贫，分郎忧，中岂不愧怍？但无长物[4]，止有此婢，鬻之，可稍稍佐经营。”才摇首曰：“其直几许！”又饮少时，女曰：“妾于郎，有何不相承？但力竭耳。念一贫如此，便死相从，不过均此百年苦，有何发迹[5]？不如以妾鬻贵家，两所便益，得值或较婢多。”

才故愕言：“何得至此！”女固言之，色作庄。才喜曰：“容再计之。”遂缘中贵人[6]，货隶乐籍[7]。中贵人亲诣才，见女大悦，恐不能即得，立券八百缗[8]。事濒就矣[9]，女曰：“母日以婿家贫，常常萦念[10]，今意断矣，我将暂归省。且郎与妾绝，何得不告母？”才虑母阻，女曰：“我顾自乐之，保无差贷[11]。”才从之。

注释

1 博党：相与赌博的朋友。2 适适然：吃惊的样子。3 货为媵：卖了给人当小妾。4 但无长物：指没有多余的东西，形容极度贫穷。5 发迹：指脱离困顿状况而得志。6 中贵人：皇帝宠幸的宦官。7 货隶乐籍：卖到官府做乐妓。乐籍始于北魏，终于清雍正元年（1723），通常将罪民、战俘的妻女及其后代籍入专门的贱民名册，世代从乐。8 缗

(mín)：原意为穿钱的绳子。一缗有一千枚铜钱，约合一两银子。9 事濒就矣：事情快要办成了。10 萦(yíng)念：牵挂。11 差贷：差错，失误。

译文

一天，有赌友登门拜访，偷看了翠仙一眼，感到大为吃惊。他就对梁有才开玩笑说："你可以大富大贵啊，怎么还为贫穷发愁呢？"梁有才问他这话是什么意思，他回答说："刚才见到嫂夫人，真是貌若天仙，跟你的家道实在不相称。如果卖给大户人家做小妾，可得百两银子；要是卖到妓院，能赚上千两。你现在家里有千两白银，还担心没钱吃喝玩乐吗？"梁有才听了一言不发，心里却觉得很有道理。赌友回去后，梁有才就经常跟翠仙长吁短叹，抱怨日子穷得过不下去了。翠仙不搭理他，他就乱敲桌子，把筷子一扔，大骂丫环，做出种种丑态。

一天晚上，翠仙买来酒与丈夫对饮，忽然说："郎君因为贫穷，日日焦虑。我又不能挣钱养家，替夫君分忧，心里怎能不羞愧呢？只是我除了这个丫头，什么都没有，把她卖了，也可以稍稍补贴家用。"梁有才摇摇头说："她能值几个钱！"又喝了一会儿酒，翠仙又说："妾身对于夫君，有什么不能为你承担的呢？但确实已经无能为力。我仔细想了想，现在一贫如洗到这个地步，即便跟着你到死，也不过是两个人受一辈子苦，何时才能熬出头呢？还不如把妾身卖给富贵人家，如此对你我都有好处，郎君你得的钱或许比卖丫头还要多些。"

梁有才故作惊愕道："哪里穷到这步田地！"翠仙一再坚持，神情十分庄重，不像在开玩笑。梁有才就高兴地说："且容日后再议。"于是他背地里通过在宫里当差的太监，把翠仙卖给了官府当乐妓。中贵人亲自上门，见到翠仙大为喜悦，唯恐不能立刻买到手，当即定了八百两的契约。事情快要办好了，翠仙说："我母亲因为你家贫困，心里常常挂牵，如今你我夫妻情义已断，我要回家几天看望一下母亲。况且郎君要和我绝交了，怎么能不和母亲说一声呢？"梁有才担心岳母会阻拦，翠仙说："是我自己乐意的，保管没什么差错。"梁有才就听从了她的建议。

夜将半，始抵母家。挝阖[1]入，见楼舍华好，婢仆辈往来憧憧。才日与女居，每请诣母，女辄止之。故为甥馆[2]年余，曾未一临岳家。至此大骇，以其家巨，恐媵妓所不甘也。女引才登楼上，媪惊问："夫妻何来？"女怨曰："我固道

渠不义，今果然。”乃于衣底出黄金二铤，置几上，曰：幸不为小人赚脱[3]，今仍以还母。”母骇问故，女曰：“渠将鬻我，故藏金无用处。”乃指才骂曰：“豺鼠子[4]！曩日负肩担，面沾尘如鬼。初近我，熏熏作汗腥，肤垢欲倾塌，足手皴[5]一寸厚，使人终夜恶。自我归汝家，安坐餐饭，鬼皮始脱。母在前，我岂诬耶?”

才垂首，不敢少出气。女又曰：“自顾无倾城姿，不堪奉贵人。似若辈男子，我自谓犹相匹，有何亏负，遂无一念香火情[6]！我岂不能起楼宇、买良沃？念汝儇薄骨[7]、乞丐相，终不是白头侣!”言次，婢妪连衿臂[8]，旋旋围绕之。闻女责数，便都唾骂，共言：“不如杀却，何须复云云。”才大惧，据地自投，但言知悔。女又盛气曰：“鬻妻子已大恶，犹未便是剧，何忍以同衾人赚作娼!”言未已，众眦裂，悉以锐簪、剪刀、股攒[9]刺胁膘[10]。才号悲乞命，女止之，曰：“可暂释却。渠便无仁义，我不忍觳觫[11]。”乃率众下楼去。

注释

1 挞闼：敲打门扇。2 甥馆：女婿的别称。3 赚（zuàn）脱：欺骗。4 豺鼠子：黄鼠狼。5 皴（cūn）：此处指皮肤上积存的泥垢。6 香火情：指夫妻之情。7 儇（xuān）薄骨：奸巧轻佻的骨相。8 连衿臂：手拉着手连在一起。9 股攒：又名“积竹杖”，将竹子聚合在一起做成的手杖，多为登山所用。10 胁膘：两肋以及脚踝。11 觳觫（hú sù）：因恐惧而瑟瑟发抖。

译文

快半夜时，才到岳母家。敲门进去，只见楼台屋舍精美华丽，丫环仆人来来往往。梁有才天天跟翠仙住一起，每当提出要拜见岳母时，翠仙就拦住他。因此梁有才当了一年多的女婿，还从未到过岳母家。现在他大为惊骇，觉得这是大户人家，恐怕不会心甘情愿答应翠仙去做妓女。翠仙领着他上了楼，老太太惊问道：“你们夫妻怎么来了？”翠仙抱怨道：“我本来就说他这个人无义，现在果然如此。”于是从衣服里拿出两锭金子放在桌子上，说：“幸好没让小人骗了去，如今还是还给母亲吧。”母亲惊讶地询问其中缘故，翠仙悻悻地说：“他要把我卖了，所以藏金子也没什么用了。”于是指着梁有才骂道：“你这个骗人的黄鼠狼！过去你挑个扁担流落街头，灰头土脸的像个鬼。起初往我身上蹭的时候，汗腥气臭烘烘的，身上的死皮厚得都要塌了，满手满脚的脏泥有一寸多厚，整夜里快让人恶心死了！自从我到了你家，你才算能吃口安稳饭，这才脱了鬼皮有个人样。母亲在上，我难道污蔑你了吗？”

梁有才低着头，大气儿都不敢出一声。翠仙又说：“我自知没有倾城貌，侍奉不了贵人。可像你这种男人，我自认为还能配得上。我有什么对不起你的，你竟然一点也不顾念夫妻之情！我难道不能起高楼、买良田吗？看你一副轻薄骨头，要饭的穷相，根本不是白头偕老的人！”说话间，众丫环仆妇手挽手，把梁有才团团围住。她们听了小姐的数落，便纷纷唾骂梁有才，齐声说：“不如杀了算了，何必跟他啰唆。”梁有才吓坏了，跪在地上拼命地磕头，不停地说自己知错了。翠仙又怒气冲冲地说：“卖老婆已经够坏了，可还没到极点，你怎么忍心骗自己同床共枕的女人去做娼妓！”话还没说完，众人气得眼眶都要瞪裂了，纷纷用簪子、剪刀、竹杖刺他的胸肋和脚踝。梁有才哀号着乞求饶命，翠仙命人停手，吩咐道：“先放他去吧。就算他对我不仁不义，我也不忍心看到他这副可怜兮兮的样子。”于是就率众人下楼去了。

才坐听移时，语声俱寂，思欲潜遁。忽仰视，见星汉，东方已白，野色苍莽，灯亦寻灭，并无屋宇，身坐削壁[1]上。俯瞰绝壑深无底，骇绝，惧堕。身稍移，塌然一声，堕石崩坠，壁半有枯横焉[2]，罥[3]不得堕。以枯受腹，手足无着。下视茫茫，不知几何寻丈[4]。不敢转侧，嗥怖[5]声嘶，一身尽肿，眼耳鼻舌身力俱竭。

日渐高，始有樵人望见之；寻绠[6]来，缒[7]而下，取置崖上，奄将溘毙[8]。舁归其家，至则门洞敞，家荒荒如败寺。床簏[9]什器俱杳，惟有绳床败案，是己家旧物，零落犹存。嗒然[10]自卧，饥时，日一乞食于邻，既而肿溃为癞。里党薄其行，悉唾弃之。才无计，货屋而穴居，行乞于道，以刀自随。或劝以刀易饵，才不肯，曰：“野居防虎狼，用自卫耳。”后遇向劝鬻妻者于途，近而哀语，遽出刀擎[11]而杀之，遂被收。官廉[12]得其情，亦未忍酷虐之，系狱中，寻瘐死[13]。

注释

1 削（xuē）壁：陡峭的山崖。2 有枯横焉：横着一根枯木。3 罥（juàn）：悬挂。4 寻丈：古代八尺为一寻，十尺为一丈。5 嗥怖：因害怕而号叫。6 绠（gěng）：绳子。7 缒（zhuì）：用绳子拴住人往下放。8 奄将溘（kè）毙：奄奄一息，将要死去。9 簏（lù）：竹箱子。10 嗒（tà）然：神情沮丧的样子。11 擎（áo）：击杀。12 廉：考察，访查。

13瘐（yǔ）死：病死在监狱中。

译文

梁有才坐在屋里听了好大一晌，等说话声都沉寂下来，就想偷偷溜走。忽然抬头看见满天星斗，东方已经泛白，四周全是苍莽的荒野，灯火“刷”一下灭了，根本没有什么房屋，再看脚下，自己竟然坐在陡峭的山崖上。向下俯瞰，山谷深不见底。梁有才吓得要死，生怕掉下去。他稍稍挪了下身子，只听“轰”的一声巨响，连人带石头一起落了下去，幸好有根枯木横在山崖间，把他挂住，这才没坠入崖底。梁有才肚子贴着枯木，四肢悬在空中，向下望去茫茫一片，不知到底有多深。他不敢翻身，就放声号叫，嗓子都喊哑了，又遍体浮肿，眼睛、耳朵、鼻子、舌头，浑身一点儿力气都没有。

太阳逐渐升起来，这才有樵夫发现了他；赶忙找来绳索，拴住自己放下去，把梁有才抱了上来。樵夫将他放在山崖边上，这时，他已经奄奄一息快要死了。樵夫把他抬回家，只见大门敞开，家里萧条得像破庙。梁有才进屋一看，床铺、竹箱等家具全都不见了，只零星地剩下些破床烂桌，这些自己家原有的旧物而已。梁有才沮丧地卧在床上，饿了就到邻居家讨些吃的，没过多长时间，他就浑身溃烂，生了癞疮。乡里人看不起他的为人，都唾弃他。梁有才实在没办法，就把房子卖了住在山洞里，平日就在大街上要饭，随身还带着一把刀。有人劝他把刀卖了还能换点吃的，梁有才不肯，说：“这是住在野外，防备虎狼自卫用的。”后来，梁有才在路上遇到之前劝自己卖老婆的那个人，他走上前哭诉自己的惨状，突然拿出刀把那人杀了，于是他被官府拿获。主审官查明案情后，也不忍动用大刑虐待他，就把他关在牢里，没多久就病死了。

异史氏曰：“得远山芙蓉[1]，与共四壁[2]，与以南面王岂易哉！己则非人，而怨逢恶[3]之友，故为友者不可不知戒也。凡狭邪子[4]诱人淫博，为诸不义，其事不败，虽则不怨亦不德。迨于身无襦，妇无裤，千人所指，无疾将死，穷败之念，无时不萦于心；穷败之恨，无时不切于齿。清夜牛衣[5]中，辗转不寐。夫然后历历想未落时，历历想将落时，又历历想致落之故，而因以及发端致落之人。至于此，弱者起，拥絮坐诅，强者忍冻裸行，篝火索刀，霍霍磨之，不待终夜矣。故以善规人，如赠橄榄[6]；以恶诱人，如馈漏脯[7]也。听者固当省，言者可

勿戒惧哉!”

注释

1 远山芙蓉:远山,形容女子眉宇秀丽。芙蓉,形容女子容貌美艳。2 与共四壁:一起过苦日子。3 逢恶:逢恶导非的简称,指迎合恶人做坏事。4 狭邪子:品行不端的人。5 清夜牛衣:指穷困潦倒时扪心自问。牛衣,用草编的给牛御寒的蓑衣。6 橄榄:一种香果,咀嚼后可使人精神亢奋。7 漏脯:腐败变质的肉干。

译文

异史氏说:“能娶一个眉清目秀,容貌艳丽的美女,和自己一起过清苦的日子,就算可以南面称王,难道就会交换吗?自己为人不正直,而只知道埋怨拉自己下水的恶友,所以和人相交不能不心存戒备啊!但凡品行不端的人引诱人嫖娼赌博,做种种缺德事,恶果一时尚未暴露,别人对他虽然不心怀怨恨,但也不会感激。至于那些被害得穿不上衣服,老婆连裤子都没了,受尽世人的指责,就算没病也活不下去的时候,穷困败落之念无时无刻不萦绕在心头,因此产生的怨恨更是无时无刻不令人咬牙切齿。夜深人静的时候,这些穷困潦倒的人翻来覆去睡不着觉。然后一一回想起衰落之前,将要衰落之时,以及导致衰落的原因和那些制造祸端,诱使自己衰落的人。到这时,懦弱的人也会陡然振作,裹着破被子坐着诅咒大骂;强横的人则忍受寒冷,赤身裸体,点上火找出刀子,磨刀霍霍,等不到天亮就想报仇雪恨。所以用善言规劝人,好比赠人橄榄,使人清爽振奋;用恶言诱惑人,如同送人变质的肉干,让人腹泻生病。听的人固然要多加反省,说的人难道不更应该警戒畏惧吗!”

小　谢

渭南[1]姜部郎[2]第,多鬼魅,常惑人,因徙去。留苍头[3]门之[4]而死,数易皆死,遂废之。里有陶生望三者,夙倜傥[5],好狎妓,酒阑辄去之。友人故使妓奔就之,亦笑内不拒,而实终夜无所沾染。常宿部郎家,有婢夜奔,生坚拒不乱,部郎以是契重[6]之。家綦贫[7],又有鼓盆之戚[8];茆屋数椽,溽暑[9]不堪其热,因请部郎假废第。部郎以其凶,故却之,生因作《续无鬼论》[10]献部郎,且曰:

“鬼何能为！”部郎以其请之坚，诺之。

注释

1 渭南：地处陕西关中渭河平原东部，即今渭南市。2 部郎：朝廷六部的中下层官吏。3 苍头：奴仆、家丁。4 门之：看门。此处“门”名词作动词用。5 倜傥（tì tǎng）：性情洒脱不拘束。6 契重：器重。7 綦（qí）贫：极为贫穷。8 鼓盆之戚：指死了老婆。庄子在妻子死后，曾鼓盆而歌，朋友问他原因，他说妻子又回归到了无形无息的大化之中，与自然相合，自己想明白了也就不再伤心难过。9 溽暑：又湿又热。10《续无鬼论》：魏晋时期，“竹林七贤”之一的阮咸之子阮瞻曾作《无鬼论》。此处指陶生续写《无鬼论》。

译文

渭南的姜部郎府上有很多鬼魅，经常作祟迷惑人，因此姜部郎就搬走了。留下一个仆人看门，没多久就死了，接连换了好几个人，都相继而亡，于是宅子就彻底荒废了。乡里有位叫陶望三的书生，向来潇洒不羁，喜欢招妓宴饮，等喝得差不多了就把她们打发走。朋友曾出钱让妓女到他家去，陶生笑纳不拒，而实际上整晚也没发生什么。他经常在部郎家过夜，有个丫环晚上跑进他房间里，陶生坚决拒绝乱来，因此，姜部郎对他很是器重。陶生家里极为贫寒，又死了老婆；几间破屋到了夏天湿热难耐，实在无法忍受，于是请求姜部郎借废宅暂住一下。姜部郎认为那是凶宅，就拒绝了，陶生于是就写了篇《续无鬼论》献给部郎，并且扬言：“鬼能把我怎么样呢！”部郎看他态度坚定，便答应了。

生往除厅事[1]。薄暮，置书其中，返取他物，则书已亡。怪之，仰卧榻上，静息以伺其变。食顷，闻步履声，睨之，见二女自房中出，所亡书，送还案上。一约二十，一可十七八，并皆姝丽。逡巡[2]立榻下，相视而笑。生寂不动。长者翘一足踹生腹，少者掩口匿笑。生觉心摇摇若不自持，即急肃然端念，卒不顾。

女近以左手捋髭[3]，右手轻批颐颊[4]，作小响，少者益笑。生骤起，叱曰：“鬼物敢尔！”二女骇奔而散。生恐夜为所苦，欲移归，又耻其言不掩[5]，乃挑灯读。暗中鬼影幢幢，略不顾瞻。夜将半，烛而寝。始交睫，觉人以细物穿鼻，奇痒，大嚏，但闻暗处隐隐作笑声。生不语，假寐以俟之。俄见少女以纸条拈细股，鹤行鹭伏[6]而至，生暴起诃之，飘窜而去。既寝，又穿其耳。终夜不堪其扰。

注释

1 厅事：本为官府办公的大厅，此处指家里的厅堂。2 逡（qūn）巡：因有所顾虑而徘徊不前。3 捋髭（lǔ zī）：用手捋嘴边的胡子。4 轻批颐颊：轻轻拍打面颊。5 其言不掩：即“行不掩言”，言行不一，说一套做一套。6 鹤行鹭伏：像仙鹤、苍鹭捕鱼时那样，弯着身子缓步前行。

译文

陶生前去打扫厅堂。到了傍晚时分，他把书放在屋里，回家去拿其他东西，再回来时，书已经不见了。咄咄怪事令人惊奇，他便仰卧在床，轻轻地呼吸，等待鬼魅生变。约一顿饭工夫，陶生听到有脚步声，斜眼一看，见两个女子从房间里走出来，把丢失的书送还到书桌上。一位约二十岁，一位才十七八，长得都很漂亮。她们徘徊着来到床边，相对而笑。陶生静静地躺着，一动也不动。那个年纪大点儿的女子翘起一只脚踹他的肚子，年纪小的则捂着嘴偷笑。陶生觉得心神动荡，好像把持不住，赶紧严肃地端正念头，始终不搭理她们。

女子见此就靠到陶生近前，左手捋他嘴角的胡子，右手轻轻地拍着他的脸颊，微微作响，年轻的那位笑得更厉害了。陶生突然坐起身，厉声呵斥道：“大胆鬼魅，竟敢如此猖狂！”两女子吓得落荒而逃。陶生担心夜里受她们的捉弄，就想搬回去，又想起自己之前说的话，要是说一套做一套实在可耻，就挑灯读书。黑暗中，鬼影来回晃动，陶生丝毫不为所动，看都不看一眼。快到半夜时，他点上蜡烛上床休息去了。刚合上眼，就感觉有人用细小的东西撩拨他的鼻孔，奇痒难耐打了个大喷嚏，只听闻黑暗处隐隐传来笑声。陶生没说话，继续假装睡觉，看看还有什么花样。不一会儿，看见一个年轻女子把纸条捻成一股，压低身子来到近前，陶生猛地坐起来大声呵斥，女鬼就飘然逃走了。睡下后，鬼又来捅他耳朵，整晚被折腾得够呛。

鸡既鸣，乃寂无声，生始酣眠，终日无所睹闻。日既下，恍惚出现。生遂夜炊，将以达旦。长者渐曲肱[1]几上，观生读，既而掩生卷。生怒捉之，即已飘散。少间，又抚之。生以手按卷读，少者潜于脑后，交两手掩生目，瞥然去，远立以哂。生指骂曰：“小鬼头！捉得便都杀却！”女子即又不惧。因戏之曰：“房中纵送[2]，我都不解，缠我无益。”二女微笑，转身向灶，析薪溲米[3]，为生执爨[4]。生顾而奖曰：“两卿此为，不胜憨跳[5]耶？”俄顷粥熟，争以匕[6]、箸、

陶碗置几上。生曰："感卿服役，何以报德？"女笑云："饭中溲合砒、鸩[7]矣。"生曰："与卿夙无嫌怨，何至以此相加。"啜已复盛，争为奔走。生乐之，习以为常。

日渐稔，接坐倾语[8]，审其姓名。长者云："妾秋容，乔氏，彼阮家小谢也。"又研问所由来，小谢笑曰："痴郎！尚不敢一呈身，谁要汝问门第，作嫁娶耶？"生正容曰："相对丽质，宁独无情？但阴冥之气，中人必死。不乐与居者，行可耳；乐与居者，安可耳。如不见爱，何必玷两佳人？如果见爱，何必死一狂生？"二女相顾动容，自此不甚虐弄之。然时而探手于怀，捋裤于地，亦置不为怪。

注释

1 曲肱（gōng）：弯着胳膊作枕头。2 房中纵送：指男欢女爱之事。3 析薪溲米：劈柴淘米。4 执爨（cuàn）：烧火做饭。5 憨跳：顽皮淘气。6 匕：勺子。7 溲合砒、鸩：掺和着砒霜和毒酒。8 倾语：尽情交谈。

译文

等到鸡鸣，才寂静无声，陶生才熟睡过去。整个白天什么都没看到，太阳落山后，鬼影又恍惚出现了。陶生就赶夜做饭，想熬个通宵。那个年纪稍大的女子就支着胳膊，趴在桌上看陶生读书，过了一会儿就伸手盖住书卷。陶生很生气，一把捉住女子，女子随即消散飘去。过了片刻又现出身形，对陶生摸来弄去。陶生用手按着书继续读，年少的女子这时溜到他身后，两手交叉捂住陶生的眼睛，一眨眼又走开了，躲在远处"咯咯"笑个不停。陶生指着她骂道："小鬼头！要让我抓住了非打死你不可！"女子却一点也不害怕。陶生于是就开玩笑说："男欢女爱的事儿我一点儿都不懂，你们纠缠我可没什么用。"两女子微微一笑，转身走到灶台边，又是劈柴又是淘米，忙着给陶生烧火做饭。陶生看了看夸奖道："二位小姐如此这般，不比瞎折腾强吗？"不一会儿饭做好了，二人抢着摆放碗筷汤匙。陶生见此感慨说："感谢二位小姐操劳，我拿什么报答你们呀？"女子笑着说："饭里边可下了砒霜毒药。"陶生接话道："小生与姑娘素无瓜葛，何至于如此加害？"喝完粥又盛了一碗，两人争先给他端碗。陶生乐得高兴，次数多了也就习以为常。

陶生和二女渐渐混熟了，彼此坐下来尽情畅谈，问她们姓甚名谁，大的说："妾身名秋容，姓乔，她是阮家的小谢。"又询问她们的来历，小谢笑道："你这个傻男人！连身子都不敢让我们看一眼，谁要你问我们出身门第了，难道想娶我们姐妹不成？"陶生听了一脸严肃地说："面对二位佳人，我难道会不动心吗？但幽冥阴森之气，凡人中了必定要死。你们若不乐意住这儿，离开就是；若喜欢待在这儿，安心住下就是。如果你们不喜欢我，我何必玷污二位佳人呢？如果你们对我有意，何必让我这个狂生送死呢？"两位姑娘互相看了看，深受感动，从此闹腾得就没那么厉害了。然而，她们还是时常把手伸到他怀里，或者把他裤子给脱了，陶生对此毫不介意，也不怪罪她们。

一日，录书[1]未卒业而出，返则小谢伏案头，操管[2]代录。见生，掷笔睨笑[3]。近视之，虽劣不成书，而行列疏整。生赞曰："卿雅人也！苟乐此，仆教卿为之。"乃拥诸怀，把腕而教之画。秋容自外入，色乍变，意似妒。小谢笑曰："童时尝从父学书，久不作，遂如梦寐。"秋容不语。生喻其意，伪为不觉者，遂抱而授以笔，曰："我视卿能此否？"作数字而起，曰："秋娘大好笔力！"秋容乃喜。生于是折两纸为范，俾共临摹。生另一灯读，窃喜其各有所事，不相侵扰。仿[4]毕，祗立[5]几前，听生月旦[6]。秋容素不解读，涂鸦不可辨认，花判[7]已，自顾不如小谢，有惭色。生奖慰之，颜始霁。二女由此师事生，坐为抓背，卧为按股，不惟不敢侮，争媚之。

注释

1 录书：抄书。2 操管：拿着毛笔。3 睨（nì）笑：斜视而笑，此处指小谢因被陶生撞见抄写而不好意思地侧头而笑。4 仿：临摹。5 祗（zhī）立：恭敬地站立着。6 月旦：品评，评论。7 花判：原意为胡乱写就的骈文判词，此处指对比、评阅。

译文

一天，陶生书没抄完就出去了，回来时，看到小谢趴在桌子上代为誊录。见陶生来了，小谢就搁下笔，娇羞地侧头笑了笑。走近一看，虽然写得不像样子，但也算整齐成行。陶生就夸赞说："卿是风雅之人啊！如果喜欢写字，我可以教你。"说着就把小谢搂在怀里，把着手腕教她笔画。这时，秋容从外边进来，见到这一幕"唰"地变了脸色，似乎很嫉妒。小谢笑着说："我小时候曾跟随父亲学写字，好长时间不写了，糊里糊涂地好似在做梦。"秋容进屋后一言不发，陶生心里明白怎么回事，假装什么都不知道，将她揽过来抱着，递给她一支笔说："我看看你能写字吗？"秋容写了几个字便站起身，陶生称赞道："秋娘的笔力真是太好了！"秋容这才高兴起来。于是，陶生把两张纸对折成格，写上范字，让她们俩一起临摹。他自己则在另一盏灯下读书，暗自庆幸两女都各有事做，不会再来捣乱了。二人写好后，恭敬地立在几案前，听候陶生品评。秋容本来就不识字，写得歪七扭八看都看不清，对比之后，自觉不如小谢，面带惭色。陶生见此，就奖励宽慰她一番，她这才露出笑容来。从此，秋容和小谢便把陶生当作老师对待，坐着就给他挠背，躺着就给他按腿，不仅不敢戏弄，还争先讨好。

逾月，小谢书居然端好，生偶赞之。秋容大惭，粉黛淫淫[1]，泪痕如线。生百端慰解之，乃已。因教之读，颖悟非常，指示一过，无再问者。与生竞读[2]，常至终夜。小谢又引其弟三郎来，拜生门下。年十五六，姿容秀美，以金如意一钩为贽。生令与秋容执一经[3]，满堂咿唔，生于此设鬼帐焉。部郎闻之喜，以时给其薪水。积数月，秋容与三郎皆能诗，时相酬唱。小谢阴嘱勿教秋容，生诺之；秋容阴嘱勿教小谢，生亦诺之。一日，生将赴试，二女涕泪相别。三郎曰："此行可以托疾免。不然，恐履不吉[4]。"生以告疾为辱，遂行。

先是，生好以诗词讥切[5]时事，获罪于邑贵介[6]，日思中伤之。阴赂学使，诬以行简[7]，淹禁[8]狱中。资斧绝，乞食于囚人，自分已无生理。忽一人飘忽而入，则秋容也，以馔具馈生，相向悲咽，曰："三郎虑君不吉，今果不谬。三郎与妾同来，赴院[9]申理矣。"数语而出，人不之睹。越日，部院出，三郎遮道声屈，收之[10]。秋容入狱报生，返身往侦之，三日不返。生愁饿无聊，度一日如年岁。

注释

1 粉黛淫淫：脸上抹的粉和眉上涂的黛随着泪水流下来。2 竞读：此处指陪读。3 执一经：专门学习一种儒家经典。4 恐履不吉：恐怕会遭遇凶险。5 讥切：讥讽。6 邑贵介：县里的权贵。7 行简：行为放荡不检点。8 淹禁：长期关押在监狱中。9 院：巡抚衙门。清代巡抚多兼任都察院右副都御史衔，故又称巡抚为"部院"。10 收之：此处指三郎被衙役带走。

译文

过了一个多月，小谢的字居然写得端庄秀丽，陶生偶尔夸奖几句。秋容听了感到很惭愧，泪如珠滚，冲散了粉黛，痕迹如线。陶生百般宽慰，不停地劝解，这才消停下来。又教她们读书，没想到两人聪明异常，只教一遍就懂了，不会再问第二遍。于是二人就陪着陶生一起读书，常常学到深夜。小谢又把弟弟三郎带过来拜在陶生门下。三郎才十五六岁，生得清秀俊美，以一个金如意当拜师礼。陶生让他和秋容共学一种儒家经书，从此满堂都是咿咿呀呀的读书声，陶生竟然在此开办起了教鬼的学堂。姜部郎听闻此事很高兴，便定期给他开薪水。几个月后，秋容和三郎都能作诗了，几个人时常互相唱和。小谢曾偷偷嘱咐陶生不要教秋容，他满口答应；秋容也悄悄叮嘱陶生不要教小谢，他也应承下来。一天，陶生将要赶考，两位佳人挥泪送别。三郎挽留说："此次赴试，你可以生病为由推辞掉。要不然，恐怕会遭遇祸患。"陶生觉得借口生病实在羞辱，就执意上路了。

此前，陶生好写一些讥讽时事的诗词，因此得罪了县里的权贵，对方整天想着打击报复。此人就暗地里贿赂学政，诬告陶生行为放荡，蔑视礼法，把陶生关入大牢。陶生盘缠花完了，不得不向囚犯乞讨吃的，料想已经没有生还的希望。忽然有人飘然而入，定睛一看原来是秋容。她带了些饭菜给陶生吃，两人相对痛哭，秋容说："三郎担忧你此行有难，如今果然如此。他这次跟我一起前来，已经去巡抚衙门给你申冤了。"说了几句，秋容就走了，其他人什么都没看见。第二天，巡抚外出时，三郎拦路喊冤，被衙役带了下去。秋容又来到监狱报告陶生，然后返身回去打探情况，过了三天都没回来。这下把陶生愁得百无聊赖，忍饥挨饿，度日如年。

忽小谢至，怆惋欲绝，言："秋容归，经由城隍祠，被西廊黑判强摄去，逼充御媵。秋容不屈，今亦幽囚。妾驰百里，奔波颇殆[1]；至北郭，被老棘刺吾足心，痛彻骨髓，恐不能再至矣。"因示之足，血殷凌波[2]焉。出金三两，跛踦[3]而没。部院勘三郎，素非瓜葛，无端代控，将杖之，扑地遂灭，异之。览其状，情词悲恻。提生面鞫[4]，问三郎何人，生伪为不知。部院悟其冤，释之。既归，竟夕[5]无一人。更阑，小谢始至，惨然曰："三郎在部院，被廨神[6]押赴冥司。冥王以三郎义，令托生富贵家。秋容久锢，妾以状投城隍，又被按阁[7]不得入，且复

奈何？”生忿然曰：“黑老魅何敢如此！明日仆其像，践踏为泥。数城隍而责之，案下吏暴横如此，渠在醉梦中耶！”悲愤相对，不觉四漏[8]将残。

秋容飘然忽至。两人惊喜，急问。秋容泣下曰：“今为郎万苦矣！判日以刀杖相逼，今夕忽放妾归，曰：‘我无他，原以爱故。既不愿，固亦不曾污玷。烦告陶秋曹[9]，勿见谴责。’”生闻少欢，欲与同寝，曰：“今日愿与卿死。”二女戚然曰：“向受开导，颇知义理，何忍以爱君者杀君乎？”执不可，然俯颈倾头[10]，情均伉俪。二女以遭难故，妒念全消。

注释

1 殆：艰辛。2 血殷凌波：鲜血染红了鞋袜。殷，浸染。凌波，本指步履轻盈，此处代指鞋袜。3 跛踦（bǒ qī）：走路不稳的样子。4 面鞫（jū）：当面审讯。5 竟夕：彻夜。6 廨（xiè）神：官署的守护神。7 按阁：搁置。8 四漏：四更，凌晨一点至三点。9 秋曹：刑部的官员。《周礼》以秋官为大司寇，执掌刑狱，后世遂以秋官指称刑部。10 俯颈倾头：低着脖，垂下头。此处指男女碰头交颈，互相爱抚。

译文

忽然小谢来了，伤心难过得要死，说：“秋容回去时，路过城隍庙，被西廊下的黑判官强行带走了，逼她做小妾。秋容宁死不从，现在也被关了起来。妾身走了百里的路，精疲力竭；到城北的时候，脚底又被荆棘扎伤，痛彻骨髓，恐怕以后再也不能来了。”说完就抬起脚，只见鲜血染红了鞋袜。小谢拿出三两银子交给陶生，就一瘸一拐地走了。巡抚审讯三郎，认为他和陶生素不相识，无端替陶生申冤实属可疑，便下令打他板子。结果三郎扑倒在地，一下就消失了。巡抚对此颇感奇异，再看状纸，言辞悲痛诚恳。于是就提审陶生，问他三郎是什么人，陶生假装不知情。巡抚恍然明白此案肯定有冤情，便把陶生放了。陶生回去后，整晚都没有人来。一直到深夜，小谢才来，她神情惨淡地说：“三郎在巡抚衙门被官署的守护神带到地府。阎罗王因他为人正义，便令其托生到富贵人家。我见秋容姐姐被关了很长时间也没消息，就到城隍庙投了状子，结果被压下递不上去，你说这可怎么办啊？”陶生听了勃然大怒：“这个黑老鬼竟敢如此猖狂！明天我就过去推倒他的塑像，把他踩成烂泥。我要当面质问一下城隍老爷，他手下官吏如此横暴，难道是喝多了在梦里吗！”他和小谢悲愤相对，不知不觉四更将尽。

忽然，秋容飘然而至。两人又惊又喜，急忙问是怎么回事。秋容失声落泪道："这回我为郎君可是受尽了千辛万苦。判官每天以刀棍相逼，今晚突然放我回来，还说：'我并没有其他意思，带你过来原本也是出于爱恋之心。你既然不愿意也就算了，我可没玷污你的清白。烦请回去后，告诉陶秋曹，他大人有大量，别跟我一般见识。'"陶生听了稍微有点喜悦，就想和她俩同眠，说："我今日愿跟你们恩爱以死。"两位女子听了难过地说："从前受你的教导，方懂得一些义理，我们怎么忍心因为喜爱郎君而杀害你呢？"二人执意不允，然而她们与陶生耳鬓厮磨，如同夫妻那样亲昵。秋容和小谢经历了这场磨难，彼此的嫉妒心全没了。

会一道士途遇生，顾谓"身有鬼气"。生以其言异，具告之。道士曰："此鬼大好，不拟负他。"因书二符付生，曰："归授两鬼，任其福命。如闻门外有哭女者，吞符急出，先到者可活。"生拜受，归嘱二女。后月余，果闻有哭女者，二女争奔而去。小谢忙急，忘吞其符。见有丧舆[1]过，秋容直出，入棺而没。小谢不得入，痛哭而返。

生出视，则富室郝氏殡其女。共见一女子入棺而去。方共惊疑，俄闻棺中有声，息肩发验[2]，女已顿苏。因暂寄生斋外，罗守[3]之。忽开目问陶生，郝氏研诘之，答云："我非汝女也。"遂以情告。郝未深信，欲舁归，女不从，径入生斋，偃卧不起。郝乃识婿而去。

注释

1 丧舆：即灵车，出殡时运送棺材的车子，此处为人力肩扛的车架。2 息肩发验：放下肩头扛的架子，打开棺材查验。3 罗守：环绕守候。

译文

一次，有个道士恰巧途中与陶生相遇，打量他一番说："你身上有鬼气。"陶生觉得道士所言不同寻常，就把事情都告诉了他。道士说："这两个鬼都非常好，不可辜负了她们。"于是写了两道符交给陶生，嘱咐道："你拿回去送给她们俩，剩下的就要看各自的造化了。如果听到门外有人哭女儿，就让她们把符吞了赶紧跑出去，谁先到棺材，谁就能再生。"陶生拜谢后收下符，回去便把道士的话嘱咐给秋容和小谢。过了一个多月，果然听到门口有哭女儿的，两人竞相奔出。小谢太着急，忘了吞符。眼见灵车过来了，秋容直奔而出，进入棺材就不见了。小谢到跟前却进不去，又急又气，痛哭着回来了。

陶生出门一看，原来是大户人家郝氏正在给女儿出殡。在场的人都看见一个女子走进了棺材。正在惊疑之际，忽然听到棺材里有响声，就放下来开棺查看，女子竟然复苏了。于是就把灵车暂时停在陶生家门口，围了一圈人守着。女子忽然睁开眼问陶生在哪儿，郝氏盘问她是怎么回事，回答说："我不是你的女儿。"便以实情相告。郝氏将信将疑，想先把女儿抬回家，可女子就是不答应，径直跑进陶生房中，躺在床上赖着不走。郝氏没办法，就认了女婿回去了。

生就视之，面庞虽异，而光艳不减秋容，喜惬[1]过望，殷叙[2]平生。忽闻呜呜鬼泣，则小谢哭于暗陬[3]。心甚怜之，即移灯往，宽譬[4]哀情。而衿袖淋浪，痛不可解，近晓始去。天明，郝以婢媪赍送香奁[5]，居然翁婿矣。暮入帏房，则小谢又哭。如此六七夜，夫妇俱为惨动，不能成合卺之礼[6]。生忧思无策。秋容曰："道士，仙人也。再往求，倘得怜救。"

生然之。迹道士所在，叩伏自陈。道士力言无术，生哀不已。道士笑曰："痴生好缠人。合与有缘，请竭吾术。"乃从生来，索静室，掩扉坐，戒勿相问。凡十余日，不饮不食。潜窥之，瞑若睡。一日晨兴，有少女搴帘入，明眸皓齿，光艳照人。微笑曰："跋履终日，惫极矣！被汝纠缠不了，奔驰百里外，始得一好庐舍[7]，道人载与俱来矣。待见其人，便相交付耳。"敛昏，小谢至，女遽起迎抱之，翕然[8]合为一体，仆地而僵。道士自室中出，拱手径去。拜而送之，及返，则女已苏。扶置床上，气体渐舒，但把足呻言趾股酸痛，数日始能起。

注释

1 喜惬（qiè）：高兴，满意。2 殷叙：殷切地谈论。3 暗陬（zōu）：黑暗的角落。4 宽譬：宽慰劝解。5 香奁：古代女子化妆时，用于盛放香粉、镜子等物的匣子。6 合卺（jǐn）之礼：喝交杯酒，此处指婚礼。7 庐舍：此处指魂魄的居所，即人身。8 翕（xī）然：形容动作一致。

译文

陶生上前仔细打量这个女孩儿，觉得虽然和秋容相貌不同，但姿色靓丽，丝毫不在秋容之下，于是大喜过望。两人殷切地谈论着往事，忽然听到"呜呜”的鬼哭声，原来是小谢在阴暗处痛哭。陶生顿生怜爱之心，就拿着灯走过去，对小谢好言相劝，宽慰她不要再伤心了。而小谢哭得衣袖都湿透了，越哭越难受，怎么都劝不住，一直到天快亮才离去。第二天清早，郝氏派丫环、老妈子过来送嫁妆，两家居然成了翁婿。傍晚，两人走进卧室，又听见小谢在哭。如此这般闹腾了六七夜，陶生夫妇被小谢凄惨的哭声打动，一直没能办成婚礼。陶生心绪忧虑，想不出办法。秋容就说：“那个道士是位活神仙。你再过去求求他，或许他会大发慈悲出手相救。”

陶生觉得有理，就来到道士的住处，趴在地上叩头陈述了实情。道士极力推辞，说自己没有办法，陶生便哀求不止。道士笑了笑说：“你这个书呆子真是缠人！贫道也算跟你有缘，请让我尽力试一试。”于是就跟着陶生来到家里，要了间安静的房间，关上门盘腿打坐，并告诫陶生不要打扰自己。一连过了十几天，道士都不吃不喝。陶生悄悄过来窥探，道士好像睡着了似的。一天早上起来，有位少女掀起帘子走了进来，大大的眼睛，洁白的牙齿，光彩动人。她微笑着说：“终日奔波，真是累死了！被你纠缠不过，跑了一百多里地，才找到一个好身体，道士背着一块儿来了。等我见了那个人，便当面交给她。”等到黄昏时分小谢来了，女子赶紧迎上前去抱住她，两人一下子便合为一体，倒在地上直挺挺地躺着。道士这时从房里出来，拱了拱手就走了。陶生赶紧拜谢送行，等回来时，女子已经醒了过来。把她扶到床上，呼吸渐渐舒畅，只是抱着脚呻吟说脚趾、大腿酸痛得厉害，过了好几天才能下床走路。

后生应试得通籍[1]。有蔡子经者，与同谱[2]，以事过生，留数日。小谢自邻舍归，蔡望见之，疾趋相蹑[3]。小谢侧身敛避，心窃怒其轻薄。蔡告生曰：“一事深骇物 听[4]，可相告否？”诘之，答曰：“三年前，少妹夭殒，经两夜而失其尸，至今疑念。适见夫人，何相似之深也？”生笑曰：“山荆陋劣，何足以方君妹？然既系同谱，义即至切，何妨一献妻孥[5]。”乃入内室，使小谢衣殉装[6]出。蔡大惊曰：“真吾妹也！”因而泣下。生乃具述本末。蔡喜曰：“妹子未死，吾将速归，用慰严慈[7]。”遂去。过数日，举家皆至。后往来如郝焉。

注释

1 通籍：在朝廷有了名籍，指刚开始做官。2 同谱：同一批考中的。3 蹑（niè）：跟踪。4 物听：众人的言论，公共舆论。5 妻孥（nú）：妻子和儿女。6 殉装：下葬时所穿衣物。

7 用慰严慈：意思是把消息告诉家人，好让父母宽心。

译文

后来，陶生应试高中做了官。有位叫蔡子经的跟他是同科进士，恰好有事前来走访，在陶生家里住了几日。一次，小谢从邻居家回来，蔡生望见她，急忙上前跟了过去。小谢就侧身躲避，对蔡生的轻薄举动，心里很生气。回来后，蔡生对陶生说："有件事实在令人惊讶，仁兄能否如实相告？"问他何事，便说："三年前，我的小妹夭折，两天后尸体却消失不见了，直到今天还是个谜。刚才见到嫂夫人，为何跟我妹妹长得那么像呢？"陶生听了笑道："我妻子相貌丑陋，怎么能跟你的妹妹比呢？然而咱俩既然是同年，情深义厚，让你见一下我太太又何妨呢？"于是就走到里屋，让小谢穿着下葬时的衣服出来。蔡生见了，大吃一惊道："真是我妹妹啊！"说着掉下了眼泪。陶生就把事情经过给他讲了一遍。蔡生高兴地说："原来妹妹没死啊，我得赶快回去告诉家人，好让父母大人放心。"说完就走了。过了几天，蔡生全家都过来了。往后两家互相来往如同郝家一样。

异史氏曰："绝世佳人，求一而难之，何遽得两哉！事千古而一见，惟不私奔女者能遘[1]之也。道士其仙耶？何术之神也？苟有其术，丑鬼可交耳。"

注释

1 遘（gòu）：相遇。

译文

异史氏说："绝代佳人，求得一位已经很难了，怎么会一下子得到两位呢！真是千载一见的稀罕事，只有坐怀不乱的人才能遇到啊。这位道士是神仙吗？法术怎么会如此神奇呢？如果真有这样的法术，就算遇到丑鬼也可以结交了。"

第二章 狐魅迷情

狐魅是《聊斋志异》中频繁出现的妖怪，可以称得上是本书的主角。古人认为狐狸颇具灵力，容易修炼成精。明清时期，狐仙庙宇遍布大江南北，民间信仰十分兴盛，有关狐魅的奇闻异事在各地广为流传。本章共选取了《青凤》《婴宁》《莲香》《巧娘》《鸦头》《董生》《贾儿》《黄九郎》八篇文章，从不同侧面展现人、狐之间错综复杂的关系。

《青凤》《婴宁》两篇讲的是狐女与痴情书生终成眷属的故事，都对传统礼教进行了抨击。耿生与身为狐狸的胡家交好，对胡家侄女青凤一见钟情。然而，与一般狐魅风流成性不同，胡家礼法甚严，青凤的叔叔严厉反对这段人狐恋。后来青凤外出遇险为耿生搭救，二人才再次相会。故事到此已经超出了传统"纲常名教"的羁绊，可谓是对现实男女青年无法自由恋爱的变相呐喊。然而，作者最终还是让主角拯救了青凤的叔叔，这段"不伦"之恋最终获得了家长的认可，得以圆满收场。婴宁是人狐结合所生的"半妖"，她天真烂漫，喜笑成痴，在一次春游时，与素不相识的表哥王子服相遇。王生对她一见倾心，相思成疾，经过多方寻找才得以将婴宁领回家。婴宁因惩治好色的邻居而被婆婆训斥，此后闭口不笑。她最后向王生吐露真情，其身份之谜才得以破解，原来笑容背后隐藏着些许狡黠。这两篇故事有着强烈的现实主义元素，读者须仔细体会。

《莲香》《巧娘》讲的是鬼狐争宠，竞做人妻的故事。狐仙莲香与书生桑子明交好，后来鬼女李氏也与桑生幽会，两女争风吃醋而互相猜忌。因与鬼女欢爱，桑生身体每况愈下，后经莲香医治痊愈。李氏离去后，魂魄附在新死的燕儿身上得以重生，后又嫁给桑生，莲香产下一狐子后病故，十四年后转生，又和桑生、燕儿重逢。廉生本是天阉，一次逃学，遇到女鬼巧娘和狐精华姑、三娘。在华姑的帮助下，廉生重拾男儿本色，与巧娘、三娘打得火热。巧娘因气愤华姑藏掖廉生让三娘独享遂与三娘争吵，华姑便瞒着巧娘，带三娘、廉生出走。廉生与三娘完婚后，四处打探巧娘音讯，最终将巧娘母子接回团聚。

《鸦头》讲的是狐狸开妓院而惨遭灭门的故事。狐女鸦头生长在青楼，因不愿为妓而与初次上门的王文私奔。但好景不长，鸦头很快又被老妖抓了回去，备受折磨，后来产下一子。王文苦恋鸦头多年，但不知其所踪，偶然与儿子王孜相逢。王孜勇武过人，长大后杀死狐妖，救回了母亲。与以上狐女与人真心相爱不同，《董生》中的书生董某遇见的是一个专门吸人精气、害人性命的狐妖。董生丧命后，狐妖又去魅惑他的好友王生。王生在梦中受董生告诫，醒来后按其吩咐最终除掉了狐妖。

《贾儿》《黄九郎》中的狐狸以男性为主。《贾儿》写的是男主人外出经商，老婆被狐狸魅惑，神志失常的故事。起初小儿佯装恶作剧，实则精心准备，但只砍掉狐狸的一截尾巴。后来他摸清狐狸的藏身之所，听到狐狸要手下去买酒，于是就事先在买好的酒里下了毒，并乔装成一个狐狸小童，将毒酒送给狐妖，最终把狐狸全部除掉。与其他狐狸主动勾引人不同，黄九郎因为长相俊美，反被有龙阳之好的书生何子萧调戏。黄九郎为给母亲治病，甘受何生玩弄，最终何生因纵欲过度而亡。后来，何生又借一个新死的翰林回魂复生。黄九郎自觉对不起何生，便把自己的妹妹嫁给了他。翰林生前曾被巡抚害得家破人亡，为报仇雪恨，何生就把黄九郎献给巡抚当“男宠”，巡抚也有断袖之癖，日夜与黄九郎享乐，不久即一命呜呼。

青 凤

太原耿氏，故大家，第宅弘阔。后凌夷[1]，楼舍连亘，半旷废之，因生怪异，堂门辄自开掩，家人恒中夜骇哗。耿患之，移居别墅，留老翁门焉。由此荒落益甚，或闻笑语歌吹声。

耿有从子去病，狂放不羁。嘱翁有所闻见，奔告之。至夜，见楼上灯光明灭，走报生。生欲入觇其异，止之，不听。门户素所习识，竟拨蒿蓬，曲折而入。登楼，初无少异。穿楼而过，闻人语切切。潜窥之，见巨烛双烧，其明如昼。一叟儒冠南面坐，一媪相对，俱年四十余。东向一少年，可二十许。右一女郎，裁及笄[2]耳。酒胾[3]满案，围坐笑语。生突入，笑呼曰："有不速之客一人来！"群惊奔匿。独叟出叱问："谁何入人闺闼？"生曰："此我家闺闼，君占之，旨酒自饮，不一邀主人，毋乃太吝？"

叟审谛之，曰："非主人也。"生曰："我狂生耿去病，主人之从子耳。"叟致敬曰："久仰山斗！"乃揖生入，便呼家人易馔，生止之。叟乃酌客。生曰："吾辈通家[4]，座客无庸见避，还祈招饮。"叟呼："孝儿！"俄少年自外入。叟曰："此豚儿[5]也。"揖而坐，略审门阀。叟自言："义君姓胡。"生素豪，谈论风生，孝儿亦倜傥，倾吐间，雅相爱悦。生二十一，长孝儿二岁，因弟之。

注释

1 凌夷：衰败。2 及笄：古代女子满 15 岁结发，用笄贯之，也指已到了结婚的年龄。3 胾（zì）：切成大块的肉。4 通家：彼此世代交情深厚，如同一家。5 豚儿：对自己儿子的贱称，类似"犬子"。

译文

太原有一户姓耿的人家，祖上是世家大族，宅院宽阔宏丽。后来家道中落，成片成片的房屋空着没人居住，渐渐荒废大半，时间长了，就生出一些怪异的事来，大堂的门常常自开自闭，家里人半夜经常吓得大呼小叫。耿老爷对此感到十分忧虑，就搬到别墅去住了，只留下一个看门的老头儿。从此，宅院就更加荒凉破败，可有时却能听到欢歌笑语。

耿老爷有个侄子叫耿去病，性格狂放不羁。他叮嘱看门的老头儿，如果发现什么奇怪的事，就跑过来告诉他。到了晚上，老头儿见楼上灯光闪烁，就赶紧跑去告诉耿生。耿生想进去一探究竟，老头儿极力劝阻，他却不听。院子里的屋舍耿生向来都很熟悉，他便拨开荒草，左绕右拐地往里走去。刚登上楼，耿生还没察觉有什么奇异。等穿过楼去，就听见有人在轻声说话。耿生上前偷偷一看，见屋子里点着两根巨大的蜡烛，明亮得如同白昼。一个戴着儒生帽子的老先生面朝南坐着，对面坐了个老太太，两人都有四十来岁。朝东坐着一个少年，约二十岁。右边是一个女孩，年纪才十五岁的样子。只见桌子上摆满了酒肉，四个人围在一起正说说笑笑。耿生突然闯入，大笑着喊道："一个不请自到的客人来啦！"屋里人吓得四散而去，唯独老先生出来大声责问道："你是谁？为何闯进人屋里来？"耿生说："这是我的家，你占着住就算了，还独自享用美酒，也不邀请主人来，岂非太吝啬了？"

老先生仔细打量了他一番，说："你不是这家的主人。"耿生说："我是狂生耿去病，是耿老爷的侄子。"老先生一听，赶紧施礼客气道："失敬失敬，久仰大名。"于是他就作揖请耿生入座，招呼家人换一桌酒菜上来，耿生连忙制止他。老先生就给他斟了杯酒。耿生说："咱们也算是一家人，刚才在座的各位无须回避，还是把大家请回来一起喝吧。"老先生就喊道："孝儿！"一会儿，有个少年从外边走了进来。老先生介绍说："这是我的儿子。"说毕，少年向耿生作揖后入座，耿生大致询问他们的家世门第。老先生说："我姓胡，名义君。"耿生一向性情豪放，席间谈笑风生，滔滔不绝，孝儿也很洒脱，言谈之间不觉互相倾慕。耿生二十一岁，比孝儿大两岁，因此就呼他为弟。

叟曰："闻君祖纂《涂山外传》，知之乎？"答曰："知之。"叟曰："我涂山氏[1]之苗裔也。唐以后，谱系犹能忆之，五代[2]而上无传焉。幸公子一垂教也。"生略述涂山女佐禹之功，粉饰多词，妙绪泉涌。叟大喜，谓子曰："今幸得闻所未闻。公子亦非他人，可请阿母及青凤来共听之，亦令知我祖德也。"

孝儿入帏中，少时，媪偕女郎出。审顾之，弱态生娇，秋波流慧，人间无其丽也。叟指妇曰："此为老荆。"又指女郎："此青凤，鄙人之犹女[3]也。颇惠，所闻见辄记不忘，故唤令听之。"生谈竟而饮，瞻顾女郎，停睇不转。女觉之，辄俯其首。生隐蹑莲钩，女急敛足，亦无愠怒。生神志飞扬，不能自主，拍案曰："得妇如此，南面王不易也！"媪见生渐醉，益狂，与女俱起，遽搴帏去。生失望，乃辞叟出，而心萦萦[4]，不能忘情于青凤也。

注释

1 涂山氏：据说是大禹的妻子，为九尾白狐所化，曾帮助大禹治理水患。2 五代：指唐以前的梁、陈、齐、周、隋五个朝代。3 犹女：侄女。4 萦萦：缠绕的样子。

译文

老先生问他："听说你的祖上曾编纂过一本《涂山外传》，你知道此书吗？"耿生回答说："我知道。"老者说："我就是涂山氏的后裔，唐朝以后的谱系我还记得，但梁、陈、齐、周、隋五代之前的世系没能保留下来。希望公子能为我讲述一下。"于是耿生就大致讲述了涂山氏帮助夏禹治水的功绩，又多加润饰，妙语连珠，滔滔不绝。老先生听后大为欢喜，就对儿子说："今天有幸听了这么多从未知晓的事。耿公子也不是外人，可以把你母亲和青凤都请过来一起听听，也让她们知晓一下我们祖上的功德。"

孝儿就进了帷帐，不一会儿老太太带着女孩儿一起走了出来。耿生仔细端详，见女孩儿生得身姿娇弱，眼神里透着聪慧，世间没有比她更美丽的女子了。老先生指着老太太说："这是我老伴儿。"又指着女孩儿说："这是我的侄女青凤。她人很聪明，所闻所见都能记住不忘，所以也把她叫过来一起听听。"过了一会儿，耿生讲完涂山氏的传说，就继续喝酒。他目不转睛地盯着青凤看，女孩儿发觉了就低下头。耿生偷偷地踩她的小脚，女孩儿急忙把双脚缩回来，但脸上却看不出生气懊恼。耿生借着酒劲，心魂动荡，神采飞扬，有些控制不住自己，拍着桌子嚷嚷道："要是能娶到这样的女人，就算让我当皇帝也不换！"老太太见他喝醉后更加狂放，就和女孩儿一同起身，掀开帘子回屋了。耿生大失所望，就向老先生道别回去了。耿生离开后，满脑子都是青凤，魂牵梦绕，一刻也忘不了。

至夜复往，则兰麝犹芳，而凝待终宵，寂无声咳。归与妻谋，欲携家而居之，冀得一遇。妻不从，生乃自往，读于楼下。夜方凭几，一鬼披发入，面黑如漆，张目视生。生笑，染指研墨自涂，灼灼然相与对视，鬼惭而去。次夜更深，灭烛欲寝，闻楼后发扃，辟之閛然[1]。生急起窥觇，则扉半启。俄闻履声细碎，有烛光自房中出。视之，则青凤也。骤见生，骇而却退，遽阖双扉。

生长跽[2]而致词曰："小生不避险恶，实以卿故。幸无他人，得一握手为笑，死不憾耳。"女遥语曰："惓惓深情，妾岂不知？但吾叔闺训严谨，不敢奉命。"

生固哀之云：“亦不敢望肌肤之亲，但一见颜色足矣。”女似肯可，启关出，捉其臂而曳之。生狂喜，相将入楼下，拥而加诸膝。女曰：“幸有夙分，过此一夕，即相思无益矣。”问：“何故？”曰：“阿叔畏君狂，故化厉鬼以相吓，而君不动也。今已卜居他所，一家皆移什物赴新居，而妾留守，明日即发矣。”言已欲去，云：“恐叔归。”生强止之，欲与为欢。

方持论间，叟掩入。女羞惧无以自容，俯首倚床，拈带不语。叟怒曰：“贱婢辱我门户！不速去，鞭挞且从其后！”女低头急去，叟亦出。生尾而听之，诃诟万端，闻青凤嘤嘤啜泣。生心意如割，大声曰：“罪在小生，与青凤何与！倘宥青凤，刀锯鈇钺，愿身受之！”良久寂然，生乃归寝。自此第内绝不复声息矣。

注释

1 閛（pēng）然：关门声。2 长跽：直直地跪着。

译文

到了夜里，耿生又找了过去，室内兰花和麝香的芬芳还在，但他在那儿痴痴地等了一晚上，四周寂静无声，始终无人出现。回到家后，他就和妻子商量，想把全家都搬过去住，希望以后有机会能再遇到青凤。他妻子不同意，耿生就自己搬了过去，在楼下读书。晚上耿生正倚着桌子休息，一个鬼披头散发闯了进来，面容漆黑，瞪大眼睛盯着他。耿生见状呵呵一笑，用手指染了些墨把脸涂黑，也瞪大眼睛与鬼互相对视，鬼自讨没趣，就灰溜溜地走了。第二天晚上，时间已经很晚了，耿生刚要吹灭蜡烛睡觉，忽然听见楼后边有拨门闩的声音，“砰”一声响，门被打开了。耿生急忙起身查看，只见门半开着。一会儿，又听见细碎的脚步声，有烛光从房里射出来。上前一看，原来是青凤。她猛然发现耿生，吓得连连后退，赶紧把门关上。

耿生“扑通”跪倒在地，隔门对青凤说：“小生不避险恶，住在这里，实在是为了你啊。幸好现在没有其他人，如果能和你把手言欢，就算死了也无怨无悔。”青凤远远站在一旁说：“公子一片深情，我怎会不知呢？但叔叔闺训极为严厉，我实在不能答应你的要求。”耿生就一再哀求说：“我也不敢指望能和你有肌肤之亲，只要求见上一面就心满意足了。”青凤好像是答应了，她把门打开走出来，伸手抓着耿生的胳膊把他拉了过来。耿生欣喜若狂，和青凤携手走下楼，将她一把抱在膝上，两人搂在一起。青风对他说："幸好今生有缘，能和你过此一晚，往后就算是再想也没用了。"耿生问是什么原因，她就说："我叔叔担心你狂放不羁，所以化为厉鬼恐吓你，而你却不为所动。如今他已经在别处安家，一家人正在搬东西过去。我留在这儿看东西，明天也要出发了。"讲完，青凤就要离开，说："我担心叔叔会回来。"耿生强行阻拦她离去，想和她共觅男女之欢。

两人正在争执时，老头儿突然走进门来。青凤又羞又怕简直无地自容，低着头靠在床边，手里抓着衣带，默然不语。老头儿怒斥道："你这个小贱人，辱败我家门风！再不赶快滚，看我不拿鞭子好好收拾你！"青凤垂着头急忙跑了出去，老头儿也跟着走了。耿生赶忙尾随过去，一路上听到老头儿对青凤百般呵斥责骂，而青凤不住地哭泣。耿生心如刀绞，就走上前大喝道："一切都是小生的罪过，与青凤何干！如果你能原谅她，就算刀砍斧剁，小生愿一人承担！"过了好一会儿，骂声、哭泣声都消失了，耿生这才回去休息。从此以后，这栋宅子里再也没有异常的声响了。

生叔闻而奇之，愿售以居，不较直[1]。生喜，携家口而迁焉。居逾年，甚适，而未尝须臾忘青凤也。会清明上墓归，见小狐二，为犬逼逐。其一投荒窜去，一则皇急[2]道上。望见生，依依哀啼，阘耳辑首[3]，似乞其援。生怜之，启裳衿，提抱以归。闭门，置床上，则青凤也。大喜，慰问。女曰："适与婢子戏，遘此大厄。脱非郎君，必葬犬腹。望无以非类见憎。"生曰："日切怀思，系于魂梦。见卿如获异宝，何憎之云？"女曰："此天数也，不因颠覆，何得相从？然幸矣，婢子必言妾已死，可与君坚永约耳。"生喜，另舍居之。

注释

1 不较直：不计较价钱。2 皇急：惊恐急迫。 皇，通"惶"。3 阘（tà）耳辑首：垂耳缩头，害怕乞怜的样子。

译文

耿生的叔叔听说老宅没什么异常，颇觉惊奇，便不计较价钱，愿意把宅邸卖给他居住。耿生很高兴，就带全家人搬了进来。住了一年多，感觉很合意，然而心中无时无刻不想着青凤。清明这天耿生扫墓回来，在路上看到两只小狐狸被猎犬紧追。其中一只钻到荒草丛中逃走了，另一只在路上惊恐地急奔。它望见耿生，留恋不舍地哀嚎着，耷拉着耳朵，缩着脑袋，好像在向他乞求帮助。耿生很可怜它，就掀开衣服，把狐狸提起来抱在怀里，带回家去了。他到家关上门，把狐狸放在床上，再一看，竟然是青凤。耿生喜出望外，急忙走过去慰问了一番。青凤说："刚才我正跟丫环玩耍，忽然遭此大难。要不是公子出手相救，我肯定就葬身犬腹了。希望你不要因为我是异类而讨厌我。"耿生说："我对你日思夜想，魂牵梦绕。现在见到你如获至宝，怎么会嫌弃呢？"青凤说："看来这是天意啊，若不是遇到这场灾难，我们怎么能够在一起呢？不过的确很幸运，丫环回去肯定说我已经死了，这下我就能和你永远在一起了。"耿生听了心花怒放，就另外腾出一套房子让她住下。

积二年余，生方夜读，孝儿忽入。生辍读，讶诘所来。孝儿伏地，怆然曰："家君有横难，非君莫拯。将自诣恳，恐不见纳，故以某来。"问："何事？"曰："公子识莫三郎否？"曰："此吾年家子[1]也。"孝儿曰："明日将过，倘携有猎狐，望君之留之也。"生曰："楼下之羞，耿耿在念，他事不敢预闻。必欲仆效绵薄，非青凤来不可！"孝儿零涕曰："凤妹已野死三年矣。"生拂衣曰："既尔，则恨滋深耳！"执卷高吟，殊不顾瞻。孝儿起，哭失声，掩面而去。生如青凤所，告以故。女失色曰："果救之否？"曰："救则救之，适不之诺者，亦聊以报前横耳。"女乃喜曰："妾少孤，依叔成立。昔虽获罪，乃家范应尔。"生曰："诚然，但使人不能无介介[2]耳。卿果死，定不相援。"女笑曰："忍哉！"

注释

1 年家子：科举同年考中的称同年，年家子即科举同年的晚辈。2 介介：耿耿于怀。

译文

过了两年多，一天晚上耿生正在读书，孝儿忽然走了进来。耿生放下书，惊讶地问他前来有何事。孝儿趴在地上悲伤地说："家父将要遭遇横祸，除了你没人能救得了他。本来他打算亲自来恳求你的，但担心会被拒之门外，所以就派我来了。"耿生问他究竟有何事，他说："公子你认识莫三郎吗？"耿生说："当然认识，他是我科考同年的晚辈。"孝儿说："那太好了，明天他打猎会路过这里，如果他带着狐狸，希望你能把它留下来。"耿生怒气冲冲地说："哼！说到你爹，当晚楼下的羞辱，我从没忘记。你们家的事儿我不敢过问。如果一定要我帮忙，非青凤来不可！”孝儿声泪俱下地说：“青凤妹妹已经死在野外三年了。”耿生一甩袖子，恨恨地说：“既然这样，那我就更痛恨了！”于是，他就拿起书大声吟诵，对孝儿看都不看一眼。孝儿见耿生如此决绝，就从地上起来，放声大哭，捂着脸离开了。耿生来到青凤的住所，把刚才的事告诉了她。青凤大惊失色道：“你到底救不救他呢?”耿生说：“救还是要救的，刚才我之所以没答应，只不过是为了报复他先前的蛮横罢了。”青凤就由愁转喜，说：“我从小父母双亡，是跟着叔叔长大的。以前虽然获罪受罚，但也是因为家规如此。”耿生仍赌气说：“我知道的确如此，但他做得也太过分了，总让人难以释怀。如果你真死了，我肯定不会救他。”青凤笑着说：“你还真忍心啊！”

次日，莫三郎果至，镂膺虎韔[1]，仆从甚赫。生门逆之。见获禽甚多，中一黑狐，血殷毛革，抚之，皮肉犹温。便托裘敝[2]，乞得缀补。莫慨然解赠。生即付青凤，乃与客饮。客既去，女抱狐于怀，三日而苏，展转复化为叟。举目见凤，疑非人间。女历言其情。叟乃下拜，惭谢前愆，喜顾女曰：“我固谓汝不死，今果然矣。”女谓生曰：“君如念妾，还乞以楼宅相假，使妾得以申返哺之私。”生诺之。叟赧然谢别而去，入夜，果举家来。由此如家人父子，无复猜忌矣。生斋居，孝儿时共谈宴。生嫡出子渐长，遂使傅[3]之，盖循循善教，有师范焉。

注释

1 镂膺虎韔（lòu yīng hǔ chàng）：镂金装饰的马带和虎皮制成的弓袋。2 裘敝：皮袄破了。3 傅：教导。

译文

第二日，莫三郎果然打猎途经这里，他骑着佩有镂金胸带的骏马，挎着虎皮弓袋，后面跟着众多的仆从。耿生在门口迎接，看到他捕获众多猎物，其中有一只黑狐伤势严重，鲜血染红了皮毛，用手一摸，身上还有热气。耿生就借口说自己皮袄破了，想拿这个狐狸皮补一下。莫三郎一听，很爽快地解下黑狐送给了他。耿生就把狐狸交给青凤，自己陪着客人喝酒。等人都走了，青凤把狐狸抱在怀里，好生照料。过了三天，黑狐才苏醒过来，身子一翻又变成了胡老先生。他睁眼看着青凤，怀疑自己不是在人间。青凤把事情经过告诉了他。老先生就向耿生施礼下拜，为他之前的罪过惭愧地道歉，又高兴地看着青凤说："我早就说你没死，现在果然如此。"青凤对耿生说："如果你心里还有我，希望你能把那座楼借给我们居住，使我好报答叔叔的养育之恩。"耿生答应了她的请求。老先生红着脸道谢辞别后就走了，到晚上全家果然都搬了回来。从此以后，他和耿生情同父子，再也没有什么猜疑。耿生住在书房里，孝儿时常过来和他谈天饮酒。耿生夫人所生的儿子长大后，就请孝儿做他的老师。孝儿教学循循善诱，很有师长的风范。

婴　宁

王子服，莒[1]之罗店人，早孤，绝惠，十四入泮[2]。母最爱之，寻常不令游郊野。聘萧氏，未嫁而夭，故求凰未就也。会上元，有舅氏子吴生，邀同眺瞩[3]。方至村外，舅家有仆来，招吴去。生见游女如云，乘兴独遨。有女郎携婢，拈[4]梅花一枝，容华绝代，笑容可掬。生注目不移，竟忘顾忌。女过去数武，顾婢曰："个儿郎目灼灼似贼！"遗花地上，笑语自去。生拾花怅然，神魂丧失，怏怏遂返。至家，藏花枕底，垂头而睡，不语亦不食。母忧之，醮禳益剧，肌革锐减。医师诊视，投剂发表[5]，忽忽若迷。母抚问所由，默然不答。

注释

1 莒（jǔ）：今山东省日照市莒县。2 入泮：入县学成为生员。泮，学校前的池塘，此处代指学校。3 眺瞩（tiào zhǔ）：登高望远，此处指郊游。4 拈（niǎn）：用手搓转。5 发表：中医指用药使疾病从身体内散发出来。

译文

王子服是莒县罗店人，自幼丧父。他聪明绝顶，十四岁就中了秀才。母亲对他特别疼爱，平常都不让他去野外郊游。家里曾给王子服聘了萧家的小姐，可是还没过门就夭折了，所以一直未娶。元宵节那天，他舅舅家的儿子吴生来邀请他一同出去游玩。刚走到村外，舅舅家的仆人追了过来，把吴生叫了回去。王生见游玩的女子众多，就乘着兴致独自闲逛。忽然看到一个姑娘带着丫环，手里拿着一枝梅花，她笑靥如花，风姿绝代。王生目不转睛地盯着姑娘看，竟忘记了顾忌。女子朝他走近几步，回头对丫环说："你看，对面那个小子眼光贼贼的。"随手把梅花扔在地上，就和丫环说笑着离开了。王生回过神，赶紧把花捡起来，怅然若失，痴痴地像丢了魂似的，怏怏不乐地返回了家。到家里，他把梅花藏在枕头底下，倒头便睡，醒来后沉默不语，不吃不喝。母亲见他这样很是忧虑，虽然请了道士作法驱邪，但王生的病越来越重，消瘦得很厉害。又延请医生诊治，开方子抓药，可王生吃了几服仍然迷迷糊糊，不见起色。母亲问他是怎么回事，王生还是沉默不语。

适吴生来，嘱密诘之。吴至榻前，生见之泪下。吴就榻慰解，渐致研诘[1]，生具吐其实，且求谋画。吴笑曰："君意亦复痴！此愿有何难遂？当代访之。徒步于野，必非世家。如其未字，事固谐矣，不然，拚[2]以重赂，计必允遂。但得痊瘳[3]，成事在我。"生闻之，不觉解颐。吴出告母，物色女子居里，而探访既穷，并无踪绪。母大忧，无所为计。然自吴去后，颜顿开，食亦略进。数日，吴复来，生问所谋。吴绐[4]之曰："已得之矣。我以为谁何人，乃我姑氏女，即君姨妹行，今尚待聘。虽内戚有婚姻之嫌，实告之，无不谐者。"生喜溢眉宇，问："居何里？"吴诡曰："西南山中，去此可三十余里。"生又付嘱再四，吴锐身[5]自任而去。

注释

1 研诘：仔细追问。2 拚（pàn）：不顾惜。3 痊瘳（chōu）：病情痊愈。4 绐（dài）：欺骗。5 锐身：挺身，敢于承担风险。

译文

一天，恰好吴生前来拜访，王母就嘱咐他，仔细问问儿子到底发生了什么事。吴生走近床前，王子服一见他就掉眼泪。吴生赶忙靠在床边好生宽慰，逐渐仔细询问缘由，王生全部吐露了实情，还请求吴生给出个主意。吴生笑道："你真是个痴人！这个心愿有什么难实现的？我定当替你寻找到她。既然她是步行到郊外，肯定不是大户人家的小姐。如果她还没定亲，事情就好办了；若是已经有了人家，咱们就多给些钱，想必也能如愿。你只要保养好身体，这事就交给我来办吧。"王生听了，不知不觉脸上露出了笑容。吴生出来把情况告诉了王母，而后就四处打探那个姑娘的住处，费尽周折，也没找到任何踪迹。王母虽然很担心，可一点办法也没有。不过自吴生走后，王子服就愁眉顿开，可以稍微吃些东西了。过了几天，吴生又来了，王生就问他事情进展如何。吴生骗他说："人已经找到了。我还以为是谁呢，原来是我姑姑的女儿，也就是你的姨表妹，现在还待聘闺中。虽然亲戚之间通婚有忌讳，但只要实话实说，凭你一片真心，没有不成的。"王生一听喜上眉梢，就问："她家住哪儿？"吴生就瞎编道："住在西南边的山里，离这儿大约有三十里。"王生又反复叮嘱，吴生自告奋勇地应承下来，然后就走了。

生由此饮食渐加，日就平复。探视枕底，花虽枯，未便雕落。凝思把玩，如见其人。怪吴不至，折柬招之，吴支托不肯赴招。生恚怒，悒悒不欢。母虑其复病，急为议姻，略与商榷，辄摇首不愿，惟日盼吴。吴迄无耗，益怨恨之。转思三十里非遥，何必仰息他人？怀梅袖中，负气自往，而家人不知也。

伶仃独步，无可问程，但望南山行去。约三十余里，乱山合沓[1]，空翠爽肌。寂无人行，止有鸟道。遥望谷底，丛花乱树中，隐隐有小里落。下山入村，见舍宇无多，皆茅屋，而意甚修雅。北向一家，门前皆丝柳，墙内桃杏尤繁，间以修竹，野鸟格磔[2]其中。意其园亭，不敢遽入。回顾对户，有巨石滑洁，因据坐少憩。

俄闻墙内有女子长呼"小荣"，其声娇细。方伫听间，一女郎由东而西，执杏花一朵，俯首自簪。举头见生，遂不复簪，含笑拈花而入。审视之，即上元途中所遇也。心骤喜，但念无以阶进，欲呼姨氏，顾从无还往，惧有讹误。门内无人可问，坐卧徘徊，自朝至于日昃[3]，盈盈望断[4]，并忘饥渴。

注释

1 合沓：重重叠叠。2 格磔（zhé）：鸟鸣叫的声音。3 日昃（zè）：太阳偏西。4 盈盈望断：干巴巴看着，望眼欲穿。

译文

王生从此饮食逐渐增加，身体也一天天好起来。他掀起枕头一瞧，花朵虽然已经枯萎了，但还未凋落。他拿着梅花凝神把玩，就好像见到了那个姑娘。过了段时间，吴生仍没有音讯，王生怪他一直不来，就写信催他过来一趟，可吴生支吾推托，就是不肯前来。王生又气又恼，心情又郁闷起来。母亲担心他旧病复发，想赶紧为他张罗婚事，刚一跟他商量，他就摇头拒绝，每天就盼着吴生能过来。吴生始终没有消息，王生就更加怨恨他了。他转念一想，三十里并不算很远，何必非要仰仗别人呢？他就把梅花放在袖子里，赌气自行前往，家里人也不知道他出去了。

王生只身前往，路上冷冷清清，连个问路的人都没有，他就望着南山走去。大约走了三十里，只见层峦叠嶂，云雾缭绕，空旷幽静，满目翠绿，爽彻肌肤。山里幽寂无声，渺无人迹，只有一条小道下山。远远向谷底望去，在丛花乱树中，隐隐约约有个小村庄。王生下山走进村子，见村子里房屋不多，都是茅草房，不过意境很雅致。村北有一家，门前种着垂柳，院子里桃树、杏树枝繁叶茂，其间点缀着片片竹林，野鸟欢鸣其中，一派生机盎然。王生猜测这应是别人家的花园，就不敢贸然闯入。回头看对面那户人家，门前有一块光滑的大石头，他就坐在上面稍作休息。

过了一会儿，忽然听到园子里有女人在呼喊"小荣"，声音娇弱纤细，韵味悠长。王生正听得出神，一位姑娘从东向西走来，手里拿着一朵杏花，低头正往头发上插。她抬起头看到王生，就不再插花了，默默含笑，拈花回去了。王生仔细打量，此人正是元宵节游玩途中见到的那个女子。他心头猛喜，但又想不出该怎么套近乎，欲开口叫姨妈，可是又想起从没跟姨妈家打过交道，害怕搞错了。门里无人可询问，他坐立不安，走来走去，从早一直等到日头偏西，朝院里眼巴巴看着，真是望眼欲穿，连饥渴都忘记了。

时见女子露半面来窥，似讶其不去者。忽一老媪扶杖出，顾生曰："何处郎君，闻自辰刻[1]便来，以至于今。意将何为？得勿饥耶？"生急起揖之，答云："将以盼亲。"媪聋聩不闻，又大言之。乃问："贵戚何姓？"生不能答。媪笑曰："奇哉！姓名尚自不知，何亲可探？我视郎君亦书痴耳。不如从我来，啖以粗粝，家有短榻可卧。待明朝归，询知姓氏，再来探访，不晚也。"生方腹馁[2]思啖，又从此渐近丽人，大喜。从媪入，见门内白石砌路，夹道红花，片片堕阶上。曲折而西，又启一关，豆棚花架满庭中。肃客[3]入舍，粉壁光明如镜。窗外海棠枝朵，探入室中，茵藉[4]几榻，罔不洁泽。甫坐，即有人自窗外隐约相窥。媪唤："小荣，可速作黍。"外有婢子嗷声而应。

坐次，具展宗阀[5]。媪曰："郎君外祖，莫姓吴否？"曰："然。"媪惊曰："是吾甥也！尊堂，我妹子。年来以家窭贫，又无三尺男，遂至音问梗塞。甥长成如许，尚不相识。"生曰："此来即为姨也，匆遽遂忘姓氏。"媪曰："老身秦姓，并无诞育，弱息[6]仅存，亦为庶产。渠母改醮，遗我鞠养。颇亦不钝，但少教训，嬉不知愁。少顷，使来拜识。"

注释

1 辰刻：早上七至九点。2 腹馁（něi）：肚子饿。3 肃客：请客人进门。4 茵藉：坐垫，床垫。5 宗阀：家世门第。6 弱息：幼小的孩子，多指女儿。

译文

这时，那个女子露出半边脸从门缝窥探，见王生还未离去，很是惊讶。忽然，一个老太太拄着拐杖出来，看着王生问："你是哪儿来的小伙子啊？听说你早上七八点就来了，一直等到现在。你打算做什么呀？难道肚子不饿吗？"王生急忙站起来作揖，回答说："我是来探亲的。"老太太耳聋听不见，王生又大声说了一遍。老太太就问他："你亲戚贵姓？"王生答不上来。老太太就笑着说："真奇怪哟，连姓名都不知道，你这探的哪门子亲？我看你这小伙子也是个书呆子。不如跟我进来，吃点粗茶淡饭，家里还多出张短床，可以休息一晚。等明早再回去，打听清楚亲戚姓氏，再来探访也不迟。"王生饿着肚子，正想吃些东西，这下又可以接近美女，心中大喜。他跟着老太太走进去，只见院子里用白石铺路，道路两旁满是鲜红的花朵，片片花瓣落在台阶上。沿着小路曲折向西，又走过一道门，庭院中满是豆棚花架。老太太把王生请进屋，王生见室内墙壁刷得粉白，光亮得好似一面镜子。窗户外，海棠树的枝条伸进房内，房间里的桌椅板凳以及床上的铺盖无不光鲜整洁。王生刚坐下，就有人隐约从窗外向屋内窥视。老太太吆喝道："小荣，快去做饭。"门外就有丫环高声答应。

坐了一会儿，两人聊起了家常。谈到家世，老太太问："小伙子，你的外祖父家是不是姓吴？"王生说："是啊。"老太太大吃一惊："你是我外甥啊。你娘就是我妹妹。这些年，因为家里很穷，又没个男孩儿，所以就跟你家没什么联系了。外甥你都长这么大了，我还不认识呢。"王生说："我这次来就是拜访老姨您的。匆忙之下就忘记姓什么了。"老太太说："老身姓秦，并没有生下过孩子，现在只有一个孩子也是庶出的。她母亲改嫁了，就送给我抚养。人也不笨，就是缺少管教，整天嘻嘻哈哈不知道发愁。待会儿，让她来拜见你。”

未几，婢子具饭，雏尾盈握[1]。媪劝餐已，婢来敛具。媪曰：“唤宁姑来。”婢应去。良久，闻户外隐有笑声。媪又唤曰：“婴宁，汝姨兄在此。”户外嗤嗤笑不已。婢推之以入，犹掩其口，笑不可遏。媪瞋目曰：“有客在，咤咤叱叱，是何景象？”女忍笑而立，生揖之。媪曰：“此王郎，汝姨子。一家尚不相识，可笑人也。”生问：“妹子年几何矣？”媪未能解，生又言之。女复笑，不可仰视。媪谓生曰：“我言少教诲，此可见矣。年已十六，呆痴裁[2]如婴儿。”生曰：“小于甥一岁。”曰：“阿甥已十七矣，得非庚午属马者耶？”生首应之。又问：“甥妇阿谁？”答曰：“无之。”曰：“如甥才貌，何十七岁犹未聘？婴宁亦无姑家[3]，极相匹敌。惜有内亲之嫌。”生无语，目注婴宁，不遑他瞬。

婢向女小语云：“目灼灼，贼腔未改！”女又大笑，顾婢曰：“视碧桃开未？”遽起，以袖掩口，细碎连步而出。至门外，笑声始纵。媪亦起，唤婢襆被，为生安置。曰：“阿甥来不易，宜留三五日，迟迟送汝归。如嫌幽闷，舍后有小园，可供消遣，有书可读。”

注释

1 雏尾盈握：小鸡的尾巴满满一把。形容鸡长得肥。2 裁：通“才”。3 姑家：婆家。

译文

没多久，丫环把饭菜端了上来，有肥嫩的小鸡，十分丰盛。老太太劝王生多吃点。吃过饭，丫环过来收拾碗筷，老太太就让她把宁姑叫过来。丫环应声而去。过了好一会儿，听见门外隐约有笑声。老太太又喊道：“婴宁，你姨表哥在这儿呢。”门外仍是“嗤嗤”笑个不停。丫环推着婴宁进了屋，她还是捂着嘴不住地笑。老太太瞪了她一眼，说：“有客人在，还咋咋呼呼，像什么样子？”女子忍住笑声，站在一旁，王生起身作了个揖。老太太说：“这是王公子，你姨妈的儿子。一家人还不认识，真是让人笑话了。”王生就问：“这位妹妹今年多大了？”老太太没听清，他又说了一遍。女子又哈哈大笑起来，笑得直不起腰。老太太就跟他说：“我就说她缺少管教吧，你可都看到了。人都十六了，还呆呆傻傻的像个宝宝。”王生说：“那比我小一岁。”老太太说：“外甥你都十七了呀，莫不是庚午年生，属马的？”王生点头称是。又问：“外甥你媳妇是谁啊？”回答说："尚未成亲。""外甥你一表人才，为什么十七了还没定亲呢？婴宁也还没婆家，我看你俩挺合适。可惜姨表亲有忌讳。"老太太叹息说。王生听了默不作声，紧盯着婴宁看，根本没工夫看别的。

丫环就小声对婴宁说："这人见了小姐眼睛就发光，贼样一点没改！"女子听了又大笑不止，就回头对丫环说："咱们去看看碧桃开花了没？"于是站起身，用袖子遮着嘴，迈着小碎步走了出去。到门外，才又放声大笑。老太太也站起身，叫丫环收拾床铺，好让王生歇息。她说："外甥你来一次不容易，最好能留下住个三五天，等迟几日再送你回去。你要是嫌闷得慌，屋后有个小花园可供消遣，家里也有书读。"

次日，至舍后，果有园半亩，细草铺毡，杨花糁径[1]。有草舍三楹，花木四合其所。穿花小步，闻树头苏苏有声，仰视，则婴宁在上，见生来，狂笑欲堕。生曰："勿尔，堕矣！"女且下且笑，不能自止。方将及地，失手而堕，笑乃止。生扶之，阴捘[2]其腕。女笑又作，倚树不能行，良久乃罢。

生俟其笑歇，乃出袖中花示之。女接之，曰："枯矣！何留之？"曰："此上元妹子所遗，故存之。"问："存之何意？"曰："以示相爱不忘也。自上元相遇，凝思成病，自分化为异物，不图得见颜色，幸垂怜悯。"

女曰："此大细事，至戚何所靳惜[3]？待郎行时，园中花，当唤老奴来，折一巨捆负送之。"生曰："妹子痴耶？""何便是痴？"生曰："我非爱花，爱拈花之人耳。"女曰："葭莩[4]之情，爱何待言？"生曰："我所谓爱，非瓜葛之爱，乃夫妻之爱。"女曰："有以异乎？"曰："夜共枕席耳。"女俯思良久，曰："我不惯与生人睡。"语未已，婢潜至，生惶恐遁去。

注释

1 杨花糁（sǎn）径：一团团柳絮散落在小路上。2 捘（zùn）：捏。3 靳（jìn）惜：吝惜。4 葭莩（jiā fú）：芦苇秆里的薄膜，比喻亲戚关系疏远淡薄。

译文

第二天，王生到屋后散步，果然有半亩花园，细绒绒的青草犹如铺了层地毯，柳絮一团团散落在小路上。园子里有三间草房，四周花木环绕。他穿过花丛悠悠地走着，听见树梢"簌簌"有声，抬头看，原来是婴宁在树上。她见王生走过来，一阵狂笑，差点从树上掉下来。王生赶忙说："别笑了，小心掉下来。"婴宁一边往下爬一边笑，根本就停不下来。快要着地时，失手摔下来，笑声这才停止。王生急忙上前搀扶，偷偷地捏了把她的手腕。婴宁又笑了起来，靠着树走不动路，过了很久才停下。

王生等她笑够了，就从袖子里掏出梅花给她看。婴宁接过来瞧了瞧，说："花都枯了！还留着干吗?"王生说："这是元宵节妹妹所丢的，所以就一直留着。"她问："留着是什么意思呢?"王生说："以此表示我对你爱慕不忘。自从上次元宵节相会，我想你想出了病，原以为活不成了，没想到今天又能再次见到你，希望妹妹可怜可怜我。"

婴宁就说："这不算什么大事，自家亲戚有什么舍不得的呢?等你走时，这园子里的花，我叫仆人采一大捆送给你就是了。"王生说："妹妹你是在说痴话吗?""哪里是在说痴话呢?"王生就挑明讲："我不是喜欢花，我是喜欢拿着花的人。"婴宁不解地问："咱们是远亲，你对我有爱还用说吗?"王生只得解释说："我所说的爱，不是亲情之爱，而是夫妻之爱。"婴宁疑惑地问："有什么区别吗?"王生回答说："夫妻之爱，晚上是要睡在一起的。"婴宁低下头想了好一会儿，才说："我不习惯跟陌生人睡。"话还没说完，丫环悄悄走上跟前，王生慌忙走开了。

少时，会母所。母问何往，女答以园中共话。媪曰："饭熟已久，有何长言，周遮[1]乃尔?"女曰："大哥欲我共寝。"言未已，生大窘，急目瞪之。女微笑而止。幸媪不闻，犹絮絮究诘。生急以他词掩之，因小语责女。女曰："适此语不应说耶?"生曰："此背人语。"女曰："背他人，岂得背老母?且寝处亦常事，何讳之?"生恨其痴，无术可以悟之。

食方竟，家中人捉双卫[2]来寻生。先是，母待生久不归，始疑，村中搜觅几遍，竟无踪兆，因往询吴。吴忆曩[3]言，因教于西南山村行觅。凡历数村，始至于此。生出门，适相值，便入告媪，且请偕女同归。媪喜曰："我有志，匪伊朝夕。但残躯不能远涉，得甥携妹子去，识认阿姨，大好！"呼婴宁，宁笑至。媪曰："有何喜，笑辄不辍?若不笑，当为全人。"因怒之以目。乃曰："大哥欲同汝去，可便装束。"又饷家人酒食，始送之出，曰："姨家田产丰裕，能养冗人。到彼且勿归，小学诗礼，亦好事翁姑。即烦阿姨为汝择一良匹。"二人遂发。至

山坳回顾，犹依稀见媪倚门北望也。

注释

1 周遮：说话啰啰唆唆。2 双卫：两头毛驴。3 曩（nǎng）：从前。

译文

没多久，王生和婴宁在老太太的屋里又见了面。老太太问她去哪儿了，她就说刚才跟王生在园子里聊天。老太太说："饭早都做好了，有什么话说这么久？你真是啰唆。"婴宁就说："大哥他想和我一起睡觉。"话还没说完，王生尴尬得要死，急忙用眼睛瞪她。婴宁就笑着不言语了。幸亏老太太耳朵不好使没听见，还絮絮叨叨地问个不停。王生急忙用别的话遮掩过去，并因此小声责怪婴宁。婴宁反问道："刚才这些话不应该说吗？"王生说："这是背人的话。"婴宁说："背着别人，岂能背着老母亲？况且睡觉也是经常的事，有什么好避讳的？"王生心里抱怨她痴呆，实在没办法能让她明白过来。

刚吃完饭，王生家里有人牵着两头毛驴来找王生。原来，王生母亲等了很长时间也不见他回来，就起了疑心，在村子里找了个遍，也不见踪影，于是就去找吴生打听。吴生回想起之前说的话，就让王家到西南边的山村去找找。总共走了好几个村子，才找到这里。王生刚出门，正好碰上来人，他就返回禀告老太太自己要走了，并恳请能把婴宁接回家去。老太太高兴地说："我早就想到你家走走，不是一天两天了，只是年老体衰走不了几步路。外甥你能带着妹妹一起回去，让她和姨妈见见面儿，真是太好了！"于是就喊婴宁，婴宁笑着走了过来。老太太责怪道："有什么可喜的事，笑个没完？要是没这个爱笑的毛病，你这丫头就十全十美了。"于是就生气地瞪了她两眼。又说："你大哥想带你一起回去，你也收拾收拾吧。"老太太又好酒好菜招待了王家人，然后才送他们出门，并叮嘱婴宁说："你姨妈家田产富裕，能养闲人。你这次过去了，先别急着回来，也稍微学点诗书礼教，以后也好侍奉公婆。顺便麻烦你姨妈给你找个好丈夫。"说完，王生和婴宁就出发了。走到山坳回头再看，还能依稀瞧见老太太靠着门向北边张望。

抵家，母睹姝丽，惊问为谁。生以姨女对。母曰："前吴郎与儿言者，诈也。我未有姊，何以得甥？"问女，女曰："我非母出。父为秦氏，没时，儿在

褓[1]中，不能记忆。”母曰：“我一姊适秦氏，良确。然殂谢[2]已久，那得复存？”因审诘面庞、志赘，一一符合。又疑曰：“是矣。然亡已多年，何得复存？”

疑虑间，吴生至，女避入室。吴询得故，惘然久之，忽曰：“此女名婴宁耶？”生然之，吴亟称怪事。问所自知，吴曰：“秦家姑去世后，姑丈鳏居[3]，祟于狐，病瘠死。狐生女名婴宁，绷卧床上[4]，家人皆见之。姑丈没，狐犹时来。后求天师符黏壁间，狐遂携女去。将勿此耶？”彼此疑参，但闻室中吃吃，皆婴宁笑声。母曰：“此女亦太憨生。”吴请面之。母入室，女犹浓笑不顾。母促令出，始极力忍笑，又面壁移时方出。才一展拜，翻然遽入，放声大笑。满室妇女，为之粲然。

注释

1 褓：包婴儿的被子，此处指婴儿时期。2 殂（cú）谢：死亡。3 鳏（guān）居：失去配偶，独自居住。4 绷卧床上：用被子包着放在床上。

译文

王生一行回到了家，母亲看见婴宁漂亮动人，惊问是谁。王生回答说是姨家的姑娘。王母说：“之前吴郎给你说的，都是骗你的。我从没有姐姐，哪儿来的外甥女呢？”又盘问婴宁，婴宁回答说：“我不是现在这个娘生的。我父亲姓秦，他离世时，我还在襁褓中，什么都不记得。”王母说：“我确实有个姐姐嫁给了秦家。但她已经死了好多年，哪还能活着呢？”于是就详细询问婴宁母亲的长相、痣疣，都和实际情况一一对得上。又疑惑地说：“你讲的都不错。可是人都死这么多年了，怎么可能还活着呢？”

正在疑惑时，吴生赶到了，婴宁就避到里屋去。吴生询问了事情的经过，久久陷入疑惑，忽然问：“这个女子是叫婴宁吗？”王生回答说是，吴生就大为称奇。问他知道些什么，吴生就说：“秦家姑姑死后，姑父一人独居，曾被狐狸精迷惑，后来就病死了。狐精生了个女儿名叫婴宁，用被子包着放在床上，一家人都看见了。姑父死后，狐精还时常过来。后来请了一张天师符贴在墙上，狐精就带着女儿走了。那个婴儿莫非就是婴宁吗？”众人正疑惑不解、议论纷纷时，只听见婴宁在里屋“嗤嗤”笑个不停。王母就说：“这姑娘也太憨了。”吴生想见见她，王母就走到里屋，这时婴宁仍大笑不止，对她并不理睬。王母催她快点出去，她这才极力忍住笑，又对着墙壁平复了好一会儿才走出来。她对吴生刚施礼拜过，就又跑了回去，放声大笑起来，惹得满屋子妇女哄堂大笑。

吴请往觇其异，就便执柯[1]。寻至村所，庐舍全无，山花零落而已。吴忆姑葬处，仿佛不远，然坟垄湮没，莫可辨识，诧叹而返。母疑其为鬼，入告吴言，女略无骇意。又吊[2]其无家，亦殊无悲意，孜孜[3]憨笑而已。众莫之测。母令与少女同寝止。昧爽即来省问，操女红精巧绝伦。但善笑，禁之亦不可止。然笑处嫣然[4]，狂而不损其媚，人皆乐之。邻女少妇，争承迎之。

注释

1 执柯：做媒。2 吊：可怜，怜悯。3 孜孜：一刻也不停的样子。4 嫣然：美好的样子。

译文

吴生自请去婴宁家察看有什么异常，顺便替王生做媒。他找到那个村子后，发现一间房屋都没有，只有一些凋零的野花零星散落在地。吴生想起姑姑的坟墓好像离这儿不远，只是坟头荒芜，已经无法辨识，他就诧异感叹地回去了。王母听后，怀疑王生之前遇到的是鬼，就进屋把吴生的话告诉婴宁，婴宁一点也不害怕。王母又可怜她无家无靠，她也毫不悲伤难过，只是不停地憨笑而已。众人都捉摸不透。王母就令婴宁和自己小女儿住在一起。天刚亮婴宁就起来给王母请安，针线活做得精巧至极。就是喜欢笑，怎么禁止都没用。然而，她笑起来很好看，即便大笑也不减妩媚风情，人人都很喜欢她。邻里的妇女、姑娘们，纷纷争着迎请她到家做客。

母择吉为之合卺[1]，而终恐为鬼物，窃于日中窥之，形影殊无少异。至日，使华妆行新妇礼，女笑极不能俯仰，遂罢。生以憨痴，恐漏泄房中隐事，而女殊密秘，不肯道一语。每值母忧怒，女至，一笑即解。奴婢小过，恐遭鞭楚，辄求诣母共话，罪婢投见，恒得免。而爱花成癖，物色遍戚党。窃典金钗，购佳种，数月，阶砌藩溷[2]无非花者。

庭后有木香一架，故邻西家，女每攀登其上，摘供簪玩。母时遇见，辄诃之，女卒不改。一日，西人子见之，凝注倾倒。女不避而笑。西人子谓女意已属，心益荡。女指墙底笑而下，西人子谓示约处，大悦。及昏而往，女果在焉。

就而淫之，则阴如锥刺，痛彻于心，大号而踣[3]。细视非女，则一枯木卧墙边，所接乃水淋窍也。

注释

1 合卺（jǐn）：喝交杯酒，通常指结婚。2 藩溷（hùn）：篱笆和厕所。3 踣（bó）：跌倒。

译文

王母挑了个好日子让二人拜堂成亲，但总是担心婴宁是鬼，就在太阳底下偷看她的身影，与人没什么不同。到了结婚那天，给婴宁穿戴打扮整齐行新娘礼，她笑得实在厉害，无法行礼，只得作罢。王生担心她这么呆呆傻傻的，万一把夫妻房中之事泄露出去如何是好。然而婴宁对此却严守秘密，不肯对外讲一句。每当王母忧愁恼怒时，婴宁过去一笑便能化解。奴婢们犯了小错，害怕遭受鞭打，就央求婴宁先到王母那儿聊聊天，然后他们才过去拜见，过错往往能得到赦免。婴宁爱花成癖，只要亲戚朋友家有好花，她都搜集一遍。又私下把金钗典当了，拿钱购买优良花种。几个月后，院子里连台阶和茅房都栽满了花。

后院有一架木香花，靠近西边邻居家，婴宁常常爬到架子上，摘些花戴在头上，或插在瓶里玩赏。母亲每次看到她爬上爬下，都要呵斥，可她始终不改。一天，邻家少爷看到她采花，被她的美貌深深吸引，就一直盯着看。婴宁一点也不回避，还嬉笑个不停。他就以为婴宁对自己有意思，心魂更加动荡。婴宁指了指墙根，笑着爬下去了。邻家少爷就以为是在暗示幽会的地方，开心得不得了。等到黄昏，他就翻墙找了过去，果然发现有个女子站在那儿。他急忙扑上前欲奸淫她，猛然感觉下身像被锥子刺了一下，疼得心如刀绞，惨叫着摔在地上。仔细一看并不是什么女子，而是靠在墙边的一根枯木，下身插入的，是一个被水淋泡的树洞。

邻父闻声，急奔研问，呻而不言；妻来，始以实告。爇火烛窍，见中有巨蝎如小蟹然。翁碎木，捉杀之。负子至家，半夜寻卒。邻人讼生，讦发[1]婴宁妖异。邑宰素仰生才，稔知[2]其笃行士，谓邻翁讼诬，将杖责之，生为乞免，遂释而出。母谓女曰："憨狂尔尔，早知过喜而伏忧也。邑令神明，幸不牵累。设鹘突[3]官宰，必逮妇女质公堂，我儿何颜见戚里？"女正色，矢[4]不复笑。母曰：

“人罔不笑，但须有时。”而女由是竟不复笑，虽故逗，亦终不笑，然竟日未尝有戚容。

注释

1 讦（jié）发：揭发别人的隐私。2 稔（rěn）知：熟知，一向了解。3 鹘突：糊涂，不明事理。4 矢：发誓。

译文

邻居父亲听到儿子惨叫，慌忙跑过来询问详情，他呻吟着并不回答；等妻子过来了，才吐露实情。点上灯一照，见木头窟窿里有一只大蝎子，跟小螃蟹一般大。老头劈开木头，捉住蝎子打死了。然后把儿子背回家，半夜儿子就咽了气。邻家就把王生告到官府，揭发婴宁妖异作怪。县令平时很仰慕王生的才华，一向了解他是笃实敦厚之人，就认定邻家老头是蓄意诬告，准备打他板子，后来王生替老头求情，县令也就把他放了。王母就抱怨婴宁：“看你憨傻痴狂的样子，我早就料到会有乐极生悲的一天。多亏县太爷明察，才没牵连拖累到你。要是碰上个糊涂官，非把你抓到衙门大堂对质不可，那我儿子还有什么脸再见乡亲父老呢？”婴宁立即一脸正经，发誓再也不笑了。母亲就说：“人哪有不笑的？但要看清什么时候该笑，什么时候不该笑。”然而，婴宁从此就真的不再笑了，即使故意逗她，她也不笑，不过，整日也不见她哀愁伤感。

一夕，对生零涕，异之。女哽咽曰：“曩以相从日浅，言之恐致骇怪。今日察姑及郎，皆过爱无有异心，直告或无妨乎？妾本狐产，母临去，以妾托鬼母，相依十余年，始有今日。妾又无兄弟，所恃者惟君。老母岑寂山阿，无人怜而合厝[1]之，九泉辄为悼恨。君倘不惜烦费，使地下人消此怨恫，庶养女者不忍溺弃[2]。”生诺之，然虑坟冢迷于荒草。女但言无虑。

刻日，夫妇舆榇[3]而往。女于荒烟错楚中，指示墓处，果得媪尸，肤革犹存。女抚哭哀痛。舁归，寻秦氏墓合葬焉。是夜，生梦媪来称谢，寤而述之。女曰：“妾夜见之，嘱勿惊郎君耳。”生恨不邀留。女曰：“彼鬼也，生人多，阳气胜，何能久居？”生问小荣，曰：“是亦狐，最黠。狐母留以视妾，每摄饵相哺，故德之，常不去心。昨问母，云已嫁之。”由是岁值寒食，夫妇登秦墓，拜扫无缺。女逾年生一子，在怀抱中，不畏生人，见人辄笑，亦大有母风云。

注释

1 合厝（cuò）：合葬。2 溺弃：古人重男轻女，生了女孩往往淹死或抛弃。婴宁的意思是，如果自己能尽些孝心，对鬼母的辛苦养育也是安慰。3 舆榇（chèn）：用车拉着棺材。

译文

一天晚上，婴宁对着王生伤心地哭起来，王生大感诧异。她哽咽着说："之前我跟你交往时间不长，担心说了你会大惊小怪，担惊受怕。现在我觉得婆婆和夫君都对我特别疼爱，没有其他心思，我直说或许也无妨吧？我本是狐仙生的，娘亲临走时，把我托付给鬼母，我俩相依为命十几年，才有了今天。我又没有兄弟，能依靠的就只有夫君你了。如今老母亲她孤零零地在荒山野岭，没人可怜她，为其迁坟合葬，她因此在九泉之下遗憾无穷。你如果不怕麻烦和破费，能使亡魂消除怨恨和痛苦，也算我略尽孝心，让养女儿的也有个安慰。"王生答应了她，然而担心坟冢埋没荒野不好寻找。婴宁就说不用担心。

选好日子，夫妇二人就用车拉着棺材前往。婴宁在漫山荒草中指点坟墓方位，果然挖掘出了老太太的尸体，皮肤、头发还保存完好。婴宁抚尸痛哭。把尸体拉回去后，又找到秦家墓地合葬了。当晚，王生梦见老太太前来道谢，醒来后告诉婴宁。婴宁说："我昨晚见她来了，叮嘱她不要惊吓到夫君。"王生遗憾没能留下她。婴宁劝说道："她是鬼魂，这里都是活人，阳气旺盛，怎么能久留呢？"王生又问起小荣，婴宁说："她也是狐狸，最机灵了。我娘亲把她留下照顾我，她经常给我弄吃的，所以我心里时常念她的好。昨晚我问鬼母，她说小荣已经出嫁了。"此后，每到清明节，夫妇二人都会去秦家墓地，祭拜扫墓从未间断。过了一年，婴宁生下一个儿子，还在怀抱中就不怕生人，见人就笑，大有他母亲当初的风范。

异史氏曰："观其孜孜憨笑，似全无心肝者。而墙下恶作剧，其黠孰甚焉！至凄恋鬼母，反笑为哭，我婴宁何常憨耶？窃闻山中有草，名'笑矣乎'，嗅之则笑不可止。房中植此一种，则合欢、忘忧并无颜色矣。若解语花[1]，正嫌其作态耳。"

注释

1 解语花：此处喻指善于逢迎人意的女子。

译文

异史氏说："看婴宁平时憨笑个不停，好像没心没肺的傻丫头。然而她在墙下搞的恶作剧，也是相当狡猾啊！至于凄切地怀恋鬼母，反笑为哭，我们的婴宁何尝憨傻呢？我听说山里有一种草名叫'笑矣乎'，人要是闻了它，就会大笑不止。如果能在家里种上一株，那相比之下，合欢树、忘忧草也要逊色呢。至于解语花，忸怩作态，正令人讨厌。"

莲　香

桑生名晓，字子明，沂州[1]人。少孤，馆于红花埠[2]。桑为人静穆自喜，日再出，就食东邻，余时坚坐而已。东邻生偶至，戏曰："君独居，不畏鬼狐耶？"笑答曰："丈夫何畏鬼狐？雄来吾有利剑，雌者尚当开门纳之。"邻生归与友谋，梯妓于垣而过之，弹指叩扉。生窥问其谁，妓自言为鬼。生大惧，齿震震有声。妓逡巡自去。邻生早至生斋，生述所见，且告将归。邻生鼓掌曰："何不开门纳之？"生顿悟其假，遂安居如初。积半年，一女子夜来叩斋，生意友人之复戏也，启门延入，则倾国之姝。惊问所来，曰："妾莲香，西家妓女。"埠上青楼故多，信之。息烛登床，绸缪甚至。自此，三五宿辄一至。

注释

1 沂（yí）州：今山东省临沂市。2 红花埠：今临沂市郯城县红花镇。

译文

有位姓桑的书生，名晓，字子明，是山东沂州人。他从小就没了父亲，寓居在红花埠。桑生为人沉静寡言，而内心自视甚高，每天除了到东边邻居家吃两顿饭外，其他时间都在家读书。东邻家的儿子有次过来，跟他开玩笑说："你一个人住，不害怕鬼怪狐魅吗？"桑生笑着回答说："男子汉大丈夫怎么会怕鬼狐？要是男的来了我有利剑，要是女的来了我开门留下。"邻居回去跟朋友商量，把一个妓女用梯子送过墙，然后弹指敲门。桑生从门缝看了看，问是谁，妓女就说自己是鬼。桑生害怕得不得了，牙齿直打哆嗦，"咯咯"作响。妓女在门外徘徊了一阵就走了。邻居家的儿子第二天清早来到桑生的书斋，桑生把昨晚所见告诉了他，并说自己将要搬回家住。邻居就拍手大笑说：“你怎么不打开门留她过夜啊？”桑生这才恍然大悟，昨晚的事原来是假的，于是就跟以前一样继续住下了。过了半年，有个女子半夜来敲门，桑生料想又是朋友在拿他开心，就开门请她进屋，一看，原来是个倾国倾城的美女。桑生惊问她从何处来，女子说：“我叫莲香，是西边的妓女。”由于红花埠妓院很多，桑生就相信了。熄灯上床，二人如胶似漆，极尽欢愉。从此，每隔三五天女子就来一次。

一夕，独坐凝思，一女子翩然入。生意其莲，承逆与语。觌面殊非，年仅十五六，亸袖垂髫[1]，风流秀曼，行步之间，若还若往。大愕，疑为狐。女曰：“妾良家女，姓李氏。慕君高雅，幸能垂盼。”生喜，握其手，冷如冰，问：“何凉也？”曰：“幼质单寒，夜蒙霜露，那得不尔。”既而罗襦衿解[2]，俨然处子。女曰：“妾为情缘，葳蕤[3]之质，一朝失守，不嫌鄙陋，愿常侍枕席。房中得毋有人否？”生云：“无他，止一邻娼，顾不常至。”女曰：“当谨避之。妾不与院中人等，君秘勿泄。彼来我往，彼往我来可耳。”鸡鸣欲去，赠绣履一钩，曰：“此妾下体所着，弄之足寄思慕。然有人慎勿弄也！”受而视之，翘翘如解结锥，心甚爱悦。越夕无人，便出审玩。女飘然忽至，遂相款昵。自此每出履，则女必应念而至。异而诘之，笑曰：“适当其时耳。”

注释

1 亸（duǒ）袖垂髫：头发和衣袖下垂，此处指肩膀瘦削，鬓发下垂。2 罗襦（rú）衿（jīn）解：解开上衣，拉开腰带。3 葳蕤（wēi ruí）：草木繁盛的样子，此处指女子娇弱。

译文

一天晚上，桑生正坐屋里发呆，忽然有一个女子翩然而入。他以为是莲香，便走过去说话。见面才发现不是，女子年纪只有十五六，肩膀瘦削，鬓发垂肩，走路间步履飘飘，体态婀娜，透露一股风流秀丽之姿。桑生大感惊奇，怀疑是狐狸精。女子开口道：“我是良家少女，姓李。一向仰慕郎君的高雅，今晚希望能得到你的垂爱。”桑生喜出望外，一把握住女子的手，感觉冷若寒冰，就问：“为何如此凉呢？”说：“妾身年幼体弱，更何况晚上又冒霜露前来，哪能不冰冷呢？”于是就宽衣解带，俨然还是个处女。女子说：“我因一片痴情，把娇弱的身子交给郎君，若不嫌弃我鄙陋，希望能长久地在床边侍奉你。屋子里还有别的人吗？”桑生说：“没其他人，只有邻近一个妓女，也不是经常来。”女子说：“还是小心避开为好，我可跟青楼女子不一样，你要好好保密，千万不要泄露。她来我走，她走我来就可以。”清晨，公鸡报晓时分，女子要走了，临别时送给桑生一只绣花鞋，说：“这是我穿的鞋，你拿着它，也可以寄托思念爱慕之情。但是若有人在，可不要拿出来摆弄啊！”桑生接过来瞧了瞧，鞋子一端翘起，好像是解结用的锥子，心里很是喜爱。过了一晚，屋里没人，桑生就拿出来赏玩，这时，李姓女子飘然而至，两人就在一起亲昵缠绵。从此，只要把绣花鞋拿出来，女子必定会应念而至。桑生奇怪地询问她原因，女子笑着说：“正好赶上罢了。”

一夜莲来，惊曰：“郎何神气萧索？”生言：“不自觉。”莲便告别，相约十日。去后，李来恒无虚夕。问：“君情人何久不至？”因以相约告。李笑曰：“君视妾何如莲香美？”曰：“可称两绝，但莲卿肌肤温和。”李变色曰：“君谓双美，对妾云尔。渠必月殿仙人[1]，妾定不及。”因而不欢，乃屈指计，十日之期已满，嘱勿漏，将窃窥之。

次夜，莲香果至，笑语甚洽。及寝，大骇曰：“殆矣！十日不见，何益惫损？保无他遇否？”生询其故。曰：“妾以神气验之，脉析析[2]如乱丝，鬼症也。”次夜李来，生问：“窥莲香何似？”曰：“美矣。妾固谓世间无此佳人，果狐也。去，吾尾之，南山而穴居。”生疑其妒，漫应之。

注释

1 月殿仙人：指嫦娥。2 析析：散乱混杂的样子。

译文

一晚，莲香来了，见到桑生就惊讶地问：“郎君为何精神如此衰颓？”桑生说：“我没觉得呀。”莲香便告别，相约十天后再来。她走后，李姑娘每天都过来。她问桑生：“郎君你的老情人为何久久不来呢？”于是桑生就把约定告诉了她。李姑娘笑着说：“你看我和莲香谁美呢？”桑生说：“你们俩都可说是绝色美人。只是莲香肌肤更温暖柔和些。”李姑娘听了，脸色“刷”一下就变了，说道：“你说我俩都是绝美，我看不过是当着我的面才这么讲吧。她肯定是月亮里的嫦娥，我根本比不上。”李姑娘很不高兴，她屈指一算，十天的期限已经到了，就叮嘱桑生不要走漏消息，打算暗地看看莲香长什么模样。

第二天晚上，莲香果然来了，和桑生言谈嬉笑十分融洽。等到睡觉时，她大惊道：“糟了，十天不见，怎么你更加疲惫消损了呢？你保证没有遇到其他什么东西吗？”桑生问她为何这么讲，莲香说：“我从郎君神气上观察，你现在脉象犹如散乱混杂的丝线，是遇鬼的症状。”第二天晚上李姑娘又来了，桑生问她：“你看莲香如何？”李姑娘说：“确实很漂亮，我早就说人世没有这么美的佳人，果然是个狐狸精。她走的时候，我跟在后边，她就住在南山的洞穴里。”桑生怀疑她是妒忌说的气话，也就随便回应了几句。

逾夕，戏莲香曰：“余固不信，或谓卿狐者。”莲亟问：“是谁所云？”笑曰：“我自戏卿。”莲曰：“狐何异于人？”曰：“惑之者病，甚则死，是以可惧。”莲香曰：“不然。如君之年，房后三日精气可复，纵狐何害？设旦旦而伐之[1]，人有甚于狐者矣。天下病尸瘵鬼[2]，宁皆狐蛊死耶？虽然，必有议我者。”

生力白其无，莲诘益力。生不得已，泄之。莲曰：“我固怪君惫也。然何遽至此？得勿非人乎？君勿言，明宵当如渠之窥妾者。”是夜李至，裁三数语，闻窗外嗽声，急亡去。莲入曰：“君殆矣！是真鬼物！昵其美而不速绝，冥路近矣！”生意其妒，默不语。莲曰：“固知君不忘情，然不忍视君死。明日当携药饵，为君以除阴毒。幸病蒂犹浅，十日恙当已。请同榻以视痊可。”次夜，果出刀圭[3]药啖生。顷刻，洞下[4]三两行，觉脏腑清虚，精神顿爽。心虽德之，然终不信为鬼。

注释

1 旦旦而伐之：森林天天遭受砍伐终会被砍完，此处指桑生天天做爱，身体吃不消。2 病尸瘵（zhài）鬼：因患痨病而死的人。3 刀圭：古时量取药末的用具。形状像刀头的圭角，端尖锐，中低洼。4 洞下：指腹泻拉肚子。

译文

过了一晚，莲香来了，桑生就调戏她说：“我可不相信，有人居然说你是狐狸精。”莲香急忙追问：“是谁说的？”桑生哈哈一笑：“我自己跟你开玩笑呢。”莲香说：“狐狸和人有什么区别呢？”桑生回答道：“人被狐狸精魅惑了，就要生病，严重的甚至会有性命之忧，所以很可怕啊。”莲香说：“不是这样的。像郎君这个年纪，房事后三天精气就可以恢复，纵然遇到狐狸精又有什么关系？假如天天都和女人睡觉，那可比遇到狐狸精严重多了。难道天底下那些纵欲过度得了痨病的人，都是狐狸精害死的吗？虽然如此，肯定有人在背后议论我。”

桑生极力辩解，可莲香还是问个没完。桑生迫不得已，只好把李姑娘的事说出来。莲香说：“我一直奇怪你纵然疲惫，但是怎么会这么严重？莫非她不是人类吗？你不要多说，明晚我要跟她偷看我一样，好好看看她。”第二天晚上，李姑娘来了，才刚说了三两句，听到窗外有咳嗽声，就急忙逃走了。莲香走进来说：“你危险了！她当真是个鬼物！如果你还是贪恋美色而不速速断绝往来，那离死可就不远了！”桑生觉得她是在妒忌，就沉默不语。莲香说：“我就知道你放不下她，可我也不会忍心看你去死。明天我会带药过来，给你祛除鬼魅的阴毒。还好病根尚浅，十天就能痊愈了。我得守在你身边，看着你好才行。”第二天夜里，莲香果然带着药来了。她取了一刀圭喂给桑生吃，桑生很快就腹泻了两三次，顿时觉得五脏六腑清爽了许多，精神也振作起来。他心里虽然很感谢莲香，但始终不肯相信李姑娘是鬼。

莲香夜夜同衾偎生，生欲与合，辄止之。数日后肤革充盈。欲别，殷殷嘱绝李，生谬应之。及闭户挑灯，辄捉履倾想，李忽至。数日隔绝，颇有怨色。生曰：“彼连宵为我作巫医，请勿为怼[1]，情好在我。”李稍怿。生枕上私语曰：“我爱卿甚，乃有谓卿鬼者。”李结舌良久，骂曰：“必淫狐之惑君听也！若不绝之，妾不来矣！”遂呜呜饮泣。生百词慰解，乃罢。隔宿莲香至，知李复来，怒曰：“君必欲死耶！”生笑曰：“卿何相妒之深？”莲益怒曰：“君种死根，妾为若除之，不妒者将复何如？”生托词以戏曰：“彼云前日之病，为狐祟耳。”莲乃叹曰：“诚如君言，君迷不悟，万一不虞，妾百口何以自解？请从此辞，百日后当视君于卧榻中。”留之不可，怫然径去。

由是与李夙夜必偕。约两月余，觉大困顿。初犹自宽解，日渐羸瘠，惟饮馇粥一瓯。欲归就奉养，尚恋恋不忍遽去。因循数日，沉绵不可复起。邻生见其病惫，日遣馆僮馈给食饮。生至是疑李，因请李曰：“吾悔不听莲香之言，以至于此！”言讫而瞑，移时复苏，张目四顾，则李已去，自是遂绝。

注释

1 怼（duì）：怨恨生气。

译文

莲香夜夜都陪在桑生身边，桑生向她求欢，都被拒绝了。几天后，他果然肌肤恢复了充盈。莲香临走时，百般叮咛，嘱咐他一定要跟李姑娘断绝来往，桑生含糊答应下来。等到晚上，桑生关上门点着灯，又拿出绣花鞋浮想联翩，忽然，李姑娘就来了。几日不见，她颇有怨恨的神色。桑生就说："莲香一连几晚给我治病，请你不要生气，我对你的情义一点儿都没变。"听他这么说，李姑娘才渐渐高兴起来。桑生在枕边悄悄说："我爱死你了宝贝儿，但却有人说你是女鬼。"李姑娘听了半天说不出话来，突然破口大骂道："肯定是那个骚狐狸精说来迷惑你的！你要是不跟她断绝关系，我再也不来了！"说罢就呜呜地哭起来。桑生百般劝解，她这才不哭了。隔天晚上，莲香来了，知道李氏又来了，生气地说："你非得作死啊！"桑生赶忙赔笑说："你为何嫉妒她这么深呢？"莲香听闻，更加怒火中烧，说："郎君种了死根，我便替你断除了，不妒忌的人又会怎么办呢？"桑生就托词开玩笑说："她还说之前的病，是狐狸精作祟呢。"莲香就叹气道："的确像你说的，你既然执迷不悟，万一发生什么不测，我可是百口难辩！我现在就告辞，百日之后再来看望卧病在床的你。"桑生怎么劝也劝不住，莲香生气地走了。

从此，桑生便日日夜夜地和李姑娘云雨缠绵。大约过了两个多月，他感觉全身疲惫无力。开始还自我安慰，后来就一天天消瘦下去，每日只能喝下一碗稀饭。他想回家养病，却又对李姑娘恋恋不舍，不忍心骤然离去。犹豫了好几天，病情加重，连床都起不来了。邻居的儿子见他病成这样，每天就派书童给他送些吃喝。桑生这才开始怀疑李姑娘，于是就对她说："我真后悔没听莲香的话，以至于这个地步！"说完就闭上了眼睛，过了一会儿又醒过来，举目四望，李姑娘已经走了，从此再也没有出现。

生羸卧空斋，思莲香如望岁[1]**。一日，方凝想间，忽有搴帘入者，则莲香也。临榻哂曰："田舍郎，我岂妄哉！"生哽咽良久，自言知罪，但求拯救。莲曰："病入膏肓，实无救法。姑来永诀，以明非妒。"生大悲曰："枕底一物，烦代碎之。"莲搜得履，持就灯前，反复展玩。李女欻入，卒见莲香，返身欲遁。**

莲以身蔽门，李窘急不知所出。生责数[2]之，李不能答。莲笑曰："妾今始得与阿姨面相质。昔谓郎君旧疾，未必非妾致，今竟何如？"李俯首谢过。莲曰："佳丽如此，乃以爱结仇耶？"李即投地陨泣，乞垂怜救。

注释

1 望岁：盼望粮食丰收。2 责数：责备数落。

译文

桑生瘦骨嶙峋，孤身一人躺在空荡荡的书房里，思念着莲香就像饥饿的农夫盼望丰收一样。一天，他正凝神遐想，忽然有人掀起帘子走了进来，一看，正是莲香。莲香走到床前，嘲笑说："乡巴佬，我怎么会胡说呢？"桑生听了羞愧难当，哽咽了好一会儿，承认自己知道错了，只求莲香救命。莲香说："你现在病入膏肓，实在无药可救。我今天来是跟你永别的，你瞧仔细了，本姑娘可不是爱妒忌的人。"桑生十分悲恸地说："我枕头底下有个东西，烦请你代我把它撕碎。"莲香把手伸到枕头底下摸了摸，找出一只绣花鞋，拿到灯前反复把玩。突然，李姑娘走了进来，猛地看到莲香，转身就想跑。莲香用身子堵住门，李姑娘窘迫地不知道该从哪儿出去。桑生数落了李姑娘一通，把她说得哑口无言。莲香笑着说："我现在才有机会跟你当面对质。你之前说郎君所患旧病，未必不是因我而起，如今怎么样呢？"李姑娘听了只得低头认错。莲香又问："你人长得这么漂亮，怎么就为了个男人和我结仇呢？"李姑娘听了赶紧跪倒在地，痛哭流涕，苦苦哀求莲香放她一马。

莲遂扶起，细诘生平。曰："妾，李通判[1]女，早夭，瘗于墙外。已死春蚕，遗丝未尽。与郎偕好，妾之愿也，致郎于死，良非素心。"莲曰："闻鬼物利人死，以死后可常聚，然否？"曰："不然！两鬼相逢，并无乐处。如乐也，泉下少年郎岂少哉！"莲曰："痴哉！夜夜为之，人且不堪，而况于鬼！"李问："狐能死人，何术独否？"莲曰："是采补者流，妾非其类。故世有不害人之狐，断无不害人之鬼，以阴气盛也。"生闻其语，始知鬼狐皆真，幸习常见惯，颇不为骇。但念残息如丝，不觉失声大痛。

莲顾问："何以处郎君者？"李赧然逊谢。莲笑曰："恐郎强健，醋娘子要食杨梅也。"李敛衽[2]曰："如有医国手，使妾得无负郎君，便当埋首地下，敢复觍

然[3]于人世耶!”莲解囊出药，曰:“妾早知有今，别后采药三山[4]，凡三阅月，物料始备，瘵蛊[5]至死，投之无不苏者。然症何由得，仍以何引，不得不转求效力。”问:“何需?”曰:“樱口中一点香唾耳。我一丸进，烦接口而唾之。”李晕生颐颊，俯首转侧而视其履。莲戏曰:“妹所得意惟履耳。”李益惭，俯仰若无所容。莲曰:“此平时熟技，今何吝焉?”遂以丸纳生吻，转促逼之，李不得已，唾之。莲曰:“再!”又唾之。凡三四唾，丸已下咽。少间，腹殷然如雷鸣。复纳一丸，自乃接唇而布以气。生觉丹田火热，精神焕发。莲曰:“愈矣!”

注释

1 通判：官职名，知府的助手。2 敛衽：整理衣襟，表示恭敬；或指妇女行礼。3 觍（tiǎn）然：厚着脸皮。4 三山：神话传说中大海里的三座神山，即方丈、蓬莱、瀛洲。5 瘵蛊：此处指久治不愈的病。

译文

莲香就把她搀起来，细细询问她的生平。李姑娘说：“妾身是李通判的女儿，早年就夭折了，埋在墙外边。我好比已经死了的春蚕，只是肚子里的丝还没吐完。和郎交好，是我的心愿，至于说要谋害他，的确不是我的本意。”莲香说：“听说鬼总是希望把人弄死了好陪自己，是这样吗?”“才不是呢。两个鬼在一起并没有什么开心的。如果做鬼就开心，那黄泉之下的少年郎还少吗?”李姑娘解释说。莲香听了感叹道：“真是痴情啊！夜夜寻欢作乐，就算是跟人都吃不消，何况是跟鬼呢?”李姑娘问莲香：“狐狸精能魅惑男人致死，你有什么办法不伤人呢?”莲香答道：“你说的那是采集男人阳元的狐狸，我不是那一类的。所以世上有不害人的狐狸，断没有不害人的鬼，因为鬼的阴气实在太重了。”桑生听了她们的对话，这才知道世上真存在鬼狐，所幸自己平时习以为常，也就不怎么害怕。但转念一想，如今自己只剩一口气在，不觉失声痛哭起来。

莲香就看着李姑娘问：“你有什么办法医治郎君呢?”李姑娘红着脸说自己无能为力。莲香就嘲笑说：“恐怕郎君身体康复后，醋娘子要吃杨梅，酸上加酸了。”李姑娘施了一礼道：“如果有国医高手，能治好郎君的病，使妾身不负郎君，我今后定当长眠地下，怎么还敢厚脸皮留在阳世呢！”莲香听她这么讲，就解开香囊拿出一丸药，说：“我早就料到会有今日，自离别后就去东海三山采药，前后花了三个多月才把药配齐。哪怕是得了疑难杂症的将死之人，吃了没有不药到病除的。不过解铃还须系铃人，不得不转而请求你的帮助。”“到底该怎么做呢?”李姑娘问。莲香告诉她：“只要你樱桃小嘴儿里的一点儿唾沫星儿。我把药丸放在郎君口中，烦请你嘴对嘴吐点儿唾沫。”李姑娘红着脸颊，为难地垂头转身看着自己的绣花鞋。莲香开玩笑说：“妹妹你现在最得意的，就是这只鞋吧。”李姑娘听了更加羞愧，低头不是，抬头也不是，简直无地自容。莲香就说：“这不是你平时挺熟悉的技巧吗，如今怎么不好意思了?”于是就把药丸放在桑生嘴里，转身催促李姑娘赶快去亲嘴儿，李姑娘不得已，只好照做。莲香催促说：“快，再来一次。”李姑娘又吐了一口唾沫。前后吐了三四次，桑生才把药丸咽下去。过了一会儿，桑生感觉肚子里“咕噜咕噜”像打雷一样。莲香又喂了一丸药，自己对着桑生的嘴吹了口气，把药送了下去。桑生顿时感到丹田滚烫，精神焕发。莲香说：“可算好了。”

李听鸡鸣，彷徨别去。莲以新瘥，尚须调摄，就食非计，因将户外反关，伪示生归，以绝交往，日夜守护之。李亦每夕必至，给奉殷勤，事莲犹姊，莲亦深怜爱之。居三月，生健如初，李遂数夕不至。偶至，一望即去，相对时亦悒悒不乐。莲常留与共寝，必不肯。生追出，提抱以归，身轻若刍灵[1]。女不得遁，遂着衣偃卧，蜷其体不盈二尺。莲益怜之，阴使生狎抱之，而撼摇亦不得醒。生睡去，觉而索之，已杳。后十余日，更不复至。生怀思殊切，恒出履共弄。莲曰：“窈娜[2]如此，妾见犹怜，何况男子！”生曰：“昔日弄履则至，心固疑之，然终不料其鬼。今对履思容，实所怆恻。”因而泣下。

注释

1 刍灵：古代送葬用的茅草扎的人马。2 窈娜：体态柔美。

译文

李姑娘听到鸡鸣，恋恋不舍地走了。莲香因为桑生大病初愈，还需调养，不方便再靠邻居接济，于是就把大门从外边锁上，假装桑生已经回家，从此断绝任何交往。她日夜守候在桑生床前，李姑娘也每晚过来殷勤伺候，对莲香就像对姐姐一样，莲香也很喜欢她。过了三个月，桑生彻底康复，李姑娘就一连几晚没来。就算偶尔来一次，看一眼就走了，两人见面也总是闷闷不乐的样子。莲香常常挽留她住下，她也不肯答应。一次，桑生追了出去，硬是把她抱了回来，感觉她身体轻飘飘的，好似稻草人一样。李姑娘见逃不掉，就穿着衣服侧身躺下，蜷缩着身子不到二尺，显得更加娇小动人。莲香见了更加心软，就偷偷让桑生过去跟李姑娘亲热亲热，但是任凭桑生怎么搂抱、摇晃，她就是不醒。无可奈何，桑生就睡了过去，等醒来一看，李姑娘已经消失得无踪无影。此后十几天，她都没再过来。桑生想得厉害，经常拿出绣花鞋来回抚弄。莲香见了就说："李姑娘生得身段儿柔美，我见了都动心，更何况是男子呢！"桑生无奈地说："以前我一摸鞋子，她就来了，虽然心里也怀疑过，但却没想到会是鬼。如今看着这只绣花鞋，回想起她的音容笑貌，实在令人伤心。"说着流下眼泪。

先是，富室张姓有女字燕儿，年十五，不汗而死。终夜复苏，起顾欲奔。张扃户，不得出。女自言："我通判女魂。感桑郎眷注，遗舄[1]犹存彼处。我真鬼耳，锢我何益？"以其言有因，诘其至此之由。女低徊反顾，茫不自解。或有言桑生病归者，女执辨其诬，家人大疑。东邻生闻之，逾垣往窥，见生方与美人对语。掩入逼之，张皇间已失所在。邻生骇诘，生笑曰："向固与君言，雌者则纳之耳。"

邻生述燕儿之言。生乃启关，将往侦探，苦无由。张母闻生果未归，益奇之，故使佣媪索履，生遂出以授。燕儿得之喜，试着之，鞋小于足者盈寸，大骇。揽镜自照，忽恍然悟己之借躯以生也者，因陈所由，母始信之。女镜面大哭曰："当日形貌，颇堪自信，每见莲姊，犹增惭怍。今反若此，人也不如其鬼也！"把履号咷，劝之不解。蒙衾僵卧，食之，亦不食，体肤尽肿。凡七日不食，卒不死，而肿渐消。觉饥不可忍，乃复食。数日，遍体瘙痒，皮尽脱。晨起，睡舄遗堕，索着之，则硕大无朋矣。因试前履，肥瘦吻合，乃喜。复自镜，则眉目颐颊，宛肖生平，益喜。盥栉[2]见母，见者尽眙[3]。

注释

1 舄（xì）：鞋子。2 盥栉（guàn zhì）：梳洗打扮。3 眙（chì）：瞪大眼睛看。

译文

原先，有个姓张的大户人家，女儿字燕儿，年仅十五岁，因生病出不了汗死了。过了一晚又苏醒过来，起身看了看就想往外边跑。张家上了锁，她出不去，就自言自语地说："我是通判的女儿。蒙受桑生的眷恋照顾，我的鞋子还存在他那儿呢。我真的是鬼呀，你们把我关起来有什么用呢？”张家人听她讲得有鼻子有眼，就问她为何来这里。女子低头想了想，左顾右盼，茫然无措，自己也不知道是怎么一回事。有人说桑生得病回家休养了，女子坚持说不是这么回事，张家人听了大惑不解。东邻家的儿子听说此事，就翻墙过去一探究竟，恰好看到桑生正和美女说话。他冷不防闯了进去，慌张之间女的已经不见了。邻居的儿子就惊骇地问桑生是怎么回事，桑生笑着说：“之前不是跟你说过吗，是女的我就留下了。”

邻家儿子就把燕儿的事告诉了桑生。桑生立刻打开门，想赶到张家一探究竟，却想不出一个理由来。燕儿的母亲听说桑生真的没回去，愈发感觉奇怪，就派了个老妈子前去索要绣花鞋，桑生于是拿出来交给她。燕儿拿到鞋子大为欣喜，试着穿了穿，发现鞋子比脚小了一寸多，不由得心头一惊。她拿过镜子一照，恍然明白自己现在是借别人的身体又活了过来，于是就对母亲讲述了前因后果，张母这才相信。女子对着镜子大哭道：“当初我对自己的长相还比较自信，可每次见到莲香姐姐都觉得自愧不如。现在反而成了这样，做人还不如做鬼呢！”她拿着绣花鞋号啕大哭，怎么劝都不听。哭累了，就蒙上被子僵卧在床，给她送吃的她理都不理，很快身体就肿胀起来。一连七天不吃不喝，也没有死，浮肿渐渐消下去。等饿得实在受不了了，这才开始吃东西。几天之后，她感觉浑身发痒，整个人褪了一层皮。早上起来，看见睡鞋掉在地上，捡起来穿上，发觉实在太大了。于是就试了试那只绣花鞋，大小刚好合适，女子脸上终于露出了笑容。又拿镜子一照，只见眉毛眼睛，还有脸蛋儿，都跟过去一模一样，更加开心了。她梳洗打扮后，前去拜见母亲，看到她的人都惊讶地瞪着眼睛。

莲香闻其异，劝生媒通[1]之，而以贫富悬邈，不敢遽进。会媪初度[2]，因从其子婿行，往为寿。媪睹生名，故使燕儿窥帘认客。生最后至，女骤出捉袂[3]，欲从与俱归。母诃谯[4]之，始惭而入。生审视宛然，不觉零涕，因拜伏不起。媪扶之，不以为侮。生出，浼[5]女舅执柯[6]，媪议择吉赘生。

生归告莲香，且商所处。莲怅然良久，便欲别去，生大骇泣下。莲曰：“君行花烛于人家，妾从而往，亦何形颜？”生谋先与旋里[7]而后迎燕，莲乃从之。生以情白张，张闻其有室，怒加诮让[8]。燕儿力白之，乃如所请。至日，生往亲迎，家中备具颇甚草草。及归，则自门达堂，悉以罽毯[9]贴地，百千笼烛，灿

列如锦。莲香扶新妇入青庐[10]，搭面既揭，欢若生平。莲陪卺饮[11]，因细诘还魂之异。燕曰："尔日抑郁无聊，徒以身为异物，自觉形秽。别后愤不归墓，随风漾泊，每见生人则羡之。昼凭草木，夜则信足浮沉。偶至张家，见少女卧床上，近附之，未知遂能活也。"莲闻之，默默若有所思。

注释

1 媒通：做媒。2 初度：生日。3 袂（mèi）：衣袖。4 诃谯（hē qiào）：批评斥责。谯，同"诮"。5 浼（měi）：请求，委托。6 执柯：替人说媒。7 旋里：返回家去。8 诮（qiào）让：责备。9 罽（jì）毯：毛毯。10 青庐：洞房。11 卺饮：喝交杯酒。

译文

莲香听说了这桩奇事，就劝桑生找媒人说亲，桑生却因两家贫富悬殊，桑生没敢马上着手办。恰逢张家老太太过生日，桑生就跟着张家的儿子、女婿一道前去贺寿。老太太看到请帖上有桑生的名字，就让燕儿隔着帘子，悄悄认一下客人。桑生是最后到的，燕儿猛地跑了出来，抓着他的袖子，想跟他一起回去。张母赶紧走出来，斥责了她一通，燕儿这才羞愧地回屋去。桑生仔细瞧了瞧，感觉燕儿长得跟李姑娘一模一样，不觉泪如雨下，就跪在地上不肯起来。老太太就把桑生搀起来，并不怪他失礼。桑生走出大厅，就央求燕儿的舅舅做媒人提亲，张家老太太便打算挑个好日子，招桑生做倒插门的女婿。

桑生回去后告诉莲香，商量婚事该如何处理。莲香难受了好一阵儿，打算离他而去，桑生大为震惊，哭着挽留她不要走。莲香就说："你要洞房花烛办喜事了，我跟你过去，脸往哪儿搁呢？"桑生便打定主意，先带着莲香回家一趟，然后再迎娶燕儿，莲香就同意了。桑生就对张家说，自己已经有妻室，张家一听，大为恼火，就训了他一顿。燕儿赶紧上前打圆场，张家这才答应桑生的请求。到了约好的日子，桑生前往张家迎亲，张家布置得马马虎虎。等回到自己家，但见从大门一直到堂屋，都铺满了毛毯，成百上千的灯笼，灿如云霞。莲香亲自扶着新娘进了洞房，盖头揭下来，两人高兴得不得了，就跟从前一样。莲香陪着喝了交杯酒，便细细询问还魂是怎么一回事。燕儿说道："当时我郁闷无聊，觉得自己是孤魂野鬼，哪儿都比不上别人，心里很难过。自从跟郎君分别后，我就随风飘荡，不再回坟墓里住了，每当看见活人就非常羡慕。白天依靠在草木上，晚上就四处游走。一次偶然走到张家，见有个女孩儿躺在床上，我就过去附在她身上，也不曾想还能再活过来。”莲香听了，沉默不语，心中若有所思。

逾两月，莲举一子。产后暴病，日就沉绵。捉燕臂曰：“敢以孽种相累，我儿即若儿。”燕泣下，姑慰藉之。为召巫医，辄却之。沉痼[1]弥留，气如悬丝，生及燕儿皆哭。忽张目曰：“勿尔。子乐生，我乐死。如有缘，十年后可复得见。”言讫而卒。启衾将殓，尸化为狐。生不忍异视，厚葬之。子名狐儿，燕抚如己出。每清明，必抱儿哭诸其墓。

后生举于乡[2]，家渐裕，而燕苦不育。狐儿颇慧，然单弱多疾。燕每欲生置媵。一日，婢忽白：“门外一妪，携女求售。”燕呼入，卒见，大惊曰：“莲姊复出耶！”生视之，真似，亦骇，问：“年几何？”答云：“十四。”“聘金几何？”曰：“老身止此一块肉，但俾得所，妾亦得啖饭处，后日老骨不至委沟壑，足矣。”生优价而留之。燕握女手入密室，撮其颔而笑曰：“汝识我否？”答言：“不识。”诘其姓氏，曰：“妾韦姓。父徐城卖浆者，死三年矣。”燕屈指停思，莲死恰十有四载。又审视女仪容态度，无一不神肖者，乃拍其顶而呼曰：“莲姊，莲姊！十年相见之约，当不欺吾！”女忽如梦醒，豁然曰：“咦？”熟视燕儿。生笑曰：“此‘似曾相识燕归来’也。”女泫然[3]曰：“是矣。闻母言，妾生时便能言，以为不祥，犬血饮之，遂昧宿因。今日始如梦寤。娘子其耻于为鬼之李妹耶？”共话前生，悲喜交至。

注释

1 沉痼（gù）：难以治愈的疾病。2 举于乡：乡试中举人。3 泫（xuàn）然：水滴下的样子（多指眼泪）。

译文

过了两个月，莲香生下一个儿子。产后，她突然生了一场大病，身体一天天衰弱下去。一天，她抓着燕儿的胳膊说：“我怕是不行了，小家伙就托付给你，我儿子就是你儿子。”燕儿听了泪水直流，尽力宽慰她，给她请大夫看病，她总是拒绝。莲香的病一天天加重，弥留之际，气若游丝，桑生和燕儿在床边痛哭流涕。忽然，她张开眼睛说：“不要这样。你们喜欢活着，我却喜欢死去。如果有缘，十年后还能再相见。”说完就咽气了。桑生掀开被子打算入殓，发现尸体已经化为了狐狸。桑生不忍心把莲香看成异类，就厚葬了她。莲香的孩子名为“狐儿”，燕儿待他就像自己生的一样。每到清明节，她都会抱着孩子到莲香坟前祭拜。

后来，桑生中了举人，家境逐渐富裕起来，可是燕儿一直没能生育。狐儿颇为聪明伶俐，但却体弱多病。燕儿就经常劝桑生娶个小妾。一天，丫环忽然通报说：“门外有个老太太，正带着女儿央求卖给我们。”燕儿就叫她们进来，一看，大吃一惊道：“莲香姐姐又托生了吗？”桑生赶过来看，真的和莲香一模一样，也吃了一惊，就问：“女孩儿今年多大了？”回答说：“十四了。”又问要多少聘礼，老太太说：“老身就这么一个女儿，只要能找个好人家，我也能有口饭吃，将来老骨头不至于暴尸荒野就知足了。”桑生就给老太太一大笔钱，把娘儿俩安顿下来。燕儿握着女孩儿的手进了里屋，撮着她的下巴笑着问：“你认识我吗？”女孩儿说：“不认识。”问她姓什么，回答说：“妾身姓韦，父亲是徐城卖水的，已经死了三年。”燕儿屈指一算，莲香也正好死了十四年。再仔细瞧这位丫头，音容笑貌无一不与莲香神似，就拍着她的头说：“莲姐姐啊，莲姐姐！十年相会的约定，你果然没有骗我。”女孩儿被她这么一喊，豁然开朗，叫了一声：“咦？”于是就盯着燕儿一直看。桑生这时走进来说：“这正是‘似曾相识燕归来’啊。”女孩儿突然落泪道：“就是了。我曾听母亲说，我生下来就会讲话，家里以为不吉利，就给我喝了狗血，然后我就什么都不记得了。直到今天才如梦初醒。娘子就是那位耻于做鬼的李妹妹吧？”于是，两人聊起了前生的种种事情，真是悲喜交集。

一日，寒食[1]，燕曰：“此每岁妾与郎君哭姊日也。”遂与亲登其墓，荒草离离，木已拱矣。女亦太息。燕谓生曰：“妾与莲姊，两世情好，不忍相离，宜令白骨同穴。”生从其言，启李冢得骸，舁归而合葬之。亲朋闻其异，吉服临穴[2]，不期而会者数百人。余庚戌[3]南游至沂，阻雨，休于旅舍。有刘生子敬，其中表亲，出同社王子章所撰《桑生传》，约万余言，得卒读。此其崖略[4]耳。

注释

1 寒食：指清明节。2 吉服临穴：穿着礼服到墓地祭拜。3 庚戌：康熙九年，公元1670年。4 崖略：梗概，大略。

译文

一天，寒食节到了，燕儿就说："今天是我每年与郎君哭祭姐姐的日子。"于是大家一起登上墓地，只见荒草丛生，坟前种的树已经有一抱粗了。女孩儿叹息了好一阵儿。燕儿对桑生说："我和莲姐姐两世交好，实在不忍心分离，应当让尸骨合葬在一块儿才是。"桑生就听从燕儿的话，打开李姑娘的坟墓，把尸骸运过来，跟莲香葬在一起。亲朋好友听说了这桩奇事，都穿着丧服过来观看，不约而同地来了有好几百人。我在康熙九年南游时，曾到过沂州。当时下了大雨，我就待在旅店休息。有位叫刘子敬的，是桑生的表亲，就拿出朋友王子章写的《桑生传》给我看，约有一万多字，我就读了一遍。本文所记，不过是个大概而已。

异史氏曰："嗟乎！死者而求其生，生者又求其死，天下所难得者非人身哉？奈何具此身者，往往而置之，遂至靦然[1]而生不如狐，泯然而死不如鬼。"

注释

1 靦然：厚着脸皮，不知羞耻。

译文

异史氏说："可叹啊！死了的人想活过来，而活着的又想寻死，天下难得的不就是转生为人吗？为何有些人，却往往不珍惜这个难得的肉身，恬不知耻地活着，还不如狐狸；默默无闻而死，真不如鬼魂啊！"

巧　娘

广东有搢绅傅氏，年六十余，生一子名廉，甚慧而天阉[1]，十七岁阴裁如蚕。遐迩闻知，无以女女者[2]。自分[3]宗绪已绝，昼夜忧怛，而无如何。廉从师读，师偶他出，适门外有猴戏者，廉视之，废学焉。度师将至而惧，遂亡去。离家数里，见一白衣女郎，偕小婢出其前。女一回首，妖丽无比。莲步蹇缓，廉趋过之。女回顾婢曰："试问郎君，得毋欲如琼[4]乎？"婢果呼问。廉诘其何

为，女曰："倘之琼也，有尺一书，烦便道寄里门。老母在家，亦可为东道主。"廉出本无定向，念浮海亦得，因诺之。女出书付婢，婢转付生。问其姓名居里，云："华姓，居秦女村，去北郭三四里。"

注释

1 天阉：性器官发育不良导致性无能。2 无以女女者：没人把女儿嫁给他。3 自分：自认为。4 如琼：到海南去。

译文

广东有一位姓傅的士绅，六十多岁时生了一个儿子，取名叫傅廉，人非常聪明，但生下来阳具就发育不全，长到十七岁，阳具才有蚕那么长。远近的人都知道这件事，因此没人愿意把女儿嫁给他。傅员外估摸着自家香火要断绝了，日夜忧心忡忡，但也没什么法子。傅廉跟从老师读书，有一天老师有事儿出门，正好门外有耍猴儿的，他就跑出去看热闹，把学业扔在一边。廉生估计老师快回来了，心里很害怕，就跑掉了。离家走了几里地，忽然看到一个白衣女子，带着个小丫环走在前面。女子偶尔回头，长得无比妖艳靓丽。她迈着小脚慢慢地走着，廉生几个快步就超了过去。女子回头对丫环说："你去问问这位公子，是不是要到琼州去？"丫环果真就招呼询问廉生。廉生问有什么事，女子说："要是公子去琼州，我有一封书信，烦请你顺便送到我家。家里老母尚在，她会好好招待你的。"廉生跑出来本没有一定去处，心想能过海玩玩儿也挺有意思，于是就答应了。女子拿出书信交给丫环，丫环再递给廉生。廉生问她姓名和地址，女子说自己姓华，居住在秦女村，离北城三四里。

生附舟便去，至琼州北郭，日已曛暮[1]。问秦女村，迄无知者。望北行四五里，星月已灿，芳草迷目，旷无逆旅[2]，窘甚。见道侧墓，思欲傍坟栖止，大惧虎狼，因攀树猱升，蹲踞其上。听松声谡谡[3]，宵虫哀奏，中心忐忑，悔至如烧。忽闻人声在下，俯瞰之，庭院宛然，一丽人坐石上，双鬟挑画烛，分侍左右。丽人左顾曰："今夜月白星疏，华姑所赠团茶，可烹一盏，赏此良夜。"生意其鬼魅，毛发直竖，不敢少息。忽婢子仰视曰："树上有人！"女惊起曰："何处大胆儿，暗来窥人！"生大惧，无所逃隐，遂盘旋下，伏地乞宥。

注释

1 曛暮：黄昏。2 逆旅：旅店。3 谡谡（sù）：形容风声、林涛声等。

译文

廉生坐船就走，到了琼州城北，天已黄昏。他沿途向人打听秦女村，却没有一个人知道。朝着北方走了四五里，天渐渐黑了下来，星光闪耀，月色皎洁，野外芳草萋萋，空旷的原野上找不到一家旅店。廉生大感窘迫，四处张皇间，看到路边有座坟墓，就打算靠着坟堆将就一晚，可又害怕豺狼虎豹出没，就爬上一棵大树，蹲在树杈间休息。耳边响起阵阵松涛声，夜间的虫在一旁哀鸣，廉生吓得胸口突突直跳，心里燃满了后悔之火。忽然，他听到有人在树下说话，低头一看，一座庭院出现在眼前，有位美人坐在石头上，丫环端着有画饰的蜡烛站在两旁侍候。美人对左边的丫环说："今夜月明星稀，华姑姑送我的团茶可以烹一杯过来，好欣赏这美丽夜色。"廉生猜测这些女子可能是鬼魅，吓得毛骨悚然，大气都不敢喘。忽而，一个丫环抬头叫道："树上有人！"女子一惊，赶紧站起身呵斥道："哪儿来的大胆狂徒，竟敢暗地里偷窥！"廉生吓得手足无措，实在没地方逃了，就从树上绕下来，趴在地上磕头求饶。

女近临一睇，反恚为喜，曳与并坐。睨之，年可十七八，姿态艳绝，听其言亦土音。问："郎何之？"答云："为人作寄书邮。"女曰："野多暴客，露宿可虞[1]。不嫌蓬荜，愿就税驾[2]。"邀生入。室惟一榻，命婢展两被其上。生自惭形秽，愿在下床。女笑曰："佳客相逢，女元龙[3]何敢高卧？"生不得已，遂与共榻，而惶恐不敢自舒。未几，女暗中以纤手探入，轻捻胫股，生伪寐，若不觉知。又未几，启衾入，摇生，迄不动。女便下探隐处，乃停手怅然，悄悄出衾去，俄闻哭声。生惶愧无以自容，恨天公之缺陷而已。女呼婢篝灯，婢见啼痕，惊问所苦。女摇首曰："我叹吾命耳。"婢立榻前，耽望颜色，女曰："可唤郎醒，遣放去。"生闻之，倍益惭怍，且惧宵半，茫茫无所复之。

注释

1 可虞：令人忧虑。2 税驾：留宿。3 元龙：三国时期，陈元龙为人豪爽，会客时自己上大床，让客人上小床。

译文

女子走近一瞧，转怒为喜，拽着廉生一起坐下。廉生斜眼打量了一下，女子约有十七八岁，长得姿容绝艳，听她讲话也是本地口音。女子问他："郎君来此做什么呢？"廉生回答说："我是替人送信来的。"女子就说："野外多有强盗出没，公子露宿荒郊实在令人不放心。你要是不嫌弃寒舍简陋，希望能到我家住一晚。"说着就邀请廉生进门。屋中只有一张床，女子命丫环铺了两条被子。廉生自觉形秽，说自己睡地铺就好。女子笑着说："家里来了贵客，我怎么敢像三国时的陈元龙一样，独自高卧呢？"廉生迫不得已，只得和女子同床共枕，他惶恐地蜷着身子，一动也不敢动。躺下没多久，女子悄悄把手伸过来，轻轻摸了摸他的大腿，廉生假装睡着没反应。又过了一会儿，她掀开被子，钻到廉生被窝里，晃了晃廉生，廉生还是没什么反应。于是，女子就把手滑到廉生的私处，没摸几下，就停下来，很是失望郁闷。女子悄悄爬了出来，过了一会儿，廉生就听到她在小声哭泣。廉生羞愧得无地自容，只恨老天爷让自己生得不健全。女子呼喊丫环掌灯，丫环过来一瞧小姐脸上有泪痕，惊问受了什么委屈。女子摇了摇头，说："我可怜自己真是苦命。"丫环站在床前，看着小姐的脸色，女子说："你把公子叫醒，让他走吧。"廉生听闻，更是羞愧难当，又害怕大半夜，茫茫荒野不知去哪儿是好。

筹念间，一妇人排闼[1]入。婢曰："华姑来。"微窥之，年约五十余，犹风格。见女未睡，便致诘问，女未答。又视榻上有卧者，遂问："共榻何人？"婢代答："夜一少年郎寄此宿。"妇笑曰："不知巧娘谐花烛。"见女啼泪未干，惊曰："合卺之夕，悲啼不伦，将勿郎君粗暴也？"女不言，益悲。妇欲捋衣[2]视生，一振衣，书落榻上。妇取视，骇曰："我女笔意也！"拆读叹咤。女问之，妇云："是三姐家报，言吴郎已死，茕无所依，且为奈何？"女曰："彼固云为人寄书，幸未遣之去。"

妇呼生起，究询书所自来，生备述之。妇曰："远烦寄书，当何以报？"又熟视生，笑问："何迕巧娘？"生言："不自知罪。"又诘女，女叹曰："自怜生适阉寺[3]，殁奔椓人[4]，是以悲耳。"妇顾生曰："慧黠儿，固雄而雌者耶？是我之客，不可久溷[5]他人。"遂导生入东厢，探手于裤而验之，笑曰："无怪巧娘零涕。然幸有根蒂，犹可为力。"挑灯遍翻箱簏，得黑丸，授生，令即吞下，秘嘱

勿吪[6]，乃出。生独卧筹思，不知药医何症。将比五更，初醒，觉脐下热气一缕直冲隐处，蠕蠕然似有物垂股际，自探之，身已伟男。心惊喜，如乍膺九锡[7]。

注释

1 排闼：推门而入。2 捋衣：掀开衣服。3 阉寺：宦官。4 椓（zhuó）人：阉人。5 溷（hùn）：扰乱，打扰。6 吪（é）：动；行动。7 乍膺九锡：突然接受最高级别的赏锡。九锡，古代天子赐给诸侯、大臣的九种器物，是一种最高礼遇。

译文

廉生正在左右为难时，一个妇人推门而入。丫环通报说："华姑姑来了。"廉生悄悄看了眼，妇人约五十多岁，风韵犹存。华姑见女子还未休息，就过去询问缘由，女子没有回答。再看床上躺着一个人，华姑就问："睡你床上的是什么人？"丫环就代小姐说："夜里来了个少年郎在此借宿。"华姑笑着说："我真不知道巧娘正在办婚事了。"见女子泪痕未干，她又惊问道："大喜之夜，哭哭啼啼像什么话，难不成是郎君太粗暴了？"女子还是不作声，看样子更难过了。华姑就想掀开廉生的衣服仔细瞧瞧，一抖衣服，有封信掉在床上。华姑拿起来一看，惊讶地说："这是我女儿的笔迹！"拆开读了以后，不住地惊叹。巧娘问她怎么了，她说："是三姐的家书，信上说吴郎已经死了，你姐姐现在一个人无依无靠，这可怎么办啊？"巧娘就说："他一开始就说给人送信来着，幸好没赶他走。"

华姑把廉生叫起来，仔细询问信是哪儿来的，廉生就详细讲了一遍经过。华姑说："大老远的麻烦你来送信，我应当怎么报答你呢？"又盯着廉生仔细打量一番，笑问道："你怎么得罪巧娘啦？"廉生说："我真不知道。"又问巧娘，巧娘叹了口气，说："我是可怜自己命苦。活着的时候嫁给了一个太监一样的男人，死了又遇上个阉人，所以才悲伤得不能自已。"华姑瞅着廉生说："你这个机灵鬼，难道真的是男儿模样女儿身吗？好歹你是我的客人，不能老是待在这儿打扰人家。"于是她就把廉生带到了东厢房，伸手在他裤裆摸了摸，笑着说："怪不得巧娘痛哭流涕，幸好有根在，还可以想想办法。"华姑就着灯把箱子翻了个遍，拿出一粒黑色药丸交给廉生吞下，悄悄叮嘱他不要乱动。华姑出去后，廉生一个人在屋里躺着，寻思着不知药丸有何功效。快到五更天的时候，廉生睡眼蒙眬中感觉肚脐下有股热气直冲下体，似乎有什么东西蠕动着垂在双腿间，用手一摸，下身已经十分雄伟了。他惊喜万分，如同受了天大的恩赐一样。

棂色才分[1]，妇即入室，以炊饼[2]纳生，叮嘱耐坐，反关其户。出语巧娘曰："郎有寄书劳，将留招三娘来，与订姊妹交。且复闭置，免人厌恼。"乃出门去。生回旋无聊，时近门隙，如鸟窥笼。望见巧娘，辄欲招呼自呈，惭讷而止。延及夜分，妇始携女归，发扉曰："闷煞郎君矣！三娘可来拜谢。"途中人逡巡入，向生敛衽。妇命相呼以兄妹，巧娘笑曰："姊妹亦可。"并出堂中，团坐置饮。饮次，巧娘戏问："寺人亦动心佳丽否？"生曰："跛者不忘履，盲者不忘视。"相与粲然。

注释

1 棂（líng）色才分：指天刚刚亮。2 炊饼：馒头。

译文

天刚亮，华姑就进屋，拿馒头给廉生吃，并叮嘱他耐心坐会儿，把门反锁上就走了。她出来对巧娘说："那位公子送信有功劳，先留着他，等会儿把三娘叫过来，他们可以结拜为姊妹。先把他关在屋里，免得让你见了心烦。"说完华姑就走了。廉生在屋里走来走去，无聊透顶，好似笼中之鸟，就趴着从门缝向外看。他看见巧娘在外边，就想喊她过来解释一下昨晚的事，转念又觉得难以启齿，就惭愧地打消了念头。等到晚上，华姑才带着三娘回来，她把门打开，说："真是闷死你了！三娘，还不快过来拜谢恩公。"三娘就犹豫不决地走了进来，对廉生施了一礼。华姑就让他们以兄妹相称，巧娘插嘴笑道："叫姐妹也可以。"见过面后，几个人一起到了堂屋，围坐在一起喝酒。喝了几杯，巧娘就对廉生开玩笑说："小太监对美人也会动心吗？"廉生应承道："这就好比瘸子不忘穿鞋，瞎子也不会忘了看。"说完，在座的人无不哄堂大笑。

巧娘以三娘劳顿，迫令安置。妇顾三娘，俾与生俱。三娘羞晕不行。妇曰："此丈夫而巾帼[1]者，何畏之？"敦促偕去。私嘱生曰："阴为吾婿，阳为吾子，可也。"生喜，捉臂登床，发硎[2]新试，其快可知。既，于枕上问女："巧娘何人？"曰："鬼也。才色无匹，而时命蹇落。适毛家小郎子，病阉，十八岁而不能人，因邑邑不畅，赍恨如冥[3]。"生惊，疑三娘亦鬼。女曰："实告君，妾非鬼，狐耳。巧娘独居无耦，我母子无家，借庐栖止。"生大愕，女云："无惧，

虽故鬼狐，非相祸者。”由此日共谈宴。虽知巧娘非人，而心爱其娟好[4]，独恨自献无隙。生蕴藉，善谀噱[5]，颇得巧娘怜。

注释

1 巾帼：指女性。2 发硎：刚磨过的刀。3 赍（jī）恨如冥：含恨而终。4 娟好：清秀美丽。5 谀噱（yú xué）：谄笑。

译文

巧娘认为三娘旅途劳累，就硬是叫她先回去休息。华姑看了看三娘，示意她跟廉生一起回屋。三娘脸涨得通红，一直木木地坐着。华姑说：“这个男人其实是个女儿身，你怕什么？”说着就催促二人一起回去休息。临走时，又悄悄嘱咐廉生说：“以后私下里你就是我的女婿，不过当着外人的面，装成是我儿子就行。”廉生听了欣喜万分，拉着三娘就上床，就像刚磨好的刀，其快可想而知。办完事儿，廉生在枕边问三娘：“巧娘究竟是什么人？”“她呀，是个女鬼。在世的时候才色无双，就是命太差了。当初嫁给毛家的小儿子，可那小子不行，都十八了还不能行房，于是巧娘就郁郁寡欢，含恨而终。”三娘回答说。廉生听她这么说，猛然一惊，怀疑三娘也是女鬼。三娘解释说：“给你讲实话，妾身并不是鬼，我是狐仙。巧娘她一个人独居，我们娘儿俩又无家可归，就借住在她家，正好做个伴儿。”廉生惊讶万分，三娘赶紧劝说：“公子别怕，我们虽然是鬼狐，却无心加害于你。”此后，他们每天一起吃喝谈笑。时间久了，廉生虽然知道巧娘不是人类，但爱慕她清秀动人，就是遗憾没有机会跟她表白。廉生为人宽和文雅，讲话又很会讨女孩子开心，巧娘对他很是怜爱。

一日，华氏母子将他往，复闭生室中。生闷气，绕屋隔扉呼巧娘。巧娘命婢历试数钥，乃得启。生附耳请间，巧娘遣婢去，生挽就寝榻，偎向之，女戏掬脐下，曰：“惜可儿此处阙然。”语未竟，触手盈握，惊曰：“何前之渺渺，而遽累然！”生笑曰：“前羞见客，故缩，今以诮谤难堪，聊作蛙怒耳。”

遂相绸缪。已而恚曰：“今乃知闭户有因。昔母子流荡栖无所，假庐居之。三娘从学刺绣，妾曾不少秘惜。乃妒忌如此！”生劝慰之，且以情告，巧娘终衔[1]之。生曰：“密之，华姑嘱我严。”语未及已，华姑掩入，二人皇遽方起。华姑瞋目[2]，问：“谁启扉？”巧娘笑逆自承。华姑益怒，聒絮[3]不已。巧娘故哂曰：

“阿姥亦大笑人！是丈夫而巾帼者，何能为？”三娘见母与巧娘苦相抵[4]，意不自安，以一身调停两间，始各拗怒为喜。巧娘言虽愤烈，然自是屈意事三娘。但华姑昼夜闲防，两情不得自展，眉目含情而已。

注释

1 衔：此处指怨恨。2 瞋目：瞪大双眼。3 聒絮（guō xù）：啰唆唠叨。4 苦相抵：互相辩驳。

译文

一天，华氏母女要出远门，又把廉生关在屋子里。时间长了，廉生烦闷得厉害，就在屋子里踱来踱去，隔着门喊巧娘放自己出去。巧娘就让丫环过去开门，试了好几把钥匙才打开。廉生凑到巧娘耳朵旁请求单独和她待一会儿，巧娘就把丫环打发走，廉生就搂着巧娘上了床，紧紧依偎着她。巧娘把手放到廉生肚脐下戏弄着说：“可惜你这么好个小伙儿，这里缺个东西啊。”话还没说完，手就摸到了握把粗的家伙，她惊问道：“为何从前那么丁点儿，而现在突然变得如此粗大呢？”廉生笑着说：“之前是害羞怕见客，所以缩着。如今因被你挖苦嘲讽，实在受不了了，好比生气的青蛙，权且膨胀起来。”

于是两人相拥而卧，着实一番欢快。恩爱之后，巧娘气愤地说：“我现在才知道她们把你关在屋里的缘由。从前她们母女四处流荡，连个住的地方都没有，是我可怜她们，把房子借给她们住。三娘又跟着我学刺绣，我倾囊相授，毫无吝惜。没想到，她们对我如此嫉妒！”廉生赶紧安慰劝导，并把事情经过告诉了她，可巧娘还是怀恨在心。廉生说：“你可要保密啊！华姑曾叮嘱我千万不能讲出去的。”话音未落，华姑推门而入，两人慌忙站起身来。华姑瞪着眼睛问：“是谁把门打开的？”巧娘强笑着说是自己开的门。华姑越发生气，絮絮叨叨说个不停。巧娘故意嘲讽道：“姥姥你也真会说笑！这个假小子能干什么呢？”三娘走过来一看，母亲正跟巧娘激烈争辩，自己左右为难，就两边说好话，过了好一会儿两人才转怒为喜。巧娘虽然嘴上不饶人，却也甘愿委屈自己让着三娘。只是华姑昼夜盯得紧，巧娘与廉生不能两情相悦，只好眉目含情，暗送秋波罢了。

一日，华姑谓生曰：“吾儿姊妹皆已奉事君，念居此非计，君宜归告父母，早订永约。”即治装促生行。二女相向，容颜悲恻，而巧娘尤不可堪，泪滚滚如

断贯珠，殊无已时。华姑排止之，便曳生出。至门外，则院宇无存，但见荒冢。华姑送至舟上，曰："君行后，老身携两女僦[1]屋于贵邑。倘不忘夙好，李氏废园中，可待亲迎。"生乃归。时傅父觅子不得，正切焦虑，见子归，喜出非望。生略述崖末[2]，兼致华氏之订。父曰："妖言何足听信？汝尚能生还者，徒以阉废故。不然，死矣！"生曰："彼虽异物，情亦犹人，况又慧丽，娶之亦不为戚党笑。"父不言，但嗤[3]之。生乃退而技痒，不安其分，辄私婢，渐至白昼宣淫，意欲骇闻翁媪。

注释

1 僦（jiù）：租赁。2 崖末：事情的经过。3 嗤：讥笑，讽刺。

译文

一天，华姑对廉生说："我家三娘和巧娘都已经侍奉过你了，你一直待在这里也不是长久之计。不如你先回家禀告父母，早些把婚约订了为好。"于是就收拾行李催促廉生上路。两位佳人望着廉生，忧愁满面，而巧娘更是动情，眼泪如断线的珍珠，簌簌流个不停。华姑上前劝住她们，便拽着廉生出去了。到了大门外，廉生回头一看，房屋院落荡然无存，只有一片荒坟野冢。华姑把他送上船，嘱咐说："你走后，老身自会带着两个女儿到你家乡寻个住处。倘若你不忘旧好，可以到李家废弃的园子迎亲。"廉生于是就回去了。当时傅廉的父亲到处找儿子都找不到，正焦急时，忽然看到儿子回来了，喜出望外。廉生把大致经过讲给父亲听，并说自己已经和华氏定了亲。廉生父亲听后气不打一处来，训斥道："妖言怎么能相信呢？你小子能活着回来，还不是因为天阉残废？要不然早就没命了。"廉生解释说："她们虽然是异类，但情感和人一样，况且又都慧外秀中，娶了她们也不会被亲戚邻居笑话。"傅员外没搭理他，只是笑他痴狂。廉生拜见过父亲后，在家里技痒难耐，下半身躁动不安，就和丫环乱搞一通，渐渐发展到在大白天公然行男女之事，他就是想要借此惊动父母。

一日，为小婢所窥，奔告母。母不信，薄观[1]之，始骇。呼婢研究，尽得其状。喜极，逢人宣暴，以示子不阉，将论婚于世族。生私白母："非华氏不娶。"母曰："世不乏美妇人，何必鬼物？"生曰："儿非华姑，无以知人道，背之不祥。"傅父从之，遣一仆一妪往觇之。

出东郭四五里，寻李氏园。见败垣竹树中，缕缕有炊烟。妪下乘，直造其闼，则母子拭几濯溉，似有所伺。妪拜致主命。见三娘，惊曰："此即吾家小主妇耶？我见犹怜，何怪公子魂思而梦绕之。"便问阿姊。华姑叹曰："是我假女[2]，三日前忽殂谢去。"因以酒食饷妪及仆。妪归，备道三娘容止，父母皆喜。末陈巧娘死耗，生恻恻[3]欲涕。至亲迎之夜，见华姑亲问之，答云："已投生北地矣。"生欷歔[4]久之。迎三娘归，而终不能忘情巧娘，凡有自琼来者，必召见问之。

注释

1 薄观：走近一瞧。2 假女：干女儿。3 恻恻：伤心难过的样子。4 欷歔（xī xū）：叹气抽咽。

译文

有一天，廉生与丫环正在酣战，被一个小丫头偷窥到了，赶紧跑回去告诉他母亲。廉生母亲起初还不相信，就走过去偷偷观察，这才大吃一惊。事后，她把那个丫环叫过去详加盘问，得以了解全部情况。廉母高兴得不得了，逢人就大谈特谈，好显示儿子并没有什么缺陷，将来还要找一个大户人家结亲。廉生私下里对母亲说："我非华家姊妹不娶。"她问廉生："世上不缺美女艳妇，何必一定要和鬼物成亲呢？"廉生就解释说："要不是华姑，我还不知道男女之间是怎么一回事。如果我背信弃义，恐怕不会有好报。"廉生的父亲见他如此执着，就答应下来，派了一个仆人和一个老妈子前去打探消息。

走出城东四五里，找到了李家花园。只见残垣断壁间竹木掩映，飘着缕缕炊烟。老妈子下了车，径直走到大门口，看见华氏母女正忙着擦桌子、洗碗筷，似乎在等待客人光临。老妈子进去拜见华姑后，就把主人的意思告诉了她。又去拜见三娘，惊叹道："这就是我家的小主母吗？连老身我见了都心生怜爱，难怪我家公子整日魂牵梦绕呢！"然后又问起巧娘，华姑叹口气道："她是我的干女儿，不幸三天前突然亡故了。"问过话，华姑就好酒好菜招待他们。老妈子回去后，极力夸赞三娘如何漂亮端庄，廉生父母听了都很高兴。最后又说巧娘前些日子忽然病故了，廉生听了悲痛欲哭。到了娶亲之夜，他亲自前去迎接三娘过门，见到华姑又问巧娘下落，回答说已经投生到北方了。廉生听后感叹了好一阵儿。把三娘接回家后，他怎么也忘不了巧娘，凡是有从琼州来的人，必定会召见询问巧娘的下落。

或言秦女墓夜闻鬼哭，生诧其异，入告三娘。三娘沉吟良久，泣下曰："妾负姊矣！"诘之，答云："妾母子来时，实未使闻。兹之怨啼，将无是姊？向欲相告，恐彰母过。"生闻之，悲已而喜。即命舆，宵昼兼程，驰诣其墓，叩墓木而呼曰："巧娘！巧娘！某在斯！"俄见女郎绷婴儿，自穴中出，举首酸嘶，怨望无已，生亦涕下。探怀问谁氏子，巧娘曰："是君之遗孽也，诞三月矣。"生叹曰："误听华姑言，使母子埋忧地下，罪将安辞！"乃与同舆，航海而归。抱子告母，母视之，体貌丰伟，不类鬼物，益喜。二女谐和，事姑孝。后傅父病，延医来。巧娘曰："疾不可为，魂已离舍。"督治冥具，既竣而卒。儿长，绝肖父，尤慧，十四游泮[1]。高邮[2]翁紫霞，客于广而闻之。地名遗脱，亦未知所终矣。

注释

1 游泮：考中秀才。2 高邮：今江苏高邮。

译文

有个从琼州过来的人告诉廉生，晚上曾在秦女坟听见鬼哭，廉生心生诧异，就回家告诉了三娘。三娘沉吟良久，流着泪说："是我对不起姐姐啊！"廉生追问原因，她说："我们母子此次前来，其实并没有告诉巧娘。那个幽怨啼哭的鬼魂，该不会就是巧姐吧？本来我是想告诉你的，但又担心暴露了母亲的过错，所以就一直瞒着没说。"廉生听了，立即转悲为喜。他赶紧命人备车，昼夜兼程直奔秦氏墓地而去。到了那儿，廉生敲着坟墓前的树喊道："巧娘！巧娘！我在这儿！"不一会儿，他看到一个女子怀抱婴儿，从坟墓里走出来。她抬起头心酸地啼哭着，怨气弥漫了整个墓地，廉生对着她也哭个不停。他看了一眼巧娘怀里抱的婴儿，问是谁的孩子，巧娘说："这是你留下的孽种啊！现在已经三个月大了。"廉生叹息道："我误听华姑所言，害你们母子在地下含忧，实在罪责难逃！"于是，廉生就把巧娘和孩子接上车，渡海回家了。他把孩子抱给母亲看，廉母看孩子长得结结实实，不像是鬼物，更加高兴了。三娘和巧娘相处得极好，侍奉公婆也很孝顺。后来廉生的父亲生了重病，请医生过来诊治。巧娘说："父亲的病怕是没治了，魂魄都已经散了。"于是，就命仆人赶快准备办丧事用的寿材，刚准备好廉父就去世了。巧娘的儿子长大后，长得跟廉生一模一样，人特别聪慧，十四岁就考中了秀才。江苏高邮的翁紫霞，在广东旅居时听说了这件事。

廉生家住什么地方已不可考了，也不知道廉生之事最终结果如何。

鸦 头

诸生[1]王文，东昌[2]人，少诚笃。薄游[3]于楚，过六河[4]，休于旅舍。闲步门外，遇里戚[5]赵东楼，大贾也，常数年不归。见王，相执甚欢，便邀临存。至其所，有美人坐室中，愕怪却步。赵曳之，又隔窗呼妮子去，王乃入。赵具酒馔，话温凉[6]。王问："此何处所？"答云："此是小勾栏[7]。余因久客，暂假[8]床寝。"话间，妮子频来出入，王局促不安，离席告别，赵强捉令坐。

注释

1 诸生：秀才。2 东昌：今山东聊城。3 薄游：游历。4 六河：即六河县，在今南京北部。5 里戚：老乡，乡亲。6 话温凉：嘘寒问暖，互说家常。7 小勾栏：小型妓院。8 假：借。

译文

秀才王文，是东昌府人，他从小就很诚恳笃实。长大后，到两湖一带游历时，途经六河县，在旅馆休息。王生在门外散步时，忽然遇到老乡赵东楼，东楼是个大商人，经常几年不回一次家。他看见王生，赶忙上前握住他的手，两人交谈甚为欢畅。赵东楼便邀请王生到自己住处坐坐。等到了那儿，看见有一位美女坐在房间里，王生大感惊愕，连连后退。赵东楼就拽着他进了屋，又隔着窗户喊妮子走开，王生这才进屋。东楼备好酒菜，两人就嘘寒问暖，唠起了家常。王生不解地问："赵兄，这到底是什么地方？"东楼说："这儿其实是妓院。我因为长期在外，就暂时借住在这里。"谈话间，妮子频频出入，王生局促不安，要告别离去，被赵东楼强拉了回来。

俄见一少女经门外过，望见王，秋波[1]频顾，眉目含情，仪容娴婉，实神仙也。王素方直，至此惘然若失[2]，便问："丽者何人？"赵曰："此媪次女，小字鸦头，年十四矣。缠头者[3]屡以重金啖媪，女执不愿，致母鞭楚，女以齿稚哀免。今尚待聘[4]耳。"王闻言俯首，默然痴坐，酬应悉乖。赵戏之曰："君倘垂意，当

作冰斧[5]。”王怃然[6]曰：“此念所不敢存。”然日向夕，绝不言去。赵又戏请之，王曰：“雅意极所感佩，囊涩奈何！”赵知女性激烈，必当不允，故许以十金为助。王拜谢趋出，罄资而至，得五数，强赵致媪。媪果少[7]之。鸦头言于母曰：“母日责我不作钱树子[8]，今请得如母所愿。我初学作人[9]，报母有日，勿以区区放却财神去。”媪以女性拗执[10]，但得允从，即甚欢喜。遂诺之，使婢邀王郎。赵难中悔[11]，加金付媪。

注释

1 秋波：形容美女的眼睛清澈明亮。2 惘然若失：失意的样子。心情不舒畅，好像丢掉了什么东西似的。3 缠头者：古代跳舞的女子用罗锦缠头，跳完舞观众赠送罗锦以示打赏，称为“缠头”。此处指嫖客。4 待聘：原指等待出嫁，此处指鸦头仍是处女。5 冰斧：媒人。6 怃然：怅然若失的样子。7 果少：果然以……为少。8 钱树子：摇钱树，此处指挣钱。9 初学作人：指初次学着接客。10 拗（niù）执：倔强固执。11 难中悔：难以中途反悔。

译文

忽而看见一位少女从门外走过，她朝王生望去，目光闪烁，眉目含情，好像在向他不停地示好。只见少女仪容温婉贤淑，实在是神仙中人。王生一向正直，这时却心中怅惘，好似丢了魂儿一样，于是便问：“这位美人儿是谁呢?”赵东楼就说：“她是鸨母的小女儿，小名鸦头，今年才十四岁。客人屡次出大价钱给老鸨，可她就是执意不肯接客，因此没少挨打。鸦头总是以年幼为由，苦苦哀求，才幸免接客。如今还没破身呢。”王生听他这么讲，低下头默不作声，呆呆地坐着，聊天时言语颠三倒四。赵东楼就开玩笑说：“老弟你要是有意，哥哥我就给你当回媒人。”王生听了怅然道：“这个念头我可不敢有。”然而，一直到日落，他也不言离去。赵东楼见此又开玩笑要给他说合，王生就说：“你的好意我很感谢钦佩，奈何囊中羞涩！”赵东楼知道鸦头这姑娘性子刚烈，必定不会应允，就随口说自己愿意出十两银子相助。王生拜谢后快步离去，拿着所有的钱来到妓院，数了数共有五两，他也顾不上多少，就硬塞给赵东楼，叫他都给鸨母送去。老鸨果然嫌钱太少。 鸦头就对母亲说：“妈妈天天责怪我不能挣钱，今天请让我如你所愿。女儿我初次学着接客，以后有的是机会报答你，千万不要因为钱少就放走了财神。”老鸨因鸦头性子倔强，只要她同意接客，便高兴得不得了，于是就答应了，让丫环请王生前来。赵东楼不好意思中途反悔，又加了十两银子给老鸨。

王与女欢爱甚至。既，谓王曰："妾烟花下流，不堪匹敌[1]，既蒙缱绻[2]，义即至重。君倾囊博此一宵欢，明日如何？"王泫然[3]悲哽。女曰："勿悲。妾委风尘，实非所愿。顾未有敦笃可托如君者。请以宵遁。"王喜，遽起，女亦起。听谯鼓已三下[4]矣。女急易男装，草草偕出，叩主人扉。王故从双卫，托以急务，命仆便发。女以符系仆股并驴耳上，纵辔[5]极驰，目不容启，耳后但闻风鸣。平明至汉江口，税屋[6]而止。

王惊其异，女曰："言之，得无惧乎？妾非人，狐耳。母贪淫，日遭虐遇，心所积懑[7]，今幸脱苦海。百里外即非所知，可幸无恙。"王略无疑贰，从容曰："室对芙蓉[8]，家徒四壁，实难自慰，恐终见弃置。"女曰："何为此虑。今市货皆可居，三数口，淡薄亦可自给。可鬻驴子作资本。"王如言，即门前设小肆，王与仆人躬同操作，卖酒贩浆其中。女作披肩，刺荷囊，日获赢余，饮膳甚优。积年余，渐能蓄婢媪，王自是不着犊鼻[9]，但课督而已。

注释

1 匹敌：匹配。2 缱绻（qiǎn quǎn）：深情厚谊。3 泫然：泪水直流。4 谯（qiáo）鼓已三下：城楼上的鼓打了三次，指过了三更，约晚上十二点。5 辔（pèi）：驾驭牲口的缰绳。6 税屋：租房子居住。7 积懑（mèn）：积愤。8 室对芙蓉：在屋里面对着美人。芙蓉，本义为荷花，此处指鸦头。9 不着犊鼻：不再亲自操劳。

译文

王生与鸦头甚为欢爱。事情过后，鸦头对王生说："妾身本是烟花女子，低贱下流，不堪跟公子相配，既然蒙你厚爱，情义至为深厚。公子倾尽所有博此一夜风流，明日又当如何打算呢？"王生听了泫然泪下，悲伤地呜咽起来。女子就劝道："公子不要悲伤。妾身委身风尘，实非所愿。只是从未遇到像你这样笃实敦厚的人可以托付。今晚咱们一起逃走吧。"王生瞬间转悲为喜，赶紧起来，女子也起身下床。耳闻城楼上已经敲了三通鼓。女子急忙换上男装，和王生一起匆忙出了妓院，来到旅店叩门。王生原先有两头毛驴养在店里，他就借口说有急事要办，命仆人即刻出发。鸦头在仆人大腿和驴耳朵上各系了张符，仆人放开缰绳极速飞奔，快得连眼睛都睁不开，只听见风从耳后"呼呼"吹过。天亮时，他们来到汉江口，就租房子住了下来。

王生对鸦头感到很惊异，她说："我要是说了，你不会害怕吧？妾身并非人类，而是狐魅。妈妈她贪婪成性，我每天都要受虐待，心里积愤难忍，今日才有幸能够脱离苦海。现在逃到百里之外，她应该无法知晓，侥幸算是平安了。"王生对她讲的毫不怀疑，从容说道："我现在面对着美人儿，家里却一无所有，心里实在不安，担心有一天终究会被抛弃。"女子就说："相公为何为此发愁呢？现在只要在集市上进些货，就可以囤起来做点儿小买卖。一家几口人，粗茶淡饭也能自给自足。咱们可以先把驴子卖了充本钱。"王生照着她的话做，便在门口摆起了小摊儿。他跟着仆人一起操劳打点，在外边卖些酒水。鸦头就在家里做披肩，绣荷包，每天都能攒些钱，小日子过得很好。过了一年多，家里渐渐能养丫环、老妈子了，王生从此不再亲自操劳，只是做些监督审核的事而已。

女一日悄然忽悲，曰："今夜合有难作，奈何？"王问之，女曰："母已知妾消息，必见凌逼。若遣姊来，吾无忧，恐母自至耳。"夜已央[1]，自庆曰："不妨，阿姊来矣。"居无何，妮子排闼入，女笑逆之。妮子骂曰："婢子不羞，随人逃匿！老母令我缚去。"即出索子絷女颈。女怒曰："从一者[2]得何罪？"妮子益忿，捽女断衿。家中婢媪皆集，妮子惧，奔出。女曰："姊归，母必自至。大祸不远，可速作计。"乃急办装，将更播迁[3]。媪忽掩入，怒容可掬，曰："我固知婢子无礼，须自来也！"女迎跪哀啼，媪不言，揪发提去。王徘徊怆恻[4]，眠食都废，急诣六河，冀得贿赎。至则门庭如故，人物已非，问之居人，俱不知其所徙。悼丧[5]而返。于是俵散[6]客旅，囊资东归。

注释

1 夜已央：夜色将尽。2 从一者：即从一而终，指女子死心塌地跟随一个男子。3 播迁：迁徙，流离。4 怆（chuàng）恻：悲痛。5 悼丧：悲伤沮丧。6 俵（biào）散：遣散。

译文

鸦头有一天忽然悲伤起来，对王生说："妾身今晚当遭厄难，该怎么办啊？"王生问她怎么回事，她说："妈妈已经知道了我的下落，必定会前来逼我回去。如果只派姐姐来，我还不担心，就是怕妈妈亲自登门。"等到夜色将尽时，鸦头庆幸地说："不妨事，是姐姐来了。"没过多久，妮子推门而入，鸦头含笑相迎。

妮子开口便骂："不知羞耻的死丫头，竟敢跟着男人跑了！妈妈命我把你绑了去。"说着就拿出绳子系在鸦头脖子上。鸦头气愤地说："我从一而终有什么罪过呢?"妮子听了更加生气，一把拽断了鸦头的衣袖。这时，一家老小全都围了上来，妮子怕寡不敌众，吓得跑了出去。鸦头对王生说："姐姐回去了，妈妈肯定会亲自过来，大祸即将临头，还是赶快想个办法吧。"于是急忙收拾行装，打算远走高飞。突然，老鸨闯了进来，怒不可遏地说："我就知道你这野丫头不懂规矩，还须老身亲自上门来！"鸦头见妈妈来了，跪在地上迎接，伤心地哭哭啼啼，老鸨一言不发，上前揪住鸦头的头发把人提走了。王生急得团团转，悲痛欲绝，吃不下饭也睡不着觉，赶紧前往六河县，希望能把人赎回来。到了后发现门庭如故，里面住的人却已非从前，问他们上家搬到哪儿了，都摇头说不知道。王生懊丧地返回家中，遣散了家人，自己带着钱返回山东老家。

后数年，偶入燕都[1]，过育婴堂[2]，见一儿，七八岁。仆人怪似其主，反复凝注之。王问："看儿何说[3]？"仆笑以对，王亦笑。细视儿，风度磊落。自念乏嗣，因其肖己，爱而赎之。诘其名，自称王孜。王曰："子弃之襁褓[4]，何知姓氏?"曰："本师尝言，得我时，胸前有字，书'山东王文之子'。"王大骇曰："我即王文，乌得有子?"念必同己姓名者，心窃喜，甚爱惜之。及归，见者不问而知为王生子。孜渐长，孔武有力，喜田猎，不务生产，乐斗好杀，王亦不能钳制之。又自言能见鬼狐，悉不之信。会里中有患狐者，请孜往觇之。至则指狐隐处，令数人随指处击之，即闻狐鸣，毛血交落，自是遂安。由是人益异之。

注释

1 燕都：北京。2 育婴堂：古代专门收养弃婴的机构。3 何说：为什么，有何名堂。4 襁褓（qiǎng bǎo）：原意为包裹婴儿的被子和带子，此处指婴儿时期。

译文

几年后，王生偶然到北京办事，路过育婴堂时，看到一个小男孩儿，约有七八岁。仆人感到很奇怪，觉得他很像自己主人，就盯着反复看个不停。王生就问："你怎么老看这个小孩儿?"仆人呵呵一笑，告诉了他原因，王生听完也笑了。他再仔细打量这个孩子，只见生得英俊雄伟，气度不凡。转念一想，自己还没儿子，看他跟自己如此相像，就很喜爱，便替他赎了身。问他叫什么名字，自称王孜。王生不解地问："你被抛弃的时候还是个婴儿，怎么会知道自己的姓名呢?"小儿就说："我听师父说，捡到我时，胸口上有一行字，上写着'山东王文之子'。"王生听后大惊道："我就是王文，哪里有什么孩子?"心里想一定是同名同姓的人，不禁暗自高兴，于是就特别疼爱这个孩子。等回到山东老家，人们见了小孩儿，不用问就知道是王生的儿子。王孜长大后孔武有力，喜欢打猎，不操心生计，每天就知道打打杀杀，王生也管不了他。他又扬言自己能看到鬼狐，没人相信。正赶上村里有一家狐魅作祟，就请王孜过去看看。王孜到后，就指出狐狸隐藏的地方，叫几个人朝他手指的地方猛打，随即听到狐狸的惨叫声，狐毛纷纷落下，上面还沾着鲜血，从此这家就安宁下来。于是，人们愈发认为王孜奇异非凡。

王一日游市廛[1]，忽遇赵东楼，巾袍不整，形色枯黯。惊问所来，赵惨然请间[2]。王乃偕归，命酒。赵曰："媪得鸦头，横施楚掠。既北徙，又欲夺其志。女矢志不二，因囚置之。生一男，弃诸曲巷，闻在育婴堂，想已长成，此君遗体也。"王出涕曰："天幸孽儿已归。"因述本末。问："君何落拓[3]至此?"叹曰："今而知青楼之好，不可过认真也。夫何言!"先是，媪北徙，赵以负贩从之。货重难迁者，悉以贱售。途中脚直供亿[4]，烦费不赀，因大亏损。妮子索取尤奢，数年，万金荡然。媪见床头金尽，旦夕加白眼。妮子渐寄贵家宿，恒数夕不归。赵愤激不可耐，然无奈之。

适媪他出，鸦头自窗中呼赵曰："勾栏中原无情好，所绸缪者，钱耳。君依恋不去，将掇[5]奇祸。"赵惧，如梦初醒。临行，窃往视女，女授书使达王，赵乃归。因以此情为王述之。即出鸦头书，书云："知孜儿已在膝下矣。妾之厄难，东楼君自能缅悉。前世之孽，夫何可言!妾幽室之中，暗无天日，鞭创裂肤，饥火煎心，易一晨昏，如历年岁。君如不忘汉上雪夜单衾，迭互暖抱[6]时，当与儿谋，必能脱妾于厄。母姊虽忍[7]，要是骨肉，但嘱勿致伤残，是所愿耳。"王读之，泣不自禁，以金帛赠赵而去。

注释

1 市廛（chán）：集市上的店铺。2 请间（jiàn）：找个僻静无人的地方谈话。3 落拓：通常指人豪放不羁，此处指贫困失意。4 脚直供亿：供应运输费用。5 掇：招致。6 迭互暖抱：互相抱着取暖，比喻夫妻同甘共苦。7 忍：残忍凶狠。

译文

王生有一天逛集市，忽然遇到了赵东楼，只见他衣冠不整，身体枯瘦，脸色黯淡。王生惊问他从何而来，赵东楼神情凄惨地请求找个僻静无人的地方说话。王生就带他回到家里，吩咐好酒招待。赵东楼这才开口道："鸨母得了鸦头后，狠狠打了一顿。举家搬迁到北方之后，她又想让鸦头接客，鸦头心无二志，誓死不从，因此就被关起来。曾生下一个男婴，被扔在小巷子里，听说后来被育婴堂收养了，想必如今已经长大成人，那孩子可是你的亲骨肉啊。"王生泪流满面，说："天可怜见的，孽子已经回家了。"于是就把先后原委告诉了赵东楼，又问："兄长为何如此落魄呢?"东楼叹气道："现在我算明白了，青楼之内的恩爱，不能太认真啊！事已至此，还有什么可说的呢！"原来，鸨母一家北上时，赵东楼就一边卖货，一边跟着她们赶路。大件货物不好搬运就贱价抛售了。路上的差旅费按需要即供应，花钱无数，因而亏损得很厉害。妮子又百般索取，没几年，上万两银子全花干净了。老鸨见金主钱财已空，一天到晚给他白眼看。妮子从此也逐渐到达官贵人家留宿，经常一连几夜都不回来。赵东楼虽然怒不可遏，但也没什么办法。

一次赶上老鸨外出，鸦头就从窗户跟给他喊话："妓院里本来就没什么真情，所谓的深情厚爱，只是为了钱财罢了。你如今恋恋不舍，难保将来不会遭遇祸患。"赵东楼一听心生恐惧，如梦初醒。临行时他又悄悄探视鸦头，鸦头就交给他一封书信，请他转交给王生，赵东楼拿着信就回山东了。他把这些事情告诉王生后，把信拿出来，王生打开一看，上面写着："现知孜儿已经在你身边。妾身所遭遇的苦难，东楼自会对你说个明白。前世所造的罪孽，又哪能道尽呢！我如今被关在漆黑的牢房里，鞭打的创伤裂碎了肌肤，腹中饥饿好比烈火煎心，每熬一天就像过了一年。郎君如果还没有忘记在汉江口时，我们俩在大雪纷飞的夜晚，相拥在薄被里取暖的旧事，应当跟儿子商量一下对策，必定能使妾身脱离苦海。妈妈跟姐姐虽然过于狠毒，但毕竟都是亲骨肉，你一定要叮嘱孜儿别打伤了她们。这便是我的心愿。"王生读完信泪水直流，就给了东楼一些财物，把他送走了。

时孜年十八矣，王为述前后，因示母书。孜怒眦欲裂[1]，即日赴都，询吴媪[2]居，则车马方盈。孜直入，妮子方与湖客[3]饮，望见孜，愕立变色。孜骤进杀之，宾客大骇，以为寇，及视女尸，已化为狐。孜持刀径入，见媪督婢作羹。孜奔近室门，媪忽不见，孜四顾，急抽矢望屋梁射之，一狐贯心而堕，遂决其首[4]。

寻得母所，投石破扃，母子各失声。母问媪，曰："已诛之。"母怨曰："儿何不听吾言！"命持葬郊野。孜伪诺之，剥其皮而藏之。检媪箱箧[5]，尽卷金资，奉母而归。夫妇重谐，悲喜交至。既问吴媪，孜言："在吾囊中。"惊问之，出两革以献。母怒，骂曰："忤逆儿！何得此为！"号恸自挞，转侧欲死。王极力抚慰，叱儿瘗[6]革。孜忿曰："今得安乐所，顿忘挞楚耶？"母益怒，啼不止。孜葬皮反报，始稍释。

注释

1 怒眦（zì）欲裂：怒目圆睁，把眼眶都要挣裂了。眦，上下眼睑的接合处，即眼角；通常代指眼睛。2 吴媪：江苏为吴国旧地，后世通常以"吴"称之。老鸨是江苏六河县人，故此处以"吴媪"相称。有版本译为"吴老太太"，似非妥当。3 湖客：江湖中的朋友，此处指嫖客。4 决其首：砍下她的脑袋。5 箧（qiè）：箱子。6 瘗（yì）：埋葬。

译文

当时王孜十八岁，王生给他讲述了事情经过，又把书信拿给他看。王孜看完母亲的信，气得怒目圆睁，眼眶都要裂开了，当即赶赴京城，四处打探老鸨的住处。到了后，只见车马盈门。王孜径直闯了进去，妮子正在和客人喝酒，看见王孜，猛然站起身，吓得脸色都变了。王孜二话不说，快步上前，一刀就结果了妮子性命。宾客大为惊骇，以为是遇上了强盗，低头一看女子的尸体，已经化为了狐狸。王孜持刀直往里走，看见老鸨正督促丫环做汤羹。他飞奔过去，走近房门时，老太太忽然消失不见了。王孜环顾四周，急忙从腰里抽出弓箭，朝着房梁射去，登时一只狐狸穿心而落，他上前挥刀剁下了狐狸脑袋。

找到母亲被关的房间，王孜举起石头把门砸开，母子相见各自失声痛哭。鸦头问王孜怎么处置老太太的，王孜说已经杀了。鸦头就埋怨说："儿啊，你为何不听我的话！"就命他将尸首拿到郊外埋了。王孜假装答应，却把狐皮剥下藏了起来。再翻检老鸨的箱子，把值钱的东西一卷而尽，带着母亲回家了。鸦头和王生夫妻团聚，悲喜交集。王生问起老太太，孜儿说："她就在我袋子里。"夫妻俩吃惊地追问是什么情况，他这才打开行囊，把两张狐皮交了出来。鸦头怒不可遏，大骂道："你这个忤逆的畜生！怎么能这么干！"她哭得死去活来，朝自己身上乱打一气，又翻来覆去地打滚儿，简直不要活了。王生极力安慰她，呵斥王孜赶快把狐皮埋了。王孜愤愤不平地顶嘴道："你现在是得着安乐了，难道之前的鞭笞之苦一下子就忘记了吗？"鸦头听他这么讲愈发恼怒，哭个不停。等王孜禀告狐皮已埋葬好后，她这才稍稍消气。

王自女归，家益盛。心德赵，报以巨金，赵始知媪母子皆狐也。孜承奉甚孝，然误触[1]之，则恶声暴吼。女谓王曰："儿有拗筋[2]，不刺去，终当杀身倾产。"夜伺孜睡，潜絷其手足。孜醒曰："我无罪。"母曰："将医尔虐，其勿苦。"孜大叫，转侧不可开。女以巨针刺踝骨侧，深三四分许，用刀掘断，崩然有声，又于肘间脑际并如之。已乃释缚，拍令安卧。天明，奔候父母，涕泣曰："儿早夜忆昔所行，都非人类！"父母大喜，从此温和如处女，乡里贤之。

注释

1 触：触犯。2 拗筋：此处指王孜身上长有使其桀骜不驯的筋带。

译文

自从鸦头回来，王家日益兴盛。王生心里很感激赵东楼，就送给他很多钱财以作报答。赵东楼这时才知道原来鸦头母子都是狐狸。孜儿侍奉父母很孝顺，然而若不小心触犯了他，他就会凶恶狂暴地大吼大叫。鸦头对王生说："孜儿生有拗筋，若不除去，早晚会倾家荡产，招致杀身之祸。"晚上等王孜睡着了，二人偷偷地捆住他的手脚。王孜惊醒过来说："孩儿我无罪，娘亲为何如此对我？"鸦头说："我是要治疗你的暴虐，你要忍住痛苦。"王孜大声呼叫，左右翻转仍无法挣脱。鸦头就用大针在王孜的踝骨一侧刺进去三四分深，再下刀"嘣"的一声挑断拗筋，又相继在他肘间和脑部如法炮制。等都挑断了才给王孜松绑，拍着他的背使他安然睡去。天亮后，王孜跑来问候父母，流着泪说："孩儿夜里回想起以前的所作所为，简直不是人干的事！"夫妇俩听他这么说，大为高兴。从此，王孜变得像姑娘那样温和，乡亲都对他大加赞赏。

异史氏曰："妓尽狐也。不谓有狐而妓者。至狐而鸨，则兽而禽矣。灭理伤伦，其何足怪？至百折千磨，之死靡他，此人类所难，而乃于狐也得之乎？唐太宗谓魏徵更饶妩媚[1]，吾于鸦头亦云。"

注释

1 唐太宗谓魏徵更饶妩媚：魏徵为人刚正不阿，曾多次当面批评唐太宗李世民。曾有人诋毁魏徵，说他跟皇帝讲话时态度显得傲慢，李世民就说："魏徵批评我时，我倒觉得他更加妩媚动人。"

译文

异史氏说："妓女可以说都是狐狸精，没想到狐魅也有做娼妓的。至于狐狸也当老鸨，真是禽兽之行，伤天害理，毁灭人伦，有什么值得奇怪的呢？至于鸦头受尽折磨，为保持忠贞誓死不渝，这对于人来说都很难做到，没想到狐魅里竟然有这样坚强的。唐太宗曾说魏徵刚直的时候更加妩媚可爱，我觉得鸦头也是如此。"

董　生

董生，字遐思，青州之西鄙[1]人。冬月薄暮，展被于榻而炽炭焉。方将篝灯，适友人招饮，遂扃户去。至友人所，座有医人，善太素脉[2]，遍诊诸客。末顾王生九思及董曰："余阅人多矣，脉之奇无如两君者：贵脉而有贱兆，寿脉而有促征[3]。此非鄙人所敢知也。然而董君实甚。"共惊问之。曰："某至此亦穷于术，未敢臆决，愿两君自慎之。"二人初闻甚骇，既以为模棱语，置不为意。

注释

1 青州之西鄙：青州，今山东省青州市。西鄙，西郊。2 太素脉：是一种通过脉搏变化来预言人贵贱、吉凶、福祸的方术。3 促征：短命的征兆。

译文

有位姓董的书生，字遐思，是青州西郊人。冬季的一天傍晚，他把床铺好，将火炕的炭烧着。正要点灯时，恰巧有朋友请他过去喝酒，于是他就锁上门走了。来到朋友家，在座的有位医生，擅长用太素脉断人吉凶，在席间给各位客人看了个遍。最后他瞧着王九思和董生说："我看过的人多了，但脉象从未有像二位这样奇特的：原本富贵的脉象却有贫贱的征兆，而长寿的脉象却有短命的迹象。个中缘由非我所能知晓啊。不过董相公的情况可能更严重些。"众人都惊讶地询问究竟。医生说："我的能力有限，也就到这个程度了，不敢妄加推断，希望您二位小心为好。"两人乍一听闻，心里很害怕，转而又觉得他的话模棱两可，就没放在心上。

半夜，董归，见斋门虚掩[1]，大疑。醺中自忆，必去时忙促，故忘扃键[2]。入室，未遑爇火[3]，先以手入衾中，探其温否。才一探入，则腻有卧人，大愕，敛手。急火之，竟为姝丽，韶颜稚齿，神仙不殊。狂喜，戏探下体，则毛尾修然。大惧，欲遁。女已醒，出手捉生臂，问："君何往？"董益惧，战栗哀求，愿仙人怜恕。女笑曰："何所见而畏我？"董曰："我不畏首而畏尾。"女又笑曰："君误矣。尾于何有？"引董手，强使复探，则髀肉如脂，尻骨童童[4]。笑曰："何如？醉态朦瞳，不知所见伊何，遂诬人若此。"

注释

1 虚掩：门虽关闭而未锁死。2 扃（jiōng）键：插门闩。3 爇（ruò）火：烧火，此处指点灯。4 尻骨童童：尾骨光光的。

译文

半夜，董生回到家，见房门虚掩着，心里很疑惑。他喝得醉醺醺的，自己回想着可能是走的时候太匆忙，忘记锁门了。走进卧房，还没来得及点灯，他先伸手进被窝，摸摸炕烧得暖和不暖和。刚伸进去，就摸着滑滑的，感觉有人光溜溜地躺在里边，董生大吃一惊，赶紧把手抽出来。他急忙点上灯一看，竟然是一位美人，只见她生得青春貌美，宛若天仙。董生按捺不住狂喜，又伸手进去戏弄美人的下体，却摸到一条长长的毛茸茸的尾巴。他十分害怕，想赶快逃跑。这时床上的女子已经醒了，一把抓住董生的胳膊，问："公子要去哪儿啊？"董生更加害怕了，吓得浑身直哆嗦，恳求女子饶过他。女子笑着问他："你看到什么了，这么怕我？"董生哀求道："我不害怕你的长相，只是害怕你的尾巴。”女子听了咯咯笑道：“公子你弄错了，哪儿有什么尾巴呢？”于是，她就强拉着董生的手，让他伸进去再摸一摸，感觉大腿处光滑若凝脂，尾骨光溜溜的什么也没有。“怎么样？我看你明明是自己喝多了，也不晓得看到了什么，就胡乱诬陷奴家。”女子嗔笑着说。

董固喜其丽，至此益惑，反自咎适然之错。然疑其所来无因。女曰：“君不忆东邻之黄发女乎？屈指移居者已十年矣。尔时我未笄，君垂髫也。”董恍然曰：“卿周氏之阿琐耶？”女曰：“是矣。”董曰：“卿言之，我仿佛忆之。十年不见，遂苗条如此。然何遽能来？”女曰：“妾适痴郎，四五年，翁姑相继逝，又不幸为文君[1]。剩妾一身，茕[2]无所依。忆孩时相识者惟君，故来相见就。入门已暮，邀饮者适至，遂潜隐以待君归。待之既久，足冰肌粟[3]，故借被以自温耳，幸勿见疑。”

董喜，解衣共寝，意殊自得。月余，渐羸[4]瘦，家人怪问，辄言不自知。久之，面目益支离，乃惧，复造善脉者诊之。医曰：“此妖脉也。前日之死征验矣，疾不可为也。”董大哭，不去。医不得已，为之针手灸脐，而赠以药，嘱曰：“如有所遇，力绝之。”董亦自危，既归，女笑要[5]之。怫然[6]曰：“勿复相纠缠，我行且死！”走不顾。女大惭，亦怒曰：“汝尚欲生耶！”至夜，董服药独寝，甫交睫[7]，梦与女交，醒已遗矣。益恐，移寝于内，妻子火守之。梦如故，窥女子已失所在。积数日，董呕血斗余而死。

注释

1 为文君：成了寡妇。卓文君是西汉蜀地的寡妇，后嫁给司马相如，后世即以“文君”代称寡妇。2 茕（qióng）：孤独的样子。3 足冰肌粟：脚底冰凉，身上起鸡皮疙瘩。4 羸（léi）：瘦弱。5 要：邀请，此处指要求发生性关系。6 怫（fú）然：恼怒的样子。7 交睫：刚合上眼。

译文

董生本来就贪爱她的美貌，这么一讲，就更加糊涂，反而自责起来，怪自己刚才疏忽搞错了。然而，他还是怀疑女子来历不明。女子就说：“你不记得以前东边邻居家的黄毛丫头了吗？我家搬走到现在也有十年了。那时我不到十五岁，你也只是个小孩儿。”董生恍然有所悟，就问：“你是周家的阿琐吗？”女子答道："正是奴家。"董生不解地问道："我听你这么一说，好像就想起来了。十年不见，没想到你长得这么苗条。可是，你怎么突然到我家来了呢？"女子就说："我嫁给了一个傻丈夫，过了四五年，公公婆婆都相继死了，没多久我也守了寡。我现在孤单一人，无亲无靠，想了想小时候认识的人就只有你了，所以前来投奔。刚到的时候，天已经黑了，正赶上有人叫你去喝酒，于是我就躲在一旁等你回来。时间长了，我冻得脚冰凉，浑身起鸡皮疙瘩，不得已才借被窝暖和一下，希望公子不要见怪。"

董生听了心花怒放，就脱了衣服和美人同枕共眠，心里美得不得了。过了一个多月，他身子渐渐消瘦，家人觉得奇怪，问他原因，他总说不知道怎么回事。时间长了，董生面色愈发憔悴，这时他才害怕起来，又去找那位擅长号脉的医生诊治。医生告诉他："你这是妖脉。此前死亡的征兆现在应验了，恕我无能为力。"董生号啕大哭，不肯离去。医生没办法，就给他在手上扎针，在肚脐上艾灸，又送了他药，告诫说："如果再遇到什么，一定要尽力拒绝。"董生也认识到危险，回家后，美女又向他求欢。董生怒气冲冲地说："不要再纠缠了，我都快死了！"说完掉头就跑，对她毫不理睬。女子羞愧难当，也愤愤地说："你还想活命吗？"到了晚上，董生喝了药独自一人就寝，刚合上眼，就梦见和那个女子做爱，醒来一看，已经遗精了。董生愈发害怕，赶紧搬到里屋去睡，让妻子点着灯守在身旁。睡下后，又做了同样的梦，醒来一瞧，女子已经消失不见了。几天后，董生吐了一斗多的血，凄惨而死。

王九思在斋中，见一女子来，悦其美而私之。诘所自，曰："妾，遐思之邻也。渠旧与妾善，不意为狐惑而死。此辈妖气可畏，读书人宜慎相防。"王益佩之，遂相欢待。居数日，迷罔病瘠[1]。忽梦董曰："与君好者，狐也。杀我矣，又欲杀我友。我已诉之冥府，泄此幽愤。七日之夜，当炷香室外，勿忘却。"醒而异之，谓女曰："我病甚，恐将委沟壑[2]，或劝勿室[3]也。"女曰："命当寿，室亦生，不寿，勿室亦死也。"坐与调笑。王心不能自持，又乱之，已而悔之，而不能绝。

注释

1 迷罔病瘠：精神萎靡不振，身体瘦弱。2 恐委沟壑：恐怕要死了被扔在沟壑中，此处指奄奄一息，不久于人世。3 勿室：不要再和女子做爱。

译文

王九思正在书房中读书，忽然见一个女子走了过来。他贪恋女子的美色，两人便睡在一起。王生问她从哪儿来，女子就说："我是董遐思的邻居。他过去跟我是相好，不料被狐狸精魅惑而死。这类怪物妖气阴森，令人害怕，读书人应小心提防。"王生听了更加钦佩，就高兴地款待她。两人住了几天，王生就感觉精神恍惚，身体消瘦。一天，他忽然梦到董生告诉他："现在跟你相好的女子，就是狐狸精。她已经杀了我，现在又想来害你！我已向地府状告她，一定要出这口气！七天之内的晚上，你要在外边点上香，千万别忘了。"王生醒来觉得很惊异，就对女子说："我病得很厉害，恐怕活不久了，有人劝我不要再跟你睡。"女子劝他说："人生在世，死生有命。命不该死，怎么寻欢作乐都没事；若命不该活，再怎么节制也没用。"说完就坐下来挑逗王生。王生把持不住，就又和她乱搞一通，做完就后悔了，但就是断不了。

及暮，插香户上，女来，拔弃之。夜又梦董来让其违嘱。次夜，暗嘱家人[1]，俟寝后潜炷之。女在榻上，忽惊曰："又置香耶？"王言不知。女急起得香，又折灭之。入曰："谁教君为此者？"王曰："或室人忧病，信巫家作厌禳[2]耳。"女彷徨不乐。家人潜窥香灭，又炷之。女忽叹曰："君福泽良厚。我误害遐思而奔子，诚我之过。我将与彼就质于冥曹。君如不忘夙好，勿坏我皮囊也。"逡巡[3]下榻，仆地而死。烛之，狐也。犹恐其活，遽呼家人，剥其革而悬焉。

王病甚，见狐来曰："我诉诸法曹。法曹谓董君见色而动，死当其罪。但咎我不当惑人，追金丹去，复令还生。皮囊何在？"曰："家人不知，已脱之矣。"狐惨然曰："余杀人多矣。今死已晚，然忍哉君乎！"恨恨而去。王病几危，半年乃瘥。

注释

1 家人：此处指仆人。2 厌禳：以巫术祈祷鬼神除灾降福。3 逡（qūn）巡：来回徘徊，不敢前行。

译文

等到晚上，王生在门前插上香，女子来后就拔下来扔掉。夜里，王九思又梦见董生责怪他违背嘱托。第二天晚上，王生就悄悄吩咐仆人，等他睡下了再偷偷把香点上。女子突然从床上惊醒，问："你又点香了？"王生假装不知道。女子急忙起床，找到香就一把掐断。她回屋问王生："是谁教你这么干的？"王生就借口说："可能是家里人担心我的病情，就听信巫师的话，做的消灾法事吧。"女子听了，心里狐疑不决，闷闷不乐。仆人暗中看到香灭了，就再次点着。女子忽然长叹道："公子你福报深厚，我错害了遐思而又跑到你这儿，的确是我的过错。现在我要去地府和他对质，如果你还没忘记之前的恩爱，请不要毁坏我的肉身。"说完，女子犹豫地从床上下来，倒在地上死了。拿灯光一照，原来是只狐狸。王生仍担心它再活过来，就连忙叫仆人把狐狸剥了皮挂起来。

王九思病情越来越重，恍惚中见到狐狸走过来对他说："我已经向地府的法官申诉了。法官认为董生见色起心，死了罪有应得。但是怪罪我不应当魅惑人，就收走了我的金丹，让我还阳再生。如今我的肉身在哪儿呢？"王生就撒谎说："仆人不晓得情况，已经把皮剥了。"狐狸悲痛地说："我害人太多，今日丧命也是晚的，不过你也太残忍了！"说完，就恨恨离去。王生的病差点要了他的命，过了半年才好。

贾 儿

楚[1]客有贾于外者，妇独居，梦与人交，醒而扪之，小丈夫也。察其情，与人异，知为狐。未几，下床去，门未开而已逝矣。入暮，邀庖媪[2]伴焉。有子十岁，素别榻卧，亦招与俱。夜既深，媪儿皆寐，狐复来，妇喃喃如梦语。媪觉，呼之，狐遂去。自是，身忽忽若有亡。至夜，不敢息烛，戒子睡勿熟。夜阑，儿及媪倚壁少寐，既醒，失妇，意其出遗，久待不至，始疑。媪惧不敢往觅。儿执火遍烛之，至他室，则母裸卧其中。近扶之，亦不羞缩。自是遂狂，歌哭叫詈[3]，日万状。夜厌与人居，另榻寝儿，媪亦遣去。

注释

1 楚：此处指湖北一带。2 庖媪：负责做饭的老太太，即厨娘。3 詈（lì）：骂。

译文

湖北有个人在外地做生意，留下妻子独自在家。一天夜里，她梦到自己和人做爱，醒过来用手摸了摸，发现真有一个小男人在床上。妇人察觉他形貌与人不同，于是就明白遇到狐精了。过了一会儿，那个男人下床离开，房门并没有打开人就消失了。第二天晚上，妇人就把做饭的老太太叫过来陪她。她有个十岁的儿子，平时都在其他房间睡觉，也把他叫了过来。到深夜，等厨娘和儿子都睡着后，狐精又来了。妇人喃喃自语，像是在说梦话。老太太察觉有人来，就大声呼喊，狐精赶紧跑掉了。从此，妇人就恍恍惚惚的，好像丢了魂魄一样。到晚上，她就不敢睡觉，告诫儿子也不要睡熟。到深夜，儿子和老太太靠着墙打起盹来。等他们醒来一看，妇人不见了，觉得可能是出去方便了，等了好大一晌，还是不见人来，这才起了疑心。老太太一个人不敢出去找，小孩儿就拿着蜡烛四处寻觅，走到另一间屋里，看见母亲赤身裸体躺在地上，走过去扶她起来，她也不害羞遮掩。从此，妇人就疯疯癫癫的，整天哭哭闹闹、骂骂咧咧，花样百出。她晚上不喜欢和人一起睡，就让儿子睡在另一张床上，把老太太也打发走了。

儿每闻母笑语，辄起火之。母反怒诃儿，儿亦不为意，因共壮儿胆。然嬉戏无节，日效圬者[1]以砖石叠窗上，止之不听。或去其一石，则滚地作娇啼，人无敢气触[2]之。过数日，两窗尽塞无少明。已，乃合泥涂壁孔，终日营营，不惮其劳。涂已，无所作，遂把厨刀霍霍磨之。见者皆憎其顽，不以人齿[3]。儿宵分隐刀于怀，以瓢覆灯，伺母呓语，急启灯，杜门声喊。久之无异，乃离门，扬言诈作欲溲[4]状。欻[5]有一物如狸，突奔门隙。急击之，仅断其尾，约二寸许，湿血犹滴。初，挑灯起，母便诟骂，儿若弗闻。击之不中，懊恨而寝。自念虽不即戮，可以幸其不来。及明，视血迹逾垣而去，迹之[6]，入何氏园中。至夜果绝，儿窃喜。但母痴卧如死。

注释

1 圬（wū）者：泥瓦匠。2 气触：轻微地触犯。3 不以人齿：不愿与之为伍，表示极端鄙视。4 溲（sōu）：排泄粪便，特指排泄小便。5 欻（xū）：忽然，猛地。6 迹之：追寻踪迹。

译文

儿子每当夜里听到母亲欢声笑语，就起来掌灯查看。母亲反而对儿子严厉责骂，他也不当回事儿，因此人们都觉得这个孩子胆大。然而，此后他玩耍起来也变得没有分寸，每天学着泥瓦匠的样子在窗台上垒砖头，劝他也不听。要是有人拿掉一块石头，他就撒泼打滚，哭哭啼啼喊个不停，于是就没人敢再招惹他。过了几天，两个窗户都被塞得满满的，一点光也不透。垒完窗户，他又和泥涂抹墙上的孔洞，整天忙得不可开交，毫不觉得辛苦。涂完墙，没什么可干的，他就抄起菜刀"霍霍"地磨个不停。凡是见到的人，都厌恶他太顽劣，对他很鄙视。到了晚上，这小孩儿就悄悄把刀藏在怀里，用水瓢扣住油灯，等母亲又开始说梦话时，急忙把瓢拿开露出灯光，关上门大声喊叫。过了很久，见没什么异常，他就离开房门，谎称去撒尿。忽然，有个像狸猫一样的东西朝着门缝跑过来。小孩儿拿出菜刀猛砍过去，仅砍断了一截尾巴，大约有两寸来长，鲜血直滴。起初，他挑灯起来时，母亲还对他破口大骂，他就像没听见一样。小孩儿看到自己没砍中要害，就懊恼地回去休息了。他心里想，虽然没能杀死狐狸，估计它以后也不敢再来了。等到天亮，他察看血迹，狐狸应该是翻墙逃走了，就顺着踪迹找过去，一直走到何家花园。当天晚上，狐精果然没再来，小孩儿心里暗自高兴。可他母亲却呆呆地躺在床上，一动不动，像是死了一样。

未几，贾人归，就榻问讯。妇嫚骂，视若仇。儿以状对，翁惊，延医药之，妇泻药诟骂。潜以药入汤水杂饮之，数日渐安。父子俱喜。一夜睡醒，失妇所在，父子又觅得于别室。由是复颠，不欲与夫同室处，向夕，竟奔他室。挽之，骂益甚。翁无策，尽扃他扉。妇奔去，则门自辟。翁患之，驱禳备至，殊无少验。

儿薄暮潜入何氏园，伏莽中[1]，将以探狐所在。月初升，乍闻人语。暗拨蓬科，见二人来饮，一长鬣[2]奴捧壶，衣老棕色。语俱细隐，不甚可辨。移时，闻一人曰："明日可取白酒一瓻[3]来。"顷之，俱去，惟长鬣独留，脱衣卧庭石上。审顾之，四肢皆如人，但尾垂后部。儿欲归，恐狐觉，遂终夜伏。未明，又闻二人以次复来，哝哝入竹丛中。儿乃归。翁问所往，答宿阿伯家。

注释

1 莽中：杂草丛中。2 长鬣（liè）：长长的胡子。3 瓻（chī）：装酒的大型陶瓶。

译文

过了没多久，商人回到家，他来到妻子床前问询病情。妇人却对他破口大骂，像是见到仇人一般。小孩儿就把前后经过告诉了父亲，他听了大吃一惊，于是就请医生过来诊治，结果妇人把汤药泼在地上，嘴里骂个不停。商人只好把药掺在汤水里让她喝下去，过了几天才渐渐安定下来。父子俩都很高兴。谁知一天半夜醒来，妇人又不见了，父子两人又在别的房间找到了她。此后，她又变得疯疯癫癫，不愿跟丈夫睡在一起，一到晚上就跑到其他房间里。家人过去搀扶她，她骂得更厉害。商人没有办法，只得把家里所有的门都关上，但只要妇人往外跑，门就会自动打开。他为此很忧虑，就请道士作法驱邪，用尽了各种手段，也不见有什么效验。

一天傍晚，小孩儿潜入何家花园，趴在草丛里，想探寻出狐精藏身所在。月亮刚升出来，他忽然听到有人在说话，偷偷拨开草丛，看见有两个人来到这里喝酒，还有一个长胡子的家奴捧着酒壶站在一旁，穿着深棕色的衣服。两人说话声音很小，听不大清楚。过了一会儿，听见其中一个人说："明天可以拿瓶白酒来。"落音不久，两人都离开了，唯独长须仆人留了下来，他解开衣服躺在庭院石头上休息。小孩儿仔细一看，只见他四肢长得和人一样，但是身后垂着一条狐狸尾巴。他想回家，但又担心狐精发觉，就在草丛里趴了一宿。天没亮，又听见两人一前一后地走过来，咕咕哝哝说着话走进了竹林里。小孩儿这才返回家去。父亲问他去哪里了，他说在伯父家睡了一晚。

适从父入市，见帽肆挂狐尾，乞翁市之。翁不顾，儿牵父衣娇聒[1]之。翁不忍过拂[2]，市焉。父贸易廛中，儿戏弄其侧，乘父他顾，盗钱去，沽白酒寄肆廊。有舅氏城居，素业猎，儿奔其家。舅他出，妗[3]诘母疾，答云："连日稍可。又以耗子啮衣，怒涕不解，故遣我乞猎药耳。"妗检椟，出钱许，裹付儿。儿少之。妗欲作汤饼啖儿，儿觑室无人，自发药裹，窃盈掬而怀之。乃趋告妗："俾勿举火，父待市中，不遑食也。"遂去，隐以药置酒中，遨游市上，抵暮方归。父问所在，托在舅家。

注释

1 聒（guō）：嘈杂，吵闹。2 过拂：一再拒绝。3 妗（jìn）：舅妈。

译文

当天，小孩儿正好跟着父亲去赶集，看见帽子店里挂着狐狸尾巴，就央求父亲买给他。父亲不搭理他，他就拽住父亲的衣服撒娇吵闹。父亲不忍心一再拒绝，就出钱给他买了。父亲在街边的商铺谈生意时，小孩儿就在一旁嬉闹玩耍，趁父亲不注意，他就偷走钱袋，跑去买了些白酒，暂存在店铺的走廊里。他有个舅舅住在城里，是个猎户，小孩儿就跑到他家。正逢舅舅外出不在家，舅妈就问他母亲的病情如何，他回答说："这几天稍微好点儿了。但又因为老鼠咬坏了衣服，惹得她哭哭啼啼很不高兴，所以家里就让我来讨些打猎用的毒药。"舅妈在柜子里翻了翻，拿出一钱多兽药包好交给他。小孩儿嫌太少。舅妈要给他做汤饼吃，他就趁屋里没人，打开药包，偷捧出一大把藏在怀里。然后小孩儿跑到舅妈那儿说："你用不着生火，我爹还在集市上等我呢，来不及吃了。"他离开舅舅家，悄悄地把毒药倒在先前买好的酒里，然后就在集市上四处转悠，一直到晚上才回家。父亲问他去哪儿了，他就借口说去舅舅家了。

儿自是日游廛肆[1]间。一日，见长鬣人杂俦中。儿审之确，阴缀系之。渐与语，诘其里居，答言北村。亦询儿，儿伪云山洞。长鬣怪其洞居。儿笑曰："我世居洞府，君固否耶？"其人益惊，便诘姓氏。儿曰："我胡氏子。曾在何处，见君从两郎，顾忘之耶？"其人熟审之，若信若疑。

儿微启下裳，少少露其假尾，曰："我辈混迹人中，但此物犹存，为可恨[2]耳。"其人问："在市欲何作？"儿曰："父遣我沽。"其人亦以沽告。儿问："沽未？"曰："吾侪多贫，故常窃时多。"儿曰："此役亦良苦，耽惊忧。"其人曰："受主人遣，不得不尔。"因问："主人伊谁？"曰："即曩所见两郎兄弟也。一私北郭王氏妇，一宿东村某翁家。翁家儿大恶，被断尾，十日始瘥[3]，今复往矣。"言已欲别，曰："勿误我事。"儿曰："窃之难，不若沽之易。我先沽寄廊下，敬以相赠。我囊中尚有余钱，不愁沽也。"其人愧无以报，儿曰："我本同类，何靳[4]些须？暇时，尚当与君痛饮耳。"遂与俱去，取酒授之，乃归。

注释

1 廛肆（chán sì）：街边的商铺。2 恨：此处为遗憾的意思。3 瘥（chài）：疾病痊愈。4 靳（jìn）：吝惜。

译文

自那天以后，小孩儿每天都到街边的商店闲逛。一天，他忽然发现那个长须仆人夹杂在人群中。小孩儿走过去仔细瞧了瞧，确定就是在何家见到的那个狐精，于是就悄悄尾随。他慢慢地跟那人搭话，问他住在哪儿，那人说住在北村。那人也问小孩儿家住何处，小孩儿就撒谎说住在山洞里。长须人很奇怪他为何住在山洞里。小孩儿就笑着说："我家世世代代住在洞府里，你本来不也是吗？"长须人听闻更加吃惊，就问他姓甚名谁。小孩儿说："我是胡家子弟。我曾在某处见到你跟着两个男的，难道你忘了吗？"那个人盯着他仔细打量，对他说的半信半疑。

小孩儿就轻轻撩起下裳，稍稍露出一点儿假尾巴，说："我们混杂在人群中，只有这个去不掉，实在是一大遗憾。"那人就问他："你来集市上干什么？"小孩儿就说："父亲命我前来打酒。"那人告诉他自己也是来买酒的。小孩儿就问："你买了吗？"长须人说："我们比较穷，根本买不起酒，所以经常偷酒喝。"小孩儿就说："这个差事实在辛苦，总是担惊受怕的。"那人说："受主人差遣，不得不干啊。"小孩儿于是就问："你家主人是谁？"回答说："就是你之前见到的两兄弟。一个和北城王家媳妇私通，一个和东村某商人的老婆同居。东村那家的儿子实在太坏，主人的尾巴被他砍断了一截，过了十天才痊愈。主人现在又回他家去了。"讲完，长须人就要告辞，说："别耽误了我的事。"小孩儿就说："偷酒太难了，不如买酒容易。我先前有买好的酒寄存在酒店廊下，就送给你吧。我口袋里还有多余的钱，不愁买酒。"那人惭愧无以为报，小孩儿就哄他说："我们本来就是同类，何必计较这些呢？改天有空了，咱们好好喝一顿。"于是小孩儿就跟着长须人一起到酒店，取酒交给他，就回家了。

至夜，母竟安寝，不复奔。心知有异，告父同往验之，则两狐毙于亭上，一狐死于草中，喙津津尚有血出。酒瓶犹在，持而摇之，未尽也。父惊问："何不早告？"曰："此物最灵，一泄，则彼知之。"翁喜曰："我儿讨狐之陈平[1]也。"于是父子荷狐归。见一狐秃尾，刀痕俨然。自是遂安。而妇瘠殊甚，心渐

明了，但益之嗽，呕痰辄数升，寻愈。北郭王氏妇，向祟于狐，至是问之，则狐绝而病亦愈。翁由此奇儿，教之骑射。后贵至总戎[2]。

注释

1 陈平：秦末汉初著名谋士，曾辅佐刘邦建立汉朝，后担任丞相，为人机智多谋，屡出奇计。2 总戎：即总兵，清朝为正二品武官，最多可统领万余人。

译文

当晚，小孩儿的母亲就安稳地睡下，不再往外跑了。他知道肯定出了什么事，于是就把详情告诉父亲，两人一同前去何家花园查验，只见两只狐狸死在了亭子里，一只死在草丛中，嘴角还淌着鲜血。酒瓶还在地上，拿起来一晃，里面的酒还没喝完。父亲惊讶地问："你为何不早告诉我呢？"小孩儿就说："狐精最为灵敏狡猾，一旦泄露，他们就知道了。"商人高兴地夸赞他说："我儿子简直就是捕捉狐狸的陈平啊！"于是父子俩就把狐狸背回家，发现一只狐狸的尾巴半秃着，上面明显有条刀疤。从此以后，商人家彻底安宁了。然而，妇人消瘦得很严重，虽然心智渐渐明了，但咳嗽得很厉害，一发作就吐好几升痰，没多久便痊愈了。城北的王家媳妇，之前一直被狐精祸害，去她家一打听，狐患已消绝，而妇人的病也好了。商人由此认为儿子是个奇才，就让人教他骑马射箭。小孩儿长大后当到了总兵。

黄九郎

何师参，字子萧，斋于苕溪[1]之东，门临旷野。薄暮偶出，见妇人跨驴来，少年从其后。妇约五十许，意致清越[2]，转视少年，年可十五六，丰采过于姝丽。何生素有断袖之癖[3]，睹之，神出于舍，翘足目送，影灭方归。次日，早伺之，落日冥蒙，少年始过。生曲意承迎，笑问所来，答以外祖家。生请过斋少憩，辞以不暇[4]，固曳之，乃入。略坐兴辞，坚不可挽。生挽手送之，殷嘱便道相过，少年唯唯而去。生由是凝思如渴，往来眺注，足无停趾。

注释

1 苕（tiáo）溪：在今浙江北部，是太湖流域的重要支流。由于流域内沿河各地盛长芦苇，进入秋天，芦花如飞雪飘散水上，当地人称芦花为“苕”，故名苕溪。2 意致清越：容貌神采清秀出众。3 断袖之癖：喜好男色。董贤是汉哀帝的男宠，一天哀帝早晨醒来，见董贤还睡着，衣袖被董贤压在身下。为了不惊醒董贤，哀帝就拔出佩刀，将衣袖割断，然后悄悄出去。后世把宠爱男色，称作“断袖之癖”。4 不暇：没有时间。

译文

何师参，字子萧，他的书斋位于苕溪东岸，门外是一片旷野。一天傍晚，何生偶然外出，见一位妇人骑驴而来，后边跟着个少年。妇人约莫有五十来岁，容貌神采清秀出众，再看少年，只有十五六岁，长得比女人还靓丽。何生向来喜好男色，看到这位少年，魂儿都飞了出来，踮着脚眼巴巴地目送他离去，直到连人影儿都看不见了才回家。第二天，他早早地就赶过去等候，直到黄昏时分，少年才又经过。何生满脸堆笑，赶紧走过去套近乎，问少年从何处而来，少年说从外祖父家回来。何生就邀请他到自己书斋歇歇脚，少年推辞说没有时间，何生就生拉硬拽，少年只得跟他进了屋。稍微坐了会儿，少年便起身告辞，任何生怎么留也留不住。何生无可奈何，就拉着少年的手将他送出门，并殷切嘱咐，有空可常来坐坐，少年答应下就走了。从此，何生如饥似渴地思念着少年，整日在大门口眺望，焦急地走来走去，一刻也不安稳。

一日，日衔半规[1]，少年欻[2]至。大喜，要入，命馆童行酒。问其姓字，答曰：黄姓，第九，童子无字。问：“过往何频？”曰：“家慈在外祖家，常多病，故数省[3]之。”酒数行，欲辞去。生捉臂遮留，下管钥。九郎无如何，赪颜[4]复坐。挑灯共语，温若处子，而词涉游戏，便含羞面向壁。未几，引与同衾，九郎不许，坚以睡恶为辞。强之再三，乃解上下衣，着裤卧床上。生灭烛，少时，移与同枕，曲肘加髀[5]而狎抱之，苦求私昵。九郎怒曰：“以君风雅士，故与流连，乃此之为，是禽处而兽爱之也！”未几，晨星荧荧，九郎径去。

注释

1 日衔半规：黄昏太阳半落。2 欻（xū）：忽然。3 省（xǐng）：探望。4 赪（chēng）颜：因羞愧而脸红。5 曲肘加髀（bì）：此处指曲着胳膊抬起大腿放在黄九郎身上。

译文

一天，太阳半落西山时，少年忽然来了。何生喜出望外，赶紧请他进屋，命书童摆上酒菜。问他叫什么，少年说自己姓黄，排行第九，尚未成年，还没有字号。又问他为何频频来回奔波，黄九郎回答说："家母住在外祖父家，常常生病，所以屡屡前去探望。"酒过三巡，少年想告辞，何生一把拉住他的胳膊，拦住去路挽留他，一手把门反锁上。九郎没办法，只得红着脸又坐下来。何生点上灯跟九郎闲谈，发觉他温和若少女，只要说得稍微有些露骨，他就害羞地扭脸对着墙壁。没过多久，何生就拉他上床，九郎不从，坚决推辞说自己睡相太难看。何生再三强迫，他这才解开外套，穿着裤子躺到床上。何生把蜡烛吹灭，过了一会儿，身子移向九郎，跟他同枕而卧。他弯下胳膊，抬起大腿放在黄九郎身上，抱着他苦苦求欢。九郎忍无可忍，怒斥道："我以为你是个风雅之人，才过来探望，没想到你竟然干出这种事，真是禽兽之行！"没多久，天色朦胧微亮，屋外晨星闪烁，九郎赶紧离去。

生恐其遂绝，复伺之，蹀躞[1]凝盼，目穿北斗。过数日，九郎始至，喜逆谢过，强曳入斋，促坐笑语，窃幸其不念旧恶。无何，解履登床，又抚哀之。九郎曰："缠绵之意已镂肺膈[2]，然亲爱何必在此？"生甘言[3]纠缠，但求一亲玉肌，九郎从之。生俟其睡寐，潜就轻薄，九郎醒，揽衣遽起，乘夜遁去。生邑邑[4]若有所失，忘啜废枕，日渐委悴[5]，惟日使斋童逻侦焉。

一日，九郎过门，即欲径去，童牵衣入之。见生清癯[6]，大骇，慰问。生实告以情，泪涔涔随声零落。九郎细语曰："区区[7]之意，实以相爱无益于弟，而有害于兄，故不为也。君既乐之，仆何惜焉？"生大悦。九郎去后，病顿减，数日平复。九郎果至，遂相缱绻。曰："今勉承君意，幸勿以此为常。"既而曰："欲有所求，肯为力乎？"问之，答曰："母患心痛，惟太医齐野王先天丹可疗。君与善，当能求之。"生诺之。临去又嘱。

注释

1 蹀躞（dié xiè）：小步走路，此处指来回徘徊。2 已镂肺膈：刻在心肺肚肠里，指刻骨铭心，难以忘却。3 甘言：甜言蜜语。4 邑邑：闷闷不乐的样子。5 委悴：精神萎靡不振，面色憔悴。6 清癯（qú）：清瘦。7 区区：自称的谦词。

译文

何生担心九郎跟他断绝来往，每日仍旧在门口等候，他来回徘徊，凝神远眺，望眼欲穿。过了几天，九郎才又来了，何生满心欢喜地上前迎接，并为此前的鲁莽道歉。然后，又强拉着他走进书斋，两人促膝而坐，谈笑风生，何生暗自庆幸九郎不念旧恶。没多久，二人脱鞋上床，何生又抚摸着九郎哀求交欢。九郎说："你的一片缠绵深情，我已铭记在心，只是相亲相爱，又何必非要如此？"何生甜言蜜语纠缠不放，信誓旦旦地保证，只求肌肤之亲就满足，九郎拗不过他，便答应了。何生等他睡着，偷偷地行苟且之事，九郎忽然醒过来，猛地坐起来，披上衣服连夜逃走了。何生从此郁郁寡欢，心里空落落的，好像丢了魂儿，到了废寝忘食的地步。何生日渐憔悴，只能每天派书童替自己巡查九郎的踪迹。

一天，九郎从门口路过，就要径直离去，书童赶紧追过去拉着他进屋。九郎见何生消瘦得厉害，大感吃惊，赶紧上前慰问。何生便以实情相告，一边说一边眼泪扑簌滚落。九郎就轻声地说："我的意思是，你我若强行欢爱，既对我无益，更对你有害，所以才不愿做。你既然这么渴望，我又有什么舍不得的呢？"何生听了开怀大悦。九郎走后，何生病情立时大为减轻，没过几天就好了。数日后，九郎果然来了，于是二人就云雨交欢。事后，九郎对何生说："这次我是勉强答应你，希望你以后不要习以为常。"接着又问："我有件事想求你帮忙，不知你肯出力吗？"何生就问什么事，他回答说："我母亲得了心脏病，疼得很厉害，只有太医齐野王的先天灵丹才可以治愈。听说你和他交情很好，应当能够求到。"何生就答应下来。九郎临别时又反复叮嘱。

生入城求药，及暮付之。九郎喜，上手称谢。又强与合，九郎曰："勿相纠缠，请为君图一佳人，胜弟万万矣。"生问谁何，九郎曰："有表妹美无伦，倘能垂意，当执柯斧[1]。"生微笑不答，九郎怀药便去。三日乃来，复求药。生恨其迟，词多诮让[2]。九郎曰："本不忍祸君，故疏之。既不蒙见谅，请勿悔焉。"由是燕会[3]无虚夕。凡三日必一乞药，齐怪其频，曰："此药未有过三服者，胡久不瘥？"因裹三剂并授之。又顾生曰："君神色黯然，病乎？"曰："无。"脉之，惊曰："君有鬼脉[4]，病在少阴[5]，不自慎者殆矣！"归语九郎。九郎叹曰："良医也！我实狐，久恐不为君福。"生疑其诳，藏其药不以尽予，虑其弗至也。居

无何，果病。延齐诊视，曰："曩不实言，今魂气已游墟莽，秦缓[6]何能为力？"九郎日来省侍，曰："不听吾言，果至于此！"生寻卒，九郎痛哭而去。

注释

1 执柯斧：做媒。2 诮让：指责抱怨。3 燕会：幽会。4 鬼脉：中医认为人得了严重的慢性病，会导致脉象长短变动错乱，或阴沉细微，是为鬼脉。5 少阴：人体经络名，主肾经。6 秦缓：春秋时期秦国的良医。

译文

何生于是就进城找齐太医求药，等到晚上回来把药交给九郎。九郎十分高兴，连连举手道谢。何生又趁机索欢，九郎就说："仁兄不要再纠缠了，请让我给你找一位绝色佳人，胜过小弟万万倍。"何生就问是哪家姑娘，九郎说："我有个表妹，貌美无双，你若是有意，我可为你做媒。"何生听后笑了笑，没有回话，九郎便拿药走了。三日后才过来，再次求药。何生嫌他来得太迟，言谈中就带些责备之词。九郎说："我本不忍心祸害人，所以才有意疏远你，既然你不肯体谅我的一片苦心，日后请不要后悔。"从此以后，两人夜夜幽会，欢无虚时。每过三天，九郎必会求一次药，齐太医对何生如此频繁地取药感到很奇怪，就说："这味药，从来没人吃过三服还不好的，怎么这个病人迟迟不愈呢？"于是就一次包了三服给何生，又看了看他，说："你神色黯淡，是得病了吗？"何生说："没有啊。"齐太医便给他号脉，惊讶地说："你身有鬼脉，病在少阴，如果还不谨慎保养，恐怕会有性命之忧。"回去后，何生把太医的话告诉了九郎，九郎叹息道："真是良医啊！不瞒你说，我其实是狐妖，一直担心我们交往时间长了对你不利。"何生至此毫不觉悟，反而觉得九郎是在骗他。他担心九郎拿了药不会再来，就把药藏起来，没有全都给他。没过多久，何生果然生了重病，便请齐太医诊治，太医对他说："你之前不肯道明实情，现在已经魂不附体，就算是神医再世，又有什么法子呢？"九郎天天前来探望，说："你不听我的劝告，果然以至于此！"不久何生死了，九郎痛哭着离去。

先是，邑有某太史，少与生共笔砚[1]，十七岁擢翰林。时秦藩[2]贪暴，而赂通朝士，无有言者。公抗疏[3]劾其恶，以越俎[4]免。藩升是省中丞[5]，日伺公隙。公少有英称，曾邀叛王青盼[6]，因购得旧所往来札，胁公。公惧，自经，夫人亦

投缳死。公越宿忽醒，曰："我何子萧也。"诘之，所言皆何家事，方悟其借躯返魂。留之不可，出奔旧舍。抚疑其诈，必欲排陷之，使人索千金于公。公伪诺，而忧闷欲绝。

注释

1 共笔砚：一同求学。2 秦藩：陕西布政使。3 抗疏：向皇帝上奏直言。4 越俎（zǔ）：即越俎代庖，指超出自己权限范围去干涉别人所管的事。5 中丞：即御史中丞，清代巡抚多兼任此职，此处指代巡抚。6 叛王：清初，云南王吴三桂、靖南王耿精忠、平南王尚之信曾起兵作乱。青盼：青睐，垂青。

译文

原先，县里有一位翰林，年轻时曾跟何生是同窗好友，他十七岁就点了翰林。当时陕西布政使为官贪婪残暴，因为贿赂朝廷大员，所以没人敢揭发检举。翰林就向皇帝上奏弹劾，揭露他的种种罪恶，却被扣上越职言事的罪名免官。后来，被弹劾的布政使当了翰林家乡的巡抚，整日寻找报复的机会。翰林年轻时就以豪气闻名，曾受某位造反的藩王青睐。于是，巡抚就出重金购得翰林与藩王的往来书信，以此来要挟翰林。翰林很害怕，就上吊自杀了，他的夫人也上吊而亡。隔了一天，翰林忽然苏醒，自言自语道："我是何子萧啊！"再一问，说的都是何家的事，大家才明白过来这是借尸还魂。大伙儿怎么也拦不住，他就跑回了何家。巡抚怀疑此事有诈，必欲除之而后快，于是就让人勒索他一千两银子。翰林表面上答应下来，心里担忧烦闷得要死。

忽通九郎至，喜共话言，悲欢交集。既欲复狎，九郎曰："君有三命耶？"公曰："余悔生劳，不如死逸。"因诉冤苦，九郎悠忧[1]以思，少间，曰："幸复生聚。君旷无偶，前言表妹慧丽多谋，必能分忧。"公欲一见颜色。曰："不难。明日将取伴老母，此道所经，君伪为弟也兄者，我假渴而求饮焉，君曰'驴子亡'，则诺也。"计已而别。

明日亭午[2]，九郎果从女郎经门外过。公拱手絮絮与语，略睨女郎，娥眉秀曼，诚仙人也。九郎索茶，公请入饮。九郎曰："三妹勿讶，此兄盟好，不妨少休止。"扶之而下，系驴于门而入。公自起瀹茗[3]，因目九郎曰："君前言不足以尽。今得死所矣！"女似悟其言之为己者，离榻起立，嘤喔而言曰："去休！"公

外顾曰："驴子其亡！"九郎火急驰出。公拥女求合。女颜色紫变，窘若囚拘，大呼"九兄"，不应。曰："君自有妇，何丧人廉耻也？"公自陈无室。女曰："能矢山河，勿令秋扇见捐[4]，则惟命是听。"公乃誓以皦日[5]。女不复拒。事已，九郎至，女色然怒让之。九郎曰："此何子萧，昔之名士，今之太史。与兄最善，其人可依。即闻诸妗氏，当不相见罪。"

注释

1 悠忧：忧伤的样子。2 亭午：正午。3 瀹茗：煮茶。4 秋扇见捐：秋季天气凉了就抛弃扇子不用，指男子变心，始乱终弃。5 皦（jiǎo）日：明亮的太阳。

译文

就在此刻，忽然家人通报九郎来了，翰林高兴得不得了，和他讲明原委，真可谓悲喜交集。翰林还想跟他欢爱，九郎就说："你难道有三条命吗？"翰林说："我真懊悔这么累地活在世上，还不如死了一了百了。"于是就把自己的冤情告诉了九郎。九郎听了愁眉不展，过了片刻，说："我们又能在人世重逢真是万幸，你一直没娶亲，此前我曾跟你说有个表妹聪慧伶俐，必定会替你分忧解难。"听他这么讲，翰林便想见见这位小姐。九郎说："这并不难。明天我要去接她到我家陪陪母亲，会从你家经过，你就假扮是我兄长，到时我假装口渴要水喝，你如果说'驴跑了'，就算同意。"两人商议妥当就道别了。

第二天正午，九郎果然带着一位姑娘从门前经过。翰林拱手相迎，和九郎絮絮叨叨聊个不停，稍稍瞟了姑娘一眼，只见她生得眉清目秀，就像仙女一样。九郎声称口渴要茶喝，翰林就把他们迎进屋。九郎对女子说："三妹请不要惊讶，这是我的把兄弟，咱们不妨进去休息片刻。"于是扶她下来，把驴拴在门口，两人就进了书斋。翰林亲自煮茶，趁机瞄了一眼九郎，说："兄弟你之前说得还不够详细，现在我就算死也值了。"女子似乎听出他们在谈论自己，就起身对九郎娇声细语道："咱们走吧。"翰林赶紧向外张望说："驴跑了！"话音未落，九郎火急火燎地跑了出去。翰林一把搂住姑娘就要求欢。女子脸色涨得通红，窘迫得就像被关起来的犯人，大声呼喊"九哥"，却没人答应。她斥责翰林道："你既然有老婆，为何还如此不知羞耻呢？"翰林就解释说自己并无妻室。女子就问他："你要是能对着山河起誓，保证以后对我不会变心，我就一切都从你。"翰林就指着太阳发誓。女子见状，也就不再拒绝了。完事儿后，九郎回来了，女子怒气冲冲地数落他，九郎便解释说："三妹，这位就是何子萧，以前是位名士，现在是翰林。他跟我交情最好，此人绝对可靠。就算舅妈知道了，也不会怪罪的。"

日向晚，公邀遮不听去，女恐姑母骇怪，九郎锐身自任，跨驴径去。居数日，有妇携婢过，年四十许，神情意致，雅似三娘。公呼女出窥，果母也。瞥睹女，怪问："何得在此？"女惭不能对。公邀入，拜而告之。母笑曰："九郎稚气，胡再不谋？"女自入厨下，设食供母，食已乃去。公得丽偶，颇快心期[1]，而恶绪萦怀，恒蹙蹙[2]有忧色。女问之，公缅述颠末。女笑曰："此九兄一人可得解，君何忧？"公诘其故，女曰："闻抚公溺声歌而比顽童[3]，此皆九兄所长也。投所好而献之，怨可消，仇亦可复。"公虑九郎不肯，女曰："但请哀之。"越日，公见九郎来，肘行[4]而逆之。九郎惊曰："两世之交，但可自效，顶踵所不敢惜[5]，何忽作此态向人？"公具以谋告，九郎有难色。女曰："妾失身于郎，谁实为之？脱令中途凋丧，焉置妾也？"九郎不得已，诺之。

注释

1 心期：心里很惬意。2 蹙蹙（cù cù）：忧愁恐惧，心不安稳。3 比顽童：比，亲近。顽童，娈童。4 肘行：趴在地上，以胳膊肘前行。5 顶踵所不敢惜：不惜性命也要全力以赴。

译文

天色渐晚，翰林想留三妹过夜，不让她走。三妹担心姑母会怪罪，九郎就挺身而出，说自己会承担责任，骑上驴就走了。过了几日，有位妇人带着丫环从门前经过，年纪四十来岁，神情相貌都很像三妹。翰林就叫三妹出来看，果真是她母亲。妇人看到女儿，就奇怪地问："你怎么会在这儿呢？"女子羞愧得说不出话。翰林邀请妇人进家来，礼拜之后就向她诉说了事情的经过。女子的母亲笑着说："九郎真是太孩子气了，为什么不跟我商量一下呢？"女子就到厨房给母亲准备饭菜，妇人吃过就走了。翰林得到一个漂亮妻子，心里很是惬意，然而巡抚的事搞得他思绪恶劣，愁闷满怀，经常流露出忧虑的神情。女子问他有何心事，翰林就把事情的前因后果都告诉了她。女子笑着说："这种小事九哥一人就能解决，相公你担心什么呢？"翰林询问她缘由，女子说："我听说这位巡抚沉湎于声色，又喜欢玩弄娈童，这都是九哥擅长的。只要你投其所好，把九哥送给他，保管他怨气消散，还能报你前生的仇。”翰林担心九郎不肯，女子就出主意说：“你只要苦苦哀求他就是了。”第二天，翰林见九郎来了，就“扑通”倒在地上，爬着上前迎接。九郎大惊道：“咱们也有两世交情，只要有用得着我黄某的地方，大哥尽管吩咐，小弟定当全力以赴，万死不辞，为何突然如此待我呢？”翰林就把事情告诉了他，九郎听了面露难色。这时，女子走出来说：“妹妹我失身于郎君，是谁干的好事？假若让他中途不幸而死，那我该依靠谁呢？”九郎不得已，只好答应了。

公阴与谋，驰书与所善之王太史，而致九郎焉。王会其意，大设，招抚公饮。命九郎饰女郎，作天魔舞[1]，宛然美女。抚惑之，亟[2]请于王，欲以重金购九郎，惟恐不得当。王故沉思以难之。迟之又久，始将公命以进。抚喜，前隙[3]顿释。自得九郎，动息不相离，侍妾十余，视同尘土。九郎饮食供具如王者，赐金万计。半年，抚公病，九郎知其去冥路近也，遂輂[4]金帛，假归公家。既而抚公薨，九郎出资，起屋置器，畜婢仆，母子及妗并家焉。九郎出，舆马甚都，人不知其狐也。

注释

1 天魔舞：本是元代宫廷舞蹈的名字，此处指妖媚诱人的舞蹈。2 亟：多次。3 前隙：之前的仇怨。4 輂：用车搬运。

译文

翰林就和九郎悄悄商量计策，给自己的好友王太史写了封信，并将九郎送了过去。王太史领会了他的意图，于是就大摆酒席，邀请巡抚前来赴宴。他让九郎打扮成女人模样，在席间跳妖冶的舞蹈，宛如仙女一般。巡抚看得如痴如醉，深深地被迷住了，于是就极力恳请王太史割爱相让，愿意出重金买下九郎。为此他挖空心思，唯恐处理不当。王太史则故作沉思来刁难他。迟疑了很久，他才把翰林欲献九郎以释前嫌的想法告诉了巡抚。巡抚听后满心欢喜，之前的恩怨一笔勾销。自从得到了九郎，巡抚和他寸步不离，对原来的十几位小妾都视作尘土。九郎终日锦衣玉食，吃穿用度好比王侯，获得的赏赐有万两之多。过了半年，巡抚生了病，九郎知道他来日无多，就把积攒的金银财宝装车搬运，请假回到翰林家。没过多久巡抚死了，九郎就出钱起屋盖楼，置办家具，蓄养仆人、丫环，把母亲和舅妈都接过来一起住。他出门时，车马仪仗甚为风光，没人知道他竟然是狐妖。

第三章

离魂惊梦

在蒲松龄笔下，某些鬼魂能够自由往来阴阳两界，而生人也可以通过梦境与冥界沟通，人鬼虽然殊途，但又互相影响。本章共选取了《考城隍》《陆判》《促织》《酒狂》《梦狼》《水莽草》六篇文章。作者假借鬼神之口，大谈教化之理，有很强的现实劝诫意义。

《考城隍》《陆判》讲的是冥界官吏与人间百姓的交往，并借神明之口宣扬教化的故事。与人间科举考试相似，城隍神也是通过考试来选拔的。宋焘先生病梦中被请去参考，因文中有“有心为善，虽善不赏。无心为恶，虽恶不罚”一句，得以考得城隍职位。由于老母尚在，神明特地准许他休假养亲，待九年后再前往赴任，使其忠孝两全。《陆判》中，书生朱尔旦和陆姓判官结为师友，陆判不仅精通文墨，而且法力高强，擅长做移植手术：通过换心，帮助朱尔旦提高文章水平；又给他太太换头颅，使朱尔旦获得美妻。朱尔旦死后也成为了冥界官吏，他经常回来跟妻子相会，与生人无异。后来外调，才断绝了和家人的来往。他曾留给儿孙一句话，“胆欲大而心欲小，智欲圆而行欲方”。

《促织》讲的是小儿的魂魄化为蟋蟀，替父亲完纳皇差的故事。成名因完不成捕捉蟋蟀的任务而遭受官府毒打，而好不容易捉到的蟋蟀又被儿子弄死。小儿情急之下投井，昏迷中魂魄化为一只小蟋蟀，为父亲解了燃眉之急。蟋蟀在皇宫里打遍天下无敌手，成名因此得到奖赏而致富，儿子后来也恢复了正常。作者最后提醒，皇帝偶尔的一点需求，都会被各级官吏视为定例。官吏的贪婪暴虐，致使小民贴妇卖儿，家破人亡。统治者应该注意自己的一言一行，时刻以百姓为念。

《酒狂》《梦狼》叙述了生人魂魄出窍，在冥界游历的见闻。《酒狂》旨在劝人不要酗酒逞凶。缪永定喝醉后经常耍酒疯，一次酒醉后因触怒东灵大王，魂魄被拘至阴间。缪生本要受惩处，因巧遇舅舅而被保释还阳。复苏之后，他吝啬不肯烧纸钱，还故态萌发酗酒不已，最终被鬼差索债，暴毙而亡。《梦狼》以梦境鲜活地展示了虎狼官吏压榨百姓的暴行。白翁在睡梦中来到儿子白甲的官衙，只见满堂衙役都是豺狼，宴席上的菜肴都是人肉。白甲大肆敛财讨好上司，置百姓死活于不顾。他因作恶多端遭天神惩处，化身为一只猛虎，牙齿尽被敲落。白甲后来被强盗砍了头，神明可怜白翁，就给白甲侧着接上头颅，使其能看到后背，以此警示世人做事要顾及后果。

水莽草是一种毒草，民间传说人中了水莽草的毒，死后灵魂无法轮回，必须要有被毒死的人替代方可投生。祝生被女鬼寇三娘下毒后，向寇家求救，三娘父母为使女儿超生，坐视祝生毒发身亡。后来祝生阻挠三娘转生，并娶她为妻。二人时常回家探视，两家也因此结为亲家。祝生为人正直，痛恨水莽鬼害人自代，便不入轮回，甘愿帮助中毒的人，因此被天帝封为神明。

考城隍[1]

予姊丈之祖宋公，讳焘，邑廪生[2]。一日病卧，见吏人持牒，牵白颠马[3]来，云："请赴试。"公言："文宗[4]未临，何遽得考？"吏不言，但敦促之。公力疾[5]乘马从去，路甚生疏。至一城郭，如王者都。移时[6]入府廨，宫室壮丽。上坐十余官，都不知何人，惟关壮缪[7]可识。檐下设几、墩各二，先有一秀才坐其末，公便与连肩。几上各有笔札。俄题纸飞下，视之八字，云"一人二人，有心无心"。二公文成，呈殿上。公文中有云："有心为善，虽善不赏。无心为恶，虽恶不罚。"诸神传赞不已。召公上，谕曰："河南缺一城隍，君称其职。"

注释

1 城隍：城本指城墙，隍为护城河；后用来代称城市的守护神，有祛除凶恶、保境安民、管理幽冥亡魂的职权。城隍神按照等级共分为都、府、州、县四级。其庙宇结构、人员配置，与相对应等级的官署类似。2 廪生：明清时期，府、州、县学生员（俗称秀才）每月都给廪膳，补助生活，故称"廪生"。3 白颠马：即额头有白色毛发的马。颠，额头。4 文宗：本指文坛领袖，此处指学政，即主掌一省教育的官员。5 力疾：勉强支撑生病的身体。6 移时：经过一段时间。7 关壮缪：即关羽。蜀汉后主刘禅曾追谥关羽为壮缪侯，故后世多以"壮缪"称之。

译文

我姐夫的祖父宋公讳焘，曾是县学的秀才。有一天，他生病卧床不起，忽然看见官差一手拿着文书，一手牵着白额大马朝他走来。那人到了跟前，说："请相公参加考试。"宋公不解地问："学政大人尚未来临，怎能如此仓促开考呢？"官差并不搭理，只是催促他赶快上路。宋公没办法，只得勉强撑起身子上马跟他前去，所走的道路都很陌生。过了不久，来到一座城镇，气势恢宏，好像帝王的都城一般。在大门外稍事等候，他们就进入了官衙，只见宫殿宏伟壮丽，大堂上坐着十几个官员，都不认得是什么人，只觉得有一个很像关公。屋檐下摆放着两套案桌和坐墩，已经有一个秀才坐在后边了，于是宋公就在他旁边坐下。书案上摆着纸和笔，很快就有一张试卷从大殿飞了过来。一看，上面写着八个字"一人二人，有心无心"。他们两人写好文章后，便把卷子呈交到殿上。宋公的文章中有两句话："刻意做好事，虽然也是善，但不应给予奖赏。无意做坏事，虽然也是恶，但不应给予处罚。"殿上各位考官对此卷交口称赞，纷纷互相传看。过了一会儿，神官召宋公上殿，对他说："正好河南缺一个城隍，你很适合担任此职。"

公方悟，顿首泣曰："辱膺宠命[1]，何敢多辞？但老母七旬，奉养无人，请得终其天年，惟听录用。"上一帝王像者，即命稽母寿籍。有长须吏捧册翻阅一过，白："有阳算九年。"共踌躇间，关帝曰："不妨令张生摄篆[2]九年，瓜代[3]可也。"乃谓公："应即赴任，今推仁孝之心，给假九年，及期当复相召。"又勉励秀才数语。二公稽首[4]并下。秀才握手，送诸郊野，自言长山[5]张某。以诗赠别，都忘其词，中有"有花有酒春常在，无烛无灯夜自明"之句。

注释

1 辱膺宠命：承蒙接受您的任命。古代受任命时表示感谢的客套话。2 摄篆：指代理官职。古代官印多用篆书，故以此指称官职。3 瓜代：任期已满，换人接替。4 稽（qǐ）首：古代最隆重的一种跪拜礼。常为臣子拜见君主时所用，跪下并拱手至地，头也至地。5 长山：即长山县，位置在今山东省滨州市邹平县东部和淄博市西北部。

译文

宋公直到这时才恍然大悟，自己已身在地府，于是一边叩头一边哭诉道："小人承蒙诸位老爷厚爱荣获此职，岂敢推辞？但家中尚有七十老母，无人照料，恳请等老母颐养天年后，再听录用。"大堂上有一位帝王模样的神官，即刻命人查看他母亲的寿命。一个长胡子书吏拿着生死簿翻阅了一遍，启禀说："太夫人还有九年阳寿。"各官员正在犹豫不决时，关圣帝君说："不妨让张秀才先代理九年，然后再让宋秀才接替。"于是，王者就对宋公说："本来你要立即赴任的，今念你一片仁孝之心，就准你九年的假，等期限到了再召你前来。"接着又对张秀才说了几句鼓励的话。两人叩头谢恩后就一起退下殿来。张秀才握着宋公的手，一直送到郊外，他自称是长山张某。临别时，他赠给宋公一首诗，内容大部分都忘了，只记得其中有"有花有酒春常在，无烛无灯夜自明"两句。

公既骑，乃别而去，及抵里，豁若梦寤。时卒已三日。母闻棺中呻吟，扶出，半日始能语。问之长山，果有张生于是日死矣。后九年，母果卒。营葬既毕，浣濯入室而没。其岳家居城中西门里，忽见公镂膺朱幩[1]，舆马甚众，登其堂，一拜而行。相共惊疑，不知其为神。奔讯乡中，则已殁矣。

公有自记小传，惜乱后无存，此其略耳。

注释

1 镂膺朱幩（fén）：形容马饰华美。镂膺，马胸部镂金饰带。幩，缠在马口两旁的扇汗用具。

译文

宋公上马后，就告别而去，等回到家，感觉就像刚从梦中醒来一样。原来，他已经死了三天了。宋公的老母亲听见棺材内有呻吟声，就赶忙打开棺盖，把他扶了出来，过了大半天他才能讲话。宋公忙派人去长山打听消息，果然有位张秀才当天去世了。过了九年，他母亲真的就亡故了。于是，宋公安葬好母亲，沐浴更衣后，在卧房里无疾而终。宋公的岳父住在城内的西门里，当晚他忽然看见宋公骑着华丽的骏马，周围簇拥着很多车马差役，走进堂屋，向他一拜而去。大家对此都感到惊讶疑惑，还不知道宋公已经成神了。宋公岳父家赶忙派人回乡打探，才知道宋公已经死了。

宋公曾写过自己的小传，可惜战乱过后没能保存下来，我在此只是述其大概罢了。

陆 判

陵阳[1]朱尔旦，字小明。性豪放，然素钝，学虽笃，尚未知名。一日，文社众饮，或戏之云："君有豪名，能深夜赴十王殿[2]负得左廊下判官来，众当醵[3]作筵。"盖陵阳有十王殿，神鬼皆以木雕，妆饰如生。东庑[4]有立判，绿面赤须，貌尤狞恶。或夜闻两廊拷讯声，入者毛皆森竖，故众以此难朱。朱笑起，径去。居无何，门外大呼曰："我请髯宗师至矣！"众皆起。俄负判入，置几上，奉觞酹[5]之三。众睹之，瑟缩不安于坐，仍请负去。朱又把酒灌地，祝曰："门生狂率不

文，大宗师谅不为怪。荒舍匪遥，合乘兴来觅饮，幸勿为畛畦[6]。”负之去。

注释

1 陵阳：今山东莒县。2 十王殿：民间认为地府由十个阎王共同管理，故称其庙宇为十王殿。3 醵（jù）：凑钱。4 庑（wǔ）：大堂周围的走廊或廊屋。5 酹（lèi）：把酒洒在地上表示祭奠。6 畛畦（zhěn qí）：原指田间小路，引申为界限、分隔。

译文

陵阳有个人叫朱尔旦，字小明。他性情豪放，不过人向来愚钝，读书虽然很用功，但并没有什么名气。一天，文社的朋友聚饮，有人戏弄他说：“您向来有豪爽之名，如果能深夜把十王殿左廊下的判官背过来，我们大伙儿就凑钱给你摆宴席。”原来，陵阳有座十王殿，里面供奉的鬼神都由木头雕成，装饰刻画得栩栩如生。在东边的走廊下立着一座判官像，他绿色面庞，赤红胡子，面貌特别凶恶恐怖。据说，曾有人晚上听见两排走廊下发出拷打审讯的声音。凡是进那里参观的人，都吓得毛骨悚然，所以大伙儿才借此为难朱尔旦。朱尔旦听后，笑着站起身，出门直奔十王殿而去。没过多久，门外就有人大呼大叫：“我把大胡子宗师请过来了！”大家忙站起身迎接。片刻间，朱尔旦就背着判官进了屋，把他放在桌子上，拿起酒壶连斟三杯酒在地上。众人看着判官，吓得缩成一团，瑟瑟发抖，坐都坐不稳，于是就请朱尔旦再背回去。朱尔旦就又倒了杯酒洒在地上，祷告说：“弟子狂率无礼，想必大宗师不会怪罪。我家离这儿不远，以后您要有兴致，请到我家来喝酒，不要因人鬼殊途而受限制。”说完，就把判官背走了。

次日，众果招饮。抵暮，半醉而归，兴未阑，挑灯独酌。忽有人搴帘入，视之，则判官也。朱起曰：“噫，吾殆将死矣！前夕冒渎，今来加斧锧耶？”判启浓髯微笑曰：“非也。昨蒙高义相订，夜偶暇，敬践达人之约。”朱大悦，牵衣促坐，自起涤器爇火。判曰：“天道温和，可以冷饮。”朱如命，置瓶案上，奔告家人治肴果。妻闻，大骇，戒勿出。朱不听，立俟治具以出。易盏交酬，始询姓氏，曰：“我陆姓，无名字。”与谈古典，应答如响。问：“知制艺否？”曰：“妍媸[1]亦颇辨之。阴司诵读，与阳世亦略同。”陆豪饮，一举十觥。朱因竟日饮，遂不觉玉山倾颓[2]，伏几醺睡。比醒，则残烛昏黄，鬼客已去。

注释

1 妍媸（yán chī）：美和丑。2 玉山倾颓：指喝醉酒身子倒下。

译文

第二天，大伙儿果然宴请朱尔旦喝酒。傍晚，他喝得半醉才回家，感觉尚未尽兴，便点亮灯，继续自斟自饮起来。忽然，有人揭起帘子走进来，一看，原来是判官。朱尔旦站起来自言自语道："哎，看来我是要死了！昨晚多有冒犯亵渎，今天是要遭受刀砍斧剁吧？"判官张开长满浓须的大嘴微笑说："不是的。昨晚承蒙你盛情邀请，今夜偶然有片刻闲暇，故恭敬前来赴你这位豁达豪放之人的约请。"朱尔旦听了大为高兴，就拉着判官入座，亲自洗刷杯盘，烧火烫酒。判官说："天气比较暖和，喝冷酒就行了。"朱尔旦就遵命不再烧火，他把酒瓶放在桌上，就忙吩咐家人准备菜肴果品。他妻子听了，吓得心惊胆战，告诫丈夫不要出去。朱尔旦不听，站着等妻子准备好后，就自己端了出去。他跟判官推杯换盏，喝得很起兴。这时，朱尔旦才询问判官姓名，判官说："我姓陆，没有名字。"和他交谈经书典籍，应答如流。朱尔旦问："是否懂得八股文？"陆判官回答说："文章的好坏我也能分出来。阴曹地府读书，与阳间大致相同。"陆判官酒量很大，一口气喝了十大杯。朱尔旦喝了一整天的酒，不知不觉就倒了下去，趴在桌子上酣睡起来。等他醒来，只见残灯昏黄，陆判官已经走了。

自是三两日辄一来，情益洽，时抵足卧。朱献窗稿，陆辄红勒之，都言不佳。一夜，朱醉先寝，陆犹自酌。忽醉梦中，觉脏腑微痛。醒而视之，则陆危坐床前，破腔出肠胃，条条整理。愕曰："夙无仇怨，何以见杀？"陆笑云："勿惧！我与君易慧心耳。"从容纳肠已，复合之，末以裹足布束朱腰。作用毕，视榻上亦无血迹，腹间觉少麻木。见陆置肉块几上，问之。曰："此君心也。作文不快，知君之毛窍塞耳。适在冥间，于千万心中，拣得佳者一枚，为君易之，留此以补阙数。"乃起，掩扉去。天明解视，则创缝已合，有线而赤者存焉。

自是文思大进，过眼不忘。数日，又出文示陆，陆曰："可矣。但君福薄，不能大显贵，乡、科而已。"问何时，曰："今岁必魁[1]。"未几，科试冠军，秋闱果中经元[2]。同社生素揶揄之，及见闱墨，相视而惊，细询始知其异。共求朱先容[3]，愿纳交陆。陆诺之。众大设以待之。更初，陆至，赤髯生动，目炯炯如

电。众茫乎无色，齿欲相击，渐引去。

注释

1 魁（kuí）：第一名。2 经元：乡试考举人时，前五名称经元，也称经魁。3 先容：事先为人介绍。

译文

此后，陆判官每隔两三天就来一次，两人交情更加融洽，有时还脚挨着脚，同床而眠。朱尔旦拿出文稿让陆判官过目，陆判官就用红笔给他修改，说写得都不怎么好。一天晚上，朱尔旦喝醉酒先上床休息，陆判官仍在自斟自饮。朱尔旦在醉梦中，忽然感到肚子隐隐作痛。他醒来睁眼一看，只见陆判官端坐床前，正在给自己开膛破肚，他取出自己的肠胃，一条条清理。朱尔旦惊愕地问："我和你素无仇怨，为何要杀我？"陆判官笑着说："别害怕，我正在给你换一颗慧心。"说着，就从容地把肠子收纳好，放回肚子里，又缝合好，最后用裹脚布缠在朱尔旦腰间。一切都弄完了，再看床上一点血迹都没有，只是感觉肚子稍稍有些麻木。朱尔旦见陆判官把一坨肉块放在桌上，便问是什么东西。陆判官说："这是你的心脏。我看你写文章才思不敏捷，就知道你的心窍被堵塞了。刚才在地府，我从成千上万颗心脏中，给你挑选了一枚好的换上，留下这个还得拿回去充数。"说完，陆判官就站起身，关上门走了。等天亮后，朱尔旦解开裹脚布查看，创口已经愈合，只有一条红线还留在那儿。

从此以后，朱尔旦文思大有进步，看书过目不忘。过几天他再拿文稿给陆判官看，陆判官说："你写得可以了。但是，你命里福德浅薄，不能大富大贵，也就能中个秀才、举人而已。"朱尔旦又问自己何时能登科，陆判官说："今年必定能考第一名。"没过多久，朱尔旦考秀才就得了头名，秋闱考举人果然高中经元。文社中的朋友平时经常嘲弄他，等看到他考试的卷子，个个目瞪口呆，无不惊讶，仔细询问后才知道其中的异样。于是大伙儿都请求朱尔旦先为介绍，愿跟陆判官交朋友。陆判官对此满口答应。文社一干人就大摆宴席，等候陆判官光临。到了晚上七八点钟，陆判官来了，他鲜红的胡子颤颤巍巍，双目炯炯放光，吓得这帮人面无颜色，唇齿发抖。没多久，书生们就逐渐退去了。

朱乃携陆归饮。既醺，朱曰："湔肠伐胃[1]，受赐已多。尚有一事相烦，不知

可否？”陆便请命。朱曰：“心肠可易，面目想亦可更。予结发人，下体颇亦不恶，但头面不甚佳丽。尚欲烦君刀斧，如何？”陆笑曰：“诺！容徐图之。”过数日，半夜来叩关。朱急起延入，烛之，见襟裹一物。诘之，曰：“君曩所嘱，向艰物色。适得一美人首，敬报君命。”

朱拨视，颈血犹湿。陆立促急入，勿惊禽犬。朱虑门户夜扃，陆至，以手推扉，扉自辟。引至卧室，见夫人侧身眠。陆以头授朱抱之，自于靴中出白刃如匕首，按夫人项，着力如切腐状，迎刃而解，首落枕畔。急于生怀取美人头合项上，详审端正，而后按捺。已而移枕塞肩际，命朱瘗[2]首静所，乃去。朱妻醒，觉颈间微麻，面颊甲错[3]，搓之得血片。甚骇，呼婢汲盥。婢见面血狼藉，惊绝，濯之，盆水尽赤。举手则面目全非，又骇极。夫人引镜自照，错愕不能自解。朱入告之。因反复细视，则长眉掩鬓，笑靥承颧[4]，画中人也。解领验之，有红线一周，上下肉色，判然而异。

注释

1 湔（jiān）肠伐胃：清洗肠胃。2 瘗（yì）：掩埋。3 甲错：皮肤粗糙、干燥，长有鱼鳞状的硬皮。4 笑靥（yè）承颧（quán）：微笑时，嘴角就露出两个酒窝。

译文

朱尔旦便带陆判官回自己家喝酒。等喝得醉醺醺了，朱尔旦说：“此前清理肠胃，已经蒙受您很多恩惠。如今还有一事相求，不知可不可以？”陆判官就让他随意吩咐。朱尔旦说：“心肠都能换，那人的面容想必也可以更换了。我夫人身材倒还不错，就是脸长得不怎么好看。想麻烦你再给她动一下手术，如何？”陆判官笑着说：“悉听尊命！不过请给我些时间，容我慢慢准备。”过了几天，陆判官深夜造访。朱尔旦赶紧下床招呼他进来，点上灯一看，陆判官用衣襟包着个东西，问是何物，回答说：“受你此前的嘱托，我一直找不到合适的，恰巧刚才得到一颗美女的头颅，这才前来交差复命。”

朱尔旦拨开衣襟一瞧，脖子上的血还湿乎乎的。陆判官就催促赶快领他到朱夫人房间去，不要惊动鸡犬。朱尔旦正担心夫人晚上肯定上了门闩，陆判官走上前用手轻轻一推，门就开了。朱尔旦带他进了卧室，看见朱夫人正侧躺着睡觉。陆判官就把人头交给朱尔旦抱着，自己一手从靴子里拿出一把明晃晃的利刃，一手按住朱夫人的脖子，铆足劲切了下去。朱夫人的脖子就像刀切豆腐似的，顺势裂开，滚落在枕边。他赶紧从朱尔旦怀中拿过美人的头，合在朱夫人的脖子上，仔细对准部位后，用力往下按压。一切都弄好了，陆判官就把枕头塞到朱夫人肩膀下，叫朱尔旦把换下来的头找个僻静的地方埋掉，然后就走了。朱夫人醒来后，觉得脖子间微微发麻，面庞干燥，像是沾了什么东西，就用手一搓，结果掉下来一撮血片。她吓得大声疾呼，喊丫头打盆洗脸水来。丫头进来见夫人满脸都是血，面容一片模糊，差点吓晕过去，给她洗脸，整盆水都染成了红色。抬手再瞧，夫人已经面目全非，完全变了个人，丫头又吓得不得了。朱夫人拿起镜子一照，惊愕万分，自己也弄不清到底发生了什么。这时，朱尔旦走进来，把前后经过告诉了她。朱夫人就对着镜子反复端详，只见长眉一直延伸到鬓角，微微一笑，嘴角就露出两个酒窝，简直就像画里的美人一样。再解开衣领查验，果然有一圈红线，线痕上下的肤色截然不同。

先是，吴侍御[1]有女甚美，未嫁而丧二夫，故十九犹未醮也。上元游十王殿，时游人甚杂，内有无赖贼窥而艳之，遂阴访居里，乘夜梯入。穴寝门，杀一婢于床下，逼女与淫。女力拒声喊，贼怒，亦杀之。吴夫人微闻闹声，呼婢往视，见尸，骇绝。举家尽起，停尸堂上，置首项侧，一门啼号，纷腾终夜。诘旦启衾，则身在而失其首。遍挞侍女，谓所守不恪，致葬犬腹。

侍御告郡，郡严限捕贼，三月而罪人弗得。渐有以朱家换头之异闻吴公者。吴疑之，遣媪探诸其家。入见夫人，骇走以告吴公。公视女尸故存，惊疑无以自决。猜朱以左道[2]杀女，往诘朱。朱曰："室人梦易其首，实不解其何故？谓仆杀之，则冤也。"吴不信，讼之。收家人鞫之，一如朱言，郡守不能决。朱归，求计于陆。陆曰："不难，当使伊女自言之。"吴夜梦女曰："儿为苏溪杨大年所杀，无与朱孝廉[3]。彼不艳于其妻，陆判官取儿头与之易之，是儿身死而头生也。愿勿相仇。"醒告夫人，所梦同。乃言于官。问之，果有杨大年。执而械[4]之，遂伏其罪。吴乃诣朱，请见夫人，由此为翁婿。乃以朱妻首合女尸而葬焉。

注释

1 侍御：即御史，负责监察百官，批评时政。2 左道：旁门左道的妖术。3 孝廉：汉代地方举荐孝义、清廉之人入朝为官，后以此指称举人。4 械：名词作动词用，戴上枷锁等刑具。

译文

先前，吴御史有个女儿生得貌若天仙，曾先后订了两桩亲事，还没过门丈夫就死了，所以直到十九岁还没嫁人。元宵节那天，吴家小姐去十王殿进香，游客繁杂，其中有个采花贼盯上了她，就暗地里摸清了她的住处，晚上爬梯子进了院子。采花贼挖洞钻入小姐闺房，在床边杀死一个丫环，又逼着要奸淫小姐。她拼死抵抗，大声呼号，采花贼恼怒之下就痛下杀手，砍掉了她的头。吴夫人隐约听到喧闹声，就叫丫环过去看看，丫环看到两具尸体惊恐万分。全家人都惊慌起来，把小姐的尸体停放在厅堂上，头颅安放在脖子旁边。一家人哭哭啼啼，折腾了一夜。第二天清晨，揭开尸布一看，身体还在，而头却不见了。御史把家里的丫环统统鞭打了一顿，怪罪她们不好好看守尸体，以致小姐的头颅被野狗叼去。

吴御史告到知府衙门，知府严令捕快捉拿盗贼，过了三个月，仍然没捉到凶手。不久有人把朱尔旦妻子换头的事禀报给吴御史。吴御史就起了疑心，于是派家里的老妈子前去朱家打探。她一见到朱夫人，吓得拔腿就跑，赶快把消息报告给吴御史。吴御史再看，女儿尸身犹存，对老妈子说的既惊讶又怀疑，拿不定主意。他猜测可能是朱尔旦用邪术杀了自己女儿，就到朱家问难。朱尔旦跟他解释说："我妻子做梦换了头，实在不知道是怎么一回事？大人您说是我杀的小姐，实在是冤枉！"御史不相信，就告到官府，知府把朱家老小审问个遍，都跟朱尔旦说的一模一样，知府也没办法，只得把人放了。朱尔旦回到家，就向陆判官求教，判官说："此事不难，我让吴家小姐自己去说。"当晚，吴公就梦到女儿托梦给他说："父亲大人，孩儿是被苏溪的杨大年所害，跟朱举人无关。他嫌妻子长得不好看，陆判官就拿我的头给朱夫人换上了。因此，我现在也算是身死而头存，希望你不要跟他结仇。"吴公醒后把梦告诉夫人，她说自己也做了同样的梦。于是吴公就把梦中之事报给官府。官府一查，果然有杨大年这个人，便把他捉拿归案，真凶最终认罪伏法。吴御史就前去拜访朱尔旦，请求与朱夫人相见，从此两人就结成翁婿。朱尔旦就把自己夫人的头颅和吴小姐的尸体合在一起入葬了。

朱三入礼闱[1]，皆以场规[2]被放，于是灰心仕进。积三十年，一夕，陆告曰："君寿不永矣。"问其期，对以五日。"能相救否？"曰："惟天所命，人何能私？且自达人观之，生死一耳，何必生之为乐，死之为悲？"朱以为然，即治衣衾、棺椁。既竟，盛服而没。翌日，夫人方扶柩哭，朱忽冉冉自外至。夫人惧，朱

曰："我诚鬼，不异生时。虑尔寡母孤儿，殊恋恋耳。"夫人大恸，涕垂膺，朱依依慰解之。夫人曰："古有还魂之说，君既有灵，何不再生？"朱曰："天数不可违也。"问："在阴司作何务？"曰："陆判荐我督案务，授有官爵，亦无所苦。"夫人欲再语，朱曰："陆判与我同来，可设酒馔。"趋而出。夫人依言营备，但闻室中笑饮，亮气高声，宛若生前。半夜窥之，窅然[3]已逝。

注释

1 礼闱：指考进士时的会试。因是礼部主办，所以称礼闱。2 场规：此处指违反考场的规定。3 窅（yǎo）然：悠远深邃的样子。

译文

朱尔旦先后三次参加会试，每次都因违反考场规定而被逐出，于是他就对科考当官心灰意冷。又过了三十年，一晚陆判官前来告诉他说："你的寿命将尽了。"问期限，只有五天。朱尔旦问："还有救吗？"陆判官回答说："这只能听天由命，岂是人能私自决定的？况且，在达观的人看来，生和死本是一回事，何必以为活着就快乐，死了就悲伤呢？"朱尔旦觉得很有道理，就准备制作寿衣、寿被和棺材。一切都准备妥当后，他就穿着华丽的衣服亡故了。第二天，夫人正扶着灵柩痛哭，朱尔旦忽然飘飘悠悠从外面进来。夫人吓了一跳，他说："我现在确实是鬼，但和活着的时候没什么不同。因担心你们孤儿寡母，就恋恋不舍回来看看。"夫人听后更加难过，眼泪沾湿了衣襟，朱尔旦就柔声和气地宽慰劝解她。夫人说："古时候有还魂的说法，你既然能显灵，为何不再生呢？"朱尔旦回答说："天命难以违背啊。"夫人又问："你在阴曹做什么事呢？"朱尔旦回答说："陆判官推荐我办理文案，冥府加封了我官爵，没受什么苦。"夫人还想再说几句，朱尔旦说："陆判官和我一道前来，你可以摆些酒菜招待一下。"说完就快步走了出去。夫人照他说的准备了一桌酒菜，只听二人声高气宏，屋内满是欢快的饮酒声，宛如生前。半夜再来看，两人已无踪影了。

自是三数日辄一来，时而留宿缱绻，家中事就便经纪。子玮方五岁，来辄捉抱，至七八岁，则灯下教读。子亦慧，九岁能文，十五入邑庠，竟不知无父也。从此来渐疏，日月至焉而已。又一夕来谓夫人曰："今与卿永诀矣。"问何往，曰："承帝命为太华卿[1]，行将远赴，事烦途隔，故不能来。"母子持之哭，

曰："勿尔。儿已成立，家计尚可存活，岂有百岁不拆之鸾凤耶？"顾子曰："好为人，勿堕父业。十年后一相见耳。"径出门去，于是遂绝。

注释

1 太华卿：西岳华山的神官。

译文

从此以后，朱尔旦每过几天就回来一次，有时还在家过夜，和妻子亲热一番，顺便料理一下家事。儿子朱玮时年五岁，朱尔旦每次回家都要把他搂在怀里抱一抱，等儿子长到七八岁，就在灯下教他读书。朱玮很聪慧，九岁就会写文章，十五岁就考中了秀才，他竟然一直都没感觉到自己父亲已经亡故了。此后，朱尔旦回家的次数越来越少，几个月才偶尔来一次。有一天晚上，朱尔旦到家跟夫人说："今天我要跟你永别了。"妻子就问他要去哪，他说："我被天帝任命为华山的神官，马上就要远赴他乡。那里公务繁忙，路途遥远，所以不能再回家探望了。"听他这么说，母子俩就抱着朱尔旦痛哭流涕，朱尔旦劝慰说："不要这样子。儿子已经长大成人，家里生计还能维持下去，世上哪儿有百年不散的夫妻呢？"又对着儿子劝勉道："你要好好做人，不要毁了你爹我留下的家业。十年后，我们还能再见一面。"说完就径直走出家门，从此再也没有回来。

后玮二十五举进士，官行人[1]。奉命祭西岳，道经华阴，忽有舆从羽葆[2]，驰冲卤薄[3]。讶之，审视车中人，其父也，下马哭伏道左。父停舆曰："官声好，我目瞑矣。"玮伏不起，朱促舆行，火驰不顾。去数步回望，解佩刀遣人持赠。遥语曰："佩之当贵。"玮欲追从，见舆马人从，飘忽若风，瞬息不见。痛恨良久。抽刀视之，制极精工，镌字一行，曰："胆欲大而心欲小，智欲圆而行欲方。"玮后官至司马[4]。生五子，曰沉，曰潜，曰沕[5]，曰浑，曰深。一夕梦父曰："佩刀宜赠浑也。"从之。浑仕为总宪[6]，有政声。

注释

1 行人：负责出使四方的官员。2 舆从羽葆：泛指车马仪仗。3 卤薄：官员出行的仪仗队。4 司马：明清时期称"同知"为司马。同知为知府的副职，类似于今天的副市长。5 沕（mì）：潜藏。6 总宪：即左都御史的别称，正二品，负责监察、纠劾事务，兼管审理重大案件和考核官吏。

译文

后来，朱玮二十五岁时考中了进士，担任行人一职。一年，他奉皇帝之命去华山祭祀，途经华阴时，忽然有一队车马朝着仪仗队冲了过来。朱玮很惊讶，仔细看对面车里的人，正是他父亲朱尔旦。朱玮就赶紧下马，哭着跪在道路一旁。他父亲停下车子，对他讲："你的官声很好，我死也瞑目了。"朱玮趴在地上不肯起来，朱尔旦就催促马车起行，头也不回地疾驰而去。刚跑出几步，他又回头看了看，解下佩刀，派人给儿子送过去。远远地对他喊话："佩带上这把刀，你日后必定显贵。"朱玮想追上去，但见车马随从像风一样，瞬间就消失不见了。他痛心悔恨了好一会儿，抽出刀一看，制作十分精良，刀身镌刻着一行字："胆子要大而心要细，考虑要周全而品行要端正。"朱玮后来当到了同知，生了五个儿子，分别叫朱沉、朱潜、朱沕、朱浑、朱深。一天晚上，朱玮梦到父亲对他说："佩刀应该送给浑儿。"于是他就照做了。朱浑后来官至都察院左都御史，为官声名卓著。

异史氏曰："断鹤续凫[1]，矫作者妄。移花接木，创始者奇。而况加凿削于肝肠，施刀锥于颈项者哉？陆公者，可谓媸皮裹妍骨[2]矣。明季至今，为岁不远，陵阳陆公犹存乎？尚有灵焉否也？为之执鞭，所忻慕焉。"

注释

1 断鹤续凫：砍断仙鹤的长腿，而接上鸭子的短腿。2 媸皮裹妍骨：丑陋的外表下藏着美好的风骨。

译文

异史氏说："砍断仙鹤的长腿，而接上鸭子的短腿，这种矫揉造作的人真可谓虚妄。把花朵剪下来嫁接到另一株树上，发明这个方法的人也真是神奇。更何况以刀斧换取肝肠、移接头颅的人呢？陆判官，可以说是丑陋的外表下藏着美好的风骨啊。从明末到现在，年代还不算远，陵阳陆公这样的人还存在吗？他还会再显灵吗？若果有的话，就算为他赶马车，我也心甘情愿啊。"

促织

宣德[1]间，宫中尚促织[2]之戏，岁征民间。此物故非西产[3]，有华阴[4]令，欲媚上官，以一头进，试使斗而才，因责常供。令以责之里正[5]。市中游侠儿[6]，得佳者笼养之，昂其直，居为奇货。里胥[7]猾黠，假此科敛丁口[8]，每责一头，辄倾数家之产。邑有成名者，操童子业[9]，久不售[10]。为人迂讷，遂为猾胥报充里正役，百计营谋不能脱，不终岁，薄产累尽。会征促织，成不敢敛户口，而又无所赔偿，忧闷欲死。妻曰："死何裨益？不如自行搜觅，冀有万一之得。"成然之。早出暮归，提竹筒、铜丝笼，于败堵丛草处，探石发穴，靡计不施，迄无济。即捕得三两头，又劣弱不中于款。宰严限追比[11]，旬余，杖至百，两股间脓血流离，并虫亦不能行捉矣。转侧床头，惟思自尽。

注释

1 宣德：明朝第五个皇帝明宣宗朱瞻基的年号。2 促织：蟋蟀的别称。3 西产：此处指陕西出产。4 华阴：今陕西省渭南市下辖的华阴市，因境内的西岳华山而闻名。5 里正：即里长，明代以110户为一里，设里长负责户口及纳税、徭役等差事。6 游侠儿：原指行侠仗义之人，此处指游手好闲的人。7 里胥：乡里的差役。8 科敛丁口：按照人头数摊派苛捐杂税。9 童子业：科举时代，凡未考中秀才者，不论年龄大小，统称为童生。10 不售：此处指没有考中。11 追比：旧时地方官严逼限期交税、交差或交代问题，过期以杖责、监禁等方式继续追逼，叫"追比"。

译文

在明朝宣德年间，皇宫里盛行斗蟋蟀，每年都向民间征收蟋蟀。这小虫儿本不是陕西的特产，有位华阴县令，一心想讨好上级，就进献了一只。皇帝有次试着斗了一回，还挺厉害，于是就责成该县常年进贡。县令就把差事压给了里长。集市上的游手好闲之徒，每当捉到好的蟋蟀，就装在笼子里喂养，囤积居奇，故意抬高价格。有些狡猾奸诈的差役，就借此强行摊派苛捐杂税，每摊派一只蟋蟀，就能使好几家人倾家荡产。县里有个叫成名的书生，一直都没考上秀才。他人太老实，又不善言辞，于是就被狡猾的差役充数报为里长，成名想尽办法都推不掉，不到一年，家里那点儿钱全败完了。恰逢朝廷征收蟋蟀，成名不敢向其他人家摊派，但自己又拿不出钱倒贴，忧愁苦闷，痛不欲生。妻子就劝他说："死了有什么用呢？还不如自己去找找看，或许还有一线希望。"成名觉得有些道理，每天就早出晚归，提着竹筒和铜丝笼子，在残垣断壁、荒草枯木间扒来翻去，用尽了各种手段，最终一无所获。就算捉到两三只，也都是瘦弱不堪，离要求差太远。县令严定期限，催逼得很急，十多天里，成名挨了上百板子，两腿间脓血直流，连蟋蟀也捉不成了。他躺在床上辗转反侧，心里只想一死了之。

时村中来一驼背巫，能以神卜。成妻具资诣问，见红女白婆[1]，填塞门户。入其室，则密室垂帘，帘外设香几。问者爇香于鼎，再拜。巫从傍望空代祝，唇吻翕辟[2]，不知何词。各各竦立以听。少间，帘内掷一纸出，即道人意中事，无毫发爽[3]。成妻纳钱案上，焚拜如前人。食顷，帘动，片纸抛落。拾视之，非字而画，中绘殿阁类兰若，后小山下怪石乱卧，针针丛棘，青麻头[4]伏焉；旁一蟆[5]，若将跳舞。展玩不可晓，然睹促织，隐中胸怀。折藏之，归以示成。

成反复自念："得无教我猎虫所耶？"细瞻景状，与村东大佛阁真逼似[6]。乃强起扶杖，执图诣寺后。有古陵蔚起，循陵而走，见蹲石鳞鳞[7]，俨然类画。遂于蒿莱[8]中侧听徐行，似寻针芥，而心、目、耳力俱穷，绝无踪响。冥搜[9]未已，一癞头蟆猝然跃去。成益愕，急逐趁之。蟆入草间，蹑迹披求，见有虫伏棘根，遽扑之，入石穴中。掭[10]以尖草，不出，以筒水灌之，始出。状极俊健。逐而得之，审视，巨身修尾，青项金翅。大喜，笼归，举家庆贺，虽连城拱璧不啻也。土于盆而养之[11]，蟹白栗黄，备极护爱，留待限期，以塞官责。

注释

1 红女白婆：红妆少女和白发苍苍的老妇人。2 翕辟（xī pì）：一合一开。3 无毫发爽：指一点也没有错。爽，差错。4 青麻头：蟋蟀里的珍品，头部平阔，隆起，有紫色斑点，战斗力甚强。5 蟆（má）：蛤蟆。6 真逼似：十分相似。7 蹲石鳞鳞：地上的石头像鱼鳞一样层层紧挨。8 蒿莱（hāo lái）：野草。9 冥搜：尽力寻找。10 掭（tiàn）：拨动。11 土于盆而养之：用装有土的盆子养着。

译文

当时村里来了一个驼背神婆，能求神问卦。成名的妻子就带着钱过去问卜，只见门口站满了少女和老妇。好不容易挤进去，里边是间密室，挂着帘子，门帘外摆着香案。问事儿的人在炉中点上香，拜两次。神婆就在一旁举头望空，代为祷告，嘴里念念有词，不知道在说什么。屋里的人都恭恭敬敬地站着听候消息。没多久，帘子后面就扔出一张纸，上面道明人们所问的事，非常灵验，没有丝毫差错。成名的妻子就把钱放到香案上，学着之前的人焚香礼拜。约一顿饭工夫，门帘掀动，抛出来一张纸。她捡起来一看，上面不是字而是一幅画。纸上画的殿宇楼阁好像是寺院，后面小山下怪石遍地，荆棘丛生，有一只青麻头蟋蟀趴在草丛里，旁边有只癞蛤蟆仿佛要跳跃起来。她反复玩味，不明白是什么意思，不过看到上面有蟋蟀，却也点中了心里想的事。于是就叠好收起来，拿回家给成名看。

成名拿在手里看来看去，自言自语道："莫非是告诉我捉虫的地方吗？"又仔细审视画中的景物，与村东头的大佛阁十分相似。于是他就硬撑着起来，拄着拐杖，手拿图画来到寺院后山。只见古墓层叠耸立，沿着墓道前行，乱石遍地，俨然和画里一模一样。于是成名就在荒草中缓步徐行，侧着耳朵细细听寻，好像是在找一根针、一粒草籽，然而，耗尽心力、目力、耳力，也没有找到蟋蟀的一丁点儿踪迹。他不死心，仍尽力寻找，突然一只癞蛤蟆从身旁跳过。成名更加惊愕，慌忙追过去。癞蛤蟆蹦进草丛里，成名紧随其后，用手扒开杂草细细搜寻。但见一只蟋蟀趴在荆棘根儿上，他猛地扑过去，小虫儿一下钻进石缝里，用尖草拨弄也不出来，成名就用竹筒往里灌水，小虫儿这才爬了出来，外形极为健硕。成名上前一把逮住，拿在手里仔细一瞧，但见此虫儿体形硕大，双尾修长，青色脖颈，背上一对儿金色翅膀，真可谓极品。成名大喜过望，将蟋蟀装进笼子带回家，阖家欢庆，比得到了价值连城的玉璧还要高兴。他把蟋蟀放在土盆里喂养，给它吃蟹肉和栗子，可谓关怀备至，就等着期限一到，上交官差了事。

成有子九岁，窥父不在，窃发盆。虫跃踯[1]径出，迅不可捉。及扑入手，已股落腹裂，斯须[2]就毙。儿惧，啼告母。母闻之，面色灰死，大骂曰："业根，死期至矣！尔翁归，自与汝覆算[3]耳！"儿涕而出。未几成归，闻妻言，如被冰雪。怒索儿，儿渺然不知所往。既得其尸于井，因而化怒为悲，抢呼欲绝。夫妻向隅[4]，茅舍无烟，相对默然，不复聊赖[5]。

日将暮，取儿藁葬[6]。近抚之，气息惙然[7]。喜置榻上，半夜复苏[8]，夫妻心稍慰。但儿神气痴木，奄奄[9]思睡，成顾蟋蟀笼虚，则气断声吞，亦不复以儿为

念。自昏达曙，目不交睫。东曦既驾[10]，僵卧长愁。忽闻门外虫鸣，惊起觇视，虫宛然尚在，喜而捕之。一鸣辄跃去，行且速。覆之以掌，虚若无物。手裁举，则又超忽而跃。急趁之，折过墙隅，迷其所往。徘徊四顾，见虫伏壁上。审谛之，短小，黑赤色，顿非前物。成以其小，劣之，惟彷徨瞻顾，寻所逐者。壁上小虫，忽跃落襟袖间，视之，形若土狗[11]，梅花翅，方首长胫，意似良，喜而收之。将献公堂，惴惴[12]恐不当意，思试之斗以觇之。

注释

1 跃踯（zhí）：用力跳出。2 斯须：一会儿。3 覆算：算账。4 向隅：面对角落，指孤单无助。 5 不复聊赖：不再有所指望。6 藁（gǎo）葬：草草埋葬。7 惙（chuò）然：呼吸短促的样子。8 苏：复苏。9 奄奄：气息微弱的样子。10 东曦（xī）既驾：太阳升起来。曦，阳光。11 土狗：即蝼蛄。12 惴惴（zhuì）：内心恐惧的样子。

译文

成名有个九岁的儿子，见父亲不在家，就偷偷把盆打开。蟋蟀一下跳了出来，它跳得很快，根本抓不住。等他用手扑住了，小虫儿已经掉了大腿，裂了肚子，很快就死了。小儿很害怕，就哭着告诉母亲。成名妻子一听，面若死灰，大声骂道："你这个小畜生，今天死期到了！等你爹回来，看怎么跟你算账！"小儿流着眼泪走出屋去。没多久成名回来了，听妻子一说，全身好似遭了冰雪。他怒气冲冲地去找儿子，找来找去也不见人影，不晓得到哪儿去了。后来，他在井里发现了小儿的尸体，于是瞬间转怒为悲，呼天抢地，悲痛欲绝。成名夫妇面对面默默地坐着，家里空寂萧索，感觉人生实在没什么指望了。

天色将晚，成名就抱起孩子打算草草埋了。他上前一摸，发觉儿子还有些微气息，顿生欣喜，赶紧把孩子放到床上。等到半夜小儿苏醒过来，成名夫妇心里稍稍松了口气。可是小孩儿却神情呆滞，呼吸微弱，好像快睡着了一样。成名看着空空的蟋蟀笼子，气儿就上不来，有话噎着说不出，也就不把孩子放心上。从傍晚到天亮，他一宿没合眼。等早上太阳出来，成名还呆呆地躺在床上发愁。忽然，他听到门外边有虫鸣叫，心头一惊，急忙起身前去察看，小虫好像还在，他高兴得赶紧伸手去捉。蟋蟀叫了一声就跳走了，成名在后边快步追赶，猛地用手盖住，感觉空空的。刚把手抬起来，小虫儿忽然又跳走了。成名急忙追上去，转过墙角，突然找不到蟋蟀去哪儿了。他走来走去，四处张望，忽而看见小虫儿正趴在墙上。定睛一瞧，小虫儿生得个头短小，黑里透红，根本不是原来的那只。成名嫌它太小，就没看上，于是四处寻找刚才追着的那只。墙上的小虫儿忽然跳落在他身上，成名凑近仔细审视一番，发现它身子粗壮好似蝼蛄，翅膀上斑点形似梅花，脑袋方方，大腿修长，似乎也还可以，就把它收进笼子里。因打算敬献官府，成名心里总感觉不踏实，害怕上面不满意，就想先试着斗一次，看看小虫儿到底怎么样。

村中少年好事者，驯养一虫，自名“蟹壳青”，日与子弟角，无不胜。欲居之以为利，而高其直，亦无售者。径造庐访成，视成所蓄，掩口胡卢而笑[1]。因出己虫，纳比笼[2]中。成视之，庞然修伟，自增惭怍，不敢与较。少年固强之。顾念蓄劣物终无所用，不如拚博一笑。因合纳斗盆，小虫伏不动，蠢若木鸡[3]。少年又大笑。试以猪鬣毛撩拨虫须，仍不动。少年又笑。

屡撩之，虫暴怒，直奔，遂相腾击，振奋作声。俄见小虫跃起，张尾伸须，直龁[4]敌领。少年大骇，解令休止。虫翘然矜鸣[5]，似报主知。成大喜，方共瞻玩，一鸡瞥来[6]，径进以啄。成骇立愕呼。幸啄不中，虫跃去尺有咫。鸡健进，逐逼之，虫已在爪下矣。成仓猝莫知所救，顿足失色。旋见鸡伸颈摆扑，临视，则虫集冠上，力叮不释。成益惊喜，掇置笼中。

注释

1 胡卢而笑：闷声而笑。2 比笼：专门用于比斗的笼子。3 蠢若木鸡：即呆若木鸡，形容呆笨发愣的样子。4 龁（hé）：咬。5 翘然矜鸣：振起翅膀，骄傲地鸣叫。6 瞥来：猛然出现。

译文

村里有个好事的年轻人，养了一只蟋蟀，名曰“蟹壳青”，每天跟一班狐朋狗友拼斗，从来没输过。少年以为奇货可居，就妄想靠这个发大财，但他要价太高，一直没卖出去。一天，少年前来拜访，看了成名养的虫儿，捂着嘴嗤嗤发笑。于是就把自己养的虫儿拿出来，放在比斗的笼子里。成名瞧了瞧，只见那蟋蟀长得身形健硕，双腿修长，心里更觉惭愧，不敢跟他比试。少年就可劲儿撺掇。成名转念一想，养这么差的东西终究没什么用，不如拿出来打斗一番，还能图个乐儿。于是就将两只虫儿倒进了斗盆，成名的小虫儿呆若木鸡，趴着一动不动。少年忍不住又哈哈大笑。成名就试着用猪鬃撩拨小虫儿的须子，仍然没反应。少年见了又大笑不止。

成名不停撩动，小虫突然暴怒而起，直奔“蟹壳青”扑去，于是两只虫儿腾空互搏，振翅长鸣，打得难解难分。忽然，小虫儿纵身跃起，双尾大开，绷直触须，朝着“蟹壳青”脖子猛咬。少年见状大惊，赶忙把双方分开，终止了打斗。小虫儿打了胜仗，翘起翅膀骄傲地鸣叫，好像在向主人夸耀战功。成名大感惊喜，正和少年观赏品鉴时，忽然来了只大公鸡，上来便啄。成名站在那儿吓得大叫。所幸没啄中，小虫儿蹦出一尺多远，公鸡健步紧追，小虫儿已在鸡爪之下了。成名仓促间不知该如何相救，脸色煞白，急得直跺脚。没多久，只见公鸡伸直脖子不停地晃脑袋。成名上前一看，才发现小虫儿趴在鸡冠上，正死死地叮咬不放。成名愈发惊喜，赶紧把小虫儿收进笼子里。

翼日[1]进宰。宰见其小，怒诃成。成述其异，宰不信。试与他虫斗，虫尽靡[2]，又试之鸡，果如成言。乃赏成，献诸抚军[3]。抚军大悦，以金笼进上，细疏其能。既入宫中，举天下所贡蝴蝶、螳螂、油利挞、青丝额……一切异状，遍试之，无出其右者。每闻琴瑟之声，则应节而舞，益奇之。上大嘉悦，诏赐抚臣名马衣缎。抚军不忘所自，无何，宰以卓异[4]闻。宰悦，免成役，又嘱学使，俾入[5]邑庠。后岁余，成子精神复旧，自言身化促织，轻捷善斗，今始苏耳。抚军亦厚赉[6]成。不数岁，田百顷，楼阁万椽，牛羊蹄躈各千计[7]。一出门，裘马[8]过世家焉。

注释

1 翼日：第二天。2 靡：败落。3 抚军：即巡抚。4 卓异：此处指为官有才能，政绩不凡。5 俾（bǐ）入：使……进入。6 厚赉（lài）：丰厚赏赐。7 牛羊蹄躈（qiào）各千计：躈，牲畜的口；一说牲畜的肛门。此处有两种解释，一为牛羊各一千头；一为四只蹄子加一张嘴合计一千，即二百头。8 裘马：穿着皮衣，骑着马，指生活奢华。

译文

第二天，成名把小虫儿献给县令。县令见它生得这么小，就怒斥成名敷衍公事。成名对县令讲述此虫儿如何神奇，县令不相信，就试着让它和其他蟋蟀打斗，其他蟋蟀皆纷纷败落，又和公鸡比试，果然和成名说的一样。县令于是赏赐成名，并把小虫儿献给了巡抚。巡抚听了县令的汇报高兴得不得了，用金丝笼装好献给朝廷，并在奏疏里详细陈述了小虫儿的本领。到了宫里，皇帝就拿天下各地进贡的蝴蝶、螳螂、油利挞、青丝额……跟小虫儿一一比试，没有能打过它的。而且，每当奏乐时，它都会随着琴瑟节拍翩然起舞。皇帝越发觉得神奇，于是龙颜大悦，下诏赏赐巡抚绫罗绸缎、骏马良驹。巡抚也没忘记进献的属下，不久，那位县令就因政绩卓异而上报朝廷。县令一高兴，就免除了成名的赋役，并给负责教育的官员打招呼，让成名进县学读书。过了一年多，成名的儿子精神恢复如初，他说自己曾化为蟋蟀，敏捷善斗，如今才醒过来。巡抚后来也重赏了成名。没几年，成名家就有良田百顷，楼阁万间，牛羊千计。每次外出，成名都骑着高头大马，身着貂裘，比世家大族还阔气。

异史氏曰："天子偶用一物，未必不过此已忘；而奉行者即为定例。加以官贪吏虐，民日贴妇卖儿，更无休止。故天子一跬步[1]皆关民命，不可忽也。独是成氏子以蠹贫[2]，以促织富，裘马扬扬。当其为里正受扑责时，岂意其至此哉？天将以酬长厚者，遂使抚臣、令尹，并受促织恩荫。闻之：一人飞升，仙及鸡犬。信夫！"

注释

1 一跬（kuǐ）步：跨出一脚走半步。2 以蠹（dù）贫：因为差役的敲诈盘剥而贫穷。蠹，原指蛀虫，此处指贪官污吏。

译文

异史氏说："天子偶然兴起用一件东西，未必不是过后就忘了，但是那些奉行办事的官员就将此视为定例。加上官吏贪婪暴虐，小民天天贴妇卖儿，更没有终止之日。所以天子的一举一动，都关乎百姓的生死，不能忽视啊！唯独成名因贪官污吏敲诈盘剥而贫穷，又因进献蟋蟀而致富，最后肥马轻裘，趾高气扬。当初他身为里正受责打时，怎么能想到会有今天？上天打算报偿忠厚之人，于是就让巡抚、县令一并受到促织带来的恩赏。古话说'一人得道，鸡犬升天'，看来的确如此啊！"

酒　狂

缪永定，江西拔贡[1]生，素酗于酒，戚党多畏避之。偶适族叔家，与客滑稽谐谑，遂共酣饮。缪醉，使酒骂座[2]，忤[3]客，客怒，一座大哗。叔以身左右排解，缪谓左袒[4]客，又益迁怒叔。叔无计，奔告其家。家人来，扶捽[5]以归。才置床上，四肢尽厥[6]，抚之，奄然[7]气绝。

注释

1 拔贡：科举制度中，由地方贡入国子监成为生员。每府学两名，州、县学各一名，由各省学政从生员中考选，保送入京，作为拔贡。经过朝考合格，可以充任京官、知县或教谕。2 使酒骂座：醉酒后，发酒疯骂人。3 忤（wǔ）：逆，触犯。4 左袒：偏袒，袒护。5 扶捽（zuó）：紧紧抓着扶回去。6 四肢尽厥：四肢麻木冰冷。7 奄然：死亡。

译文

缪永定是江西的拔贡，他酗酒成性，亲朋好友平时都离他远远的，唯恐避之不及。一次，他偶然到堂叔家，跟其他客人互相说笑，很聊得来，于是就一起开怀畅饮。缪生喝醉后，发酒疯痛骂在座诸人。客人怒不可遏，跟他对骂起来，满座的人闹哄哄乱成一片。堂叔闻讯慌忙赶来，用身子挡在二人中间，不停地劝解。缪生认为他偏袒客人，又把怒气撒到叔叔身上。堂叔实在没办法，就跑到他家通告情况。缪生家人过来，生拉硬拽把他拖回家。刚放到床上，他的四肢就冰凉僵硬，用手一摸，已经断气了。

缪见有皂帽人絷[1]己去。移时，至一府署，缥碧[2]为瓦，世间无其壮丽。至墀[3]下，似欲伺见官宰，自思无罪，当是客讼斗殴。回顾皂帽[4]人，怒目如牛，又不敢问。然自度贡生与人角口，或无大罪。忽堂上一吏宣言，使讼狱者翼日[5]早候，于是堂下人纷纷藉藉，如鸟兽散。缪亦随皂帽人出，更无归着，缩首立肆檐[6]下。皂帽人怒曰："颠酒[7]无赖子！日将暮，各去寻眠食，尔欲何往？"缪战栗曰："我且不知何事，并未告家人，故毫无资斧[8]，庸将焉归？"皂帽人曰："颠酒贼！若酤自啖[9]，便有用度[10]！再支吾，老拳碎颠骨子！"缪垂首不敢声。

注释

1 絷（zhí）：拘捕。2 缥碧：淡青色。3 墀（chí）：台阶。4 皂帽：黑色的帽子。5 翼日：明日。翼，通“昱”。6 肆檐：店铺的屋檐下。7 颠酒：发酒疯。8 资斧：盘缠，路费。9 若酤（gū）自啖：买酒给自己喝。10 用度：费用，开销。

译文

缪生恍惚间看到有个戴黑帽子的官差把他绑走了。过了一晌，来到一座官署，但见屋顶上覆盖着浅绿色琉璃瓦，气势恢宏，人世间没有比这更壮丽的。官差把缪生带到台阶下，好像要等候拜见长官。缪生心想自己没犯什么罪，估计也就是客人告他打架斗殴。再回头看黑帽人，怒目圆睁，瞪得像牛眼一样大，也就不敢问自己到底犯了什么事儿。但是他自认为贡生和人发生争吵，应该犯不了大罪。忽而听得堂上官吏宣告：要打官司的明日一早再来等候。于是堂下的人纷纷作鸟兽散，缪生也就跟着黑帽人出去了。他来到大街上，压根儿没个去处，就缩头缩脑地站在店铺的屋檐下。黑帽人怒斥道：“你这个耍酒疯的无赖小子！天要黑了，人家都寻吃觅睡了，你要上哪里去？”缪生颤颤巍巍地说：“我连怎么回事儿都不知道，也没来得及告诉家里人，现在身无分文，还能去哪儿啊？”黑帽人又呵责道：“你这个酒疯子，如果是喝酒你就有钱！再废话，老子一拳打碎你的疯骨头！”缪生吓得耷拉着脑袋，一声都不敢吭。

忽一人自户内出，见缪，诧异曰：“尔何来？”缪视之，则其母舅。舅贾氏，死已数载。缪见之，始悟其已死，心益悲惧，向舅涕零曰：“阿舅救我！”贾顾皂帽人曰：“东灵非他[1]，屈临寒舍。”二人乃入。贾重揖皂帽人，且嘱青眼[2]。俄顷，出酒食，团坐相饮。贾问：“舍甥何事，遂烦勾致？”皂帽人曰：“大王驾诣浮罗君[3]，遇令甥颠詈[4]，使我捽得来。”贾问：“见王未？”曰：“浮罗君会花子案，驾未归。”又问：“阿甥将得何罪？”答言：“未可知也。然大王颇怒此等辈。”缪在侧，闻二人言，觳觫[5]汗下，杯箸不能举。无何，皂帽人起，谢曰：“叨盛酌[6]，已径醉矣。即以令甥相付托，驾归，再容登访。”乃去。

注释

1 东灵非他：东灵大王的手下不是外人。此处指皂帽人。2 青眼：本意是黑色的眼珠在眼眶中，用青眼看人则是表示对人尊重（跟“白眼”相对）。此处指多多关照。3 浮罗君：

作者虚构的神仙。4 詈（lì）：骂。5 觳觫（hú sù）：因害怕而瑟瑟发抖。6 叨盛酌：承蒙热情招待。

译文

忽然，从门里走出一人，他看见缪生，惊诧地问："你怎么来了？"缪生一看，原来是自己的舅舅。舅舅姓贾，已经死了好几年。缪生见到他，这才明白自己已经死了，心里就更加悲伤恐惧。他对着舅舅哭诉说："阿舅，你一定要救救我啊！"贾某就回头对黑帽人说："东灵差爷您也不是外人，还请屈驾光临小店。"于是两人就进了屋。贾某又向黑帽人深深作揖，并请他多多关照。不一会儿，端上了酒菜，三人围着桌子喝酒。贾某借机说："差爷，敢问我外甥犯了什么事儿，劳您大驾把他勾过来？"黑帽人就说："还不是大王前去拜会浮罗君，路上正好碰到你外甥醉酒大骂，就让我把他逮来了。"贾某又问："不知是否见过大王？"黑帽人说："还没呢。大王在跟浮罗君一起会审花子案，还未回来。"贾某继续问："不知我外甥他会定什么罪？"黑帽人说："这个还不知道，不过大王最痛恨这种人。"缪生在一旁听两人交谈，吓得浑身发抖，汗流直下，连酒杯和筷子都拿不起来。没多久，黑帽人起身说："叨扰你置办这么丰盛的酒席，我已经醉啦。我先把你外甥放这儿，等大王回来，再容我登门拜访。"说完就走了。

贾谓缪曰："甥别无兄弟，父母爱如掌上珠，常不忍一诃。十六七岁时，每三杯后，喃喃寻人疵，小不合，辄挝门裸骂，犹谓稚齿。不意别十余年，甥了不长进。今且奈何？"缪伏地哭，惟言悔无及。贾曳之曰："舅在此业酤，颇有小声望，必合极力。适饮者乃东灵使者，舅常饮之酒，与舅颇相善。大王日万幾[1]，亦未必便能记忆。我委曲[2]与言，浼[3]以私意释甥去，或可允从。"即又转念曰："此事担负颇重，非十万不能了也。"缪谢，锐然自任，诺之。缪即就舅氏宿。次日，皂帽人早来觇望。贾请间。语移时，来谓缪曰："谐矣。少顷即复来。我先罄所有用压契[4]，余待甥归，从容凑致之。"缪喜曰："共得几何？"曰："十万。"曰："甥何处得如许？"贾曰："只金币钱纸百提[5]，足矣。"缪喜曰："此易办耳。"

注释

1 日万幾：公务繁忙，日理万机。2 委曲：委婉，婉转。3 浼（měi）：央求，恳请。4 压契：交易时，买方先付给卖方一部分钱，将卖方的契约作抵押。5 金币钱纸百提：一百提金纸做的纸钱。

译文

贾某就对缪生说："外甥啊，家里就你这么一根独苗，你爹妈待你若掌上明珠，从来舍不得责骂你一句。你十六七岁时，每当喝了几杯酒，就嘟囔着找别人碴，稍微不如意，就光着身子砸门叫骂。那时都以为你还小，不懂事。没想到十几年不见，你还是没什么长进。事到如今又该怎么办呢？"缪生趴在地上痛哭流涕，后悔莫及。贾某把他拉起来说："你放心，舅舅我在此处卖酒，也算小有名气，一定会竭尽全力救你的！刚才一起喝酒的人是东灵大王的差使，我经常请他喝酒，他跟我关系还不错。大王他日理万机，也未必能记住你。待我婉转地跟他说说，求他能否看我面子，把你放走，兴许能够答应。"贾某说完，又转念说道："办这件事儿，没个十万两恐难了结。"缪生千恩万谢，痛快答应自己承担费用，贾某就答应帮忙说合。缪生便在舅舅家住下。第二天，黑帽人一早前来探望。贾某请借过说话。谈了好一阵儿，贾某才出来告诉缪生："都谈妥啦。待会儿他还会再来。我先把所有的钱都给他作抵押，剩下的等外甥你回去慢慢凑足给他就行。"缪生欣喜地问："一共要多少？"贾某说："十万。"缪生一惊："这么多钱我到哪儿去弄啊？"贾某说："只需一百提金纸钱就够了。"缪生大喜说："这个好办。"

待将亭午，皂帽人不至。缪欲出市上，少游瞩[1]，贾嘱勿远荡，诺而出。见街里贸贩，一如人间。至一所，棘垣[2]峻绝，似是囹圄[3]。对门一酒肆，往来颇夥[4]。肆外一带长溪，黑潦[5]涌动，深不见底。方伫足窥探，闻肆内一人呼曰："缪君何来？"缪急视之，则邻村翁生，乃十年前文字交。趋出握手，欢若平生。即就肆内小酌，各道契阔[6]。缪庆幸中，又逢故知，倾怀尽釂[7]。酣醉，顿忘其死，旧态复作，渐絮絮瑕疵[8]翁。翁曰："数载不见，若复尔耶？"缪素厌人道其酒德，闻翁言益愤，击桌顿骂。翁睨之，拂袖竟出。缪追至溪头，捋翁帽，翁怒曰："是真妄人！"乃推缪颠堕溪中。溪水殊不甚深，而水中利刃如麻，刺穿胁胫，坚难动摇，痛彻骨脑。黑水半杂溲秽，随吸入喉，更不可过。岸上人

观笑如堵，并无一引援者。

注释

1 游瞩：游览。2 棘垣（jí yuán）：以棘刺护墙。3 囹圄（líng yǔ）：监狱。4 夥（huǒ）：众多。5 黑潦（lǎo）：黑色的河水。6 契阔：久别重逢。7 釂（jiào）：喝完杯中的酒。8 瑕疵：挑剔，指摘。

译文

一直等到快中午，黑帽人还没来。缪生就想去集市上逛逛，贾某就叮嘱他别走远了，他答应着出了门。只见大街小巷，做生意的人来人往，跟人间一模一样。他来到一处地方，见围墙很高，上面还插着荆棘，好像是监狱。对门是一家酒店，进进出出的人很多。店外边有一条溪流，黑水翻涌，一眼看不见底。缪生停下脚步，正低头看那溪水，忽而听见酒店里有人喊道："缪兄你怎么来啦？"他急忙扭头一看，原来是邻村的翁姓书生，十年前是自己的文字之交。翁生快步走上前来，握着缪生的手，两人的感情就像从前一样好。于是他们就走进店里对饮，嘘寒问暖，聊个不停。缪生庆幸自己又遇到了老朋友，就开怀畅饮。他喝得酩酊大醉，竟忘记自己已经死了，于是又犯起老毛病，开始絮絮叨叨地寻翁生的不是。翁生就说："几年不见，你怎么还是这样？"缪生平时最讨厌别人拿他酒德说事儿，听翁生这么讲就更加生气，拍着桌子破口大骂。翁生瞥了他一眼，甩袖子出去了。缪生又追到溪水边，一把扯下翁生的帽子，翁生恼怒地呵斥说："你真是狂妄胡闹！"说着就把缪生推落水中。水并不很深，但水中遍布的锋利刀刃，扎进了缪生的肋部，刺穿了他的小腿，使他实在难以动弹，稍有不慎就痛彻骨髓。黑水中还夹杂着屎尿粪秽，他一张嘴就吸入喉咙里，更加难以忍受。岸上看笑话的人围了一圈，没一个肯施以援手。

时方危急，贾忽至，望见大惊，提携以归，曰："子不可为也！死犹弗悟，不足复为人！请仍从东灵受斧锧[1]。"缪大惧，泣言知罪矣。贾乃曰："适东灵至，候汝为券，汝乃饮荡不归，渠忙迫不能待。我已立券，付千缗[2]令去，余者以旬尽为期。子归，宜急措置，夜于村外旷莽中，呼舅名焚之，此愿可结也。"缪悉应之。乃促之行，送之郊外，又嘱曰："必勿食言[3]累我。"乃示途令归。

时缪已僵卧三日，家人谓其醉死，而鼻息隐隐如悬丝。是日苏，大呕，呕

出黑沈[4]数斗，臭不可闻。吐已，汗湿茵褥[5]，身始凉爽，告家人以异。旋觉刺处痛肿，隔夜成疮，犹幸不大溃腐。十日渐能杖行。家人共乞偿冥负[6]，缪计所费，非数金[7]不能办，颇生吝惜，曰：“曩或醉梦之幻境耳。纵其不然，伊以私释我，何敢复使冥王知？”家人劝之，不听。然心惕惕然，不敢复纵饮。里党咸喜其进德，稍稍与共酌。年余，冥报渐忘，志渐肆，故状渐萌。一日，饮于子姓[8]之家，又骂座，主人摈斥出，阖户径去。缪噪逾时，其子方知，扶持归家。入室，面壁长跪，自投[9]无数，曰：“便偿尔负！便偿尔负！”言已仆地，视之，气已绝矣。

注释

1 斧锧（zhì）：斧子与铁座，行刑时置人于座上，以斧砍之。2 千缗（mín）：在古代，一千个铜钱为一缗。千缗即一百万钱，约合一千两银子。3 食言：背信弃义，说话不算数。4 黑沈：黑色的汁液。5 茵褥：被褥，床垫。6 冥负：指缪生欠东灵官差的钱。7 数金：数两银子。8 子姓：同族中的晚辈。9 自投：自己趴在地上磕头。

译文

正在危急关头，贾某忽然赶来，见此情景大惊失色，赶忙将缪生拉上岸，把他带回家去，边走边说：“你真是不可救药啊！死了都不悔悟，简直不配再做人！还是跟东灵差爷前去受刀斧之刑吧！”缪生大为恐惧，便声泪俱下地说自己知道错了。贾某就告诉他：“刚才东灵使者到了我那儿，等你立字据，可你却在外边喝酒撒疯，迟迟不回来。他公务繁忙急着要走，我就替你立了字据，给了他一千串钱，打发他走。剩下的，我和他说好以十天为期，你回去后要抓紧筹措。夜里到村外的荒野中，喊着我的名字把钱烧了，这案子便可了结。”缪生连连答应。于是贾某就催他赶快上路，送到郊外，又叮嘱说：“你可千万不能食言连累了我。”于是指明道路，让他回去了。

那时，缪生已经在床上僵卧三天，家人以为他已经醉死，但鼻孔里还隐约有一丝气息。到了这一天，他终于苏醒过来，大吐不止，吐出了数斗黑色液体，臭不可闻。吐完了，汗水浸湿了床垫被褥，这才感觉身上凉爽下来，于是就把之前的奇遇告诉了家人。转而又感觉落水时被刀刺穿的部位肿痛难忍，隔了一晚就生起脓疮，幸而没有大面积溃烂。十天后渐渐能拄拐杖走路。家人都劝他赶快偿还阴间的欠债，缪生算了一下花费，没几两银子办不了，于是心生吝惜，说："之前或许是喝醉酒做了一场梦。就算不是梦，他私下里放了我，怎么敢让阎王知道呢？"家人一再劝他，他仍然不听。不过他还是心有余悸，不敢再酗酒了。亲戚朋友听说了，都很高兴他能有所长进，逐渐又跟他一起喝酒。一年多后，缪生差不多把这件事忘了，又开始放肆起来，故态渐渐复发。一天，他在晚辈家喝醉酒，又在酒桌上发疯大骂，主人便把他撵了出去，关上大门就走了。缪生在门外叫嚣了一个多时辰，他儿子才得到消息，把他扶回家去。进了屋，缪生突然对着墙跪下，不停地磕头，口里还念叨着："这就还你钱！这就还你钱！"说罢就倒地不起，家人上前察看，发现他已经气绝身亡了。

梦　狼

白翁，直隶[1]人。长子甲，筮仕南服[2]，三年无耗[3]。适有瓜葛[4]丁姓造谒，翁款之。丁素走无常[5]。谈次，翁辄问以冥事，丁对语涉幻，翁不深信，但微哂之。别后数日，翁方卧，见丁又来，邀与同游。从之去，入一城阙，移时，丁指一门曰："此间君家甥也。"时翁有姊子为晋令，讶曰："乌在此？"丁曰："倘不信，入便知之。"

翁入，果见甥，蝉冠豸绣[6]坐堂上，戟幢行列[7]，无人可通。丁曳之出，曰："公子衙署，去此不远，亦愿见之否？"翁诺。少间，至一第，丁曰："入之。"窥其门，见一巨狼当道，大惧不敢进。丁又曰："入之。"又入一门，见堂上、堂下，坐者、卧者，皆狼也。又视墀中[8]，白骨如山，益惧。丁乃以身翼[9]翁而进。公子甲方自内出，见父及丁良喜。少坐，唤侍者治肴蔌[10]。忽一巨狼，衔死人入。翁战惕而起，曰："此胡为者？"甲曰："聊充庖厨。"翁急止之。心怔忡不宁，辞欲出，而群狼阻道。

注释

1 直隶：直接隶属京师的地区，清朝直隶地区包括今天的北京、天津两市、河北省大部和河南、山东小部分地区。2 筮仕南服：到南方做官。古人到外地做官前，通常要占卜吉凶，故外出做官又称为"筮仕"。3 无耗：没有音讯。4 瓜葛：此处指远房亲戚。5 走无常：指阳世之人，神魂能到阴间做事。6 蝉冠豸绣：戴着金蝉装饰的官帽，穿着绣有獬豸的官服。獬豸（xiè zhì），是古代神话中的神兽，类似麒麟，全身长着浓密黝黑的毛，双目明亮，额上长一角。獬豸能辨是非曲直，识善恶忠奸，被视为公正的象征。明清时期，御史及司法官员多穿獬豸补服。7 戟幢行列：拿着戟举着旌旗的仪仗队分列成行。8 墀中：台阶上面的空地；台阶。9 翼：帮助，辅佐。10 治肴蔌（sù）：准备菜肴。

译文

白老汉是直隶人，大儿子白甲到南方做官，一去三年都没有音讯。一天恰逢有远亲丁某前来拜访，老汉就热情招待他。丁某素来在阴间当差。言谈中，老汉就问一些地府的事，丁某所答语涉玄虚，老汉不大相信，只是笑了笑。分别后数日，老汉正躺床上休息，忽然看见丁某又来了，邀请他一起出去游玩。老汉跟着他来到一座城池，过了一会儿，丁某指着一扇门说："这间房子就是你外甥家。"当时，老汉姐姐的儿子在山西当县令，就惊讶地问："怎么会在这儿？"丁某就说："你要是不相信，进去看看就知道了。"

老汉进去一瞧，果然堂上坐的是外甥，头戴乌纱身着官服，执戟擎旗的仪仗罗列两旁；想上前打声招呼，却没人给他通报。丁某把他拉出来说："你家公子的衙门离此不远，你也想去看看吗？"老汉点头同意。过了片刻，又来到一座宅邸，丁某就说："进去吧。"老汉打门缝儿往里一瞧，看见一头巨狼挡在路上，吓得不敢进去。丁某就说："进去吧，没事儿。"又走过一道门，只见堂上、堂下，坐着的、趴着的，都是豺狼。再看台阶上，白骨堆积如山，老汉心里更加害怕了。丁某就用身子护着白翁走了进去。白甲正好从里边出来，看见父亲和丁某很高兴。坐了一会儿，白甲就吩咐侍者准备饭菜。忽然一头巨狼衔着死人跑了进来。老头儿吓得哆哆嗦嗦，站起身问："这是要干什么呀？"白甲就说："就是做点儿菜。"白老汉一听，急忙摆手制止。他心脏剧烈跳动，感到不安宁，想告辞出去，又被群狼拦住道路。

进退方无所主，忽见诸狼纷然嗥避[1]，或窜床下，或伏几底。错愕不解其故，俄有两金甲猛士努目入，出黑索索甲。甲扑地化为虎，牙齿巉巉[2]。一人出利剑，欲枭[3]其首。一人曰："且勿，且勿，此明年四月间事，不如姑敲齿去。"乃出巨锤锤齿，齿零落堕地。虎大吼，声震山岳。翁大惧，忽醒，乃知其梦。心异之，遣人招丁，丁辞不至。

翁志[4]其梦，使次子诣甲，函戒[5]哀切。既至，见兄门齿尽脱，骇而问之，则醉中坠马所折。考其时，则父梦之日也，益骇。出父书。甲读之变色，为间

曰："此幻梦之适符耳，何足怪。"时方赂当路者[6]，得首荐[7]，故不以妖梦为意。弟居数日，见其蠹役[8]满堂，纳贿关说[9]者中夜不绝，流涕谏止之。甲曰："弟日居衡茅[10]，故不知仕途之关窍耳。黜陟之权，在上台不在百姓。上台喜，便是好官；爱百姓，何术能令上台喜也？"弟知不可劝止，遂归告父。翁闻之大哭，无可如何，惟捐家济贫，日祷于神，但求逆子之报，不累妻孥。

注释

1 嗥避：嚎叫着四散避开。2 巉巉（chán chán）：此处指牙齿尖锐，排列得密密麻麻。3 枭（xiāo）：砍头。4 志：记下。5 函戒：写信告诫。6 当路者：掌握大权的上级官员。7 首荐：通过考核，优先向朝廷推荐的官员。8 蠹役：残害百姓的差役。9 关说：走后门说情的人。10 衡茅：简陋的茅屋。衡，横木为门。

译文

老汉正进退不得时，群狼忽而嚎叫着四散逃避，有的窜到床下，有的趴在桌子底下。他正惊愕搞不清楚状况时，忽见两个金甲猛士怒目圆睁地走进来，掏出黑绳把白甲捆起来。白甲扑倒在地变成一只老虎，大张着嘴，尖利的牙齿长得密密麻麻。一人抽出利剑，要砍老虎脑袋，另一人劝阻说："且慢，且慢。这是明年四月间的事，不如先敲掉它的牙齿。"于是就拿出一把巨大的铁锤朝虎口砸去，牙齿纷纷落地。老虎疼得大声吼叫，声震山岳。老汉惊恐万分，忽然醒了过来，这才明白是一场梦。他心里觉得奇怪，就派人把丁某找过来，结果丁某坚决推辞不来。

白老汉就把这个梦记下来，让二儿子前去送给白甲，信中对他百般告诫哀劝。老二到了后，见大哥门牙全掉了，大为惊骇，询问原因，说是喝醉酒从马上摔下来磕掉的。推算时间，正好是父亲做梦的那天，弟弟更觉惊恐，拿出父亲的书信递给哥哥。白甲读后大惊失色，过了会儿说："这只不过是梦里凑巧罢了，有什么值得大惊小怪的。"当时，他刚贿赂了上级，考核被评为第一，所以不把妖梦当回事儿。弟弟住了几天，亲眼见满堂都是残害百姓的差役，行贿走后门的人到了半夜还往来不绝，就痛哭流涕地劝大哥收手。白甲反而宽慰起弟弟道："弟弟你身为平民，所以不明白仕途中的机关诀窍啊。官吏升迁的大权，在上司而不在百姓。只要获得上司的喜欢，那就是好官；光想着爱护百姓，那有什么办法让上司喜欢啊？"弟弟知道再怎么劝都没用，就回去把情况禀告父亲。白老汉听了号啕大哭，实在没办法，就只好捐出家财赈济贫穷，每天向神灵祷告，但求逆子的报应不要牵连全家。

次年，报甲以荐举作吏部，贺者盈门，翁惟欷歔，伏枕托疾不出。未几，闻子归途遇寇，主仆殒命。翁乃起，谓人曰："鬼神之怒，止及其身，祐我家者不可谓不厚也。"因焚香而报谢之。慰藉翁者，咸以为道路讹传，惟翁则深信不疑，刻日为之营兆[1]。而甲固未死。先是四月间，甲解任，甫离境，即遭寇，甲倾装以献之。诸寇曰："我等来，为一邑之民泄冤愤耳，宁专[2]为此哉！"遂决其首。又问家人："有司大成者谁是？"司故甲之腹心，助纣为虐[3]者。家人共指之，贼亦杀之。更有蠹役四人，甲聚敛臣也，将携入都。并搜决讫，始分资入囊，骛驰[4]而去。

甲魂伏道旁，见一宰官过，问："杀者何人？"前驱者曰："某县白知县也。"宰官曰："此白某之子，不宜使老后[5]见此凶惨，宜续其头。"即有一人掇头置腔上，曰："邪人不宜使正，以肩承领[6]可也。"遂去。移时复苏。妻子往收其尸，见有余息，载之以行，从容灌之，亦受饮。但寄旅邸，贫不能归。半年许，翁始得确耗，遣次子致之而归。甲虽复生，而目能自顾其背，不复齿人数[7]矣。翁姊子有政声，是年行取为御史，悉符所梦。

注释

1 营兆：营葬，安葬。2 专：单单，只是。3 助纣为虐：帮助坏人干坏事。4 骛（wù）驰：骑马飞奔。5 老后：长辈，老人家。6 以肩承领：用肩膀支撑着头。7 不复齿人数：不再把他当人看。

译文

第二年，有人来禀报说大公子被举荐到吏部当官，前来祝贺的人挤满了门，白老汉只是长吁短叹，趴在枕头上托病不出。没多长时间，就听说大儿子在回家的路上遭遇强盗，主仆都死了。老汉便起床对人讲："鬼神的愤怒只报应在他一人身上，对我家的庇佑不可谓不厚啊。"于是就焚香礼拜，答谢神恩。前来慰问的人都说这也许是道听途说，以讹传讹，但老汉坚信不疑，选好日子准备安葬。然而白甲其实并没有死。原先在四月的时候，白甲解任刚走出县境，就遭遇了强盗，他把携带的钱财全部献了出来。众强盗扰攘说："我等前来，是为了给全县百姓申冤出气的，难道只是为打劫吗！"于是就砍了白甲的脑袋，又问随从："哪一个是司大成？"司某原本是白甲的心腹，平日助纣为虐，干尽了坏事。随从一齐指着他，强盗也把他杀了。还有四个坑害百姓的差役，都是替白甲搜刮的爪牙，这次要带他们一起进京。强盗把他们搜了出来一一处决，这才开始瓜分财物，装入袋囊，骑马飞奔而去。

白甲的魂魄趴在路边，看见有一个县官模样的人路过，那人问道："被杀的人是谁？"在前开路的人回禀说："是某县的白知县。"县官就说："这是白老汉的儿子，不能让老人家看到这么凶惨的样子，可以把头给他接上。"随即有一个人把头捡起来放到脖子上，说："坏人的头不应接正，让它歪在肩膀上就行了。"说完就走了。过了一会儿，白甲苏醒了过来。老婆孩子前去收尸，见他还有口气儿，就把他放在车上拉走，慢慢儿灌些水，也能喝下去。由于没多少盘缠，穷得回不了家，只能暂住在旅店里。过了大半年，老汉才得到确切消息，派二儿子前去把老大接回家。白甲虽然死而复生，但总歪着头，眼睛能看到后背，不伦不类，大家都不把他当人看。白老汉姐姐的儿子做官名声很好，这一年被擢升为御史，和之前梦到的皆相符合。

异史氏曰："窃叹天下之官虎而吏狼者[1]，比比[2]也。即官不为虎，而吏且将为狼，况有猛于虎者耶！夫人患不能自顾其后耳。苏而使之自顾，鬼神之教微矣哉！"

注释

1 官虎而吏狼者：像猛虎一样残暴的官员，像豺狼一样凶恶的差吏。2 比比：一个挨一个，到处都是。

译文

异史氏说："我往往感叹天下像猛虎、豺狼一样的官吏比比皆是啊。就算当官的不贪婪，而手下人也如同豺狼一样凶残，况且有的比老虎还要凶猛啊！人只怕对未来不能考虑得周全。像白甲那样活过来能看到后背，鬼神的惩戒教训真是相当微妙啊！"

水莽草

水莽[1]，毒草也，蔓生似葛，花紫类扁豆。误食之，立死，即为水莽鬼。俗传此鬼不得轮回，必再有毒死者，始代之。以故楚中桃花江一带，此鬼尤多云。楚人以同岁生者为同年[2]，投刺[3]相谒，呼庚兄庚弟，子侄呼庚伯，习俗然也。有祝生造其同年某，中途燥渴思饮。俄见道旁一媪，张棚施饮，趋之。媪承迎入棚，给奉甚殷。嗅之有异味，不类茶茗，置不饮，起而出。媪急止客，便唤："三娘，可将好茶一杯来。"俄有少女，捧茶自棚后出。年约十四五，姿容艳绝，指环臂钏，晶莹鉴影。生受盏神驰，嗅其茶，芳烈无伦，吸尽再索。觑媪出，戏捉纤腕，脱指环一枚。女赪颊微笑，生益惑。略诘门户，女云："郎暮来，妾犹在此也。"生求茶叶一撮，并藏指环而去。

注释

1 水莽：水莽草因为根茎含有剧毒，在有的地方也被称为断肠草。2 同年：科举考试中同榜录取的人之间的称呼，此处指同岁之间。3 投刺：投递名片。

译文

水莽草有剧毒，蔓生，形状类似葛藤，花是紫色的，看上去跟扁豆花差不多。人如果误食了，就会立即毒发身亡，成为水莽鬼。民间传说这种鬼不能轮回转生，必须再有人中毒身亡，自己才能被替代。所以湖南桃花江一带，水莽鬼特别多。湖南地区称同岁的人为同年，投递名片拜访时，都是互称庚兄庚弟，子侄辈则称呼为庚伯，当地习俗一直如此。有一位姓祝的年轻人去拜访他的同年，半路上口干舌燥，就想找点水喝。忽然，他看见路边有个老太太支着棚子施茶，就走上前去。老太太热情地把他迎进来，端茶倒水非常周到。祝生闻了一下茶水，感觉有股怪味，不像是茶叶泡的，就搁到一旁不喝，起身出去。老太太急忙拦住他，喊道："三娘，快上一杯好茶来。"不一会儿，有位少女捧着茶杯从棚子后边走出来。她年纪约十四五岁，身段模样艳丽绝人，戴着戒指、手镯，晶莹亮丽，能照出人影。祝生接过茶杯，早已神魂荡漾，再一闻，茶水香冽无比，一饮而尽后又连要数杯。他看老太太不在，就抓住少女纤细的手腕调戏起来，还摘下了一枚戒指。女子只是红着脸微微含笑，祝生更加神魂颠倒。问她住在哪里，女子说："郎君要是晚上能来，我还在这里。"祝生就要了一撮茶叶，收起指环走了。

至同年家，觉心头作恶，疑茶为患，以情告某。某骇曰：“殆矣，此水莽鬼也！先君死于是。是不可救，且为奈何？”生大惧，出茶叶验之，真水莽草也。又出指环，兼述女子情状。某悬想[1]曰：“此必寇三娘也！”生以其名确符，问何故知。曰：“南村富室寇氏女夙有艳名，数年前误食水莽而死，必此为魅[2]。”或言受魅者若知鬼之姓氏，求其故裆[3]煮服可痊。某急诣寇所，实告以故，长跪哀恳。寇以其将代女死故，靳[4]不与。某忿而返，以告生，生亦切齿恨之，曰：“我死，必不令彼女脱生！”

注释

1 悬想：料想，猜想。2 魅：此处指鬼魅作祟。3 裆：此处指背心或坎肩。4 靳（jìn）：吝啬，舍不得给。

译文

等他到了同年家，感觉心头一阵恶心，怀疑是喝茶引起的，就把实情告诉了同年。同年听了大吃一惊，说：“糟了，这是水莽鬼啊！我父亲就是这么死的。中了水莽草的毒，根本没办法救治，这可如何是好？”祝生大为恐惧，拿出茶叶仔细看了看，果真是水莽草。又拿出指环，把那个女子的情况讲给同年听。同年推测说：“这肯定是寇三娘！”祝生听他言之凿凿，名字完全对得上，就问他是怎么知道的。同年回答说：“南村有户姓寇的富翁，家里的女儿素有艳丽的名声，几年前因误食水莽草死了，你遇到的，肯定是寇家女儿在作祟。”有人说，被水莽鬼魅惑的人，如果知道鬼的姓氏，能找来她生前穿过的背心煮水喝就可以痊愈。同年急忙前往寇家以实相告，他长跪不起，苦苦哀求。寇家认为，祝生若死了将代替自家女儿，就吝啬不给。同年愤愤而返，把情况告诉祝生，祝生也恨得咬牙切齿，赌咒发誓道：“我死了，必定不让他女儿脱生！”

某舁[1]送之，将至家门而卒。母号啼葬之。遗一子甫周岁。妻不能守柏舟节[2]，半年改醮去。母留孤自哺，劬瘁[3]不堪，朝夕悲啼。一日，方抱儿哭室中，生悄然忽入。母大骇，挥涕问之。答云：“儿地下闻母哭，甚怆于怀，故来奉

晨昏耳。儿虽死，已有家室，即同来分母劳，母其勿悲。”母问：“儿妇何人?”曰：“寇氏坐听儿死，儿深恨之。死后欲寻三娘，而不知其处，近遇某庚伯[4]，始相指示。儿往，则三娘已投生任侍郎家，儿驰去，强捉之来。今为儿妇，亦相得，颇无苦。”移时，门外一女子入，华妆艳丽，伏地拜母。生曰：“此寇三娘也。”虽非生人，母视之，情怀差慰。生便遣三娘操作，三娘雅不习惯，然承顺殊怜人。由此居故室，遂留不去。

注释

1 舁（yú）：抬着。2 柏舟节：丈夫死后妻子守节不嫁。3 劬瘁（qú cuì）：劳累。4 庚伯：对同年龄的男性长辈的尊称。

译文

朋友就把祝生抬回去，快到家门口时祝生就死了。祝母号啕大哭，匆匆将儿子埋葬了。祝生留下一个儿子，才刚满一岁。妻子独身难支，半年后就改嫁了。祝母就自己哺育孤儿，操劳不堪，整日伤心落泪。一天，她正抱着孙子在屋里哭泣，祝生忽然悄声走了进来。祝母吓了一跳，慌忙擦拭眼泪，问他为何前来。祝生答道：“我在地府听闻母亲痛哭，心里难受得很，所以就前来侍奉母亲。儿子我虽然死了，但在阴间也有了家室，我和媳妇过来帮你干活儿，请母亲不要再难过。”祝母就问：“你媳妇是什么人？”祝生说：“寇家任儿死去也不肯相救，儿对此恨入骨髓。我死后就想去找寇三娘，却不知道她在什么地方，最近遇到一位庚伯，通过他指示才知道她的下落。我找过去的时候，三娘已经到任侍郎家投胎了，我迅速赶过去，强行把她抓了回来。现在她做了我的媳妇，两人也还合得来，并没受什么苦。”过了片刻，打门外走进来一位姑娘，穿戴华美，梳妆艳丽，见了祝母伏地便拜。祝生说：“这就是寇三娘。”虽然不是活人，但祝母见了，心里也稍感安慰。祝生就命三娘做些家务，三娘很不习惯，但是对祝母的吩咐也还听话，颇讨老人欢心。从此他们就在原来的房间住下，留在家里不走了。

女请母告诸家。生意欲勿告，而母承女意，卒告之。寇家翁媪，闻而大骇，命车疾至，视之，果三娘，相向哭失声，女劝止之。媪视生家良贫，意甚忧悼。女曰：“人已鬼，又何厌贫？祝郎母子，情义拳拳[1]，儿固已安之矣。”因问：

“茶媪谁也？”曰：“彼倪姓。自惭不能惑行人，故求儿助之耳。今已生于郡城卖浆者[2]之家。”因顾生曰：“既婿矣，而不拜岳，妾复何心？”生乃投拜。女便入厨下，代母执炊，供翁媪。媪视之凄心，既归，即遣两婢来，为之服役，金[3]百斤、布帛数十匹，酒胾[4]不时馈送，小阜[5]祝母矣。寇亦时招归宁，居数日，辄曰：“家中无人，宜早送儿还。”或故稽之，则飘然自归。翁乃代生起夏屋，营备臻至[6]。然生终未尝至翁家。

注释

1 拳拳：态度诚恳、深切的样子。2 卖浆者：卖水的人。3 金：此处指铜钱。4 胾（zì）：切成大块的肉。5 小阜（fù）：稍稍富裕。6 臻（zhēn）至：极好的，达到顶点。

译文

三娘请祝母告诉她家里一声，祝生不想让母亲通告，而祝母还是顺从三娘的意愿，把这件事告诉了寇家。三娘父母听闻后大感惊骇，慌忙坐车赶过来，一看果然是自己女儿，两人相对失声痛哭起来，三娘就好生劝慰，这才止住了哭泣。寇母见祝生家很贫穷，心里很不是滋味。三娘就说：“人都做鬼了，还嫌弃贫穷干什么呢？祝家母子对我情深义厚，女儿我已经很知足了。”寇母又问：“那个卖茶的老太婆是谁？”三娘回答说：“她姓倪，自知不能魅惑人，就找我帮忙。如今已经托生在郡城卖水的人家了。”于是三娘对祝生说：“你都成女婿了，还不拜见岳父、岳母，我心里会怎么想？”祝生于是就上前给岳父、岳母行拜礼。三娘就到厨房代祝母做饭，招待父母。寇母见状心里很难受，回去后就派了两个丫环过来，替女儿收拾家务，又赠给祝家百斤铜钱、几十匹丝绸布匹，还经常送酒送肉过来，祝母的生活稍稍富裕了一些。寇家有时也把女儿接过去，住了几天，三娘就说：“家里没人，还是早点把我送回去吧。”有时多留她数日，三娘则自己悄悄返回。寇家老头儿还替祝生盖了大房子，所用什物一应俱全。然而，祝生始终没有到过寇家一次。

一日，村中有中水莽毒者，死而复苏，相传为异。生曰：“是我活之也。彼为李九所害，我为之驱其鬼而去之。”母曰：“汝何不取人以自代？”曰：“儿深恨此等辈，方将尽驱除之，何屑为此？且儿事母最乐，不愿生也。”由是中毒者，往往具丰筵，祷祝其庭，辄有效。积十余年，母死。生夫妇亦哀毁，但不

对客，惟命儿缞麻[1]擗踊[2]，教以礼义而已。葬母后又二年余，为儿娶妇。妇，任侍郎之孙女也。先是，任公妾生女数月而殇。后闻祝生之异，遂命驾其家，订翁婿焉。至是，遂以孙又妻其子，往来不绝矣。

一日，谓子曰："上帝以我有功人世，策[3]为'四渎牧龙君'[4]，今行矣。"俄见庭下有四马，驾黄幨车[5]，马四股皆鳞甲。夫妻盛装出，同登一舆。子及妇皆泣拜，瞬息而渺。是日，寇家见女来，拜别翁媪，亦如生言。媪泣挽留，女曰："祝郎先去矣。"出门遂不复见。

其子名鹗，字离尘，请诸寇翁，以三娘骸骨与生合葬焉。

注释

1 缞（cuī）麻：粗麻布丧服。2 擗踊（pǐ yǒng）：捶胸顿足，形容极度哀伤。3 策：帝王对臣下授予官爵。4 四渎牧龙君：四渎是指长江、黄河、淮河、济水四条大河。牧龙君，管理龙的神官。5 黄幨（chān）车：挂有黄色帷帐的马车。

译文

一天，村子里有人中了水莽草的毒，死后又复活过来，消息不胫而走，越传越神。祝生就说："是我把那个人救活的。他被李九所害，我替他把鬼驱赶跑了。"母亲问："你为什么不取而代之呢？"回答说："我最痛恨这种害人自活的鬼魅，正打算把它们都驱赶走，怎么会屑于干这种事呢？而且我能伺候母亲，感到非常快乐，不愿再托生为人。"因此，凡是中了水莽草毒的人，往往准备丰盛的酒食，在庭院里祈祷祝生保佑，每每灵验。过了十几年，祝母过世了。祝生夫妇哀毁守孝，但并不接见客人，只是让儿子披麻戴孝，教他办丧礼的规矩而已。母亲安葬后两年多，祝生给儿子娶了媳妇，是任侍郎的孙女。此前，任侍郎的小妾生了个女孩，没几个月就殇逝了。后来听说祝生的灵异传闻，就驱车前往祝家，跟他订了翁婿之亲。到这时，任侍郎就把孙女嫁给祝生的儿子，两家因此往来不断。

有一天，祝生对儿子说："上帝因为我对人世有功，封我为'四渎牧龙君'，现在就要走了。"忽然看见庭院里有四匹马，车上有黄色帷帐，马的四条腿上都有鳞片。祝生夫妇穿戴整齐走了出来，一起登上车。儿子儿媳都哭着向他们拜别，他们一转眼就消失不见了。当天，寇家见女儿来拜别，讲的话和祝生一样。老太太就哭着挽留，三娘说："祝郎已经先走了。"出门就不见了。

祝生的儿子叫祝鹗，字离尘，在请求寇老爷同意后，就把三娘与祝生的尸骸合葬在一起。

第四章

精怪多变

除了鬼狐之外，《聊斋志异》还描写了其他众多精怪。它们大多由自然界的动物变化而成，与人类或爱或仇，关系复杂多样。本章共选取了《尸变》《汪士秀》《花姑子》《莲花公主》《青蛙神》五篇文章。

《尸变》《汪士秀》讲的是精怪害人的故事，两文对动作的描写十分生动传神。《尸变》虽然比较简短，但可以说是全书描写最为惊悚的一篇。几位车夫到旅店投宿，恰好所有的客房都已满员，店主就把他们安排在新死儿媳的灵堂过夜。半夜，女尸将旅客杀死，并对逃跑的人狂追不舍，最终因耗尽气力成为僵尸。《汪士秀》讲的是擅长蹴鞠的汪士秀坐船路过洞庭湖，遇到鱼精蹴鞠，因一时技痒暴露了身份，被妖怪发现。汪士秀为搭救父亲，与妖怪展开激烈搏斗，最后打死了鱼精，父子二人顺利脱险。

《花姑子》《莲花公主》讲的是动物为了报恩，以身相许的故事。书生安幼舆为人慷慨，喜欢放生。他在山里迷路后，受之前搭救的獐子精章老汉招待，席间对章家女儿花姑子一见钟情。安生回家后因相思病倒，花姑子遂前来探望，并和安生同床共枕。二人交往被章老汉发现，于是举家搬迁。安生不知情入山寻找，结果误入蛇精洞窟，被吸干精气，后得章老汉舍命搭救。在花姑子的指点下，蛇精被安家仆人杀死，安生的病也得以痊愈。《莲花公主》中，窦旭在睡梦里被人请到王宫赴宴，因此与莲花公主相遇。国王有心把女儿许配给他，但窦生因看得痴迷而没有回应。国王知道窦生喜爱自己的女儿，便又将他请进王宫，为他和公主举办了婚礼。正当夫妻恩爱时，突然国中出现了巨蟒，举国将要遭受灭顶之灾，窦生正在着急时恍然从梦中醒来。他发现身边有几只蜜蜂围着飞来飞去，便给它们建了蜂巢，很快就有大量蜜蜂从邻居家迁徙过来。后来邻居在旧巢处发现了一条大蛇，才明白这就是窦生所梦到的巨蟒。

《青蛙神》讲的是夫妻俩吵架、分居，最后和好如初的故事。青蛙神看上了薛家儿子薛昆，非要把女儿十娘嫁给他。薛昆生性顽劣，经常捉弄十娘，又爱无理取闹，因为一点小事就把十娘赶出家门。虽然青蛙神降下灾祸，但薛昆仍不醒悟。直到十娘离家出走，改嫁他人，昆生再也没能找到比得上她的，这才幡然悔悟。昆生因思念十娘生了场病，十娘不忍心就辞了婚约前来照料，昆生痛改前非，夫妻最终和好如初。

尸　变

阳信[1]某翁者，邑之蔡店人。村去城五六里，父子设临路店，宿行商。有车夫数人，往来负贩，辄寓其家。一日昏暮，四人偕来，望门投止[2]，则翁家客宿邸满[3]。四人计无复之[4]，坚请容纳。翁沉吟，思得一所，似恐不当客意。客言："但求一席厦宇[5]，更不敢有所择。"时翁有子妇新死，停尸室中，子出购材木未归。翁以灵所室寂，遂穿衢[6]导客往。

注释

1 阳信：即今山东省滨州市阳信县。2 望门投止：原意为在窘迫中见有人家就去投宿，此处指到旅店住宿。3 客宿邸满：住的客人很多，客房已经住满。4 计无复之：再无别的办法可想，不得不这样。5 厦宇：堂下四周的廊屋。6 穿衢：穿过大路。

译文

阳信县有位老人家，是蔡店村人。村子离县城有五六里，老人家和儿子就在路边开了家客栈，供来往商旅住宿。有几个贩运货物的车夫，经常住在他家。一天黄昏，四个车夫一起来到客栈投宿，可是老先生家的客房已经住满了。四人实在想不出别的办法，就坚持请老人家收留他们住下。老先生沉思片刻，想起个地方，但又担心客人们不满意。客人们说："我们只求有住的地方就够了，哪还敢挑三拣四呢？"当时老先生的儿媳妇刚死不久，尸体停放在一间屋子里，他儿子出去买棺材板还没回来。老先生觉得灵堂比较寂静，于是就带着四个人穿街过巷到了那儿。

入其庐，灯昏案上，案后有搭帐衣[1]，纸衾[2]覆逝者。又观寝所，则复室中有连榻。四客奔波颇困，甫就枕，鼻息渐粗。惟一客尚朦胧，忽闻床上察察有声，急开目，则灵前灯火，照视甚了，女尸已揭衾起，俄而下，渐入卧室。面淡金色，生绢抹额[3]。俯近榻前，遍吹卧客者三。客大惧，恐将及己，潜引被覆首，闭息忍咽以听之。未几，女果来，吹之如诸客。觉出房去，即闻纸衾声，出首微窥，见僵卧犹初矣。客惧甚，不敢作声，阴以足踏诸客，而诸客绝无少动。

注释

1 搭帐衣：灵堂内搭设的帷帐。2 纸衾：盖在尸体上的纸被。3 抹额：也称额带、发箍。妇女包于额头上的装饰。

译文

进了屋，只见桌子上点着一盏昏暗的油灯，后面灵床上挂着帷帐，亡妇身上盖了层纸被子。再看住的地方，里屋内有一排通铺。四个人旅途奔波已经很困倦，于是倒头就睡，刚躺下就鼾声连连。只有一个人还朦朦胧胧没睡着，忽然，听见灵床上“嚓嚓”作响，他赶忙睁开眼睛，此时，灵床前的灯光照得很清楚，只见女尸已经把被子掀开，不一会儿就下了床，渐渐走进卧房来。她脸呈淡金色，额头上系着生绢发箍。她走到床前俯下身来，对睡着的三个人吹了个遍。没睡着的那个客人吓得要死，害怕女尸一会儿就吹到自己，便悄悄地用被子把头蒙上。他屏住呼吸，口水都不敢咽，静静地听着外边的动静。不一会儿，女尸果然走过来对着他吹气。感觉女尸已经走出去了，听到纸被发出声响，他这才把头伸出来，偷瞄了一眼，只见女尸已像开始那样僵卧在灵床里。客人吓得心惊肉跳，又不敢作声，就偷偷用脚蹬其他旅伴，可是他们都一动也不动。

顾念无计，不如着衣以窜。裁起振衣，而察察之声又作，客惧，复伏，缩首衾中。觉女复来，连续吹数数始去。少间，闻灵床作响，知其复卧。乃从被底渐渐出手得裤，遽就着之，白足奔出。尸亦起，似将逐客。比其离帏，而客已拔关出矣，尸驰从之。客且奔且号，村中人无有警者。欲叩主人之门，又恐迟为所及，遂望邑城路极力窜去。至东郊，瞥见兰若，闻木鱼声，乃急挝山门[1]。道人讶其非常，又不即纳。旋踵[2]尸已至，去身盈尺，客窘益甚。门外有白杨，围四五尺许，因以树自障。彼右则左之，彼左则右之，尸益怒。然各浸倦[3]矣。尸顿立，客汗促气逆，庇树间。尸暴起，伸两臂隔树探扑之。客惊仆，尸捉之不得，抱树而僵。

注释

1 急挝（zhuā）山门：急忙敲打寺院的大门。2 旋踵：掉转脚跟，比喻时间很短。3 浸倦：逐渐疲倦。

译文

他实在想不出什么办法，转念一想，不如穿上衣服逃跑算了。起来刚要穿衣服，“嚓嚓”声再次响起，客人吓得又躺下来，把头缩进被子。他感觉女尸又走过来，对着自己接连吹了好几次才离开。不一会儿，又听见灵床有动静，知道女尸又躺下了。于是，他就慢慢把手从被子底下伸出来，摸到裤子后赶快穿上，光着脚狂奔出去。这时，女尸也站起来，似乎要追过去。等她离开帷帐，客人已经拔开门闩跑了出去，女尸就在后面紧追不舍。客人边跑边号叫，但村子里没有人被惊醒。他想敲店主人家的门，又怕门开晚了被女尸追上，于是就朝着通往县城的路拼命狂奔。到了城东郊，他看见一座寺庙，隐约听到木鱼声，就急忙敲门。庙里的人听到有人大声砸门，感到很惊讶，认为不是寻常事，便没有马上开门放他进来。很快，女尸就追过来，离他只有一尺远，客人更加窘迫了。他看到寺庙外边有一株四五尺粗的白杨树，就跑过去躲在树后。女尸扑到右边，他就躲到左边，女尸扑到左边，他就躲到右边，女尸更加怒不可遏，不过双方都渐渐疲惫了。女尸停下来站着一动也不动，客人则汗流浃背，气喘吁吁，躲藏在树后。突然，女尸猛地扑了过来，伸开胳膊从树干两侧探手抓他。客人吓瘫在地，女尸捉不住他，就抱着树干慢慢僵硬了。

道人窃听良久，无声，始渐出。见客卧地上，烛之，死，然心下丝丝有动气。负入，终夜始苏。饮以汤水而问之，客具以状对。时晨钟已尽，晓色迷蒙，道人觇树上，果见僵女，大骇。报邑宰，宰亲诣质验。使人拔女手，牢不可开。审谛之，则左右四指，并卷如钩，入木没甲。又数人力拔，乃得下。视指穴，如凿孔然。遣役探翁家，则以尸亡客毙，纷纷正哗。役告之故，翁乃从往，舁[1]尸归。客泣告宰曰：“身四人出，今一人归，此情何以信乡里？”宰与之牒，赍[2]送以归。

注释

1 舁（yú）：抬。2 赍（jī）：把东西送给别人。

译文

庙里的和尚隔着门偷偷听了好大一晌，等没动静了，才慢慢走出来。他看见客人倒在地上，用烛光一照，像是死了，不过心口还有丝丝热气。于是就把他背进来，过了一整夜，才苏醒过来。和尚给他喂了些热水，问询事情的经过，客人就把经历的事情一五一十地告诉了他。这时候，晨钟已经敲过，天色朦胧渐亮，和尚到杨树那儿察看，果然发现一具女僵尸，大为惊骇。于是他连忙报官，县令听闻亲自前来勘验。他让人把女尸的手拔出来，但是那手抓得太牢，怎么也掰不开。仔细察看，女尸左右手四指像铁钩一样卷着，嵌到树里没过了指甲。县令只好又找了几个人，一起使劲才将女尸拔出来。再看女尸在树上抓的洞，像用锥子凿出的孔一样。县令派衙役去老先生家查探，他家里正因尸体失踪、客人暴毙而乱作一团。衙役就把情况告诉老先生，于是老先生就跟着衙役前往寺庙，把尸体抬回家。客人向县令哭诉说："我们四个人一起出门，现今就我一人回去，这事怎么能让家乡人相信呢？"县令就给他出具证明文书，并派人把他送回去。

汪士秀

汪士秀，庐州[1]人，刚勇有力，能举石舂[2]。父子善蹴鞠[3]。父四十余，过钱塘没焉。积八九年，汪以故诣湖南，夜泊洞庭。时望月东升，澄江如练[4]。方眺瞩间，忽有五人自湖中出，携大席平铺水面，略可半亩。纷陈酒馔，馔器磨触作响，然声温厚，不类陶瓦。已而三人践席坐，二人侍饮。坐者一衣黄，二衣白，头上巾皆皂色，峨峨然[5]下连肩背，制绝奇古，而月色微茫，不甚可晰。侍者俱褐衣，其一似童，其一似叟也。但闻黄衣人曰："今夜月色大佳，足供快饮。"白衣者曰："此夕风景，大似广利王[6]宴梨花岛时。"三人互劝，引醑竞浮白[7]，但语略小，即不可闻。舟人隐伏，不敢动息。汪细审侍者，叟酷类父，而听其言又非父声。

注释

1 庐州：今安徽合肥。2 石舂（chōng）：石舂是一种捣米的农具，此处指其中的石臼。3 蹴鞠（cù jū）：类似于足球的一种游戏。4 澄江如练：明净的江水好像平铺的白绢。5 峨峨然：高耸的样子。6 广利王：南海神的封号。7 引醑（jiào）竞浮白：争相把杯中的酒喝完，此处形容三人畅饮的场景。

译文

汪士秀是安徽合肥人，他性情刚毅，孔武有力，能举起捣米的石臼。汪家父子都擅长踢球。父亲四十多岁时，途经钱塘江，不幸落水遇难。八九年后，汪士秀有事到湖南，一天夜里，船停靠在洞庭湖。他向外望去，只见一轮圆月从东方升起，把湘江映照得如同一条白色丝带。汪士秀正在眺望时，忽然看见湖中走出五个人来，携带着一张宽大的凉席铺到水面上，展开后大约有半亩。五个人忙着摆酒菜，杯盘碟盏互相碰撞“砰砰”作响，听声音敦实温厚，不像是瓷碗陶瓶一类的东西。过了一会儿，其中三个人坐下来饮酒，两人在一旁伺候。坐着的三位当中，一人穿黄衣，两人着白衣，头上都裹着黑色的头巾，头巾上端高耸，下面连着肩膀和背部，模样实在是奇特古怪，可惜月色微弱，看不太清楚。两位侍者都穿着褐色的衣服，其中一个像是小孩儿，另一个是位老翁。只听黄衣人说：“今晚月色甚好，足够我们痛痛快快地喝上一场。”一位穿白衣的说：“今晚风光，真是像极了当初南海广利大王在梨花岛设宴时的情景。”于是，三人推杯换盏，你一言我一语地喝起来，只是声音太小，听不到在讲什么。船工们吓得躲在船舱里，动都不敢动。汪士秀仔细打量侍者，感觉老翁跟自己父亲长得很像，但听他讲话又不是父亲的声音。

二漏将残[1]，忽一人曰：“趁此明月，宜一击球为乐。”即见僮汲水[2]中取一圆出，大可盈抱，中如水银满贮，表里通明。坐者尽起。黄衣人呼叟共蹴之。蹴起丈余，光摇摇射人眼。俄而砉然远起，飞堕舟中。汪技痒，极力踏去，觉异常轻软。踏猛似破，腾寻丈，中有漏光，下射如虹，蚩然疾落。又如经天之彗，直投水中，滚滚作沸泡声而灭。席中共怒曰：“何物生人，败我清兴！”叟笑曰：“不恶不恶，此吾家流星拐[3]也。”白衣人嗔其语戏，怒曰：“都方厌恼，老奴何得作欢？便同小乌皮捉得狂子来，不然，胫股当有椎吃也！”汪计无所逃，即亦不畏，捉刀立舟中。倏[4]见僮叟操兵来，汪注视，真其父也，疾呼：“阿翁！儿在此！”叟大骇，相顾凄断[5]。

注释

1 二漏将残：晚上十一点多，将近十二点。2 汲水：打水。3 流星拐：蹴鞠的一种脚法，先抬起左脚，然后再快速以右脚从后发力踢球。4 倏（shū）：忽然，迅速。5 凄断：极为凄凉哀伤。

译文

二更将尽时，忽然一人说："趁今晚明月当空，应该踢踢球助兴才好。"话音刚落，只见小童从水中捞出一个圆球，有双手合抱那么大，球里面好像注满了水银，内外映澈，通透明亮。坐着的人全部站起身来。黄衣人喊老翁过来一起踢。老翁起脚就将球踢出一丈多高，圆球在空中闪闪发光，晃得人睁不开眼。突然，圆球轰然从远处飞来，恰好掉在船里。汪士秀早就技痒难耐，抬起脚铆足了劲踢过去，感觉球异常轻巧柔软。这一脚踢得过猛，都要把圆球踢破了，圆球反弹起几丈高，光从里边漏出来，随着圆球飞舞，好似在夜空划出一道白虹，最后"扑哧"一声，疾速下坠，又好像从天际划过的彗星径直落入水中，远远听到"咕嘟咕嘟"的沸腾声，只见湖面冒起一阵阵水泡，然后就什么都不见了。席上的人齐声怒斥道："哪来的生人，竟敢败坏我们的雅兴！"老翁哈哈笑道："不错不错，这是我们家传的流星拐脚法。"白衣人听老头儿说风凉话，怒气腾腾地说："大家伙儿正在气头上，你这个老东西怎么还这么开心？赶快跟小乌皮过去，把那个狂小子给带过来，要不然，让你腿上吃一顿棒槌！"汪士秀一看这情形，估计是逃不掉了，他也不害怕，提起刀立在船头。眨眼间，老头儿和小童手持兵刃来到近前，汪士秀定睛一看，老翁果真是他父亲，就大声呼喊："老爹，孩儿在此！"老者闻声大惊，父子二人相对无言，凄凉哀伤难以名状。

僮即反身去。叟曰："儿急作匿，不然都死矣！"言未已，三人忽已登舟，面皆漆黑，睛大于榴[1]，攫叟出。汪力与夺，摇舟断缆。汪以刀截其臂落，黄衣者乃逃。一白衣人奔汪，汪剁其颅，堕水有声，哄然俱没。方谋夜渡，旋见巨喙出水面，深若井，四面湖水奔注，砰砰作响。俄一喷涌，则浪接星斗，万舟簸荡，湖人大恐。

舟上有石鼓二，皆重百斤，汪举一以投，激水雷鸣，浪渐消。又投其一，风波悉平。汪疑父为鬼，叟曰："我固未尝死也。溺江者十九人，皆为妖物所食，我以蹋圆[2]得全。物得罪于钱塘君[3]，故移避洞庭耳。三人鱼精，所蹴鱼胞[4]也。"父子聚喜，中夜击棹而去。天明，见舟中有鱼翅，径四五尺许，乃悟是夜间所断臂也。

注释

1 榴：石榴。2 蹋圆：即蹋球。3 钱塘君：唐传奇《柳毅传》中记载钱塘君为龙神。4 鱼胞：鱼鳔。

译文

小童见势不妙转身就跑。老者说："儿啊，你赶快藏起来，要不然咱们都活不成！"话音未落，席上的三人忽然跳上船，面庞漆黑，眼睛比石榴还大，他们抓住老头儿就要走。汪士秀一把拉住父亲奋力争夺，双方互相牵扯，小船剧烈地摇晃，缆绳都绷断了。情急之下，汪士秀举刀猛砍，黄衣人的一条胳膊登时断落，落荒而逃。一个白衣人朝他扑过来，汪士秀反手一刀便剁下了他的脑袋，"咕咚"一声掉进水里，连人带头一起沉了下去。舟人正打算趁夜色渡水而去，忽然有张巨大的嘴巴探出水面，好像一口深井，巨嘴周边的湖水向中间灌流，"砰砰"作响。猛然间，巨嘴中喷出一股水柱，湖面骤然巨浪滔天，空中的星辰都被遮盖住了，停泊在湖面的舟船全都激烈地颠簸起来，船中人无不惊恐万分。

船上有两块压舱的石鼓，每个都有上百斤重，汪士秀奋然举起一块，猛地朝巨嘴砸去，激起的浪花发出雷鸣般的响声，须臾，波浪渐渐消退。他又扔了一块过去，于是风波就彻底平静下来。汪士秀怀疑眼前的父亲是鬼魂，老者就解释说："我本来就没有死。当初落水的十九个人都被妖怪吃了，我因为会蹋球得以全活。后来妖物得罪了钱塘江龙神，所以就躲避到洞庭湖。这三个人都是鱼精，刚才踢的圆球就是鱼鳔啊。"汪氏父子得以团聚，欣喜万分，夜里就划船走了。天亮以后，他们看见船上有个巨大的鱼鳍，有四五尺长，这才明白乃是昨晚砍断的手臂。

花姑子

安幼舆，陕之拔贡生，为人挥霍好义，喜放生，见猎者获禽，辄不惜重直买释之。会舅家丧葬，往助执绋[1]。暮归，路经华岳，迷窜山谷中，心大恐。一矢之外[2]，忽见灯火，趋投之。数武[3]中，欻见一叟，伛偻[4]曳杖，斜径疾行。安停足，方欲致问，叟先诘谁何。安以迷途告，且言灯火处必是山村，将以投止。叟曰："此非安乐乡。幸老夫来，可从去，茅庐可以下榻。"安大悦，从行

里许，睹小村。叟扣荆扉[5]，一妪出，启关曰：“郎子来耶?”叟曰：“诺。”

注释

1 执绋（fú）：下葬时，用手拉着运棺材的绳索，以帮助牵引灵车，后来泛指送葬。2 一矢之外：一箭射到的距离，约有数十米。3 数武：几步路。4 伛偻（yǔ lǚ）：弯腰驼背。5 荆扉（jīng fēi）：柴门。

译文

安幼舆是陕西的拔贡生，他为人仗义疏财，喜好放生，只要见猎人捕捉到飞禽走兽，就不惜花高价买来放掉。有一次赶上舅舅家办丧事，安生就过去送葬。晚上回来时路过华山，迷路走进了山里，心中深感惶恐。忽然，他在几十米外看到一处灯火，便赶忙走过去投奔。刚走几步，突然看到一位老者弯腰拄着拐杖，在陡斜的山路上快步行进。安生停下来，刚想问对方话，不料老者先开口问他是何人。安生就告诉他自己迷了路，并说看见前边灯火通明，想必是山村，就想过去投宿一晚。老者对他说：“这可不是什么好地方。幸亏老夫来了，你可以跟我回去，家里的茅屋可供你住宿。”安生大为喜悦，就跟着老者走了一里多路，看见一个小山村。老头儿敲了敲柴门，一个老太太走出来，打开门闩，说：“是郎君回来了吗?”老头说：“是。”

既入，则舍宇湫隘[1]。叟挑灯促坐，便命随事具食[2]。又谓妪曰：“此非他，是吾恩主。婆子不能行步，可唤花姑子来酾酒[3]。”俄女郎以馔具入，立叟侧，秋波斜盼。安视之，芳容韶齿[4]，殆类天仙。叟顾令煨酒[5]。房西隅有煤炉，女即入房拨火。安问：“此公何人?”答云：“老夫章姓，七十年止有此女。田家少婢仆，以君非他人，遂敢出妻见子，幸勿哂也。”安问：“婿家何里?”答言：“尚未。”安赞其惠丽，称不容口。叟方谦挹[6]，忽闻女郎惊号。叟奔入，则酒沸火腾。叟乃救止，诃曰：“老大婢，濡猛[7]不知耶!”回首，见炉旁有薥心插紫姑[8]未竟，又诃曰：“发蓬蓬许，裁如婴儿!”持向安曰：“贪此生涯，致酒腾沸。蒙君子奖誉，岂不羞死?”安审谛之，眉目袍服，制甚精工。赞曰：“虽近儿戏，亦见慧心。”

注释

1 湫隘（jiǎo ài）：低矮狭小。2 随事具食：就家里有的东西做些饭菜。3 酾（shī）酒：斟酒。4 芳容韶齿：年轻貌美。5 煨酒：小火烫酒。6 谦挹：谦虚客气。7 濡猛：酒在火上猛烈沸腾。8 藁心插紫姑：紫姑，神话中厕神名。相传紫姑能预知未来，民间多以草木秆或筷子，着衣簪花插在簸箕或炉灰上，请神降附。妇女们就向其诉说心愿，或代自己未出嫁的女儿祈祷能遇到佳偶。藁心，蜀葵秆。此处是说花姑子用蜀葵秆扎玩偶。

译文

安生走进屋，见里边低矮狭小。老头儿点上灯请他坐下，便吩咐拿家里有的东西快做些吃的。又对老太太说："这不是外人，乃是我的恩公。老婆子你腿脚不利索，可以唤花姑子出来斟酒。"不一会儿，一位女子端着饭菜进了屋，站在老头儿身边，斜着眼睛上下打量安幼舆。安生一瞧，女子长得年轻貌美，宛若仙女。老头儿让她去烫壶酒。屋子西边有个煤炉，女子就进屋拨着炉火。安生便问："这位姑娘是你什么人？"老头儿回答说："老夫姓章，七十岁了，只有这一个女儿。乡野村夫家没什么丫环仆人，因为郎君不是外人，才敢叫老婆孩子出来跟你见见面，希望郎君不要见笑。"安生又问："你女婿是哪里人？"老头儿说："小女尚未聘人。"安生听了，便不住地夸赞花姑子贤惠美丽。章老汉正在谦虚客套时，忽然听见女子惊叫起来。他跑进去一看，只见热酒沸腾，火苗腾窜。老头儿赶紧把火扑灭，呵斥道："你这么大的人了，酒都沸腾冒泡了，还不知道吗？"回头一看，炉子旁边有个蜀葵秆扎的紫姑，还没做完，又呵斥说："你呀，头发都长这么长了，还像个小孩子一样！"于是就拿给安生看，说："只顾着贪玩儿搞这个，酒烫沸了都不知道。承蒙公子夸奖赞誉，岂不把人羞死？"安生仔细端详了一阵儿，见紫姑眉眼、袍服都做得很精致，便称赞说："虽然近乎儿戏，但也能看出姑娘的聪慧。"

斟酌移时，女频来行酒，嫣然[1]含笑，殊不羞。安注目情动。忽闻妪呼，叟便去。安觑无人，谓女曰："睹仙容，使我魂失，欲通媒妁，恐其不遂，如何？"女抱壶向火，默若不闻，屡问不对。生渐入室，女起，厉色曰："狂郎入闼将何为！"生长跽哀之。女夺门[2]欲出，安暴起要遮[3]，狎接臄脗。女颤声疾呼，叟匆遽入问。安释手而出，殊切愧惧。女从容向父曰："酒复涌沸，非郎君来，壶子融化矣。"安闻女言，心始安妥，益德之。魂魄颠倒，丧所怀来[4]。于是伪醉

离席，女亦遂去。叟设茵褥，阖扉乃出。安不寐，未曙，呼别。

注释

1 嫣然：美好的样子。2 夺门：奋力冲开门。3 要遮：阻拦，拦截。4 丧所怀来：此处指安幼舆打消了非礼花姑子的念头。

译文

安幼舆跟老头儿喝了好大一晌，花姑子频频过来斟酒，笑容姣好，一点也不害羞。安生盯着她看，爱慕之情油然而生。忽然听到老太太呼唤，老头儿便起身离开。安生见屋里没人，就对女子说："得以目睹仙女容颜，直教人丢魂儿，我想跟你父亲提亲，又担心他不愿意，这该如何是好？"花姑子正抱着酒壶对火烤，沉默不语好像没听见，问了好几次都不吭声。安生就悄悄地一步一步走进厨房，花姑子站起身来，严厉地说："你这个狂生进屋来要干什么！"安生"扑通"跪倒在地，苦苦哀求。花姑子奋力冲开门想跑出去，安生突然站起来拦住去路，把她搂在怀里疯狂索吻。女子声音颤抖大声呼喊，老头儿匆忙跑进来，问发生了什么。安生猛地松开手走了出来，感到极为羞愧不安。花姑子从容地对父亲说："刚才酒又沸腾涌了出来，若不是郎君过来帮忙，酒壶都得熔化了不可。"安生听她这么说，心里才安稳下来，更加感激她。经此一番折腾，安生神魂颠倒，彻底打消了歪心思。于是就假装喝得大醉离席而去，花姑子随后也离开了。老头儿便收拾好床铺，把门关上就出来了。安生彻夜未眠，天不亮，就喊了声告别走了。

至家，即浼交好者造庐求聘，终日而返，竟莫得其居里。安遂命仆马，寻途自往。至则绝壁巉岩[1]，竟无村落。访诸近里，则此姓绝少。失望而归，并忘寝食。由此得昏瞀[2]之疾，强啖汤粥，则唾嗒[3]欲吐。溃乱中，辄呼花姑子，家人不解，但终夜环伺之，气势阽危[4]。

一夜，守者困怠并寐，生蒙瞳[5]中，觉有人揣而抗之[6]。略开眸，则花姑子立床下，不觉神气清醒。熟视女郎，潸潸[7]涕堕。女倾头[8]笑曰："痴儿何至此耶？"乃登榻，坐安股上，以两手为按太阳穴。安觉脑麝奇香，穿鼻沁骨。按数刻，忽觉汗满天庭[9]，渐达肢体。小语曰："室中多人，我不便住。三日当复相望。"又于绣袂[10]中出数蒸饼置床头，悄然遂去。安至中夜，汗已思食，扪

饼啖之。不知所苞何料，甘美非常，遂尽三枚。又以衣覆余饼，懵懂[11]酣睡。辰分[12]始醒，如释重负。三日饼尽，精神倍爽，乃遣散家人。又虑女来不得其门而入，潜出斋庭，悉脱扃键。

注释

1 巉（chán）岩：陡峭而隆起的岩石。2 昏瞀（mào）：神志昏沉不清醒。3 嗵嗡（zhǒng yǒng）：呼吸急促，将要呕吐的样子。4 阽（diàn）危：病情危急，濒临绝境。5 蒙瞳（méng tóng）：昏聩，迷乱。6 揣而抁（yǎn）之：来回晃动。7 潸潸（shān shān）：泪流不止的样子。8 倾头：歪着头。9 天庭：指额头。10 袪（qū）：袖口。11 懵懂：迷迷糊糊。12 辰分：早上七点至九点。

译文

回到家，安幼舆立即请好友前去登门提亲，朋友过去找了一整天才返回，竟然连花姑子家都没找到。安生于是就命仆人备马，寻着之前的路亲自前往。到了一看，只见悬崖峭壁，根本没什么村落。再到附近的村落打探，姓章的人家非常少。安生大失所望，回到家后饭也吃不下，觉也睡不着。从此，他就得了神志昏聩的病症，勉强喝点儿稀粥，就呼吸急促想要吐出来。安生在昏迷中，总是喊叫花姑子，家人不解其意，只得整晚围在他身边伺候，安生的病情愈发严重，看样子好像快不行了。

一天晚上，守候的仆人困倦难耐睡了过去。安生迷迷糊糊的，感觉有人在晃自己。他微微睁开眼，一瞧，竟是花姑子站在床下，不觉神志清醒许多。他仔细端详着花姑子，泪水哗哗直流。女子歪着头笑了笑说："你这个傻家伙，怎么至于这样呀？"于是上床，坐在安生大腿上，用两手给他按摩太阳穴。安生顿时感到脑子里有一股奇异的麝香味儿，穿透鼻腔，沁入骨髓。按了一会儿，安生 忽然觉得满头大汗，热气渐渐发散到四肢。花姑子就低声说："屋里人多，我不方便住这儿。三日后当会再来看望你。"说完，又从袖子里拿出几个蒸饼放在床头，就悄然离去了。到了半夜，安生汗已出完，就想吃些东西，便摸索着拿饼来吃。不知道蒸饼包了什么馅儿，味道特别香甜，于是他一连吃了三个。然后用衣服把剩下的饼盖上，迷迷糊糊睡了过去。他一直到辰时才醒，睁开眼感觉如释重负。过了三天饼吃完了，安生精神倍觉清爽，于是把家人都打发出去。又担心花姑子来了找不到门，就悄悄走出卧室，把门闩都拿下来。

未几，女果至，笑曰："痴郎子！不谢巫[1]耶？"安喜极，抱与绸缪[2]，恩爱甚至。已而曰："妾冒险蒙垢[3]，所以故，来报重恩耳。实不能永谐琴瑟，幸早别图。"安默默良久，乃问曰："素昧生平，何处与卿家有旧？实所不忆。"女不言，但云："君自思之。"生固求永好，女曰："屡屡夜奔固不可，常谐伉俪亦不能。"安闻言，悒悒而悲。女曰："必欲相谐，明宵请临妾家。"安乃收悲以忻[4]，问曰："道路辽远，卿纤纤之步，何遂能来？"曰："妾固未归。东头聋媪我姨行，为君故，淹留至今，家中恐所疑怪。"

安与同衾，但觉气息肌肤，无处不香，问曰："熏何芗泽[5]，致侵肌骨？"女曰："妾生来便尔，非由熏饰。"安益奇之。女早起言别，安虑迷途，女约相候于路。安抵暮驰去，女果伺待。偕至旧所，叟媪欢逆。酒肴无佳品，杂具藜藿[6]。既而请客安寝，女子殊不瞻顾，颇涉疑念。更既深，女始至，曰："父母絮絮不寝，致劳久待。"浃洽[7]终夜，谓安曰："此宵之会，乃百年之别。"安惊问之，答曰："父以小村孤寂，故将远徙。与君好合，尽此夜耳。"安不忍释，俯仰悲怆。依恋之间，夜色渐曙，叟忽然闯入，骂曰："婢子玷我清门，使人愧怍欲死！"女失色，草草奔出。叟亦出，且行且詈。安惊孱遻怯[8]，无以自容，潜奔而归。

注释

1 巫：上古时期巫医不分，故后世以巫代称医生。2 绸缪（chóu móu）：指感情深厚。3 蒙垢：此处指花姑子私会安幼舆，有悖礼法，致使清誉受损。4 忻（xīn）：喜悦，欢欣。5 芗泽：香气。6 藜藿：粗劣的饭菜。7 浃洽：关系和谐融洽。8 惊孱（chán）遻怯：惊惶窘迫。

译文

没过多久，花姑子果然来了。她笑着说："傻哥哥，还不谢谢大夫吗？"安生心花怒放，上前抱着花姑子一番恩爱缠绵，极尽欢娱。折腾完了，女子对他说："妾身之所以不惜名节，冒险前来，主要是为了报答公子的大恩大德。我和你实在不能白头偕老，希望你能早做其他打算。"安生默然良久，问道："我们素不相识，什么时候跟你家有旧交？我实在想不起来。"花姑子什么也没讲，只说："郎君自己好好想想就是。"安生坚持要娶她为妻，女子说："妾身夜里经常出来本已不可，和你长相厮守也不可能。"安生听她这么说，心里闷闷不乐。女子就安慰道：“如果一定要和我在一起，明天晚上请你到我家去一趟。”安生这才转悲为喜，便问：“你家离此地路途遥远，凭你这一双纤纤玉足，如何能走过来？”花姑子说：“我本来就没回家。村东头儿的聋老太太是我的姨妈，为了你的缘故，我一直留到如今，恐怕家里已经怀疑怪罪了。”

安生和她同床共枕，觉得女子每一声气息、每一寸肌肤，无不散发着香气，便问道：“你熏了什么香料，竟能透彻肌肤？”花姑子说：“我生来就是如此，并非香薰所致。”安生越发觉得神奇。花姑子一早就起床告别，安生担心自己会迷路，花姑子就跟他约定在路边等他。日暮时分，安生骑马赶往章家，果然看见女子在等他。两人到了家，老头儿老太太热情相迎。没有什么名贵的酒菜，间杂摆的都是一些山野菜蔬。吃过饭章家就请安生休息，花姑子看都不看他一眼，安生心里颇生疑虑。夜深了，花姑子才来到他房间，说：“父母一直絮絮叨叨不睡觉，有劳你等这么久。”两人缠绵了一整夜，花姑子告诉安生：“今晚的幽会，就是终生的离别。”安生惊问她何出此言，女子回答说：“父亲因为小山村清冷孤寂，打算搬到很远的地方去。我与你的恩爱，尽在此夜了。”安生不忍放她走，俯仰唏嘘，难过不已。正当恋恋不舍时，天渐渐亮了，老头儿突然闯进来，大骂道：“丫头玷污我家清白，真叫人羞愧欲死！”花姑子大惊失色，匆忙跑了出去。老头也跟出去，边走边骂。安幼舆惊惶窘迫，惴惴难安，简直无地自容，赶紧偷偷溜回家。

数日徘徊，心景殆不可过[1]，因思夜往，逾墙[2]以观其便。叟固言有恩，即令事泄，当无大谴[3]。遂乘夜窜往，蹀躞[4]山中，迷闷不知所往。大惧，方觅归途，见谷中隐有舍宇，喜诣之，则闬闳[5]高壮，似是世家，重门[6]尚未扃也。安向门者询章氏之居。有青衣人出，问：“昏夜何人询章氏？”安曰：“是吾亲好，偶迷居向。”青衣曰：“男子无问章也。此是渠妗家，花姑即今在此，容传白之。”入未几，即出邀安。才登廊舍[7]，花姑趋出迎，谓青衣曰：“安郎奔波中夜，想已困殆，可伺床寝。”少间，携手入帏。安问：“妗家何别无人？”女曰：“妗他出，留妾代守。幸与郎遇，岂非夙缘？”然偎傍之际，觉甚膻腥，心疑有异。女抱安颈，遽以舌舐鼻孔，彻脑如刺。安骇绝，急欲逃脱，而身若巨绠之缚，少时，闷然不觉矣。

注释

1 不可过：焦躁不安，实在无法忍受。2 逾墙：原指翻越墙头，此处指与花姑子偷情。3 大谴：大加谴责。4 蹀躞（dié xiè）：小步走路。5 闬闳（hàn hóng）：大门。6 重门：大门及内门。7 廊舍：房屋外的走廊。

译文

安幼舆一连数日徘徊，心里焦躁烦闷，实在忍不住，就想夜里前往章家，跟花姑子幽会。既然老头儿说自己对他有恩，即便事情泄露，想必也不会大加谴责。于是就乘夜直奔章家，进了山后，左拐右拐，只觉一片迷茫，不知该往哪里走。安生很害怕，正在寻找回去的路时，看到山谷中隐约有一处院落，便满怀欣喜地走过去，只见大门高大雄伟，像是世家大族，里面的门还没锁。安生向看门的打听章氏住处。这时，有个青衣人走出来问："这么晚了，是谁在询问章氏？"安生说："章氏是我的亲戚，我要到他家去，不小心迷了路。"青衣人就说："你不用打听章家了。这就是她舅妈家，花姑子如今就在这儿，容我禀告一声。"她进去不一会儿，就出来邀请安生进去。刚到走廊，就见花姑子快步出来相迎，她对青衣人说："郎君奔波了半夜，想必已经累坏了，你快去收拾床铺。"过了一会儿，花姑子拉着他的手一起进了帷帐。安生问她："舅妈家为何没有其他的人呢？"女子道："舅妈今天出去了，留我在家守着。幸好跟你遇上，岂非前生的缘分？"然而，安生依偎在她身旁，只觉腥膻刺鼻，心里便怀疑有问题。正犹豫时，女子抱住安生的脖子，突然用舌头舔他的鼻孔。安生顿时感觉像被刺中一般，疼痛直彻脑髓。安生害怕极了，急忙想逃走，可身子好像被粗麻绳牢牢捆住一样，片刻就昏昏沉沉失去知觉。

安不归，家中逐者穷人迹[1]。或言暮遇于山径者。家人入山，则见裸死危崖下。惊怪莫察其由，舁归。众方聚哭，一女郎来吊，自门外噭啕[2]而入。抚尸捺鼻[3]，涕洟其中，呼曰："天乎，天乎！何愚冥至此！"痛哭声嘶，移时乃已。告家人曰："停以七日，勿殓也。"众不知何人，方将启问，女傲不为礼，含涕径出。留之不顾，尾其后，转眸已渺。群疑为神，谨遵所教。夜又来，哭如昨。

至七夜，安忽苏，反侧以呻，家人尽骇。女子入，相向呜咽。安举手，挥众令去。女出青草一束，燂[4]汤升许，即床头进之，顷刻能言。叹曰："再杀之惟卿，再生之亦惟卿矣！"因述所遇。女曰："此蛇精冒妾也。前迷道时所见

灯光，即是物也。”安曰：“卿何能起死人而肉白骨也？勿乃仙乎？”曰：“久欲言之，恐致惊怪。君五年前，曾于华山道上买猎獐而放之否？”曰：“然，其有之。”曰：“是即妾父也。前言大德，盖以此故。君前日已生西村王主政[5]家。妾与父讼诸阎摩王，阎摩王弗善也。父愿坏道[6]代郎死，哀之七日，始得当。今之邂逅[7]，幸耳。然君虽生，必且痿痹[8]不仁，得蛇血合酒饮之，病乃可除。”

注释

1 穷人迹：到处搜寻，把能找的地方找了个遍。2 噭啕（jiào táo）：大声哭喊。3 捺（nà）鼻：按鼻子。4 燂（tán）：烧热，加温。5 主政：即主事，清代为各部低层办事官吏。6 坏道：毁弃修行道行。7 邂逅（xiè hòu）：不期而遇。8 痿痹（wěi bì）：肢体丧失知觉而不能活动。

译文

安生迟迟不回，家里人把能找的地方都找遍了，还是不见踪迹。有人说黄昏时曾在山路上见过安生。家人来到山里，见安生赤身裸体死在悬崖之下。众人惊诧不已，不知道是怎么回事，就把尸体抬了回去。一家人正围着安生痛哭时，忽然一位女郎前来吊丧，从门外大声哭喊着走进屋。她抚摸着安生的尸体，按着他的鼻子，眼泪都流到了里边。她惨痛地呼喊着：“天啊！天啊！你怎么这么糊涂啊！”女子哭得声嘶力竭，过了好一会儿才止住。临走时，她对安生家人说：“尸体先停放七天，不要入葬。”大伙儿都不认识她，正要询问，女子却傲然不顾礼节，含着泪径直走出去。众人挽留她，她头也不回，众人跟着她走出来，转眼就消失不见了。家人怀疑她是神仙，便照着她讲的办。晚上女子又前来，跟上次一样，又号啕大哭了一场。

到第七天夜里，安生忽然醒过来，翻了下身子，小声呻吟着，家人听见无不惊骇。这时花姑子走进屋，两人相对而泣。安生举起胳膊摆了摆手，让众人都出去。花姑子拿出一束青草，熬了升许药汤，端到床头喂安生服下去，顷刻间他就可以开口讲话了。安生叹息道：“把我杀了的是你，救我的也是你！”于是就把遭遇告诉了她。花姑子说：“这是蛇精冒充我。你之前迷路所见到的灯火，就是这条蛇精。”安生问她：“你为何能起死回生？莫非是神仙不成？”花姑子说：“我早就想说了，但恐怕吓到你。郎君五年前，曾在华山从猎人手中买下一头獐子放生，还记得吗？”安生说：“没错，是有这么回事。”花姑子说：“那头獐子就是妾身的父亲。之前所说的大德就是指此事。你本来前天已经托生到西村王主事家了。我跟父亲到阎摩王那儿给你申冤，阎王觉得我们的请求不合道理。父亲就提出愿毁弃道行，代你去死，苦苦求了七天，阎王才答应。如今能跟你再相会，真是侥幸啊。你现在虽然复活，身体一定会麻木瘫痪，须用蛇血掺着酒喝，病才能除根儿。”

生衔恨[1]切齿，而虑其无术可以擒之。女曰：“不难，但多残生命，累我百年不得飞升。其穴在老崖中，可于晡时[2]聚茅焚之，外以强弩戒备，妖物可得。”言已，别曰：“妾不能终事，实所哀惨。然为君故，业行已损其七，幸悯宥[3]也。月来觉腹中微动，恐是孽根。男与女，岁后当相寄耳。”流涕而去。

安经宿，觉腰下尽死，爬搔无所痛痒。乃以女言告家人。家人往，如其言，炽火穴中，有巨白蛇冲焰而出。数弩齐发，射杀之。火熄入洞，蛇大小数百头，皆焦臭。家人归，以蛇血进。安服三日，两股渐能转侧，半年始起。后独行谷中，遇老媪以绷席[4]抱婴儿授之，曰：“吾女致意郎君。”方欲问讯，瞥不复见。启襁视之，男也。抱归，竟不复娶。

注释

1 衔恨：心中悔恨懊恼。2 晡（bū）时：申时，下午三点至五点。3 悯宥：怜悯宽宥。4 绷席：包裹婴儿的被子。

译文

安生听了咬牙切齿，心里极为懊恼悔恨，但又一想，自己没办法擒获蛇精。花姑子就说：“这并不难，只是会多伤性命，连累我百年不得修成正果飞升罢了。它的巢穴在悬崖中，可令人在申时堆起茅草焚烧，洞外用强劲的弓弩戒备，如此，妖物便可擒获。”说完便要离去，跟安生道别说：“我不能跟你厮守终生，实在是悲痛凄惨。然而因为你的缘故，我的道行已经损失了七成，希望你能怜悯宽恕我。近月来，我感觉肚子微微有动静，恐怕是有了身孕。不论是男是女，一年后定当送给你。”于是就流着眼泪走了。

过了一夜，安生觉得腰部以下全无知觉，用手抓挠也感受不到痛痒，于是就把花姑子的话转告给家人。家人就找过去，按照花姑子说的在洞穴里点着火。忽然有条巨大的白蛇从火里窜了出来，家人数弩齐发，把它射死。等火灭了进洞察看，大大小小几百条蛇全都烧焦散发着恶臭。家人回来后，用蛇血混酒给安生服用，安生喝了三天，两条腿渐渐能活动了，半年后才能站起身。之后，安幼舆独自在山谷中行走，遇到位老太太，递给他一个用被子包裹的婴儿，说："女儿要我问候郎君。"他刚要打听花姑子的消息，老太太忽然不见了。打开被子一看，是个男孩儿。安幼舆把孩子抱回家，此后竟终身不娶。

异史氏曰："人之所以异于禽兽者几希，此非定论也。蒙恩衔结[1]，至于没齿[2]，则人有惭于禽兽者矣。至于花姑，始而寄慧于憨，终而寄情于恝[3]。乃知憨者慧之极，恝者情之至也。仙乎，仙乎！"

注释

1 衔结：衔环结草，比喻至死感恩报德。衔环，传说东汉时的杨宝曾救活一只黄雀，后来有黄衣童子送来四枚玉环相报，称可保佑他的子孙位至三公。后来杨宝的子孙果然做了大官。结草，春秋时期，魏武子临死时嘱咐儿子魏颗令姬妾殉葬，魏颗可怜小妾就没有遵从父命，而是让她改嫁。后来在战场上，魏颗与秦将杜回相遇，二人激战时，魏颗突然见一老人用草编的绳子套住杜回，杜回摔倒在地被魏颗俘获。在梦里，老人对魏颗说，自己就是那位改嫁小妾的父亲，白天是特地来报恩的。2 没齿：终身，一辈子。3 恝（jiá）：淡然，无动于衷。

译文

异史氏说："人与禽兽的差别就那么一点儿，我觉得这并不是定论。蒙受别人的恩惠，便结草衔环来报答，以至于终身不忘，那么有些人和禽兽比起来，还要感到惭愧呢。至于花姑子，开始憨厚中蕴含着智慧，最终淡然中包含着深情。可见憨厚是聪慧的极点，而淡然则是情感的极致。这就是仙人境界吧，这就是仙人境界吧！"

莲花公主

胶州[1]窦旭，字晓晖。方昼寝，见一褐衣人立榻前，逡巡惶顾，似欲有言。生问之，答云："相公[2]奉屈。"生问："相公何人？"曰："近在邻境。"从之而出。转过墙屋，导至一处，叠阁重楼，万椽相接，曲折而行，觉万户千门，迴

非人世。又见宫人[3]女官，往来甚夥[4]，都向褐衣人问曰：“窦郎来乎？”褐衣人诺。俄，一贵官出，迎见甚恭。既登堂，生启问曰：“素既不叙，遂疏参谒。过蒙爱接，颇注疑念。”贵官曰：“寡君以先生清族世德，倾风结慕，深愿思晤焉。”生益骇，问：“王何人？”答云：“少间自悉。”

注释

1 胶州：今山东省青岛市下辖的胶州市。2 相公：古代妻子对丈夫的称呼，亦泛指君子、生员、宰相等，此处指下文中的大王。3 宫人：妃嫔、宫女的通称，这里指宫女。4 夥（huǒ）：众多。

译文

胶州人窦旭，字晓晖。一天正午睡时，他看到一个身着粗布衣裳的人站在床榻前犹豫徘徊，正惶恐不安地看着自己，好像有什么话想说。窦旭就问他有何事，那人回答说：“我家主人想请相公屈尊过去一趟。”窦旭问道：“你家主人是谁？”来人回答说：“他就在附近。”于是窦旭跟着他前去拜见。转过一些房屋，窦旭被带到一处宅邸，只见楼阁林立，广厦万间，他们曲曲折折地前行，窦旭觉得这里房屋众多，和世间迥然不同，心中很是怀疑。又看到很多宫女、女官出来进往，都向这个穿粗布衣裳的人问：“窦公子来了吗？”他回答说来了。不一会儿，一位显贵高官出来，非常恭敬地迎接窦旭。进了正厅后，窦旭开口问道：“我们素不相识，我也未曾登门拜访。今天承蒙款待，心里很是疑惑。”那位高官说：“我们大王因为您家族清廉高洁，世代德行深厚，非常敬仰，想与您结交，十分希望能够和您见一面。”窦旭更加惊讶，问道：“你们大王到底是谁？”那人回答说：“稍等一会儿，您见到他就知道了。”

无何，二女官至，以双旌导生行。入重门，见殿上一王者，见生入，降阶而迎。执宾主礼，礼已，践席，列筵丰盛。仰视殿上一匾曰“桂府”。生局蹙不能致辞。王曰：“忝近芳邻，缘即至深。便当畅怀，勿致疑畏。”生唯唯。酒数行，笙歌作于下，钲鼓[1]不鸣，音声幽细。稍间，王忽左右顾曰：“朕一言，烦卿等属对：‘才人登桂府[2]。’”四座方思，生即应云：“君子爱莲花[3]。”王大悦曰：“奇哉！莲花乃公主小字，何适合如此？宁非夙分？传语公主，不可不出一晤君子。”

移时，佩环声近，兰麝香浓，则公主至矣。年十六七，妙好无双。王命向生展拜[4]，曰：“此即莲花小女也。”拜已而去。生睹之，神情摇动，木坐凝思。王举觞劝饮，目竟罔睹。王似微察其意，乃曰：“息女[5]宜相匹敌，但自惭不类，如何？”生怅然若痴，即又不闻。近坐者蹑之曰：“王揖君未见，王言君未闻耶？”生茫乎若失，懡㦬[6]自惭，离席曰：“臣蒙优渥[7]，不觉过醉，仪节失次，幸能垂宥。然日旰[8]君勤，即告出也。”王起曰：“既见君子，实惬心好，何仓卒而便言离也？卿既不住，亦无敢于强，若烦萦念，更当再邀。”遂命内官[9]导之出。途中，内官语生曰：“适王谓可匹敌，似欲附为婚姻，何默不一言？”生顿足而悔，步步追恨，遂已至家。

注释

1 钲（zhēng）鼓：古代行军或歌舞时用的两种乐器，声音洪亮。2 才人登桂府：桂府是礼部考试进士的场所，此处一语双关，又指大王家。3 君子爱莲花：出自周敦颐《爱莲说》，喻君子爱莲花之品行，又可与下文莲花小女双关。4 展拜：即拜谒，行跪拜之礼，大礼的一种。5 息女：古时在别人面前谦称自己的女儿。6 懡㦬（mǒ luǒ）：羞愧的样子。7 优渥（yōu wò）：渥，沾润。优渥原指雨水充足，引申为待遇丰厚，此处指盛情款待。8 日旰（gàn）：天色已晚，日暮。9 内官：此处指宦官。

译文

不一会，来了两位女官，拿着两面旌旗引导窦旭前往。走过一道道宫门，只见大殿之上有一位王者模样的人，他看到窦旭进殿，起身走下台阶相迎。两人行过宾主之礼后，就座开宴，宴席十分丰盛。窦旭抬头，看到大殿门匾上写着“桂府”二字。他感到局促不安，不知道该说什么好。大王说道：“能够成为您的邻居，说明我们缘分很深啊。您应当开怀畅饮，不必疑虑畏惧。”窦旭连连称是。酒过三巡，宴席下奏起笙歌，不用钲鼓，乐声显得清幽纤细。曲间稍微停顿的时候，大王突然看看左右群臣说：“朕出一个上联，烦请诸位对个下联：‘才人登桂府。’”众宾客还在搜肠刮肚的时候，窦旭就对道：“君子爱莲花。”大王听后，非常高兴地说：“真是太奇妙了！莲花是公主的小名，怎么会这么凑巧？难道不是往世的缘分吗？向公主传话，不能不出来见公子一面。”

过了一会儿，佩环响动的声音越来越近，兰草和麝香的香气也浓郁起来，原来是公主到了。公主十六七岁，长得曼妙动人，举世无双。大王让公主向窦旭行大礼，并向窦旭介绍说：“这就是小女莲花。”公主行礼完毕后就起身离开。

窦旭看着公主，激动不已，着了魔一样呆坐着怔怔出神。大王举起杯子劝酒，窦旭目光呆滞，竟然没有看到。大王似乎隐约觉察到窦旭的心思，于是说："小女和你非常般配，只是惭愧和公子不是同类，这该如何是好？"窦旭两眼茫然，像是痴呆了一样，竟然又没听到大王的话。坐在旁边的人悄悄踩了他一下，提醒说："没看到大王请你喝酒，没听到大王和你说话吗？"窦旭怅然若失，惊醒过来感到非常惭愧，离开座位致歉道："臣承蒙大王设宴款待，不知不觉喝得大醉，有失礼节，还望大王宽容见谅。现在天色已晚，大王政务繁忙，我这就告辞了吧。"大王起身说："能够见到公子，朕心里感到十分惬意高兴，公子为何这么匆匆忙忙就要离开呢？既然公子不愿意住下，朕也不敢勉强，如果以后公子还挂念这里，自然会再次邀请你前来。"于是大王让宦官领窦旭离开。在路上，那个宦官说道："刚才大王说公主和你般配，似乎是想和你结亲，你为何沉默不语啊？"窦旭听后悔得直跺脚，每走一步都追悔不已，就这样满是遗憾地回到家中。

忽然醒寤，则返照已残。冥坐观想，历历在目。晚斋灭烛，冀旧梦可以复寻，而邯郸路渺[1]，悔叹而已。一夕，与友人共榻，忽见前内官来，传王命相召。生喜，从去。见王伏谒，王曳起，延止隅坐[2]，曰："别后知劳思眷。谬[3]以小女子奉裳衣[4]，想不过嫌也。"生即拜谢。王命学士大臣，陪侍宴饮。酒阑，宫人前白："公主妆竟。"俄见数十宫人拥公主出，以红锦覆首，凌波微步[5]，挽上氍毹[6]，与生交拜成礼。已而送归馆舍，洞房温清，穷极芳腻。生曰："有卿在目，真使人乐而忘死。但恐今日之遭，乃是梦耳。"公主掩口曰："明明妾与君，那得是梦？"诘旦方起，戏为公主匀铅黄，已而以带围腰，布指度足。公主笑问："君颠耶？"曰："臣屡为梦误，故细志之。倘是梦时，亦足动悬想[7]耳。"

注释

1 邯郸路渺：此处借用沈既济《枕中记》中邯郸卢生"黄粱一梦"故事，指梦境。2 延止隅坐：延，请；止，到；隅坐，旁边的座位。3 谬：本义为欺诈，此处引申为未经商议便冒昧提出。4 奉裳衣：奉巾栉，伺候梳洗，引申为充当妻室。5 凌波微步：出自曹植《洛神赋》"凌波微步，罗袜生尘"，形容女子步履轻盈。6 氍毹（qú shū）：毛织的地毯。7 悬想：回想，回忆。

译文

窦旭忽然从熟睡中醒来，这时已经是日落黄昏、残阳返照了。他在暮色中静坐回想，梦中一切都历历在目。晚饭后熄灯就寝，窦旭还希望能够重温这美妙旧梦，然而黄粱一梦，虚无缥缈，却是再难以寻觅，只剩下悔恨叹息。一天晚上，窦旭和一位朋友同床共寝，忽然看到先前那个宦官来了，传大王的令，召窦旭前去。窦旭十分高兴，欣然跟随前去。见到大王后，窦旭伏身跪拜，大王扶起他，请他到旁边的座位上坐下，说："一别之后，知道公子还眷顾思恋这里，现在想冒昧地把小女许配给你，想必公子不会太嫌弃吧。"窦旭立即跪拜谢过。大王命学士和大臣，陪着窦旭赴宴。酒筵将尽的时候，宫女前来禀告说："公主已经梳妆完毕。"不一会，就见公主在几十个宫女的簇拥下走出来，她头上盖着红锦，步履轻盈，如同蜻蜓点水泛起微波一样，款款而来。宫女们挽着公主走上地毯，与窦旭行成婚大礼，结为夫妻。接着，将二人送回住处，洞房花烛，布置温馨，极为芬芳细腻。窦旭说："有你在眼前，真让人感到快乐，再也不想什么生生死死。只是担心今日一遇，还是一场大梦啊。"公主掩口笑道："明明我就和公子在一起，哪里是梦啊？"两人缱绻缠绵，直到第二日天大亮才起床。窦旭给公主涂脂抹粉、描眉化妆玩儿，一会儿又用带子量公主纤腰，用手量公主的小脚。公主调笑他说："你这是疯了吗？"窦旭说："我多次被梦所骗，所以这次一定要仔细记住。倘若又是一场幻梦，也足以让我回想了。"

调笑未已，一宫女驰入曰："妖入宫门，王避偏殿，凶祸不远矣！"生大惊，趋见王。王执手泣曰："君子不弃，方图永好。讵期[1]孽降自天，国祚将覆，且复奈何！"生惊问何说。王以案上一章，授生启读。章曰："含香殿大学士臣黑翼，为非常妖异，祈早迁都，以存国脉事。据黄门[2]报称：自五月初六日，来一千丈巨蟒盘踞宫外，吞食内外臣民一万三千八百余口，所过宫殿尽成丘墟，等因。臣奋勇前窥，确见妖蟒：头如山岳，目等江海，昂首则殿阁齐吞，伸腰则楼垣尽覆。真千古未见之凶，万代不遭之祸！社稷宗庙，危在旦夕！　乞皇上早率宫眷，速迁乐土"云云。生览毕，面如灰土。

即有宫人奔奏："妖物至矣！"阖殿哀呼，惨无天日。王仓遽不知所为，但泣顾曰："小女已累先生。"生坌息[3]而返。公主方与左右抱首哀鸣，见生入，牵衿曰："郎焉置妾？"生怆恻欲绝，乃捉腕思曰："小生贫贱，惭无金屋[4]。有茅

庐三数间，姑同窜匿可乎？”公主含涕曰：“急何能择，乞携速往。”生乃挽扶而出。未几至家，公主曰：“此大安宅，胜故国多矣。然妾从君来，父母何依？请别筑一舍，当举国相从。”生难之。公主号咷曰：“不能急人之急，安用郎也！”生略慰解，即已入室。公主伏床悲啼，不可劝止。

焦思无术，顿然而醒，始知梦也。而耳畔啼声，嘤嘤未绝，审听之，殊非人声，乃蜂子二三头，飞鸣枕上。大叫怪事。友人诘之，乃以梦告，友人亦诧为异。共起视蜂，依依裳袂间，拂之不去。友人劝为营巢，生如所请，督工构造。方竖两堵，而群蜂自墙外来，络绎如蝇。顶尖未合，飞集盈斗。迹所由来，则邻翁之旧圃也。圃中蜂一房，三十余年矣，生息颇繁。或以生事告翁，翁觇[5]之，蜂户寂然。发其壁，则蛇据其中，长丈许，捉而杀之。乃知巨蟒即此物也。蜂入生家，滋息更盛，亦无他异。

注释

1 讵期（jù qī）：岂料，没有想到。2 黄门：官署名，有黄门侍郎、给事黄门侍郎等职位。3 坌息（bèn xī）：喘粗气。4 金屋：此处化用汉武帝金屋藏陈阿娇的典故。5 觇（chān）：指看，偷偷地观看。

译文

正当两人调笑的时候，一个宫女急急忙忙跑进来说：“有妖怪进了宫门，大王也躲进偏殿里，大祸临头了！”窦旭听到后大吃一惊，急忙跑去见大王。大王抓着窦旭的手，哭着说：“公子不嫌弃我们，我们也很想和公子永结同好。不料祸从天降，国运快到头了，这该如何是好啊！”窦旭吃惊不已，问大王何出此言。大王把桌案上的一份奏折拿给他看。奏折上写着：“含香殿大学士臣黑翼，因非比寻常的妖异事件出现，恳请尽早迁都，以维系国脉长存一事。据黄门官员上报：从五月初六起，来了一条长达千丈的巨蟒，盘踞在皇宫之外，吞食内外臣民一万三千八百余人，巨蟒所经过的宫殿，都成了废墟，如此等等。臣不顾危险，拼命前去查看，确实见到一条妖怪巨蟒：头大如山，眼睛像江海，一抬头就能吞下宫殿楼阁，一伸腰就能把墙壁都压塌。这真是千古未见的大凶事，万年不遇的大灾祸啊！国家社稷、祖宗灵位都危在旦夕！恳请皇上尽早带领宫中眷属，火速迁往安定的乐土”等等。窦旭看完奏折，面如死灰。

接着就有宫女跑来报告说：“妖怪杀上门了！”整座大殿之上，一片哀号，惨无天日。大王慌忙之中不知如何是好，只顾哭着对窦旭说："小女就托付给你了。"窦旭气喘吁吁地跑回去。公主正和身边的宫女抱头痛哭，看到窦旭进来，拉着他的衣襟哭诉："郎君怎么安置我啊？"窦旭心生悲怆，悲痛欲绝，拉着公主的手腕边想边说："我家境贫寒，身份低微，可惜不能金屋藏娇。家有几间茅草屋，暂且一起前去躲避可以吗？"公主含着眼泪说："情况紧急，哪里还能考虑这么多，请赶快带我去吧。"于是窦旭搀着公主逃出来。不久之后两人来到家里，公主说："这么好的房子，可比我原来国家的房子好很多啊。然而我跟随你来，我的父母又能依靠谁呢？请再盖一座房子，这样全国人都会跟着前来。"窦旭感到非常为难。公主看到后号啕说："不能够急人之所急，救人于水火，要你又有何用！"窦旭略微安慰劝解。她就走进了屋内，趴在床上泣涕涟涟，无法劝住。

窦旭正焦急想不出办法时，突然醒来，才知道又是一场梦。而这时，耳朵旁公主的啼哭声，"嘤嘤"萦绕不绝，仔细听，原来并非是人的声音，而是枕头上飞着两三只蜜蜂嗡嗡作响。窦旭连连说怪事。朋友询问他怎么回事，窦旭就将梦里的事告诉了朋友，朋友也感觉非常惊奇。他们一起去看这些蜜蜂，发现它们依恋在衣裳袖子里，赶也赶不走。朋友劝窦旭为这些蜜蜂筑造巢穴，窦旭就按照朋友说的去做，亲自监工建造。巢穴才刚刚竖立起两面墙，大群的蜜蜂就从墙外飞来，络绎不绝，如同一大群苍蝇。巢穴顶还没有封闭，飞来的蜜蜂就已经聚集得比斗还大。窦旭随着蜜蜂飞行的轨迹寻找它们来自什么地方，原来是邻居老翁的旧菜园子。菜园子内有一间蜂房，已经三十多年了，蜜蜂在这里繁衍生息，十分兴旺。有人将窦旭的事告诉老翁，老翁前去查看，发现蜂房已经寂静无声。老翁扒开蜂房的墙壁，发现一条一丈多长的蛇盘踞在里面，于是捉住这条蛇把它杀了。窦旭这才知道，原来梦中的巨蟒就是这条蛇。蜜蜂进入窦旭家，繁衍更加旺盛，再也没有发生其他怪异的事。

青蛙神

江汉之间[1]，俗事蛙神最虔。祠[2]中蛙不知几百千万，有大如笼者。或犯神怒，家中辄有异兆：蛙游几榻，甚或攀缘滑壁不得堕，其状不一，此家当凶。

人则大恐，斩牲禳祷之，神喜则已。楚有薛崑生者，幼惠，美姿容。六七岁时，有青衣媪至其家，自称神使，坐致神意，愿以女下嫁崑生。薛翁性朴拙，雅不欲，辞以儿幼。虽故却之，而亦未敢议婚他姓。迟数年，崑生渐长，委禽[3]于姜氏。神告姜曰："薛崑生吾婿也，何得近禁脔[4]！"姜惧，反其仪。薛翁忧之，洁牲往祷，自言不敢与神相匹偶。祝已，见肴酒中皆有巨蛆浮出，蠢然扰动，倾弃[5]，谢罪而归。心益惧，亦姑听之。

注释

1 江汉之间：长江、汉水之间，大致在今湖北省。2 祠：供奉青蛙神的庙宇。3 委禽：下聘礼。4 禁脔（luán）：本义为供奉皇帝，严禁他人触碰的肉，后比喻独自占有，不容他人染指的东西。5 倾弃：倒掉。

译文

湖北一带，民间祭祀青蛙神最为虔诚。庙里面的青蛙不知道有几百千万只，大的有笼子那么大。要是有人惹怒了神明，家里边就会有奇异的事发生：桌子和床上有青蛙出没，甚至有的爬到光滑的墙上也掉不下来，各种各样的怪状不一而足，这户人家便会发生灾祸。人见了相当害怕，就斩杀猪、羊等牲畜，祈祷消灾，如果神高兴了，就会平安无事。楚地有个叫薛崑生的人，小时候很聪明，长得十分俊美。六七岁的时候，有个身穿青衣的老太太到他家，自称是青蛙神的使者，坐下来传达神灵的旨意，愿把女儿嫁给崑生。薛老爹为人老实本分，不愿答应这门亲事，就推辞说儿子还太小。虽然薛家拒绝与神联姻，但也不敢跟其他人家议亲。过了几年，崑生渐渐长大，家里跟姜家下聘礼。青蛙神就告诉姜家："薛崑生是我的女婿，你怎么能够接近他呢！"姜家十分害怕，就把聘礼还给了薛家。薛老爹为此很担心，便带着清洁的祭品前去祷告，称自己不敢和神灵结亲。他祷告结束后，发现酒菜中竟然涌出巨大的蛆虫，在那里肆意爬动，薛老爹赶紧把酒菜倒掉，向神灵叩头谢罪后便回家了。他心里更觉恐慌，也就不再过问儿子的婚事，姑且听其自然。

一日，崑生在途，有使者迎宣神命，苦邀移趾[1]。不得已，从与俱往。入一朱门，楼阁华好。有叟坐堂上，类七八十岁人。崑生伏谒，叟命曳起之，赐坐案旁。少间，婢媪集视，纷纭满侧。叟顾曰："入言薛郎至矣。"数婢奔去。移

时，一媪率女郎出，年十六七，丽绝无俦[2]。叟指曰："此小女十娘，自谓与君可称佳偶，君家尊乃以异类见拒。此自百年事，父母止主其半，是在君耳。"

崑生目注十娘，心爱好之，默然不言。媪曰："我固知郎意良佳。请先归，当即送十娘往也。"崑生曰："诺。"趋归告翁。翁仓遽无所为计，乃授之词[3]，使返谢之，崑生不肯行。方诮让[4]间，舆已在门，青衣成群，而十娘入矣。上堂朝拜翁姑，见之皆喜。即夕合卺，琴瑟甚谐。由此，神翁神媪时降其家。视其衣，赤为喜，白为财，必见[5]，以故家日兴。

注释

1 苦邀移趾：苦苦相邀前去。2 无俦（chóu）：没有比得上的。3 授之词：教给他推托之词。4 诮让：责备。5 必见（xiàn）：必定会出现，指十分灵验。

译文

有一天，崑生正在赶路，忽然有使者迎上前来宣告神明的旨意，苦苦相邀跟他走一趟。崑生不得已就跟他去了。进入一扇朱漆大门，只见阁楼华丽壮观，有位老先生坐在堂上，看着有七八十岁的样子。崑生跪在地上行礼，老者命人将他扶起来，让他坐在桌子一旁。不一会儿，丫环仆妇都围过来看，闹哄哄地站满了大堂的两侧。老者就吩咐仆人说："进去通报一声，就说薛郎到了。"几个小丫环抢着跑了进去。过了一阵儿，一个老太太领着一个少女走了出来，少女十六七岁，容貌艳丽无双。老者指着女孩儿说："这是我的小女儿十娘，她自己说跟你是天生一对儿，可你父亲碍于人神之别多次拒绝。婚姻大事，当父母的只能管一半儿，现在请你自己拿主意吧。"

崑生直勾勾地盯着十娘，爱慕之情油然而生，表面上却沉默不语。老太太说："我早就知道你这小伙子会满意的。请你先回家，我随后就把十娘送过去。"崑生点头答应，回到家就将此事禀告父亲。仓促间，薛老爹也想不出什么办法，就教给他一些推托的客套话，让他回去谢绝这门亲事，可是崑生却赖着不肯走。正当薛老爹责备崑生时，送亲的车子已经来到门口，一群青衣人簇拥着十娘走进屋。她上堂拜见公公婆婆，薛老爹和夫人见到她后都很喜欢。当晚就办了婚礼，夫妻两人感情特别好。从此，十娘的父母经常降临薛家。看他们穿的衣服，就知道发生何事：红色讨喜，白色招财，每次都很灵验，因此，薛家一天天兴旺起来。

自婚于神，门堂藩溷[1]皆蛙，人无敢诟蹴[2]之。惟崑生少年任性，喜则忌，怒则践斃，不甚爱惜。十娘虽谦驯，但善怒，颇不善崑生所为，而崑生不以十娘故斂抑之。十娘语侵崑生，崑生怒曰："岂以汝家翁媪能祸人耶？大丈夫何畏蛙也！"十娘甚讳言"蛙"，闻之恚甚，曰："自妾入门，为汝家，田增粟，贾益价，亦复不少。今老幼皆已温饱，遂如鸮鸟生翼，欲啄母睛[3]耶！"崑生益愤曰："吾正嫌所增污秽，不堪贻子孙。请不如早别。"遂逐十娘。翁媪既闻之，十娘已去。呵崑生，使急往追复之。崑生盛气不屈。至夜，母子俱病，郁闷[4]不食。翁惧，负荆[5]于祠，词义殷切。过三日，病寻愈。十娘亦自至，夫妻欢好如初。

注释

1 藩溷（hùn）：篱笆和厕所。2 诟蹴（cù）：辱骂踩踏。3 鸮（xiāo）鸟生翼，欲啄母睛：传说猫头鹰幼鸟长成后，啄母眼睛飞去。比喻忘恩负义。4 郁闷：此处指神志昏聩不清。5 负荆：背着荆条谢罪。

译文

自从和青蛙神结亲后，薛家大门、院子和厕所里到处都是青蛙，没人敢有怨言，更不敢踩踏。只有崑生年轻气盛，任性妄为，高兴时还有所顾忌，生气时就用脚踩踏，弄死了也不心疼。十娘虽然性情温和，但也爱生气，很不喜欢丈夫这么做，可崑生却不因十娘而有所收敛。有次十娘讲话冒犯了崑生，崑生大怒道："难道仗着你爹妈能降祸于人，你就能这么说我吗？堂堂大丈夫会害怕青蛙不成！"十娘特别忌讳人说"蛙"，听他这么讲，不由怒火中烧，就回嘴道："自从我嫁到你家，庄稼连年丰收，买卖日益兴隆，赚得也不算少了。如今一家老小已经不愁吃穿，你就开始忘恩负义了吗？"崑生听了更加愤怒，嚷嚷着说："我正嫌弃你给我家招的这些东西肮脏呢！根本就不配留给子孙！你还是趁早走吧。"于是就把十娘赶出家去。等到崑生父母听说他们吵架的事儿后，十娘已经走了。二老严厉呵斥崑生，让他快去把儿媳追回来。崑生正在气头上，任谁讲都不听。到晚上，母子二人都莫名其妙得了病，头昏脑涨，吃不下东西。薛老爹很害怕，就背着荆条前去神庙谢罪，言辞恳切。过了三天，他们的病就好了。十娘也自己回到家，夫妻俩又和好如初。

十娘日辄凝妆[1]坐，不操女红，崑生衣履一委诸母。母一日忿曰：“儿既娶，仍累媪！人家妇事姑，吾家姑事妇！”十娘适闻之，负气登堂曰：“儿妇朝侍食，暮问寝，事姑者，其道如何？所短者，不能吝佣钱自作苦耳。”母无言，惭沮[2]自哭。崑生入，见母涕痕，诘得故，怒责十娘。十娘执辨不相屈。崑生曰：“娶妻不能承欢，不如勿有！便触老蛙怒，不过横灾死耳！”复出十娘。十娘亦怒，出门径去。

次日，居舍灾，延烧数屋，几案床榻，悉为煨烬[3]。崑生怒，诣祠责数曰：“养女不能奉翁姑，略无庭训[4]，而曲护其短！神者至公，有教人畏妇者耶？且盎盂相敲[5]，皆臣所为，无所涉于父母。刀锯斧钺，即加臣身；如其不然，我亦焚汝居室，聊以相报。”言已，负薪殿下，爇火欲举。居人集而哀之，始愤而归。父母闻之，大惧失色。至夜，神示梦于近村，使为婿家营宅。及明，赍材鸠工[6]，共为崑生建造，辞之不肯。日数百人相属于道，不数日，第舍一新，床幕器具悉备焉。修除甫竟[7]，十娘已至，登堂谢过[8]，言词温婉。转身向崑生展笑，举家变怨为喜。自此十娘性益和，居二年无间言。

注释

1 凝妆：华丽的妆扮。2 惭沮：惭愧沮丧。3 煨烬（wēi jìn）：灰烬。4 庭训：此处指家教。5 盎盂相敲：比喻家人相互争吵。6 赍材鸠工：带着建材，聚集工匠。7 修除甫竟：刚打扫完卫生。8 谢过：认错，道歉。

译文

十娘每天打扮得漂漂亮亮地坐在屋里，什么针线活儿都不做，崑生的衣服、鞋袜都交给母亲来做。有一天，老太太不乐意道：“儿子既然娶了媳妇，怎么还要我这个老太婆操劳！人家都是媳妇侍奉婆婆，我家婆婆却伺候起了媳妇！”十娘恰好听见这些话，就怀着怒气走上堂，说：“我这个做媳妇的早上侍奉您吃饭，晚上照顾您睡觉，对待婆婆，哪里有什么不周呢？所缺的，不就是舍不得花钱请人伺候，自讨苦吃罢了。”婆婆听了说不出话来，羞愧地暗自伤心落泪。崑生从外边进来，见母亲脸上有泪痕，询问出缘由，怒气汹汹地责骂了十娘一顿。十娘据理争辩毫不退让。崑生恼羞成怒，便发狠说：“娶妻不能侍奉公婆，还不如不娶！就算触怒了老青蛙，大不了遭灾横死罢了！”又把十娘赶出家门。十娘也很生气，出门头也不回就走了。

第二天，薛家的房子就着了火，火势蔓延烧毁了好几间屋子，桌椅床榻都化为灰烬。崑生大为恼怒，就来到神庙骂骂咧咧地说："你养的女儿不能侍奉公婆，你不但不教育，还想办法袒护她！神明是最公正的，难道有教人害怕老婆的吗？况且两口子吵架，都是我一人所为，跟父母没什么关系。要是我有错，就拿刀锯斧钺加在我身上；如若不然，我也把你家烧了，就算对你的报复。"说完，就背着柴火来到殿下，点火要烧庙宇。四周的人都赶过来苦苦相劝，崑生这才愤而离去。他的父母听说这件事，脸都吓得变了颜色。到了晚上，青蛙神托梦给邻村人，让他们给自己女婿造所新房子。等天亮了，村人就带着材料，召集工匠，一起为崑生建造房屋，崑生连忙推辞，他们说什么也不答应。每天都有几百人来往忙碌，没几天新房子就建好了，床铺、帘帐以及各种器具无不齐备。屋子刚收拾干净，十娘就已经到了，她走上堂向公婆认错，言辞温柔婉转，态度十分恭敬。然后转身对崑生露出笑容，于是全家人转怒为喜。从此，十娘性情更加温和，在薛家住了两年都没吵架。

十娘最恶蛇，崑生戏函小蛇，给[1]使启之。十娘变色，诟崑生。崑生亦转笑生嗔，恶相抵。十娘曰："今番不待相迫逐，请从此绝。"遂出门去。薛翁大恐，杖崑生，请罪于神；幸不祸之，亦寂无音。积有年余，崑生怀念十娘，颇自悔，窃诣神所哀十娘，迄无声应。未几，闻神以十娘字袁氏，中心失望，因亦求婚他族。而历相数家，并无如十娘者，于是益思十娘。往探袁氏，则已垩壁涤庭[2]，候鱼轩[3]矣。心愧愤不能自已，废食成疾。父母忧皇，不知所处。

忽昏愦中有人抚之曰："大丈夫频欲断绝，又作此态！"开目则十娘也。喜极，跃起曰："卿何来？"十娘曰："以轻薄人相待之礼，止宜从父命，另醮[4]而去。固久受袁家采币[5]，妾千思万思而不忍也。卜吉[6]已在今夕，父又无颜反璧，妾亲携而置之矣。适出门，父走送曰：'痴婢！不听吾言，后受薛家凌虐，纵死亦勿归也！'"崑生感其义，为之流涕。家人皆喜，奔告翁媪。媪闻之，不待往朝，奔入子舍，执手呜泣。

由此崑生亦老成，不作恶谑，于是情好益笃。十娘曰："妾向以君儇薄[7]，未必遂能相白首，故不敢留孽根于人世。今已靡他，妾将生子。"居无何，神翁神媪着朱袍，降临其家。次日，十娘临蓐[8]，一举两男。由此往来无间。居民或犯神怒，辄先求崑生，乃使妇女辈盛妆入闺，朝拜十娘，十娘笑则解。薛氏

苗裔甚繁，人名之“薛蛙子家”。近人不敢呼，远人则呼之。

注释

1 绐（dài）：欺骗。2 垩（è）壁涤庭：粉刷墙壁，打扫干净院子。3 鱼轩：贵族妇女所乘的车，以鱼皮为装饰。此处代指新娘子。4 醮（jiào）：原为婚礼中的饮酒仪式，后指嫁人。5 采币：彩礼。6 卜吉：举办婚礼的日子。7 儇（xuān）薄：轻薄狡黠。8 临蓐：临产。

译文

十娘最厌恶蛇，崑生有次用盒子装了条小蛇，骗十娘打开。十娘一看，神情大变，就痛骂崑生。崑生也转笑生怒，恶狠狠地回骂。十娘说：“这次不用你赶我，我们从此一刀两断。”说完就出门走了。薛老爹大惊失色，狠狠地杖责了他，要他赶紧向神明谢罪；幸而并没有什么灾祸降临，但也没什么动静。过了一年多，崑生很想念十娘，感到十分懊悔，就悄悄到神庙里哀求十娘能够回来，可是一直没有回音。没多久，崑生听说青蛙神把十娘许配给了袁家，心里大失所望，于是也向别的人家求婚。但是挑了好几家，没有比得上十娘的，于是他更加思念十娘。他去袁家探听消息，发现人家已经粉刷墙壁，打扫干净院子准备迎亲了。崑生悔恨羞愧得不得了，回家后茶不思饭不进，就病倒了。父母忧心忡忡，不知该如何是好。

忽然，崑生在昏迷中感觉有人抚摸他，并说：“大丈夫既然频频要与我断绝关系，怎么又这样没出息呢？”崑生睁眼一看，原来是十娘来了。他高兴极了，一跃而起，问：“你是从哪儿来的？”十娘说：“因为你这个轻薄小子对我无理取闹，我就该听从父命再嫁他人。本来我家早就收了袁家的彩礼，但我千思万虑，实在不忍心弃你而去。婚礼定在今晚举办，家父碍于脸面又不能退回彩礼，是我自己拿着聘礼还了回去。出门的时候，父亲走出来送别说：‘傻丫头！你既然不听我的话，以后再受薛家的欺凌虐待，就是死了也别回来！’”崑生听了痛哭流涕，被十娘的深情厚谊深深感动。家人都很高兴，跑着告诉老头儿老太太。老太太听了，没等媳妇过来拜见，就跑进儿子的房间，拉着十娘的手“呜呜”地哭起来。

从此，崑生也日渐成熟，不再搞恶作剧，于是夫妻二人更加情深爱笃。一天，十娘对崑生说：“之前我觉得你轻佻无礼，未必能白头到老，所以不敢在世上留下孽根。如今我没什么顾虑了，将要给你生儿育女。”没过多久，十娘的父母便身着红袍降临薛家。第二天，十娘就临产了，一次生下两个男孩儿。从此，薛家和十娘家常常来往，亲密无间。居民有时触犯了神灵，就先向昆生求情。他就让那家妇女打扮得漂漂亮亮，到闺房朝拜十娘，如果十娘笑了，事情就可化解。此后薛家人丁兴旺，子孙众多，人们都称其为“薛蛙子家”。不过邻近的人不敢这么叫，远处的人才这么称呼。

第五章 奇人异士

《聊斋志异》中记载了许多奇人异士的事迹，他们或技艺高超，或法术精妙，或侠肝义胆……这些以人类为主角的故事，拓展了志怪文学的题材，加强了文章的现实色彩，丰富了中国古典文学中的“魔幻现实主义”元素。本章共选取了《蛇人》《劳山道士》《妖术》《侠女》《寒月芙蕖》五篇文章。

《蛇人》讲的是一位技艺高超的耍蛇人与其豢养的两条青蛇的故事。作者用一连串动作描写，充分展现了青蛇攀爬的灵动以及蛇的品性，画面感强烈。二青和小青两条蛇感情深厚，二青长大后不再适合表演，被放归山林。它两次返回只为跟小青摩颈告别。一次耍蛇人在山间被一条大蛇追赶，当认出是二青后，明白它很思念小青，就将小青放出，使二蛇团聚。《劳山道士》中，王生因爱慕神仙，便上崂山拜师学道。道士为了锻炼王生，就让他砍柴操劳。王生受不了辛苦，遂萌生退意。一次他在筵席上目睹几位道长施展仙术，大为惊奇，便留下继续砍柴。没多久，他又嫌劳苦，向道士告辞，并恳请师父将穿墙术传予自己。王生回家后，向妻子大肆炫耀，不料表演时法术失灵，碰得满头青肿。

《妖术》详细而生动地讲述了于公和妖怪打斗的故事。于公武艺高强，进京赶考时，因仆人生病而占卜问卦，算命先生却说他危在旦夕。于公回去后仗剑以待。晚上不断有妖物侵扰，经过激烈打斗，他终于把怪物一一消灭，也明白了妖怪是算命先生派来的。最终，于公等人将算命先生绳之以法。《侠女》讲的是一位身怀绝技的烈女子含羞忍辱为父报仇的故事。顾生爱恋邻家姑娘，虽然百般殷勤，但对方却一直很冷淡。忽然有一天，女子主动挑逗顾生，并与他发生关系，然而此后又冷落起来。与顾生交好的娈童本是狐妖所变，就借机搬弄是非，后来又当面讥讽女子，结果招来杀身之祸。女子此后虽与顾生同床共枕，并生了孩子，但就是不愿嫁给他。直到有一天，女子大仇已报，才道出真相：自己长期潜伏，是为了刺杀陷害父亲的仇家；给顾生留下孩子是为了报答照料之恩。说完就消失不见了。

《寒月芙蕖》文笔以奇取胜，通过几个小故事，让道士的精妙法术以及幽默的性格跃然纸上。济南有位道士法术玄妙，善于幻化。他请人赴宴，只在墙上画了一扇门，便有酒菜从中递出。席间为祝酒兴，他竟能在冬天变出满湖荷花，人们还可以闻到阵阵清香，可是一旦靠近，却空空如也，终为泡影。有次道士去官员家喝酒，因用搬运术喝光了佳酿而遭受拷打，结果疼痛全部转移到那位官员身上。

蛇　人

东郡[1]某甲，以弄蛇为业。尝蓄驯蛇二，皆青色，其大者呼之大青，小曰二青。二青额有赤点，尤灵驯，盘旋无不如意。蛇人爱之，异于他蛇。期年[2]，大青死，思补其缺，未暇遑[3]也。一夜，寄宿山寺，既明，启笥[4]，二青亦渺[5]。蛇人怅恨欲死。冥搜[6]亟呼，迄无影兆[7]。然每至丰林茂草，辄纵之去，俾得自适，寻复还。以此故，冀其自至。坐伺之，日既高，亦已绝望，怏怏遂行。出门数武[8]，闻丛薪错楚[9]中，窸窣[10]作响。停趾愕顾[11]，则二青来也。大喜，如获拱璧。息肩路隅，蛇亦顿止。视其后，小蛇从焉。抚之曰："我以汝为逝矣。小侣而所荐耶？"出饵饲之，兼饲小蛇。小蛇虽不去，然瑟缩不敢食。二青含哺之，宛似主人之让客者。蛇人又饲之，乃食。食已，随二青俱入笥中。荷去教之，旋折辄中规矩，与二青无少异，因名之小青。炫技四方，获利无算。

注释

1 东郡：今河南省濮阳市。2 期（jī）年：一整年。3 暇遑：空闲。4 笥（sì）：竹箱子。5 渺：消失不见。6 冥搜：尽力寻找。7 影兆：踪影，迹象。8 武：原指半步，此处指脚步。9 丛薪错楚：草木杂乱。10 窸窣（xī sū）：形容轻微细碎的声音。11 愕顾：惊讶地看。

译文

东郡有个人以耍蛇为生。他曾驯养过两条蛇，都是青色的，他管大的叫大青，小的叫二青。二青额头上有块红斑，尤其灵巧温驯，指挥它上下盘旋，非常合意。耍蛇人对它特别宠爱，比对别的蛇都要好。过了一年，大青死了，耍蛇人想再找条蛇补充，但一直没时间寻觅。一天晚上，他在山里的寺庙过夜，等天亮打开竹箱一看，二青也不见了。耍蛇人垂头丧气，懊悔得要死。尽管他尽力寻找，大声疾呼，仍是毫无踪迹。以前，每走到草木繁盛的地方，耍蛇人都会把蛇放出去，等它们自由活动够了，很快就会回来。因此，他希望这次二青还会自己回来。于是他就坐在草地上等着，直到太阳升得很高了，还不见二青踪影，耍蛇人这下彻底绝望，只好闷闷不乐地上路。出门刚走几步，就听见杂草丛中窸窣作响。他停下来惊讶地发现，是二青回来了。耍蛇人喜出望外，如获至宝。他在路边放下担子，蛇也跟着停下来。再看它后边，还跟着一条小蛇。耍蛇人抚摸着二青说道："我以为你跑丢了呢。你是要把这个小伙伴引荐给我吗？”于是他就拿出饵料喂它们吃。小蛇虽然没离去，但缩成一团瑟瑟发抖，不敢进食。二青就用嘴含着吃的喂它，好像是主人在请客人吃东西一样。耍蛇人见状，就再给它喂食，它这才开吃。吃过食物，小蛇就跟着二青一起爬进竹箱。耍蛇人带着小蛇训练，小蛇盘旋回转都合乎指令，和二青没什么区别，于是耍蛇人就叫它小青。耍蛇人带着两条青蛇四处表演，赚了很多钱。

大抵蛇人之弄蛇也，止以二尺为率[1]，大则过重，辄便更易。缘二青驯，故未遽弃。又二三年，长三尺余，卧则笥为之满，遂决去之。一日，至淄邑东山间，饲以美饵，祝而纵之。既去，顷之复来，蜿蜒笥外。蛇人挥曰：“去之！世无百年不散之筵。从此隐身大谷，必且为神龙，笥中何可以久居也？”蛇乃去，蛇人目送之。已而复返，挥之不去，以首触笥，小青在中，亦震震而动。蛇人悟曰：“得毋欲别小青耶？”乃发笥，小青径出，因与交首吐舌，似相告语。已而委蛇并去。方意小青不还，俄而踽踽[2]独来，竟入笥卧。由此随在物色，迄无佳者，而小青亦渐大，不可弄。后得一头亦颇驯，然终不如小青良。而小青粗于儿臂矣。

注释

1 率（lǜ）：标准。2 踽踽（jǔ jǔ）：独自行走。

译文

通常，耍蛇人操弄的蛇仅以二尺为标准，再大就有些重，需要更换。因为二青实在很温驯，所以耍蛇人没有立即抛弃它。又过了两三年，二青长到三尺多长，盘在竹箱里塞得满满的，于是耍蛇人就决心放它离去。一天，他走到淄川的东山里，让它美美地吃了一顿，道别后就放它走了。二青走后，过了一会儿又回来，在竹箱外来回盘绕。耍蛇人就挥手呵斥道：“走吧！世上没有百年不散的宴席。你从此藏身于深谷中，必定会成为神龙，竹箱怎么能够长久居住呢？”二青听他这么讲就爬走了，耍蛇人目送它离去。过了一会儿，它又回来了，耍蛇人挥手赶它，它也不走，只是用头触碰竹箱，小青在里头也不停地窜动。耍蛇人这才明白过来，说：“你是不是要和小青道别啊？”刚打开竹箱，小青一下子蹿出来，二青和它头颈缠绕在一起，互相碰触信子，好像在跟它嘱咐什么。过了一会儿，小青跟着二青一起爬走了。耍蛇人觉得它不会回来了，谁知不久小青又独自归来，爬入箱内卧了下来。此后，耍蛇人到处寻找新蛇，始终没找到合适的，而小青也渐渐长大，有些不方便耍弄。后来，他得到一条也还算驯服的，然而到底不如小青出色。这时候，小青已经长到小孩儿胳膊那么粗了。

先是，二青在山中，樵人多见之。又数年，长数尺，围如碗，渐出逐人。因而行旅相戒，罔[1]敢出其途。一日，蛇人经其处，蛇暴出如风，蛇人大怖而奔，蛇逐益急。回顾已将及矣，而视其首，朱点俨然，始悟为二青。下担呼曰："二青，二青！"蛇顿止，昂首久之，纵身绕蛇人，如昔弄状。觉其意殊不恶，但躯巨重，不胜其绕，仆地呼祷[2]，乃释之。又以首触笥，蛇人悟其意，开笥出小青。二蛇相见，交缠如饴糖[3]状，久之始开。

蛇人乃祝小青："我久欲与汝别，今有伴矣。"谓二青曰："原君引之来，可还引之去。更嘱一言：深山不乏食饮，勿扰行人，以犯天谴。"二蛇垂头，似相领受。遽起，大者前，小者后，过处林木为之中分。蛇人伫立望之，不见乃去。此后行人如常，不知其何往也。

注释

1 罔：没有。2 呼祷：喊叫求饶。3 饴糖：麦芽糖。

译文

起先，二青在山里，樵夫经常看见它。又过几年，二青长到好几尺长，有碗口那么粗，渐渐出来追逐行人。因而，来往的商旅都互相告诫，不敢经过它出没的地方。一天，耍蛇人经过二青的领地，突然有条大蛇狂风般猛地窜出，他吓得掉头就跑，大蛇追得更紧了。他回头一看，蛇已经快追上自己，再看它的额头，明显有一块红斑，这才明白原来是二青。于是耍蛇人放下担子，呼喊道："二青，二青！"大蛇听见声音就停下来，昂起头盯着他看。过了很久，它爬上前去，盘绕在耍蛇人身上，就像从前表演时那样。耍蛇人感到它没什么恶意，只是它身躯太沉重，自己经不住它这么盘绕，就扑倒在地上，呼号请它下来，于是二青就放开了他。二青又用头碰触竹箱，耍蛇人明白它的意思，就打开箱子把小青放了出来。两蛇一见面，紧紧地缠绕在一起，就像麦芽糖粘在一起那样，过了好长时间才分开。

耍蛇人就对小青说："我早就想跟你道别，如今你总算遇到伴儿了。"又对二青说："小青原本是你带来的，现在你可以把它带走。我再嘱咐一句：你在深山里不缺吃喝，以后不要再惊扰行人，以免遭受天谴。"两条蛇低下头，好像在接受他的劝告。忽然它们蹿起离开，大的在前，小的在后，所过之处，树木草丛都被它们从中间分开，倒伏在两边。耍蛇人站在那儿望着它们，直到看不见了才离去。从此以后，行人往来又恢复了往日的安宁，不知道那两条蛇去哪了。

异史氏曰："蛇，蠢然一物耳，乃恋恋有故人之意，且其从谏也如转圜[1]。独怪俨然而人也者，以十年把臂之交[2]，数世蒙恩之主，辄思下井复投石焉。又不然，则药石相投，悍然不顾，且怒而仇焉者，不且出斯蛇下哉！"

注释

1 转圜：转动圆形器物，代指很容易做到的事。2 把臂之交：形容关系很亲密。

译文

异史氏说："蛇，只是没有灵智的动物罢了，也还对老友恋恋不舍，并且很容易就听从劝告。唯独奇怪的是，有些看起来人模人样的家伙，对十年过从亲密的老朋友，对几代蒙受恩惠的主人，总想着落井下石。要不然，就是对别人的好心规劝毫不理睬，还恼羞成怒把人家当作仇人报复，难道不是比蛇都不如吗！"

劳山[1]道士

邑有王生，行七，故家子[2]。少慕道，闻劳山多仙人，负笈往游。登一顶，有观宇甚幽。一道士坐蒲团上，素发垂领，而神观爽迈。叩而与语，理甚玄妙。请师之，道士曰："恐娇惰[3]不能作苦。"答言："能之。"其门人甚众，薄暮毕集，王俱与稽首，遂留观中。凌晨，道士呼王去，授以斧，使随众采樵。王谨受教。过月余，手足重茧，不堪其苦，阴[4]有归志。

注释

1 劳山：即崂山，在今山东省青岛市东部。2 故家子：大户人家的后代。3 娇惰：娇气懒惰。4 阴：私下，暗自。

译文

我们县有个姓王的书生，排行老七。他是世家子弟，从小就仰慕修仙之道。听说崂山上有很多仙人，他就背上行李前去访仙问道。他登上山顶，看见一座道观很幽静，有位道长正在蒲团上打坐。他白发垂领，精神焕发，一看就是有道之人。于是王生上前施礼，与他交谈，道士说的话深奥微妙，大合其趣。王生便请求道士收他为徒，道士说："恐怕你娇气懒惰，吃不了苦。"王生回答说："我能吃苦。"道士的弟子很多，傍晚时分都聚集过来，王生就跟着大家一起向道士叩头，于是就留在了观中。第二天清晨，道士把王生喊过去，给他一把斧头，叫他跟大伙儿一起去砍柴。王生接受了差使，每日入山砍柴。这样过了一个多月，王生的手脚都磨出了厚厚的茧子，他实在受不了这样的辛劳，就暗自萌发回家的念头。

一夕归，见二人与师共酌，日已暮，尚无灯烛。师乃翦纸如镜，黏壁间。俄顷，月明辉室，光鉴毫芒。诸门人环听奔走。一客曰："良宵胜乐，不可不同。"乃于案上取壶酒，分赉[1]诸徒，且嘱尽醉。王自思：七八人，壶酒何能遍给？遂各觅盎盂[2]，竞饮先釂[3]，惟恐樽尽，而往复挹注，竟不少减，心奇之。

俄一客曰："蒙赐月明之照，乃尔寂饮，何不呼嫦娥来？"乃以箸掷月中，见一美人自光中出，初不盈尺，至地遂与人等。纤腰秀项，翩翩作《霓裳舞》[4]。已而歌曰："仙仙乎[5]，而还乎，而幽我于广寒乎！"其声清越，烈如箫管。歌毕，盘旋而起，跃登几上，惊顾之间，已复为箸。三人大笑。又一客曰："今宵最乐，然不胜酒力矣。其饯我于月宫可乎？"三人移席，渐入月中。众视三人，坐月中饮，须眉毕见，如影之在镜中。移时，月渐暗。门人燃烛来，则道士独坐而客杳矣。几上肴核尚存，壁上月，纸圆如镜而已。道士问众："饮足乎？"曰："足矣。""足宜早寝，勿误樵苏。"众诺而退。王窃忻慕，归念遂息。

注释

1 赉（lài）：赠送。2 盎盂：盎，腹大口小的瓦盆。盂，一种盛酒的器皿，形似小桶。3 竞饮先釂（jiào）：争抢着喝酒。釂，饮酒干杯。4《霓裳舞》：即《霓裳羽衣曲》，是一种唐代的宫廷乐舞，为唐玄宗所作，用于在太清宫祭献老子时演奏。5 仙仙乎：翩翩起舞，步伐轻盈的样子。

译文

有一天晚上王生打柴回来，见有两个人和师父一起饮酒，天已经黑了，屋里还没点上灯，师父就把纸剪成镜子的形状，贴在墙壁上。不一会儿，那纸就化为一轮明月，照亮了整个房间，连细微的须发都看得清清楚楚。道士的弟子们都在四周听候差遣。一位客人说："这么美好的月夜，不能不跟大伙儿一同分享啊。"于是就从桌上拿起酒壶，给各位弟子斟酒，并且嘱咐他们要一醉方休。王生心想：我们七八个人，一壶酒怎么够分呢？于是大伙儿找来坛坛罐罐，争先恐后地倒酒喝，唯恐酒壶空了。然而，众人这么来来回回地倒，壶里的酒竟一点不少，王生心里很是好奇。

过了一会儿，一位客人说："承蒙贤兄赐以明月相照，但咱们这么寂寥清饮，尚未尽兴，何不把嫦娥叫过来呢？"于是，他就拿起筷子往月亮里一投，只见一个美人从月光中走了出来，起初不到一尺高，等落到地上就和人一样大小。她蛮腰纤细，脖颈颀长，风姿翩翩地跳起了《霓裳舞》。跳完舞又舒展歌喉，唱道："飘摇起舞啊，你何时能够回来啊，为何把我一个人幽闭在广寒宫！"她的歌声清脆高亢，就像吹奏箫管一样嘹亮。唱完歌，她就盘旋着跳起来，登到桌子上，众人正在惊奇围观时，她又变回了筷子。道士和客人们哈哈大笑。这时，另一位客人说："今晚真是高兴，可我已有些醉了。不知大家能否在月宫为我饯行？"说完，三个人就带着酒席渐渐进入月亮中。众弟子看着他们三人在月宫中饮酒，眉毛胡子都瞧得清清楚楚，就像照在镜子里看似的。又过了一会儿，月色渐渐暗淡下去，有弟子点蜡烛送来，只看见道士一个人在那里坐着，刚才的客人都已经不见了。桌子上还残留着菜肴果品，再看墙上的月亮，不过是一张镜子形状的圆纸片罢了。道士问大家："你们喝够了吗？"弟子们说："喝够了。""既然都喝够了，就早早休息吧，不要耽误明天砍柴。"大家唯唯诺诺退了下去。王生心里很是高兴，对仙术仰慕不已，就打消了回家的念头。

又一月，苦不可忍，而道士并不传教一术。心不能待，辞曰：“弟子数百里受业仙师，纵不能得长生术，或小有传习，亦可慰求教之心。今阅两三月，不过早樵而暮归。弟子在家，未谙此苦。”道士笑曰：“吾固谓不能作苦，今果然。明早当遣汝行。”王曰：“弟子操作多日，师略授小技，此来为不负也。”道士问：“何术之求？”王曰：“每见师行处，墙壁所不能隔，但得此法足矣。”道士笑而允之。乃传以诀，令自咒毕，呼曰：“入之！”王面墙不敢入。又曰：“试入之。”王果从容入，及墙而阻。道士曰：“俯首辄入，勿逡巡[1]！”王果去墙数步，奔而入，及墙，虚若无物，回视，果在墙外矣。大喜，入谢。道士曰：“归宜洁持[2]，否则不验。”遂助资斧[3]，遣之归。抵家，自诩遇仙，坚壁所不能阻。妻不信，王效其作为，去墙数尺，奔而入。头触硬壁，蓦然而踣[4]。妻扶视之，额上坟起，如巨卵焉。妻揶揄之。王渐忿，骂老道士之无良而已。

注释

1 逡（qūn）巡：有所顾虑而徘徊不前。2 洁持：保持修行清白。3 资斧：旅费。4 踣（bó）：跌倒。

译文

又过了一个月，王生实在受不了苦，而道士也没有教他任何法术。他不想再等下去，就向道士告辞说：“弟子我从数百里外前来拜师学仙，即使不能求得长生之术，哪怕您教个小法术，也能安慰我一片求教之心。现在过去两三个月，每天不过是早起打柴，傍晚而归。弟子在家里从没受过这等辛苦。”道士呵呵一笑道：“我早就说你不能吃苦，现在果然如此。明日一早，就送你回去。”王生说：“弟子在这里劳作多日，还请师父传我个小法术，也不枉来此一遭。”道士问他：“你想求什么法术？”王生说：“我每次见到您行走时，都能穿墙而过，能学到这个法术我就心满意足了。”道士笑着答应了他。于是就传给他一个口诀，令其念完后，道士招呼道：“进去！”王生对着墙不敢进去。道士又说：“你试着往里走走。”王生就缓缓迈步，到墙壁跟前又被挡住了。道士说：“你一低头就进去了，不要犹豫！”王生就从离墙几步远的地方跑着冲了进去，等碰到墙壁，感觉空空的什么都没有，回头一看，身体果然已在墙外边。王生大为惊喜，赶紧返回去拜谢。道士叮嘱他说：“回去之后要行持清白，否则法术就不灵了。”于是就送了些盘缠，放他回家去。王生回到家，就向妻子夸口说遇到了神仙，学会了穿墙术，再坚硬的墙也阻挡不了他。妻子不相信，王生就照着学法那天的举动，离墙数尺，飞奔而入。结果头碰到坚硬的墙壁，一下子就摔倒在地。妻子过去扶他起来，只见额头上鼓起鸡蛋大一个包。妻子就嘲笑他，王生又气又恨，大骂老道士无良。

异史氏曰："闻此事，未有不大笑者，而不知世之为王生者正复不少。今有伧父[1]，喜疢毒[2]而畏药石，遂有舐痈吮痔[3]者，进宣威逞暴之术，以迎其旨，诒之曰：'执此术也以往，可以横行而无碍。'初试未尝不小效，遂谓天下之大，举可以如是行矣，势不至触硬壁而颠蹶不止也。"

注释

1 伧父：乡野村夫，粗鄙无知的人。2 疢（chèn）毒：此处泛指疾病。3 舐痈吮痔（shì yōng shǔn zhì）：一般作"吮痈舐痔"。吸痈脓，舔痔疮，喻指毫无下限地巴结讨好人。

译文

异史氏说："听到这个故事的人，没有不捧腹大笑的，但他们不知道世上像王生那样的人还不少呢。现在有些粗鄙无知的人，喜欢疾病而畏惧药石，于是就有些毫无底线的人向他拍马屁，给他出一些显示淫威、逞露凶暴的坏主意，以迎合他的口味，糊弄他说：'只要掌握了这种办法，您就可以横行无阻了。'起初运用，未尝没有点效果，于是他就自大地认为，可以在全天下肆意妄为了。这种人，不撞到墙上碰得头破血流，摔倒在地，是不会消停的。"

妖　术

于公者，少任侠，喜拳勇，力能持高壶[1]作旋风舞。崇祯间，殿试[2]在都，仆疫不起，患之。会市上有善卜者，能决人生死，将代问之。既至，未言，卜者曰："君莫欲问仆病乎？"公骇应之。曰："病者无害，君可危。"公乃自卜，卜者起卦，愕然曰："君三日当死！"公惊诧良久。卜者从容曰："鄙人有小术，报我十金，当代禳[3]之。"公自念，生死已定，术岂能解，不应而起，欲出。卜者曰：

“惜此小费，勿悔！勿悔！”爱公者皆为公惧，劝罄橐[4]以哀之。公不听。

注释

1 高壶：练武之人用的健身器材。下部为球形，其上有把可抓举，多用铁铸成。2 殿试：科举考试的最后环节，通常在皇宫举行。名次由皇帝亲自选定，考中者方能成为进士。3 禳（ráng）：祈祷消除灾祸。4 罄橐（qìng tuó）：竭尽囊中所有钱财。

译文

从前有位于公，年轻时行侠仗义，喜爱武术，他力气大得能抓起壶铃像旋风般舞动。崇祯年间，他在京城参加殿试，随行的仆人患病不起，于公很替他担心。正好集市上有个精通算命的人，能断定人的生死，于公就想代仆人问一下吉凶。他到算命人那里还没开口，算命先生就说：“你难道不是想问仆人的疾病吗？”于公非常惊讶，连连点头称是。算命先生对他说：“生病的人没什么大碍，你恐怕就很危险了。”于公就让他给自己算一卦，算命人起卦后惊愕地说：“你三日内必死无疑！”于公诧异了半天。算命人从容地说：“鄙人略通法术，只要给我十两银子，我就可以为你祛除灾殃。”于公认为死生有命，既然是命中注定，又岂是法术能化解的，于是就没答应，站起身要走。算命人警告他说：“爱惜这点小钱，可不要后悔！可不要后悔！”关心于公的人都替他捏把汗，纷纷劝他拿出所有的钱来恳求算命人帮他消灾。于公对此毫不理会。

倏忽至三日，公端坐旅舍，静以觇[1]之，终日无恙。至夜，阖户挑灯，倚剑危坐。一漏[2]向尽，更无死法。意欲就枕，忽闻窗隙窣窣有声。急视之，一小人荷戈入，及地，则高如人。公捉剑起，急击之，飘忽未中。遂遽小，复寻窗隙，意欲遁去。公疾斫之，应手而倒。烛之，则纸人，已腰断矣。公不敢卧，又坐待之。逾时，一物穿窗入，怪狞[3]如鬼。才及地，急击之，断而为两，皆蠕动。恐其复起，又连击之，剑剑皆中，其声不耎[4]。审视，则土偶，片片已碎。

注释

1 觇：窥视，观测。2 一漏：一更，晚上七点至九点。3 怪狞：面容怪异凶恶。4 不耎（ruǎn）：此处指声音不沉闷，很清脆。

译文

转眼到了第三天，于公在旅馆内正襟危坐，静静地观察情况，一整天都没出什么事。到了晚上，他关上门点亮油灯，拿着宝剑笔直地坐着，没有丝毫懈怠。等到快九点了，还是没有丝毫死亡的征兆。他刚想上床入睡，忽然听见窗户缝里有窸窸窣窣的声响。赶忙跑过去察看，见一个小人扛着戈钻了进来，等落到地上就变得和人一样高。于公赶紧拿起宝剑刺过去，那人突然飘忽摇摆起来，一击未中。它很快又变回原来大小，想找个窗户缝逃走。于公见状急速挥剑，小人应手而倒。拿灯一照，原来是个纸人，腰已经被砍断了。于公不敢躺下，继续坐着等候。过了一会儿，突然有个东西穿窗而入，它面目狰狞，长得像恶鬼一样。才刚落地，于公上去就是一剑，怪物被砍成两截，都在地上不停地蠕动。于公害怕它再起来，又连续挥剑，招招命中，发出咔咔的声响。俯身一看，原来是个泥人，已经被劈成一块块碎片。

于是移坐窗下，目注隙中。久之，闻窗外如牛喘，有物推窗棂，房壁震摇，其势欲倾。公惧覆压，计不如出而斗之，遂騞然脱扃[1]，奔而出。见一巨鬼，高与檐齐，昏月中，见其面黑如煤，眼闪烁有黄光；上无衣，下无履，手弓而腰矢。公方骇，鬼则弯矣。公以剑拨矢，矢堕。欲击之，则又弯矣。公急跃避，矢贯于壁，战战有声。鬼怒甚，拔佩刀，挥如风，望公力劈。公猱进[2]，刀中庭石，石立断。公出其股间，削鬼中踝，铿然有声。鬼益怒，吼如雷，转身复剁。公又伏身入，刀落，断公裙。公已及胁下，猛斫之，亦铿然有声，鬼仆而僵。公乱击之，声硬如柝[3]。烛之，则一木偶，高大如人，弓矢尚缠腰际，刻画狰狞，剑击处，皆有血出。公因秉烛待旦。方悟鬼物皆卜人遣之，欲致人于死，以神其术也。

注释

1 騞（huō）然脱扃：此处指用剑劈开门闩。2 猱（náo）进：像猴子一样动作轻捷，此处指剑招敏捷。3 柝（tuò）：打更用的梆子。

译文

于是，他就把椅子搬到窗户下坐着，眼睛紧盯着窗户缝儿。过了很久，听见外边有牛一样的喘气声，有什么东西在用力推窗户，震得墙壁直摇，房子好像要被晃塌了。于公担心被压在下边，心里盘算着还不如出去跟怪物拼了，于是他就猛地用剑砍断门闩跑出去。只见外边有一个大鬼，有房檐那么高，在昏暗的月光下，只见它的脸黑得像煤炭一样，眼睛里闪着黄光；上身赤裸，足下无鞋，手里拿着弓，腰里别着箭。于公正在惊惧时，大鬼已经开弓放箭朝他射了过来。于公就用剑拨打飞矢，箭落在了地上。他刚想上前进攻，箭又射了过来。于公急忙跳起躲开，箭射穿了墙壁，颤动着嗡嗡作响。大鬼见状怒火中烧，拔出佩刀，挥舞得好似一阵狂风，照着于公用力劈了过来。于公提起宝剑，招式敏捷地迎击，大鬼一刀砍在庭院的石头上，石头瞬间被劈成两半。于公健步上前，从鬼的两腿间钻出，朝着鬼的脚踝猛然出击，只听得"仓啷"一声响。大鬼更加愤怒，吼声如雷，转身举刀剁了下去。于公又屈身躲在其胯下，刀落下来砍断了他的裤裙。于公突然闪到鬼的肋下，挥剑猛砍，同样又发出"仓啷"的声音，大鬼应声而倒，僵卧在地上。于公上前就是一阵乱砍，声音沉闷，好像敲打木梆一样。拿灯一照，原来是个木偶，和人一样大小，腰里还系着弓箭，面目刻画得凶恶恐怖，被剑击中的地方鲜血直流。于公就点着蜡烛一直坐到天亮。他到这时才明白过来，夜里的鬼物都是算命人派来的，想以此致他于死地，好跟别人吹嘘卜卦灵验。

次日，遍告交知[1]，与共诣卜所。卜人遥见公，瞥不可见。或曰："此翳形术[2]也，犬血可破。"公如其言，戒备而往。卜人又匿如前。急以犬血沃立处，但见卜人头面皆为犬血模糊，目灼灼如鬼立。乃执付有司而杀之。

注释

1 交知：此处指知道算命一事的朋友。2 翳（yì）形术：隐身法。翳，掩盖。

译文

第二天，于公向知道算命一事的所有朋友诉说了昨夜的经过，众人一起前往算命人的住所。算命人远远地看见于公来了，转眼就消失了。有人就说："这是隐身法，用狗血可以破除。"于公就按其所言，准备好了又去找算命人。这次算命人故技重施，又隐形不见。于公急忙把狗血泼向他刚才站着的地方，只见算命人满头狗血模糊，眼睛闪闪发光，跟个鬼似的站在那儿。于公就把他交到官府处死了。

异史氏曰：“尝谓买卜为一痴。世之讲此道而不爽[1]于生死者几人？卜之而爽，犹不卜也。且即明明告我以死期之至，将复如何？况有借人命以神其术者，其可畏不尤甚耶！”

注释

1 爽：差错。

译文

异史氏说：“我曾说花钱算命可谓愚蠢。世上的算命先生能准确算出人生死的有几个呢？算卦不灵和没算卦一个样。况且，就算明白告诉我死期将至又会如何呢？更何况还有那些通过谋害他人性命来显示自己料事如神的术士，岂不更加令人畏惧吗！”

侠　女

顾生，金陵人，博于材艺，而家綦贫[1]。又以母老，不忍离膝下，惟日为人书画，受贽以自给。行年二十有五，伉俪犹虚。对户旧有空第，一老妪及少女税居其中，以其家无男子，故未问其谁何。一日，偶自外入，见女郎自母房中出，年约十八九，秀曼都雅[2]，世罕其匹，见生不甚避，而意凛如[3]也。生入问母，母曰：“是对户女郎，就吾乞刀尺，适言其家亦止一母。此女不似贫家产。问其何为不字，则以母老为辞。明日当往拜其母，便风以意，倘所望不奢，儿可代养其母。”

明日造其室，其母一聋媪耳。视其室，并无隔宿粮[4]。问所业，则仰女十指。徐以同食之谋试之，媪意似纳。而转商其女，女默然，意殊不乐。母乃归。详其状而疑之曰：“女子得非嫌吾贫乎？为人不言亦不笑，艳如桃李，而冷如霜雪，奇人也！”母子猜叹而罢。

注释

1 綦（qí）贫：特别穷困。2 秀曼都雅：容貌清秀美丽。3 凛如：凛然使人敬畏。4 隔宿粮：第二天吃的余粮。

译文

南京有位姓顾的书生，虽博学多才，但家里很贫困。又因为母亲年老体衰，不忍外出，就每天给人写字作画，挣点儿钱糊口。他都二十五岁了，还没讨老婆。他家对门有间空房子，有一个老太婆跟女儿租住在里边，因为她家没有男丁，所以平时也不方便询问她来历。有一天，顾生偶然从外边回来，看见对门家的女儿从母亲屋里走出来，年纪约十八九岁，长得清秀美丽，世间少有，她看到顾生也不回避，神气凛然让人生畏。顾生就进屋问母亲，母亲说："她是对门家的姑娘，到我这里来借剪刀和尺子，刚才她说家里也只有母亲一人。这姑娘看上去不像是在穷人家长大的。我问她为何还不成亲，她就借口说还要伺候老母亲。等明天，我就过去拜访一下她母亲，顺便说说成亲的意思，要是她们要求不过分，你可以给她母亲养老。"

第二天，顾母去对门拜访，才知道姑娘的母亲是个耳聋的老太太。室内空空，粮食今天吃完就没明天的。问她靠什么生活，全靠女儿做些针线活养家。谈话间，顾母表露了两家一起过活的想法，看老太太意思，好像是同意了。再跟女儿一商量，只见她低头不语，似乎很不乐意。顾母就回去了。顾母跟儿子详细说了刚才的情况，不解地说："这个女孩儿，是不是嫌咱家穷啊？对人不搭理，也不笑，娇艳似桃李，却又冷若冰霜，真是个奇人啊！"母子俩乱猜一气，感慨一番后，就作罢了。

一日，生坐斋头[1]，有少年来求画，姿容甚美，意颇儇佻[2]。诘所自，以"邻村"对。嗣后三两日辄一至。稍稍稔熟[3]，渐以嘲谑，生狎抱之亦不甚拒，遂私焉。由此往来昵甚。会女郎过，少年目送之，问为谁，对以"邻女"。少年曰："艳丽如此，神情一何可畏？"少间，生入内，母曰："适女子来乞米，云不举火者经日矣。此女至孝，贫极可悯，宜少周恤之。"生从母言，负斗米款门达母意。女受之，亦不申谢。

注释

1 斋头：书房。2 儇佻：形容言语姿态轻佻浅薄。3 稔熟：关系很熟。

译文

有一天，顾生坐在书房里，有位少年过来买画，生得仪容俊美，神情举止很轻佻。问他从哪里来，他说是邻村的。此后每隔两三天就来一次，两人就稍稍熟悉了一些，逐渐互相嘲讽调笑，顾生甚至对他乱摸乱抱，他也不怎么拒绝，于是，两人就私通起来。从此两人往来甚为亲昵。有次，对门的女孩路过，少年盯着她看，问是谁，顾生就说是邻居家的女儿。少年说："长得这么娇艳动人，为什么神情如此令人生畏呢？"过了一会儿，顾生走进屋，母亲说："刚才对门的姑娘来借米，她说家里一天都没生火做饭了。这个孩子很孝顺，家里那么穷怪可怜的，咱们也应该多少帮帮她。"顾生听从母亲的话，背了一斗米送过去，告诉她这是母亲的意思。女子就收下米，也没说什么感谢的话。

日尝至生家，见母作衣履，便代缝纫，出入堂中，操作如妇，生益德之。每获馈饵[1]，必分给其母，女亦略不置齿颊。母适疽生隐处[2]，宵旦号咷。女时就榻省视，为之洗创敷药，日三四作。母意甚不自安，而女不厌其秽。母曰："唉！安得新妇如儿，而奉老身以死也！"言讫悲哽。女慰之曰："郎子大孝，胜我寡母孤女什百矣。"母曰："床头蹀躞[3]之役，岂孝子所能为者？且身已向暮，旦夕犯雾露，深以祧续[4]为忧耳。"言间，生入，母泣曰："亏娘子良多，汝无忘报德。"生伏拜之。女曰："君敬我母，我勿谢也，君何谢焉？"于是益敬爱之。然其举止生硬，毫不可干。

一日，女出门，生目注之，女忽回首，嫣然而笑。生喜出意外，趋而从诸其家，挑之，亦不拒，欣然交欢。已，戒生曰："事可一而不可再。"生不应而归。明日又约之，女厉色不顾而去。日频来，时相遇，并不假以词色。少游戏之，则冷语冰人。忽于空处问生："日来少年谁也？"生告之，女曰："彼举止态状，无礼于妾频矣。以君之狎昵，故置之。请更寄语：再复尔，是不欲生也已！"生至夕，以告少年，且曰："子必慎之，是不可犯！"少年曰："既不可犯，君何犯之？"生白其无。曰："如其无，则猥亵[5]之语，何以达君听哉？"生不能答。少年曰："亦烦寄告：假惺惺勿作态，不然，我将遍播扬。"生甚怒之，情见于色，少年乃去。

注释

1 馈饵：别人送的好吃的。2 疽生隐处：长了痔疮。3 蹀躞：小步走路，此处指生活起居等琐事。4 祧（tiāo）续：传宗接代。5 猥亵：下流的行为或语言，此处指私密的话。

译文

女子平日到顾生家，只要见他母亲在做衣服、鞋子，就主动帮忙，连家务活都包揽了，就像家里的媳妇一样，于是顾生对她更加感激。每当有人送吃的，顾生一定会分给女子的母亲，女子对此也不说什么感谢的话。恰逢顾生母亲生了痔疮，疼得白天黑夜叫个不停。女子就经常过来看望她，并为她清理脓疮，涂抹药剂，一天要过来三四趟。顾母心里很过意不去，而女子却一点也不嫌脏。顾母感慨道："唉！哪里找像你这样的儿媳妇，侍候老身到最后啊！"说完就难过地哽咽起来。女子就宽慰她说："你儿子是个大孝子，比我们孤女寡母强百倍。"顾母说："这些床头起居的琐事，怎么是孝子干得了的？况且我已经老了，说走就走，现在就担心香火能不能接得上。"正说话间，顾生走了进来，顾母就哭着说："咱们亏欠人家姑娘太多，你可不要忘记报答这份恩德啊！"顾生立马跪在地上，磕头谢恩。女子说："你孝敬我的母亲，我还没感谢你，你何必又谢我呢？"于是，顾生对女子更加尊敬喜爱。然而她举止严肃庄重，丝毫不可触犯。

一天，女子走出门，顾生眼巴巴望着她，她忽然回眸一笑。顾生喜出望外，赶快追上去跟着她回到家，试着挑逗她，女子也不拒绝，而且欣然同意和顾生做爱。完事儿后，女子告诫顾生说："这事儿做一次就够了，你不要再来。"顾生一声不吭就回去了。明天又约她寻欢，女子板着脸看都不看他一眼，径直走开。顾生每天常来，不时和女子相遇，可女子也并不和他说话。稍微开句玩笑，就被她冷言冷语怼回来。忽然有一次，女子在无人之处问顾生："经常来的那个少年是谁？"顾生告诉她后，女子就说："此人举手投足放荡轻佻，多次对我无礼。我看你跟他很亲昵，姑且不跟他计较。请你帮我传个话：要是再这样，可就是自己找死！"到了晚上，顾生把女子的话告诉了少年，还叮嘱说："你以后一定要谨慎些，别再冒犯她！"少年说："既然不可犯，你为何又私下侵犯她呢？"顾生就辩解说没这回事。少年反驳道："如果你俩没什么，那为何她会给你说这些私密的话？"顾生听了无言以对。少年就说："也麻烦你转告她，别跟我假装正经，故作姿态，否则，你们俩的事我给传个遍！"顾生气得不得了，一脸不高兴，少年没趣地走了。

一夕，方独坐，女忽至，笑曰："我与君情缘未断，宁非天数！"生狂喜而抱于怀。欻闻履声籍籍，两人惊起，则少年推扉入矣。生惊问："子胡为者？"笑曰："我来观贞洁人耳。"顾女曰："今日不怪人耶？"女眉竖颊红，默不一语，急翻上衣，露一革囊，应手而出，则尺许晶莹匕首也。少年见之，骇而却走。追出户外，四顾渺然。女以匕首望空抛掷，戛然有声，灿若长虹，俄一物堕地作响。生急烛之，则一白狐身首异处矣，大骇。女曰："此君之娈童[1]也。我固恕之，奈渠定不欲生何！"

收刃入囊，生曳令入，曰："适妖物败意，请来宵。"出门径去。次夕，女果至，遂共绸缪[2]。诘其术，女曰："此非君所知。宜须慎秘，泄恐不为君福。"又订以嫁娶，曰："枕席焉，提汲[3]焉，非妇伊何也？业夫妇矣，何必复言嫁娶乎？"生曰："将勿憎吾贫耶？"曰："君固贫，妾富耶？今宵之聚，正以怜君贫耳。"临别嘱曰："苟且之行，不可以屡。当来我自来，不当来相强无益。"后相值，每欲引与私语，女辄走避。然衣绽炊薪，悉为纪理，不啻[4]妇也。

注释

1 娈童：受人戏弄狎昵的少年。2 绸缪：紧紧抱在一起，缠绵悱恻。3 提汲：从井里打水，指做家务。4 不啻：不亚于。

译文

一天晚上，顾生独自在房间坐着，女子忽然走进来，笑着说："我跟你情缘未断，莫非是天意？"顾生欣喜若狂，一把将女子搂过来。突然，他们听到脚步连连，两人惊讶地站起来，少年推门而入。顾生惊问道："你来这里干什么？"少年笑着说："我来看看贞洁的人都在干什么。"又冲着女子说："今天怪不得别人吧？"女子听后，立起眉毛，脸涨得通红，一句话也不说，急忙翻起上衣，露出一个皮袋子，顺手抽出匕首，有一尺长，寒光闪闪。少年见了吓得拔腿就跑，女子追出门外，四处张望，毫无踪迹。她就把匕首往空中一抛，只听"嗖"的一声，匕首像一道虹光飞了出去，顿时就有什么东西掉了下来，"啪"一声摔在地上。顾生赶忙拿灯照视，原来是一只白狐，脑袋已经搬家，他吓得不得了。女子走过去对顾生说："这就是你的娈童。我本来已经饶了他，奈何他不想活，我也没办法。"

见女子把刀收起来，顾生就拽着她往屋里走，女子说："刚才被妖精败坏兴致，请等明晚吧。”说完就出门了。第二天晚上，女子果然来了，两人便胶漆云雨。顾生问她昨天用的什么法术，女子说：“这不是你应该知道的。要严守秘密，要是说出去了恐怕会对你不利。”顾生又谈及订婚娶亲，女子说：“现在我跟你睡在一起，又给你做家务，不都是媳妇做的事吗？既然我们已有夫妇之实，又何必再说娶亲一事呢？”顾生就问：“难道你还是嫌弃我穷？”女子回答说：“你确实贫寒，那我就有钱吗？今夜我来陪你，正是可怜你穷。”临走时又叮嘱说：“男女私情，不能一而再再而三。该来我自然会来，不该来你强求也没用。”以后两人相遇，顾生每每想和她悄悄说话，女子都避开不搭理。然而，她在顾家缝衣做饭，一切都料理得井井有条，不亚于做媳妇的。

积数月，其母死，生竭力葬之。女由是独居，生意孤寝可乱，逾垣入，隔窗频呼，迄不应。视其门，则空室扃焉。窃疑女有他约。夜复往，亦如之，遂留佩玉于窗间而去之。越日，相遇于母所。既出，而女尾其后曰：“君疑妾耶？人各有心，不可以告人。今欲使君无疑，乌得可？然一事烦急为谋。”问之，曰：“妾体孕已八月矣，恐旦晚临盆。妾身未分明[1]，能为君生之，不能为君育之。可密告母，觅乳媪，伪为讨螟蛉者[2]，勿言妾也。”生诺，以告母。母笑曰：“异哉此女！聘之不可，而顾私于我儿。”喜从其谋以待之。

又月余，女数日不至，母疑之，往探其门，萧萧闭寂。叩良久，女始蓬头垢面自内出。启而入之，则复阖之。入其室，则呱呱者在床上矣。母惊问：“诞几时矣？”答云：“三日。”捉绷席[3]而视之，则男也，且丰颐而广额。喜曰：“儿已为老身育孙子，伶仃[4]一身，将焉所托？”女曰：“区区隐衷，不敢掬示老母。俟夜无人，可即抱儿去。”母归与子言，窃共异之。夜往抱子归。

注释

1 妾身未分明：指女子还没有名分。2 讨螟蛉者：古代常用螟蛉指干儿子，此处意为抱养孩子。3 捉绷席：抱起婴儿。4 伶仃：孤苦无依。

译文

几个月后，女子的母亲过世了，顾生尽其所能给她办丧事。女子此后就一人独居，顾生觉得女子独守空房容易引诱，就翻墙进院子，隔着窗户频频喊话，但始终没人回应。到门口一瞧，屋里空荡荡上了锁，顾生就怀疑女子跟其他人有约。夜里，顾生再过去，还是如此，他就把玉佩放在窗台上回去了。隔天，两人在顾生母亲屋里相遇。出来后，女子跟在顾生后边，说："你是怀疑我吗？人各有隐情，不能对别人说。如今让你不怀疑我，怎么办得到呢？可是，有一件急事还需跟你商量一下。"问她什么事，说："我已经怀孕八个月，最近恐怕快要生了。但我们并没有夫妻名分，我能给你生，但不能替你养育。你可以私下里告诉母亲，让她找个奶妈，假装抱养个孩子，千万别提起我。"顾生答应了她，回去告诉母亲，顾母笑着说："这个女孩真是奇怪！聘她做媳妇不肯答应，却私下跟我儿子相好。"于是就欣喜地照着女子的嘱咐办了，等着女子临盆。

又过了一个多月，女子接连几天都没过来，顾母怀疑出了事，就过去探视，只见大门紧闭。敲了好大一晌，女子才蓬头垢面地出来。她把门打开请顾母进来，随手又把门关上。走进里屋，只见有个婴儿在床上哇哇哭泣。顾母惊问道："生了多久了？"回答说："三天。"抱起一看，是个男孩儿，生得宽额头、大脸蛋，模样十分可爱。顾母高兴地说："儿啊，你已经给老身我生了孙子，可你自己孤身一人，将来怎么生活？"女子说："我的难言之隐，不敢对您明讲。等晚上无人时，你就把孩子抱走吧。"顾母回家把此事告诉儿子，两人心里都觉得很蹊跷。到夜里，就过去把孩子抱回来。

更数夕，夜将半，女忽款门入，手提革囊，笑曰："我大事已了，请从此别。"急询其故，曰："养母之德，刻刻不去诸怀。向云'可一而不可再'者，以相报不在床第[1]也。为君贫不能婚，将为君延一线之续。本期一索而得，不意信水[2]复来，遂至破戒而再。今君德既酬，妾志亦遂，无憾矣。"问："囊中何物？"曰："仇人头耳。"检而窥之，须发交而血模糊，骇绝，复致研诘。曰："向不与君言者，以机事不密，惧有宣泄。今事已成，不妨相告：妾浙人，父官司马[3]，陷于仇，彼籍吾家。妾负老母出，隐姓名，埋头项，已三年矣。所以不即报者，徒以有母在。母去，又一块肉累腹中，因而迟之又久。曩夜出非他，道路门户未稔，恐有讹误耳。"言已出门，又嘱曰："所生儿，善视之。君福薄无寿，此儿可光门闾。夜深不得惊老母，我去矣！"方凄然欲询所之，女一闪如电，瞥尔间遂不复见。生叹惋木立，若丧魂魄。明以告母，相为叹异而已。后三年，生果卒。子十八举进士，犹奉祖母以终老云。

注释

1 床笫（zǐ）：指男欢女爱。2 信水：指月经。3 司马：清代称同知（知府的副职）为司马，主要协助知府料理财赋、捕盗、刑狱等政事。

译文

又过了几日，快到半夜时，女子忽然叩门而入，手里拎个皮袋子，她笑着说："我的大事已经办完了，请就此告别。"顾生忙问什么原因，女子说："郎君奉养老母的恩德，妾身时时铭记在心。此前所说'可一而不可再'的话，是因为我的报答不在男女之欢上。因为你家穷困结不起婚，我就想为你生个孩子，好延续香火。本来想着一次就能怀上，没想到月经又来了，只好违约又做一次。如今已经报答你的恩德，我也如愿以偿，没什么遗憾了。"问她袋子里装的什么，说是仇人的脑袋。打开一看，头发胡子缠在一起，血肉模糊，顾生吓得差点儿晕过去，再穷加盘问。女子说："此前之所以不跟你说，是因为怕泄露了机密。如今事情已经完成，但说无妨：我本是浙江人，父亲官至司马，因为遭仇人陷害，全家被抄。我背着老母逃出来，隐姓埋名在此已经三年了。之所以不马上报仇，只因老母尚在。母亲死后，又有身孕，因而迟迟未能动手。以前我晚上外出，不为别的，只怕道路不熟，报仇时出差错。"说完女子就走出门，又回头嘱咐说："我生的孩子，请好好照料。你福薄，寿命不长，这个孩子将来可以光大门庭，出人头地。这么晚，就不要再惊动老母亲，我走了！"顾生心里正难受，刚想问她去哪儿，女子一闪身，如一道电光，眨眼就不见了。顾生呆呆地站在原地，不住地哀叹，好像失了魂魄一般。等天亮后，他把事情经过告诉母亲，两人只有互感诧异而已。过了三年，顾生果然死了。儿子长到十八岁考中进士，为祖母养老送终。

异史氏曰："人必室有侠女，而后可以畜娈童也。不然，尔爱其艾豭，彼爱尔娄猪[1]矣！"

注释

1 尔爱其艾豭，彼爱尔娄猪：你爱他的公猪，他就爱你的母猪。此处指丈夫与娈童亲昵，而娈童则与女主人暧昧。

译文

异史氏说："一个人家里必须有侠女这样的老婆，才能蓄养娈童。要不然，你跟他恩爱，他却惦记着你老婆啊！"

寒月芙蕖

济南道人者，不知何许人，亦不详其姓氏。冬夏惟着一单帢衣[1]，系黄绦[2]，别无裤襦[3]。每用半梳梳发，即以齿衔髻际[4]，如冠状。日赤脚行市上，夜卧街头，离身数尺外，冰雪尽溶。初来，辄对人作幻剧，市人争贻[5]之。有井曲[6]无赖子，遗以酒，求传其术，弗许。遇道人浴于河津，骤抱其衣以胁之。道人揖曰："请以赐还，当不吝术。"无赖者恐其绐[7]，固不肯释。道人曰："果不相授耶？"曰："然。"道人默不与语，俄见黄绦化为蛇，围可数握，绕其身六七匝，怒目昂首，吐舌相向。某大愕，长跪，色青气促，惟言乞命。道人乃竟取绦，绦竟非蛇。另有一蛇，蜿蜒入城去。由是道人之名益著。

注释

1 单帢（qià）衣：单薄的外衣。2 黄绦：黄色丝带做的腰带。3 裤襦（rú）：裤子和短衣。4 以齿衔髻际：用梳子的齿插在发髻上。5 贻：馈赠，施舍。6 井曲：里巷，里弄。7 绐（dài）：欺骗，欺诈。

译文

济南有个道士，不知道是哪里人，也不晓得叫什么名字。无论冬夏，总是穿一件很单薄的道袍，腰里系一条黄丝带，除此之外，再无其他衣裤。经常用半截梳子梳头，然后把梳子插在发髻上，像戴着顶帽子。他每天光着脚在集市上闲逛，到夜里就露宿街头，冬天的时候，离他数尺外的冰雪全都融化得干干净净。道士刚来济南时，经常向人显露幻术，惹得集市上的人争相布施钱财。街坊里有个无赖少年对此颇感惊奇，就送来好酒，想跟他学些法术，被婉言谢绝了。一次，少年偶然遇见道士在河里洗澡，就突然冲过去拿走他的衣服，并以此相要挟。道士拱手作揖说："请把衣服还给我吧，我一定教你法术。"年轻人担心道士骗自己，就执意不肯。道士无奈地问道："你真的不肯还给我吗？"

少年说："没错！"道士也不再作声，突然，只见黄丝带化为一条大蛇，身粗数握，把少年缠绕了六七圈，大蛇昂起头，吐着信子，对着他怒目圆睁。少年吓坏了，"扑通"跪在地上，他脸色发青，呼吸急促，不停地喊饶命。道士就上前拿下丝带，少年一看，的确是条丝带而不是什么大蛇。回头再瞧，另有一条大蛇正蜿蜒朝城里爬去。此后，道士的声名更为显著。

缙绅[1]家闻其异，招与游，从此往来乡先生门。司、道[2]俱耳其名，每宴集，辄以道人从。一日，道人请于水面亭[3]报诸宪之饮。至期，各于案头得道人速客函[4]，亦不知所由至。诸客赴宴所，道人伛偻[5]出迎。既入，则空亭寂然，榻几未设，咸疑其妄。道人顾官宰曰："贫道无僮仆，烦借诸扈从，少代奔走。"官宰共诺之。道人于壁上绘双扉，以手挝之，内有应门者，振管[6]而起。共趋觇望，则见憧憧[7]者往来于中，屏幔床几，亦复都有。即有人传送门外，道人命吏胥辈接列亭中，且嘱勿与内人[8]交语。两相受授，惟顾而笑。顷刻，陈设满亭，穷极奢丽。既而旨酒散馥[9]，热炙腾熏，皆自壁中传递而出。座客无不骇异。

注释

1 缙绅：缙，插。绅，束在衣服外面的大带子。古代官员上朝时将奏事所执的笏板插在腰带里，以作备忘。后引申为官员。2 司、道：司指布政使司、按察使司等，道指分巡道、分守道等。这些都是一省中的高级官员。3 水面亭：即济南大明湖上的"天心水面亭"。始建于元朝，因有对联"月到天心处，风来水面时"而得名。4 速客函：请柬。5 伛偻：弯腰弓着身子，表示极为恭敬。6 振管：打开锁。7 憧憧：人影晃动，摇摆不定的样子，形容来往的人很多。8 内人：指墙壁里的人。9 馥（fù）：香气。

译文

达官贵人们听闻道士身怀异术，纷纷与其交往，从此，道士就频繁出入权贵朱门之间。省府官员都知道他的大名，每逢宴会聚饮，必定会邀请道士出席。一天，道士邀请诸位高官在大明湖的水面亭饮酒。到了约定的日子，每个人都在案头见有道士送的请柬，没人知道是怎么送来的。各位达官贵人相继到来，道士躬身出迎，极尽热情。等众人进去后，发现亭子空空如也，桌椅板凳什么都没有，都怀疑道士在开玩笑。这时，道士走过来对官员们说："贫道没有仆人，烦请暂借诸位的随从一用，好替我帮帮忙。"众官员异口同声地答应。道士就在墙上画了两扇门，用手一敲，里边便有人回应，打开锁就把门推开了。众人探头往里面瞧，只见人影憧憧往来不绝，屏风帐幔、桌椅板凳一应俱全。随即有人把这些东西一一传递出来，道士就命差役接过来摆在亭子当中，并且告诫他们不要和墙里的人说话。因此，门里门外的人相互传递东西，都只相视一笑而已。没多久，亭中摆满了东西，陈设极尽奢华。一会儿美酒飘香，菜肴热气蒸腾，一样样都从墙里传递出来。在座的客人无不惊奇诧异。

亭故背湖水，每六月时，荷花数十顷，一望无际。宴时方凌冬[1]，窗外茫茫，惟有烟绿[2]。一官偶叹曰："此日佳集，可惜无莲花点缀。"众俱唯唯。少顷，一青衣吏奔白："荷叶满塘矣！"一座尽惊，推窗眺瞩，果见弥望菁葱，间以菡萏[3]。转瞬间，万枝千朵，一齐都开，朔风吹来，荷香沁脑。群以为异。遣吏人荡舟采莲，遥见吏人入花深处，少间返棹[4]，白手来见。官诘之，吏曰："小人乘舟去，见花在远际，渐至北岸，又转遥遥在南荡中。"道人笑曰："此幻梦之空花耳。"无何，酒阑，荷亦凋谢，北风骤起，摧折荷盖，无复存矣。

注释

1 凌冬：严冬。2 烟绿：此处指寒冷的雾气。3 菡萏（hàn dàn）：荷花。4 棹（zhào）：船桨。

译文

水面亭原本背靠大明湖，每年六月，有荷花数十顷，接天莲叶一望无际。此时正值严冬，窗外茫茫一片，只有蒙蒙烟雾。一位官员偶然感叹道："今日雅集，可惜没有莲花点缀。"众人都随声附和。一会儿，一名青衣差役慌忙跑进来禀告："现在湖里已满是荷叶啦！"在座的人无不惊愕，赶紧推开窗户，放眼望去，果然荷叶青葱，中间还间杂着未开的荷苞。一眨眼工夫，只见千枝万朵的荷苞，一下子全绽放了，北风吹来，荷花的芳香沁人心脾。众人无不惊奇，就差遣随从前去划船采莲。远远望见差役划进荷丛深处，没多久又返桨出来，最后空着手回来了。官员责问他怎么回事，回答说："小的乘船前往，远远地望见荷花就在前方，等划到了北岸，却又见荷花开到了南边的湖面上。"道士哈哈大笑道："这是梦幻一样的空花，不是人力能采到的。"不一会儿，酒宴将尽，荷花也凋谢了，忽而一阵北风吹过，荷叶纷纷摧折，很快就荡然无存。

济东观察[1]公甚悦之，携归署，日与狎[2]玩。一日，公与客饮。公故有家传良酝，每以一斗为率，不肯供浪饮。是日，客饮而甘之，固索倾酿[3]，公坚以既尽为辞。道人笑谓客曰：“君必欲满老饕[4]，索之贫道而可。”客请之。道人以壶入袖中，少刻出，遍斟坐上，与公所藏更无殊别，尽欢始罢。公疑焉，入视酒瓻[5]，则封固宛然，而空无物矣。心窃愧怒，执以为妖，笞之。杖才加，公觉股暴痛，再加，臀肉欲裂。道人虽声嘶阶下，观察已血殷座上。乃止不笞，逐令去。道人遂离济，不知所往。后有人遇于金陵，衣装如故，问之，笑不语。

注释

1 济东观察：济东道的道员。道员是介于巡抚与知府之间的地方长官。2 狎（xiá）：亲近而态度散漫随性。3 倾酿：指喝完所有的酒。倾，尽。4 老饕（tāo）：此处指口腹之欲。5 瓻（chī）：古代一种陶制的酒壶。

译文

济东道道员某公非常高兴，就将道士带回署衙，整日和他厮混在一处。一天，道员大人与客人饮酒，他家本有家传美酒，每次只请人喝一斗，不肯让宾客纵情畅饮。这天，客人喝完觉得酒味甘甜，就一再请求把酒都拿出来喝了，道员坚持说酒已经全部喝完。道士笑着对客人说：“你如果定要喝个痛快，只管向我要就是。”于是，客人请他拿出酒来品尝。道士便将酒壶收在袖子里，一会儿又拿出来，给在座的人一一斟满，大家一喝，竟然和主人家藏的一个味儿，于是众宾客尽欢而罢。道员心里很是怀疑，进屋查看，只见酒坛封得死死的，而里边却空空如也。他恼羞成怒，就将道士逮起来，加以妖妄之罪，严刑拷打。棍子刚打下去，道员顿觉屁股剧痛，又一棍子，几乎皮开肉绽。道士虽然在台阶下高声嘶喊，但道员却已在座椅上鲜血直淌。于是就停止用刑，把道士赶走了。道士就离开济南，不知去哪了。此后，曾有人在南京遇到他，穿着打扮与之前一样，问他话，只是笑而不语。